蛤藻集 贫血集 赶集

老舍文集

老舍 著

吉林出版集团股份有限公司

图书在版编目（CIP）数据

蛤藻集；贫血集；赶集 / 老舍著 . —长春：吉林出版集团股份有限公司，2017.6（2023.4 重印）

（昨日芳菲：近现代名家经典作品丛刊 / 杜贞霞主编）

ISBN 978-7-5581-2766-3

Ⅰ.①蛤… Ⅱ.①老… Ⅲ.①短篇小说—小说集—中国—现代 Ⅳ.① I246.7

中国版本图书馆 CIP 数据核字（2017）第 128627 号

蛤藻集；贫血集；赶集

著　　者	老　舍
策划编辑	杜贞霞
责任编辑	王　平
封面设计	老　刀
开　　本	650mm×960mm　1/16
字　　数	281 千字
印　　张	22.5
版　　次	2017 年 7 月第 1 版
印　　次	2023 年 4 月第 3 次印刷
出　　版	吉林出版集团股份有限公司
电　　话	总编办：010-63109269
	发行部：010-63109269
印　　刷	三河市京兰印务有限公司

ISBN 978-7-5581-2766-3　　　　　　　　　　定价：56.00 元

版权所有　侵权必究

目 录

蛤藻集

序 …………………………………………………… 3
老字号 ……………………………………………… 4
断魂枪 ……………………………………………… 11
听来的故事 ………………………………………… 19
新时代的旧悲剧 …………………………………… 27
且说屋里 …………………………………………… 81
新韩穆烈德 ………………………………………… 97
哀　启 ……………………………………………… 112

贫血集

小　序 ……………………………………………… 127
恋 …………………………………………………… 128
小木头人 …………………………………………… 139
不成问题的问题 …………………………………… 156
八太爷 ……………………………………………… 190
一筒炮台烟 ………………………………………… 199

赶 集

序	213
五　九	215
热包子	219
爱的小鬼	223
同　盟	229
大悲寺外	240
马裤先生	256
微　神	262
开市大吉	274
歪毛儿	281
柳家大院	292
抱　孙	303
黑白李	312
眼　镜	326
铁牛和病鸭	334
也是三角	345

蛤藻集
Ge Zao Ji

序

　　收入此集的有六短篇，一中篇；都是在青岛写成的。取名"蛤藻"，无非见景生情：住在青岛，看海很方便：潮退后，每携小女到海边上去；沙滩上有的是蛤壳与断藻，便与她拾着玩。拾来的蛤壳很不少了，但是很少出奇的。至于海藻，更不便往家中拿，往往是拾起来再送到水中去。记得在艾尔兰海边上同着一位朋友闲逛，走到一块沙滩，沙子极细极多，名为天鹅绒滩。时近初秋，沙上有些断藻，叶短有豆，很像圣诞节时用的 Mistle‐toe。据那个友人说，踩踩这种小豆是有益于脚的，所以我们便都赤足去踏，豆破有声，怪觉有趣。在青岛，我还没遇上这样的藻，于是和小女也就少了一种赤足的游戏。

　　设若以蛤及藻象征此集，那就只能说：出奇的蛤壳是不易拾着，而那有豆儿且有益于身体的藻也还没能找到。眼高手低，作出来的东西总不能使自己满意，一点不是谦虚。读者若能不把它们拾起来再马上送到水中去，像我与小女拾海藻那样，而是像蛤壳似的好歹拿回家去，加一番品评，便荣幸非常了！

　　　　　　　老舍序于青岛，二十五年双十节。

老字号

钱掌柜走后，辛德治——三合祥的大徒弟，现在很拿点事——好几天没正经吃饭。钱掌柜是绸缎行公认的老手，正如三合祥是公认的老字号。辛德治是钱掌柜手下教练出来的人。可是他并不专因私人的感情而这样难过，也不是自己有什么野心。他说不上来为什么这样怕，好像钱掌柜带走了一些永难恢复的东西。

周掌柜到任。辛德治明白了，他的恐怖不是虚的；"难过"几乎要改成咒骂了。周掌柜是个"野鸡"，三合祥——多少年的老字号！——要满街拉客了！辛德治的嘴撇得像个煮破了的饺子。老手，老字号，老规矩——都随着钱掌柜的走了，或者永远不再回来。钱掌柜，那样正直，那样规矩，把买卖作赔了。东家不管别的，只求年底下多分红。

多少年了，三合祥是永远那么官样大气：金匾黑字，绿装修，黑柜蓝布围子，大杌凳包着蓝呢子套，茶几上永远放着鲜花。多少年了，三合祥除了在灯节才挂上四只宫灯，垂着大红穗子没有任何不合规矩的胡闹八光。多少年了，三合祥没打过价钱，抹过零儿，或是贴张广告，或者减价半月；三合祥卖的是字号。多少年了，柜上没有吸烟卷的，没有大声说话的；有点响声只是老掌柜的咕噜水烟与咳嗽。

这些，还有许许多多可宝贵的老气度，老规矩，由周掌柜一进门,辛德治看出来,全要完!周掌柜的眼睛就不规矩,他不低着眼皮,而是满世界扫,好像找贼呢。人家钱掌柜,老坐在大机凳上合着眼,可是哪个伙计出错了口气,他也晓得。

果然,周掌柜——来了还没有两天——要把三合祥改成蹦蹦戏的棚子:门前扎起血丝胡拉的一座彩牌,"大减价"每个字有五尺见方,两盏煤气灯,把人们照得脸上发绿,好像一群大烟鬼。这还不够,门口一档子洋鼓洋号,从天亮吹到三更;四个徒弟,都戴上红帽子,在门口,在马路上,见人就给传单。这还不够,他派定两个徒弟专管给客人送烟递茶,哪怕是买半尺白布,也往后柜让,也递香烟:大兵,清道夫,女招待,都烧着烟卷,把屋里烧得像个佛堂。这还不够,买一尺还饶上一尺,还赠送洋娃娃,伙计们还要和客人随便说笑;客人要买的,假如柜上没有,不告诉人家没有,而拿出别种东西硬叫人家看;买过十元钱的东西,还打发徒弟送了去,柜上买了两辆一走三歪的自行车!

辛德治要找个地方哭一大场去!在柜上十五六年了,没想到过——更不用说见过了——三合祥会落到这步天地!怎么见人呢?合街上有谁不敬重三合祥的?伙计们晚上出来,提着三合祥的大灯笼,连巡警们都另眼看待。那年兵变,三合祥虽然也被抢一空,可是没像左右的铺户那样连门板和"言无二价"的牌子都被摘了走——三合祥的金匾有种尊严!他到城里已经二十来年了,其中的十五六年是在三合祥,三合祥是他第二家庭,他的说话、咳嗽与蓝布大衫的样式,全是三合祥给他的。他因三合祥、也为三合祥而骄傲。他给铺子去索债,都被人请进去喝碗茶;三合祥虽是个买卖,可是和照顾主儿们似乎是朋友。钱掌柜是常给照顾主儿行红白人情的。三合祥是"君子之风"的买卖:门凳上常坐着附近最体面的人;遇到街上有热闹的时候,照顾主儿的女眷们到这里向老掌柜借个座儿。这个光荣的历史,是长在辛德治的心里的。

可是现在？

辛德治也并不是不晓得，年头是变了。拿三合祥的左右铺户说，多少家已经把老规矩舍弃，而那些新开的更是提不得的，因为根本就没有过规矩。他知道这个。可是因此他更爱三合祥，更替它骄傲。它是人造丝品中惟一的一匹道地大缎子，仿佛是。假如三合祥也下了桥，世界就没了！哼，现在三合祥和别人家一样了，假如不是更坏！

他最恨的是对门那家正香村：掌柜的踏拉着鞋，叼着烟卷，镶着金门牙。老板娘背着抱着，好像兜儿里还带着，几个男女小孩，成天出来进去，进去出来，打着南方话，唧唧喳喳，不知喊些什么。老板和老板娘吵架也在柜上，打孩子，给孩子吃奶，也在柜上。摸不清他们是作买卖呢，还是干什么玩呢，只有老板娘的胸口老在柜前陈列着是件无可疑的事儿。那群伙计，不知是从哪儿找来的，全穿着破鞋，可是衣服多半是绸缎的。有的贴着太阳膏，有的头发梳得像漆杓，有的戴着金丝眼镜。再说那份儿厌气：一年到头老是大减价，老悬着煤气灯，老磨着留声机。买过两元钱的东西，老板便亲自让客人吃块酥糖；不吃，他能往人家嘴里送！什么东西也没有一定的价钱，洋钱也没有一定的行市。辛德治永远不正眼看"正香村"那三个字，也永不到那边买点东西。他想不到世上会有这样的买卖，而且和三合祥正对门！

更奇怪的，正香村发财，而三合祥一天比一天衰微。他不明白这是什么道理。难道买卖必定得不按着规矩作才行吗？果然如此，何必学徒呢？是个人就可以作生意了！不能是这样，不能；三合祥到底是不会那样的！谁知道竟自来了个周掌柜，三合祥的与正香村的煤气灯把街道照青了一大截，它们是一对儿！三合祥与正香村成了一对？！这莫非是作梦么？不是梦，辛德治也得按着周掌柜的办法走。他得和客人瞎扯，他得让人吸烟，他得把人诓到后柜，他得拿着假货当真货卖，他得等客人争竞才多放二寸，他得用手术量布——手指一捻就抽回来一块！他不能受这个！

可是多数的伙计似乎愿意这么作。有个女客进来，他们恨不能把她围上，恨不能把全铺子的东西都搬来给她瞧，等她买完——哪怕是买了二尺搪布——他们恨不能把她送回家去。周掌柜喜爱这个，他愿意伙计们折跟头、打把式，更好是能在空中飞。

周掌柜和正香村的老板成了好朋友。有时候还凑上天成的人们打打"麻将"。天成也是本街上的绸缎店，开张也有四五年了，可是钱掌柜就始终没招呼过他们。天成故意和三合祥打对仗，并且吹出风来，非把三合祥顶趴下不可。钱掌柜一声也不出，只偶尔说一句：咱们作的是字号。天成一年倒有三百六十五天是纪念大减价。现在天成的人们也过来打牌了。辛德治不能答理他们。他有点空闲，便坐在柜里发愣，面对着货架子——原先架上的布匹都用白布包着，现在用整幅的通天扯地地作装饰，看着都眼晕，那么花红柳绿的！三合祥已经没了，他心里说。

但是，过了一节，他不能不佩服周掌柜了。节下报账，虽然没赚什么，可是没赔。周掌柜笑着给大家解释："你们得记住，这是我的头一节呀！我还有好些没施展出来的呢。还有一层，扎牌楼，赁煤气灯……哪个不花钱呢！所以呀！"他到说上劲来的时节总这么"所以呀"一下。"日后无须扎牌楼了，咱会用更新的，还要省钱的办法，那可就有了赚头，所以呀！"辛德治看出来，钱掌柜是回不来了；世界的确是变了。周掌柜和天成、正香村的人们说得来，他们都是发财的。

过了节，检查日货嚷嚷动了。周掌柜疯了似的上东洋货。检查的学生已经出来了，他把东洋货全摆在大面上，而且下了命令："进来买主，先拿日本布；别处不敢卖，咱们正好作一批生意。看见乡下人，明说这是东洋布，他们认这个；对城里的人，说德国货。"

检查的学生到了。周掌柜脸上要笑出几个蝴蝶儿来,让吸烟,让喝茶。"三合祥,冲这三个字,不是卖东洋货的地方,所以呀!诸位看吧!门口那些有德国布,也有土布;内柜都是国货绸缎,小号在南方有联号,自办自运。"

学生们疑心那些花布。周掌柜笑了:"张福来,把后边剩下的那匹东洋布拿来。"

布拿来了。他扯住检查队的队长:"先生,不屈心,只剩下这么一匹东洋布,跟先生穿的这件大衫一样的材料,所以呀!"他回过头来,"福来,把这匹料子扔到街上去!"

队长看着自己的大衫,头也没抬,便走出去了。

这批随时可以变成德国货、国货、英国货的日本布赚了一大笔钱。有识货的人,当着周掌柜的面,把布扔在地上,周掌柜会笑着命令徒弟:"拿真正西洋货去,难道就看不出先生是懂眼的人吗?"然后对买主:"什么人要什么货,白给你这个,你也不要,所以呀!"于是又作了一号买卖。客人临走,好像怪舍不得周掌柜。辛德治看透了,作买卖打算要赚钱的话,得会变戏法和说相声。周掌柜是个人物。可是辛德治不想再在这儿干,他越佩服周掌柜,心里越难过。他的饭由脊梁骨下去。打算睡得安稳一些,他得离开这样的三合祥。

可是,没等到他在别处找好位置,周掌柜上天成领柜去了。天成需要这样的人,而周掌柜也愿意去,因为三合祥的老规矩太深了,仿佛是长了根,他不能充分施展他的才力。

辛德治送出周掌柜去,好像是送走了一块心病。

对于东家们,辛德治以十五六年老伙计的资格,是可以说几句话的,虽然不一定发生什么效力。他知道哪些位东家是更老派一些,他知道怎样打动他。他去给钱掌柜运动,也托出钱掌柜的老朋友们来帮忙。他不说钱掌柜的一切都好，而是说钱与周二位各有所长，应当折中一下，不能死守旧法，也别改变的太过火。老字号是值得保存的，新办法也得学着用。字号与利益两顾着——他知道这必能打动了东家们。

他心里，可是，另有个主意。钱掌柜回来，一切就都回来，三合祥必定是"老"三合祥，要不然便什么也不是。他想好了：减去煤气灯、洋鼓洋号、广告、传单、烟卷；至必不得已的时候，还可以减人，大概可以省去一大笔开销。况且，不出声而贱卖，尺大而货物地道。难道人们就都是傻子吗！

钱掌柜果然回来了。街上只剩了正香村的煤气灯，三合祥恢复了昔日的肃静，虽然因为欢迎钱掌柜而悬挂上那四个宫灯，垂着大红穗子。

三合祥挂上宫灯那天，天成号门口放了两只骆驼，骆驼身上披满了各色的缎条，驼峰上安着一明一灭的五彩电灯。骆驼的左右辟了抓彩部，一人一毛钱，凑足了十个人就开彩，一毛钱有得一匹摩登绸的希望。天成门外成了庙会，挤不动的人。真有笑嘻嘻夹走一匹摩登绸的嘛！

三合祥的门凳上又罩上蓝呢套，钱掌柜眼皮也不抬，在那里坐着。伙计们安静地坐在柜里，有的轻轻拨弄算盘珠儿，有的徐缓地打着哈欠，辛德治口里不说什么，心中可是着急。半天儿能不进来一个买主。偶尔有人在外边打一眼，似乎是要进来，可是看看金匾，往天成那边走去。有时候已经进来，看了货，因不打价钱，又空手走了。只有几位老主顾，时常来买点东西；可也有时候只和钱掌柜说会儿话，慨叹着年月这样穷，喝两碗茶就走，什么也不买。辛德治喜欢听他们说话，这使他想起昔年的光景，可是他也晓得，昔年的光景，大概不会回来了；这条街只有天成"是"个买卖！

过了一节,三合祥非减人不可了。辛德治含着泪和钱掌柜说:"我一人干五个人的活,咱们不怕!"老掌柜也说:"咱们不怕!"辛德治那晚睡得非常香甜,准备次日干五个人的活。

可是过了一年,三合祥倒给天成了。

断魂枪

"生命是闹着玩,事事显出如此,从前我这么想过,现在我懂得了。"

沙子龙的镖局已改成客栈。

东方的大梦没法子不醒了。炮声压下去马来与印度野林中的虎啸。半醒的人们,揉着眼,祷告着祖先与神灵;不大会儿,失去了国土、自由与主权。门外立着不同面色的人,枪口还热着。他们的长矛毒弩,花蛇斑彩的厚盾,都有什么用呢;连祖先与祖先所信的神明全不灵了啊!龙旗的中国也不再神秘,有了火车呀,穿坟过墓破坏着风水。枣红色多穗的镖旗,绿鲨皮鞘的钢刀,响着串铃的口马,江湖上的智慧与黑话,义气与声名,连沙子龙,他的武艺、事业,都梦似的变成昨夜的。今天是火车、快枪,通商与恐怖。听说,有人还要杀下皇帝的头呢!

这是走镖已没有饭吃,而国术还没被革命党与教育家提倡起来的时候。

谁不晓得沙子龙是短瘦、利落、硬棒,两眼明得像霜夜的大星?可是,现在他身上放了肉。镖局改了客栈,他自己在后小院占着三间北房,大枪立在墙角,院子里有几只楼鸽。只是在夜间,他把小院的门关好,熟习熟习他的"五虎断魂枪"。这条枪与这套枪,二十年的工夫,在西北一带,给他创出来:"神枪沙子龙"

五个字，没遇见过敌手。现在，这条枪与这套枪不会再替他增光显胜了；只是摸摸这凉、滑、硬而发颤的杆子，使他心中少难过一些而已。只有在夜间独自拿起枪来，才能相信自己还是"神枪沙"。在白天，他不大谈武艺与往事；他的世界已被狂风吹了走。

在他手下创练起来的少年们还时常来找他。他们大多数是没落子的，都有点武艺，可是没地方去用。有的在庙会上去卖艺：踢两趟腿，练套家伙，翻几个跟头，附带着卖点大力丸，混个三吊两吊的。有的实在闲不起了，去弄筐果子，或挑些毛豆角，赶早儿在街上论斤吆喝出去。那时候，米贱肉贱，肯卖膀子力气本来可以混个肚儿圆；他们可是不成：肚量既大，而且得吃口管事儿的；干饽饽辣饼子咽不下去。况且他们还时常去走会：五虎棍，开路，太狮少狮……虽然算不了什么——比起走镖来——可是到底有个机会活动活动，露露脸。是的，走会捧场是买脸的事，他们打扮的得像个样儿，至少得有条青洋绉裤子，新漂白细市布的小褂，和一双鱼鳞洒鞋——顶好是青缎子抓地虎靴子。他们是神枪沙子龙的徒弟——虽然沙子龙并不承认——得到处露脸，走会得赔上俩钱，说不定还得打场架。没钱，上沙老师那里去求。沙老师不含糊，多少不拘，不让他们空着手儿走。可是，为打架或献技去讨教一个招数，或是请给说个"对子"——什么空手夺刀，或虎头钩进枪——沙老师有时说句笑话，马虎过去："教什么？拿开水浇吧！"有时直接把他们赶出去。他们不大明白沙老师是怎么了，心中也有点不乐意。

可是，他们到处为沙老师吹腾，一来是愿意使人知道他们的武艺有真传授，受过高人的指教；二来是为激动沙老师：万一有人不服气而找上老师来，老师难道还不露一两手真的么？所以：沙老师一拳就砸倒了个牛！沙老师一脚把人踢到房上去，并没使多大的劲！他们谁也没见过这种事，但是说着说着，他们相信这是真的了，有年月，有地方，千真万确，敢起誓！

王三胜——沙子龙的大伙计——在土地庙拉开了场子，摆好了家伙。抹了一鼻子茶叶末色的鼻烟，他抡了几下竹节钢鞭，把场子打大一些。放下鞭，没向四围作揖，叉着腰念了两句："脚踢天下好汉，拳打五路英雄！"向四围扫了一眼："乡亲们，王三胜不是卖艺的；玩艺儿会几套，西北路上走过镖，会过绿林中的朋友。现在闲着没事，拉个场子陪诸位玩玩。有爱练的尽管下来，王三胜以武会友，有赏脸的，我陪着。神枪沙子龙是我的师傅；玩艺地道！诸位，有愿下来的没有？"他看着，准知道没人敢下来，他的话硬，可是那条钢鞭更硬，十八斤重。

王三胜，大个子，一脸横肉，努着对大黑眼珠，看着四围。大家不出声。他脱了小褂，紧了紧深月白色的"腰里硬"，把肚子杀进去。给手心一口唾沫，抄起大刀来：

"诸位，王三胜先练趟瞧瞧。不白练，练完了，带着的扔几个；没钱，给喊个好，助助威。这儿没生意口。好，上眼！"

大刀靠了身，眼珠努出多高，脸上绷紧，胸脯子鼓出，像两块老桦木根子。一跺脚，刀横起，大红缨子在肩前摆动。削砍劈拨，蹲越闪转，手起风生，忽忽直响。忽然刀在右手心上旋转，身弯下去，四围鸦雀无声，只有缨铃轻叫。刀顺过来，猛的一个"跺泥"，身子直挺，比众人高着一头，黑塔似的。收了势："诸位！"一手持刀，一手叉腰，看着四围。稀稀的扔下几个铜钱，他点点头。"诸位！"他等着，等着，地上依旧是那几个亮而削薄的铜钱，外层的人偷偷散去。他咽了口气："没人懂！"他低声的说，可是大家全听见了。

"有功夫！"西北角上一个黄胡子老头儿答了话。

"啊？"王三胜好似没听明白。

"我说：你——有——功——夫！"老头子的语气很不得人心。

放下大刀,王三胜随着大家的头往西北看。谁也没看重这个老人:小干巴个儿,披着件粗蓝布大衫,脸上窝窝瘪瘪,眼陷进去很深,嘴上几根细黄胡,肩上扛着条小黄草辫子,有筷子那么细,而绝对不像筷子那么直顺。王三胜可是看出这老家伙有功夫,脑门亮,眼睛亮——眼眶虽深,眼珠可黑得像两口小井,深深的闪着黑光。王三胜不怕:他看得出别人有功夫没有,可更相信自己的本事,他是沙子龙手下的大将。

"下来玩玩,大叔!"王三胜说得很得体。

点点头,老头儿往里走。这一走,四外全笑了。他的胳臂不大动;左脚往前迈,右脚随着拉上来,一步步的往前拉扯,身子整着,像是患过瘫痪病。蹭到场中,把大衫扔在地上,一点没理会四围怎样笑他。

"神枪沙子龙的徒弟,你说?好,让你使枪吧;我呢?"老头子非常的干脆,很像久想动手。

人们全回来了,邻场耍狗熊的无论怎么敲锣也不中用了。"三截棍进枪吧?"王三胜要看老头子一手,三截棍不是随便就拿得起来的家伙。老头子又点点头,拾起家伙来。王三胜努着眼,抖着枪,脸上十分难看。老头子的黑眼珠更深更小了,像两个香火头,随着面前的枪尖儿转,王三胜忽然觉得不舒服,那俩黑眼珠似乎要把枪尖吸进去!四外已围得风雨不透,大家都觉出老头子确是有威。为躲那对眼睛,王三胜耍了个枪花。老头子的黄胡子一动:"请!"王三胜一扣枪,向前躬步,枪尖奔了老头子的喉头去,枪缨打了一个红旋。老人的身子忽然活展了,将身微偏,让过枪尖,前把一挂,后把撩王三胜的手。拍,拍,两响,王三胜的枪撒了手。场外叫了好。王三胜连脸带胸口全紫了,抄起枪来;一个花子,连枪带人滚了过来,枪尖奔了老人的中部。老头子的眼亮得发着黑光;腿轻轻一屈,下把掩裆,上把打着刚要抽回的枪杆;

拍，枪又落在地上。场外又是一片彩声。王三胜流了汗，不再去拾枪，努着眼，木在那里。老头子扔下家伙，拾起大衫，还是拉拉着腿，可是走得很快了。大衫搭在臂上，他过来拍了王三胜一下："还得练哪，伙计！""别走！"王三胜擦着汗："你不离，姓王的服了！可有一样，你敢会会沙老师？""就是为会他才来的！"老头子的干巴脸上皱起点来，似乎是笑呢。"走；收了吧；晚饭我请！"

王三胜把兵器拢在一处，寄放在变戏法二麻子那里，陪着老头子往庙外走。后面跟着不少人，他把他们骂散了。

"你老贵姓？"他问。

"姓孙哪，"老头子的话与人一样，都那么干巴。"爱练；久想会会沙子龙。"

沙子龙不把你打扁了！王三胜心里说。他脚底下加了劲，可是没把孙老头落下。他看出来，老头子的腿是老走着查拳门中的连跳步；交起手来，必定很快。但是，无论他怎么快，沙子龙是没对手的。准知道孙老头要吃亏，他心中痛快了些，放慢了些脚步。

"孙大叔贵处？"

"河间的，小地方。"孙老者也和气了些："月棍年刀一辈子枪，不容易见功夫！说真的，你那两手就不坏！"

王三胜头上的汗又回来了，没言语。

到了客栈，他心中直跳，惟恐沙老师不在家，他急于报仇。他知道老师不爱管这种事，师弟们已碰过不少回钉子，可是他相信这回必定行，他是大伙计，不比那些毛孩子；再说，人家在庙会上点名叫阵，沙老师还能丢这个脸么？

"三胜，"沙子龙正在床上看着本《封神榜》，"有事吗？"

三胜的脸又紫了，嘴唇动着，说不出话来。

沙子龙坐起来,"怎么了,三胜?"

"栽了跟头!"

只打了个不甚长的哈欠,沙老师没别的表示。

王三胜心中不平,但是不敢发作;他得激动老师:"姓孙的一个老头儿,门外等着老师呢;把我的枪,枪,打掉了两次!"他知道"枪"字在老师心中有多大分量。没等吩咐,他慌忙跑出去。

客人进来,沙子龙在外间屋等着呢。彼此拱手坐下,他叫三胜去泡茶。三胜希望两个老人立刻交了手,可是不能不沏茶去。孙老者没话讲,用深藏着的眼睛打量沙子龙。沙很客气:

"要是三胜得罪了你,不用理他,年纪还轻。"

孙老者有些失望,可也看出沙子龙的精明。他不知怎样好了,不能拿一个人的精明断定他的武艺。"我来领教领教枪法!"他不由地说出来。

沙子龙没接碴儿。王三胜提着茶壶走进来——急于看二人动手,他没管水开了没有,就沏在壶中。

"三胜,"沙子龙拿起个茶碗来,"去找小顺们去,天汇见,陪孙老者吃饭。"

"什么!"王三胜的眼珠几乎掉出来。看了看沙老师的脸,他敢怒而不敢言地说了声"是啦!"走出去,撅着大嘴。

"教徒弟不易!"孙老者说。

"我没收过徒弟。走吧,这个水不开!茶馆去喝,喝饿了就吃。"沙子龙从桌子上拿起缎子褡裢,一头装着鼻烟壶,一头装着点钱,挂在腰带上。

"不,我还不饿!"孙老者很坚决,两个"不"字把小辫从肩上抡到后边去。

"说会子话儿。"

"我来为领教领教枪法。"

"功夫早搁下了，"沙子龙指着身上，"已经放了肉！"

"这么办也行，"孙老者深深的看了沙老师一眼："不比武，教给我那趟五虎断魂枪。"

"五虎断魂枪？"沙子龙笑了："早忘干净了！早忘干净了！告诉你，在我这儿住几天，咱们各处逛逛，临走，多少送点盘川。"

"我不逛，也用不着钱，我来学艺！"孙老者立起来，"我练趟给你看看，看够得上学艺不够！"一屈腰已到了院中，把楼鸽都吓飞起去。拉开架子，他打了趟查拳：腿快，手飘洒，一个飞脚起去，小辫儿飘在空中，像从天上落下来一个风筝；快之中，每个架子都摆得稳、准，利落；来回六趟，把院子满都打倒，走得圆，接得紧，身子在一处，而精神贯串到四面八方。抱拳收势，身儿缩紧，好似满院乱飞的燕子忽然归了巢。

"好！好！"沙子龙在台阶上点着头喊。

"教给我那趟枪！"孙老者抱了抱拳。

沙子龙下了台阶，也抱着拳："孙老者，说真的吧；那条枪和那套枪都跟我入棺材，一齐入棺材！"

"不传？"

"不传！"

孙老者的胡子嘴动了半天，没说出什么来。到屋里抄起蓝布大衫，拉拉着腿："打搅了，再会！"

"吃过饭走！"沙子龙说。

孙老者没言语。

沙子龙把客人送到小门，然后回到屋中，对着墙角立着的大枪点了点头。

他独自上了天汇，怕是王三胜们在那里等着。他们都没有去。王三胜和小顺们都不敢再到土地庙去卖艺，大家谁也不再为沙子龙吹胜；反之，他们说沙子龙栽了跟头，不敢和个老头儿动手；那个老头子一脚能踢死个牛。不要说王三胜输给他，沙子龙也不是他的"个儿"。不过呢，王三胜到底和老头子见了个高低，而沙子龙连句硬话也没敢说。"神枪沙子龙"慢慢似乎被人们忘了。

　　夜静人稀，沙子龙关好了小门，一气把六十四枪刺下来；而后，拄着枪，望着天上的群星，想起当年在野店荒林的威风。叹一口气，用手指慢慢摸着凉滑的枪身，又微微一笑，"不传！不传！"

听来的故事

宋伯公是个可爱的人。他的可爱由于互相关联的两点：他热心交友，舍己从人；朋友托给他的事，他都当作自己的事那样给办理；他永远不怕多受累。因为这个，他的经验所以比一般人的都丰富，他有许多可听的故事。大家爱他的忠诚，也爱他的故事。找他帮忙也好，找他闲谈也好，他总是使人满意的。

对于青岛的樱花，我久已听人讲究过；既然今年有看着的机会，一定不去未免显着自己太别扭；虽然我经验过的对风景名胜和类似樱花这路玩艺的失望使我并不十分热心。太阳刚给嫩树叶油上一层绿银光，我就动身向公园走去，心里说：早点走，省得把看花的精神移到看人上去。这个主意果然不错，树下应景而设的果摊茶桌，还都没摆好呢，差不多除了几位在那儿打扫甘蔗渣子、橘皮和昨天游客们所遗下的一切七零八碎的清道夫，就只有我自己。我在那条樱花路上来回蹓跶，远观近玩的细细的看了一番樱花。

樱花说不上有什么出奇的地方，它艳丽不如桃花，玲珑不如海棠，清素不如梨花，简直没有什么香味。它的好处在乎"盛"：每一丛有十多朵，每一枝有许多丛；再加上一株挨着一株，看过去是一团团的白雪，微染着朝阳在雪上映出的一点浅粉。来一阵微风，樱树没有海棠那样的轻动多姿，而是整团的雪全体摆动；

隔着松墙看过去，不见树身，只见一片雪海轻移，倒还不错。设若有下判断的必要，我只能说樱花的好处是使人痛快，它多、它白、它亮，它使人觉得春忽然发了疯，若是以一朵或一株而论，我简直不能给它六十分以上。

无论怎说吧，我算是看过了樱花。不算冤，可也不想再看，就带着这点心情我由花径中往回走，朝阳射着我的背。走到了梅花路的路头，我疑惑我的眼是有了毛病：迎面来的是宋伯公！这个忙人会有工夫来看樱花！

不是他是谁呢，他从远远的就"嘿喽"，一直"嘿喽"到握着我的手。他的脸朝着太阳，亮得和春光一样。

"嘿喽，嘿喽，"他想不起说什么，只就着舌头的便利又补上这么两下。

"你也来看花！"我笑着问。

"可就是，我也来看花！"他松了我的手。

"算了吧，跟我回家溜溜舌头去好不好？"我愿意听他瞎扯，所以不管他怎样热心看花了。

"总得看一下，大老远来的；看一眼，我跟你回家，有工夫；今天我们的头儿逛劳山去，我也放了自己一天的假。"他的眼向樱花那边望了望，表示非去看看不可的样子。

我只好陪他再走一遭了。他的看花法和我的大不相同了。在他的眼中，每棵树都像人似的，有历史，有个性，还有名字："看那棵'小歪脖'，今年也长了本事；嘿！看这位'老太太'，居然大卖力气；去年，去年，她才开了，哼，二十来朵花吧！嘿喽！"他立在一棵细高的樱树前面："'小旗杆'，这不行呀，净往云彩里钻，不别枝子！不行，我不看电线杆子，告诉你！"然后他转向我来："去年，它就这么细高，今年还这样，没办法！"

"它们都是你的朋友？"我笑了。

宋伯公也笑了："哼，那边的那一片，几时栽的，哪棵是补种的，我都知道。"

看一下！他看了一点多钟！我不明白他怎么会对这些树感到这样的兴趣。连树干上抹着的白灰，他都得摸一摸，有一片话。诚然，他讲说什么都有趣；可是我对树木本身既没他那样的热诚，所以他的话也就打不到我的心里去。我希望他说些别的。我也看出来，假如我不把他拉走，他是满可以把我说得变成一棵树，一声不出的听他说个三天五天的。

我把他硬扯到家中来。我允许给他打酒买菜；他接收了我的贿赂。他忘了樱花，可是我并想不起一定的事儿来说。瞎扯了半天，我提到孟智辰来。他马上接了过去：

"提起孟智辰来，那天你见他的经过如何？"

我并不很认识这个孟先生——或者应说孟秘书长——我前几天见过他一面，还是由宋伯公介绍的。我不是要见孟先生，而是必须见孟秘书长；我有件非秘书长不办的事情。

"我见着了他，"我说，"跟你告诉我的一点也不差：四棱子脑袋；牙和眼睛老预备着发笑惟恐笑晚了；脸上的神气明明宣布着：我什么也记不住，只能陪你笑一笑。"

"是不是？"宋伯公有点得意他形容人的本事。"可是，对那件事他怎么说？"

"他，他没办法。"

"什么？又没办法？这小子又要升官了！"宋伯公咬上嘴唇，像是想着点什么。

"没办法就又要升官了？"我有点惊异。

"你看，我这儿不是想哪吗？"

我不敢再紧问了，他要说一件事就要说完全了，我必须忍耐的等他想。虽然我的惊异使我想马上问他许多问题，可是我不敢开口；"凭他那个神气，怎能当上秘书长？"这句最先来到嘴边上的，我也咽下去。

我忍耐的等着他，好像避雨的时候渴望黑云裂开一点那样。不久——虽然我觉得仿佛很久——他的眼球里透出点笑光来，我知道他是预备好了。

"哼！"他出了声："够写篇小说的！"

"说吧，下午请你看电影！"

"值得看三次电影的，真的！"宋伯公知道他所有的故事的价值："你知道，孟秘书长是我大学里的同学？一点不瞎吹！同系同班，真正的同学。那时候，他就是个重要人物：学生会的会长呀，作各种代表呀，都是他。"

"这家伙有两下子？"我问。

"有两下子？连半下子也没有！"

"因为——"

"因为他连半下子没有，所以大家得举他。明白了吧？"

"大家争会长争得不可开交，"我猜想着："所以让给他作，是不是？"

宋伯公点了点头："人家孟先生的本事是凡事无办法，因而也就没主张与意见，最好作会长，或作菩萨。"

"学问许不错？"没有办事能干的人往往有会读书的聪明，我想。

"学问？哈哈！我和他都在英文系里，人家孟先生直到毕业不晓得莎士比亚是谁。可是他毕了业，因为无论是主任、教授、讲师，都觉得应当，应当，让他毕业。不让他毕业，他们觉得对不起人。人家老孟四年的工夫，没在讲堂上发过问。哪怕教员是条驴呢，他也对着书本发愣，一声不出。教员当然也不问他；即使偶尔问到他，他会把牙露出来，把眼珠收起去，那么一笑。这是天字第一号的好学生，当然得毕业。既准他毕业，大家就得帮助他作卷子，所以他的试卷很不错，因为是教员们给作的。自然，卷子里还有错儿，那可不是教员们作的不好，是被老孟抄错了；他老觉得 M 和 N 是可以通用的，所以把 name 写成 mane，在他，一点也不算出奇。把这些错儿应扣的分数减去，他实得平均分数八十五分，文学士。来碗茶……

"毕业后，同班的先后都找到了事；前些年大学毕业生找事还不像现在这么难。老孟没事。有几个热心教育的同学办了个中学，那时候办中学是可以发财的。他们听说老孟没事，很想拉拔他一把儿，虽然准知道他不行；同学到底是同学，谁也不肯看着他闲起来。他们约上了他。叫他作什么呢，可是？教书，他教不了；训育，他管不住学生；体育，他不会，他顶好作校长。于是他作了校长。他一点不晓得大家为什么让他作校长，可是他也不骄傲，他天生来的是馒首幌子——馒头铺门口放着的那个大馒头，大，体面，木头作的，上着点白漆。

"一来二去不是，同学们看出来这位校长太没用了，可是他既不骄傲，又没主张，生生的把他撑了，似乎不大好意思。于是大家给他运动了个官立中学的校长。这位馒头幌子笑着搬了家。这时候，他结了婚，他的夫人是自幼定下的。她家中很有钱，兄弟们中有两位在西洋留学的。她可是并不认识多少字，所以很看得起她的丈夫。结婚不久，他在校长的椅子上坐不牢了；学校里发生了风潮，他没办法。正在这个时候，他的内兄由西洋回来，得了博士，回来就作了教育部的秘书。老孟一点主意没有，可也并不着急；倒慌了教育局局长——那时候还不叫教育局；管它叫什么呢——这玩艺，免老孟的职简直是和教育部秘书开火；不免职吧，事情办不下去。局长想出条好道，去请示部秘书好了。秘书新由外国回来，还没完全把西洋忘掉，'局长看着办吧。不过，派他去考查教育也好.'局长鞠躬而退;不几天,老孟换了西装,由馒头改成了面包。临走的时候,他的内兄嘱咐他:不必调查教育,安心的念二年书倒是好办法,我可以给你办官费。再来碗热的……

"二年无话,赶老孟回到国来,博士内兄已是大学校长。校长把他安置在历史系,教授。孟教授还是不骄傲,老实不客气的告诉系主任:东洋史,他不熟;西洋史,他知道一点;中国史,他没念过。系主任给了他两门最容易的功课,老孟还是教不了。到了学年终,系主任该重新选过——那时候的主任是由教授们选举的——大家一商议,校长的妹夫既是教不了任何功课,顶好是作主任;主任只须教一门功课就行了。老孟作了系主任,一点也不骄傲,可是挺喜欢自己能少教一门功课,笑着向大家说:我就是得少教功课。好像他一点别的毛病没有,而最适宜当主任似的。有一回我到他家里吃饭,孟夫人指着脸子说他:'我哥哥也溜过学,你也溜过学,怎么哥哥会作大校长,你怎就不会?'老孟低着头对自己笑了一下:'哼,我作主任合适!'我差点没憋死,我不敢笑出来。

"后来,他的内兄校长升了部长,他作了编译局局长。叫他作司长吧,他看不懂公事;叫他作秘书吧,他不会写;叫他作编辑委员吧,他不会编也不会译,况且职位也太低。他天生来的该作局长,既不须编,也无须译,又不用天天办公。'哼,我就是作局长合适!'这家伙仿佛很有自知之明似的。可是,我俩是不错的朋友,我不能说我佩服他,也不能说讨厌他。他几乎是一种灵感,一种哲理的化身。每逢当他升官,或是我自己在事业上失败,我必找他去谈一谈。他使我对于成功或失败都感觉到淡漠,使我心中平静。由他身上,我明白了我们的时代——没办法就是办法的时代。一个人无须为他的时代着急,也无须为个人着急,他只须天真的没办法，自然会在波浪上浮着，而相信：'哼，我浮着最合适。'这并不是我的生命哲学，不过是由老孟看出来这么点道理，这个道理使我每逢遇到失败而不去着急。再来碗茶！"

他喝着茶，我问了句："这个人没什么坏心眼？"

"没有，坏心眼多少需要一些聪明；茶不错，越焖越香！"宋伯公看着手里的茶碗。"在这个年月，凡要成功的必须掏坏；现在的经济制度是大鱼吃小鱼，小鱼吃虾米的制度。掏了坏，成了功，可不见就站得住。三摇两摆，还得栽下来；没有保险的事儿。我说老孟是一种灵感，我的意思就是他有种天才，或是直觉，他无须用坏心眼而能在波浪上浮着，而且浮得很长久。认识了他便认识了保身之道。他没计划，没志愿，他只觉得合适，谁也没法子治他。成功的会再失败；老孟只有成功，无为而治。"

"可是他有位好内兄？"我问了一句。

"一点不错；可是你有那么位内兄，或我有那么位内兄，照样的失败。你，我，不会觉得什么都正合适。不太自傲，便太自贱；不是想露一手儿，便是想故意的藏起一招儿，这便必出毛病。人家老孟自然，糊涂得像条骆驼，可是老那么魁梧壮实，一声不出，能在沙漠里慢慢溜达一个星期！他不去找缝子钻，社会上自然给他预备好缝子，要不怎么他老预备着发笑呢。他觉得合适。你看，现在人家是秘书长；作秘书得有本事，他没有；作总长也得有本事，而且不愿用个有本事的秘书长；老孟正合适。他见客，他作代表，他没意见，他没的可泄露，他老笑着，他有四棱脑袋，种种样样他都合适。没人看得起他，因而也没人忌恨他；没人敢不尊敬他，因为他作什么都合适，而且越作地位越高。学问，志愿，天才，性格，都足以限制个人事业的发展，老孟都没有。要得着一切的须先失去一切，就是老孟。这个人的前途不可限量。我看将来的总统是给他预备着的。你爱信不信！"

"他连一点脾气都没有?"

"没有,纯粹顺着自然。你看,那天我找他去,正赶上孟太太又和他吵呢。我一进门,他笑脸相迎的:'哼,你来得正好,太太也不怎么又炸了。'一点不动感情。我把他约出去洗澡,喝!他那件小褂,多么黑先不用提,破的就像个地板擦子。'哼,太太老不给做新的吗。'这只是陈述,并没有不满意的意思。我请他洗了澡,吃了饭,他都觉得好:'这澡堂子多舒服呀!这饭多好吃呀!'他想不起给钱,他觉得被请合适。他想不起抓外钱,可是他的太太替他收下'礼物',他也很高兴:'多进俩钱也不错!'你看,他歪打正着,正合乎这个时代的心理——礼物送给太太,而后老爷替礼物说话。他以自己的糊涂给别人的聪明开了一条路。他觉得合适,别人也觉得合适。他好像是个神秘派的诗人,默默中抓住种种现象下的一致的真理。他抓到——虽然他自己并不知道——自古以来中国人的最高的生命理想。"

"先喝一盅吧?"我让他。

他好像没听见。"这像篇小说不?"

"不大像,主角没有强烈的性格!"我假充懂得文学似的。

"下午的电影大概要吹?"他笑了笑。"再看看樱花去也好。"

"准请看电影,"我给他斟上一盅酒。"孟先生今年多大?"

"比我——想想看——比我大好几岁呢。大概有四十八九吧。干吗?呕,我明白了,你怕他不够作总统的年纪?再过几年,五十多岁,正合适!"

新时代的旧悲剧

一

"老爷子！"陈廉伯跪在织锦的垫子上，声音有点颤，想抬起头来看看父亲，可是不能办到；低着头，手扶在垫角上，半闭着眼，说下去："儿子又孝敬您一个小买卖！"说完这句话，他心中平静一些，可是再也想不出别的话来，一种渺茫的平静，像秋夜听着点远远的风声那样无可如何的把兴奋、平静、感慨与情绪的激动，全融化在一处，不知怎样才好。他的两臂似乎有点发麻，不能再呆呆的跪在那里；他只好磕下头去。磕了三个，也许是四个头，他心中舒服了好多，好像又找回来全身的力量，他敢抬头看看父亲了。

在他的眼里，父亲是位神仙，与他有直接关系的一位神仙；在他拜孔圣人、关夫子，和其他的神明的时节，他感到一种严肃与敬畏，或是一种敷衍了事的情态。唯有给父亲磕头的时节他才觉到敬畏与热情联合到一处，绝对不能敷衍了事。他似乎觉出父亲的血是在他身上，使他单纯得像初生下来的小娃娃，同时他又感到自己的能力，能报答父亲的恩惠，能使父亲给他的血肉更光荣一些，为陈家的将来开出条更光洁香热的血路；他是承上起下的关节，他对得起祖先，而必定得到后辈的钦感！

　　他看了父亲一眼，心中更充实了些，右手一拄，轻快的立起来，全身都似乎特别的增加了些力量。陈老先生——陈宏道，——仍然端坐在红木椅上，微笑着看了儿子一眼，没有说什么；父子的眼睛遇到一处已经把心中的一切都倾洒出来，本来不须再说什么。陈老先生仍然端坐在那里，一部分是为回味着儿子的孝心，一部分是为等着别人进来贺喜——每逢廉伯孝敬给老先生一所房，一块地，或是——像这次——一个买卖，总是先由廉伯在堂屋里给父亲叩头，而后全家的人依次的进来道喜。

　　陈老先生的脸是红而开展，长眉长须还都很黑，头发可是有些白的了。大眼睛，因为上了年纪，眼皮下松松的搭拉着半圆的肉口袋；口袋上有些灰红的横纹，颇有神威。鼻子不高，可是宽，鼻孔向外撑着，身量高。手脚都很大；手扶着膝在那儿端坐，背还很直，好似座小山儿：庄严、硬朗、高傲。

　　廉伯立在父亲旁边，嘴微张着些，呆呆的看着父亲那个可畏可爱的旁影。他自己只有老先生的身量，而没有那点气度。他是细长，有点水蛇腰，每逢走快了的时候自己都有些发毛咕。他的模样也像老先生，可是脸色不那么红；虽然将近四十岁，脸上还没有多少须子茬；对父亲的长须，他只有羡慕而已。立在父亲旁边，他又渺茫的感到常常袭击他的那点恐惧。他老怕父亲有个山高水远，而自己压不住他的财产与事业。从气度上与面貌上看，他似乎觉得陈家到了他这一辈，好像对了水的酒，已经没有那么厚的味道了。在别的方面，他也许比父亲还强，可是他缺乏那点神威与自信。父亲是他的主心骨，像个活神仙似的，能暗中保佑他。有父亲活着，他似乎才敢冒险，敢见钱就抓，敢和人们结仇作对，敢下毒手。每当他遇到困难，迟疑不决的时候，他便回家一会儿。父亲的红脸长须给他胆量与决断；他并不必和父亲商议什么，看看父亲的红脸就够了。现今，他又把刚置买了的产业献给父亲，父亲的福气能压得住一切；即使产业的来路有些不明不白的地方，也被他的孝心与父亲的福分给镇下去。

头一个进来贺喜的是廉伯的大孩子，大成，十一岁的男孩，大脑袋，大嗓门，有点傻，因为小时候吃多了凉药。老先生看见孙子进来，本想立起来去拉他的小手，继而一想大家还没都到全，还不便马上离开红木椅子。

"大成，"老先生声音响亮的叫："你干什么来了？"

大成摸了下鼻子，往四围看了一眼："妈叫我进来，给爷道，道……"傻小子低下头去看地上的锦垫子。马上弯下身去摸垫子四围的绒绳，似乎把别的都忘了。

陈老先生微微的一笑，看了廉伯一眼，"痴儿多福！"连连的点头。廉伯也陪着一笑。

廉仲——老先生的二儿子——轻轻的走进来。他才有二十多岁，个子很大，脸红而胖，很像陈老先生，可是举止显着迟笨，没有老先生的气派与身分。

没等二儿子张口，老先生把脸上的微笑收起去。叫了声："廉仲！"

廉仲的胖脸上由红而紫，不知怎样才好，眼睛躲着廉伯。

"廉仲！"老先生又叫了声。"君子忧道不忧贫，你倒不用看看你哥哥尽孝，心中不安，不用！积善之家自有余福，你哥哥的顺利，与其说是他有本事，还不如说是咱们陈家过去几代积成的善果。产业来得不易，可是保守更难，此中消息，"老先生慢慢摇着头，"大不易言！箪食瓢饮，那乃是圣道，我不能以此期望你们；腾达显贵，显亲扬名，此乃人道，虽福命自天，不便强求，可是彼丈夫也，我丈夫也，有为者亦若是。我不求你和你哥哥一样的发展，你的才力本来不及他，况且又被你母亲把你惯坏；我只求你循规蹈矩的去作人，帮助父兄去守业，假如你不能自己独创的话。你哥哥今天又孝敬我一点产业，这算不了什么，我并不因此——这点产业——而喜欢；可是我确是喜欢，喜欢的是他的那点孝心。"老先生忽然看了孙子一眼："大成，叫你妹妹去！"

廉仲的胖脸上见了汗，不知怎样好，乘着父亲和大成说话，慢慢的转到老先生背后，去看墙上挂着的一张山水画。大成还没表示是否听明白祖父的话，妈妈已经携着妹妹进来了。女人在陈老先生心中是没有一点价值的，廉伯太太大概早已立在门外，等着传唤。

廉伯太太有三十四五岁，长得还富泰。倒退十年，她一定是个漂亮的小媳妇。现在还不难看，皮肤很细，可是她的白胖把青春埋葬了，只是富泰，而没有美的诱力了。在安稳之中，她有点不安的神气，眼睛偷偷的，不住的，往四下望。胖脸上老带着点笑容；似乎是给谁道歉，又似乎是自慰，正像个将死了婆婆，好脾气，而没有多少本事的中年主妇。她一进屋门，陈老先生就立了起来，好似传见的典礼已经到了末尾。

"爷爷大喜！"廉伯太太不很自然的笑着，眼睛不敢看公公，可又不晓得去看什么好。

"有什么可喜！有什么可喜！"陈老先生并没发怒，脸上可也不带一点笑容，好似个说话的机器在那儿说话，一点也不带感情，公公对儿媳是必须这样说话的，他仿佛是在表示。"好好的相夫教子，那是妇人的责任；就是别因富而骄惰，你母家是不十分富裕的，哎，哎……"老先生似乎不愿把话说到家，免得使儿媳太难堪了。

廉伯太太胖脸上将要红，可是就又挂上了点无聊的笑意，拉了拉小女儿，意思是叫她找祖父去。祖父的眼角撩到了孙女，可是没想招呼她。女儿都是赔钱的货，老先生不愿偏疼孙子，但是不由的不肯多亲爱孙女。

老先生在屋里走了几步,每一步都用极坚实的脚力放在地上,作足了昂举阔步。自己的全身投在穿衣镜里,他微停了一会儿,端详了自己一下。然后转过身来,向大儿子一笑。

"冯唐易老,李广难封!才难,才难;但是知人惜才者尤难!我已六十多了……"老先生对着镜子摇了半天头。"怀才不遇,一无所成……"他捻着须梢儿,对着镜子细端详自己的脸。

老先生没法子不爱自己的脸。他是个文人,而有武相。他有一切文人该有的仁义礼智,与守道卫教的志愿,可是还有点文人所不敢期冀的,他自比岳武穆。他是,他自己这么形容,红脸长髯高吟"大江东去"的文人。他看不起普通的白面书生。只有他,文武兼全,才担得起翼教爱民的责任。他自信学问与体魄都超乎人,他什么都知道,而且知道的最深最好。可惜,他只是个候补知县而永远没有补过实缺。因此,他一方面以为自己的怀才不遇是人间的莫大损失;在另一方面,他真喜欢大儿子——文章经济,自己的文章无疑的是可以传世的,可是经济方面只好让给儿子了。

廉伯现在作侦探长,很能抓弄些个钱。陈老先生不喜欢"侦探长",可是侦探长有升为公安局长的希望,公安局长差不多就是原先的九门提督正堂,那么侦探长也就可以算作……至少是三品的武官吧。自从革命以后,官衔往往是不见经传的,也就只好承认官便是官,虽然有的有失典雅,可也没法子纠正。况且官总是"学优而仕",名衔纵管不同,道理是万世不变的。老先生心中的学问老与作官相联,正如道德永远和利益分不开。儿子既是官,而且能弄钱,又是个孝子,老先生便没法子不满意。只有想到自己的官运不通,他才稍有点忌妒儿子,可是这点牢骚正好是作诗的好材料,那么作一两首律诗或绝句也便正好是哀而不伤。

老先生又在屋中走了两趟,哀意渐次发散净尽。"廉伯,今天晚上谁来吃饭。"

"不过几位熟朋友。"廉伯笑着回答。

"我不喜欢人家来道喜!"老先生的眉皱上一些。"我们的兴旺是父慈子孝的善果;是善果,他们如何能明白……"

"熟朋友,公安局长,还有王处长……"廉伯不愿一一的提名道姓,他知道老人的脾气有时候是古怪一点。

老先生没再说什么。过了一会儿:"别都叫陈寿预备,外边叫几个菜,再由陈寿预备几个,显着既不太难看,又有家常便饭的味道。"老先生的眼睛放了光,显出高兴的样子来,这种待客的计划,在他看,也是"经济"的一部分。

"那么老爷子就想几个菜吧;您也同我们喝一盅?"

"好吧,我告诉陈寿;我当然出来陪一陪;廉仲,你也早些回来!"

二

陈宅西屋的房脊上挂着一钩斜月,阵阵小风把院中的声音与桂花的香味送走好远。大门口摆着三辆汽车,陈宅的三条狼狗都面对汽车的大鼻子趴着,连车带狗全一声不出,都静听着院里的欢笑。院里很热闹:外院南房里三个汽车夫,公安局长的武装警卫,和陈廉伯自用的侦探,正推牌九。里院,晚饭还没吃完。廉伯不是正式的请客,而是随便约了公安局局长,卫生处处长,市政府秘书主任,和他们的太太们来玩一玩;自然,他们都知道廉伯又置买了产业,可是只暗示出道喜的意思,并没送礼,也就不好意思要求正式请客。菜是陈寿作的,由陈老先生外点了几个,最得意的是个桂花翅子——虽然是个老菜,可是多么迎时当令呢。

陈寿的手艺不错，客人们都吃得很满意；虽然陈老先生不住的骂他混蛋。老先生的嘴能够非常的雅，也能非常的野，那要看对谁讲话。

老先生喝了不少的酒，眼皮下的肉袋完全紫了；每干一盅，他用大手慢慢的捋两把胡子，检阅军队似的看客人们一眼。

"老先生海量！"大家不住的夸赞。

"哪里的话！"老先生心里十分得意，而设法不露出来，他似乎知道虚假便是涵养的别名。可是他不完全是个瘦弱的文人，他是文武双全，所以又不能不表示一些豪放的气概："几杯还可以对付，哈哈！请，请！"他又灌下一盅。

大家似乎都有点怕他。他们也许有更阔或更出名的父亲，可是没法不佩服陈老先生的气派与神威。他们看出来，假若他们的地位低卑一些，陈老先生一定不会出来陪他们吃酒。他们懂得，也自己常应用，这种虚假的应酬方法。可是他们仍然不能不佩服老先生把这个运用得有声有色，把儒者、诗人、名士、大将，所该有的套数全和演戏似的表现得生动而大气。

饭撤下去，陈福来放牌桌。陈老先生不打牌，也反对别人打牌。可是廉伯得应酬，他不便干涉。看着牌桌摆好，他闭了一会儿眼，好似把眼珠放到肉袋里去休息。而后，打了个长的哈欠。廉伯赶紧笑着问：

"老爷子要是——"

陈老先生睁开眼，落下一对大眼泪，看着大家，腮上微微有点笑意。

"老先生不打两圈？两圈？"客人们问。

"老矣，无能为矣！"老先生笑着摇头，仿佛有无限的感慨。又坐了一会儿，用大手连抹几把胡子，唧唧的咂了两下嘴，慢慢的立起来："不陪了。陈福，倒茶！"向大家微一躬身，马上挺直,扯开方步,一座牌坊似的走出去。

男女分了组:男的在东间,女的在西间。廉伯和弟弟一手,先让弟弟打。

牌打到八圈上,陈福和刘妈分着往东西屋送点心。廉伯让大家吃,大家都眼看着牌,向前面点头。廉伯再让,大家用手去摸点心,眼睛完全用在牌上。卫生处处长忘了卫生,市政府秘书主任差点把个筹码放在嘴里。廉仲不吃,眼睛盯着面前那个没用而不敢打出去的白板,恨不能用眼力把白板刻成个么筒或四万。

廉仲无论如何不肯放手那张白板。公安局长手里有这么一对儿宝贝。廉伯让点心的时节,就手儿看了大家的牌,有心给弟弟个暗号,放松那个值钱的东西,因为公安局长已经输了不少。叫弟弟少赢几块,而讨局长个喜欢,不见得不上算。可是,万一局长得了一张牌而幸起去呢?赌就是赌,没有谦让。他没通知弟弟。设若光是一张牌的事,他也许不这么狠。打给局长,讨局长的喜欢,局长,局长,他不肯服这个软儿。在这里,他自信得了点父亲的教训:应酬是手段,一往直前是陈家的精神;他自己将来不止于作公安局长,可是现在他可以,也应当作公安局长。他不能退让,没看起那手中有一对白板的局长,弟弟手里那张牌是不能送礼的。

又摸了两手,局长把白板摸了上来,和了牌。廉仲把牌推散,对哥哥一笑。廉伯的眼把弟弟的笑整个的瞪了回去。

局长自从掏了白板,转了风头,马上有了闲话:"处长,给你张卫生牌吃吃!"顶了处长一张九万。可是,八圈完了,大家都立起来。

"接着来!"廉伯请大家坐下:"早得很呢!"

卫生处处长想去睡觉,以重卫生,可是也想报复,局长那几张卫生牌顶得他出不来气。什么早睡晚睡,难道卫生处长就不是人，就不许用些感情？他自己说服了自己。

秘书长一劲儿谦虚，纯粹为谦虚而谦虚，不愿挑头儿继续作战，也不便主张散局，而只说自己打得不好。

只等局长的命令。"好吧，再来；廉伯还没打呢！"

大家都迟迟的坐下，心里颇急切。廉仲不敢坐实在了，眼睛瞄着哥哥，心中直跳。一边瞄着哥哥，一边鼓逗骰子，他希望廉伯还让给他——哪怕是再让一圈呢。廉伯决定下场，廉仲像被强迫爬起来的骆驼，极慢极慢的把自己收拾起来。连一句"五家来，作梦，"都没人说一声！他的脸烧起来，别人也没注意。他恨这群人，特别恨他的哥哥。可是他舍不得走开。打不着牌，看看也多少过点瘾。他坐在廉伯旁边。看了两把，他的茄子色慢慢的降下去，只留下两小帖红而圆的膏药在颧骨上，很傻而有点美。

从第九圈上起，大家的语声和牌声比以前加高了一倍。礼貌、文化、身分、教育，都似乎不再与他们相干，或者向来就没和他们发生过关系。越到夜静人稀，他们越粗暴，把细心全放在牌张的调动上。他们用最粗暴的语气索要一个最小的筹码。他们的脸上失去那层温和的笑意，眼中射出些贼光，瞄着别人的手而掩饰自己的心情变化。他们的唇被香烟烧焦，鼻上结着冷汗珠，身上放射着湿潮的臭气。

西间里，太太们的声音并不比东间里的小，而且非常尖锐。可是她们打得慢一点，东间的第九圈开始，她们的八圈还没有完。毛病是在廉伯太太。显然的，局长太太们不大喜欢和她打，她自己也似乎不十分热心的来。可是没有她便成不上局，大家无法，她也无法。她打的慢，算和慢，每打一张她还得那么抱歉的、无聊的、无可奈何的笑一笑，大家只看她的张子，不看她的笑；她发的张子老是很臭：吃上的不感激她，吃不上的责难她。她不敢发脾气，也不大会发脾气，她只觉得很难受，而且心中嘀嘀咕咕，惟恐丈夫过来检查她——她打的不好便是给他丢人。那三家儿都是牌油子。廉伯太太对于她们的牌法如何倒不大关心，她羡慕她们因会打牌而能博得丈夫们的欢心。局长太太是二太太，可是打起牌来就有了身分，而公然的轻看廉伯太太。

八圈完了，廉伯太太缓了一口气，可是不敢明说她不愿继续受罪。刘妈进来伺候茶水，她忽然想起来，胖胖的一笑："刘妈，二爷呢？"

局长太太们知道廉仲厉害，可是不反对他代替嫂子；要玩就玩个痛快，在赌钱的时节她们有点富于男性。廉仲一坐下，仿佛带来一股春风，大家都高兴了许多。大家都长了精神，可也都更难看了，没人再管脸上花到什么程度；最美的局长二太太的脸上也黄一块白一块的，有点像连阴天时的壁纸。屋中潮渌渌的有些臭味。

廉伯太太心中舒服了许多，但还不能马上躲开。她知道她的责任是什么，一种极难堪，极不自然，而且不被人钦佩与感激的责任。她坐在卫生处长太太旁边，手放在膝上，向桌子角儿微笑。她觉到她什么也不是，只是廉伯太太，这四个字把她捆在那里。

廉仲可是非常的得意。"赌"是他的天才所在，提到打牌，推牌九，下棋，抽签子，他都不但精通，而且手里有花活。别的，他无论怎样学也学不会；赌，一看就明白。这个，使他在家里永远得不着好气，可是在外边很有人看得起他，看他是把手儿。他恨陈老先生和廉伯，特别是在陈老先生说"都是你母亲惯坏了你"的时候。他爱母亲，设若母亲现在还活着，他绝不会受他们这么大的欺侮，他老这样想。母亲是死了，他只能跟嫂子亲近，老嫂比母，他对嫂子十分的敬爱。因此，陈老先生更不待见他，陈家的男子都是轻看妇女的，只有廉仲是个例外，没出息。

他每打一张俏皮的牌，必看嫂子一眼，好似小儿耍俏而要求大人夸奖那样。有时候他还请嫂子过来看看他的牌，虽然他明知道嫂子是不很懂得牌经的。这样作，他心中舒服，嫂子的笑容明白的表示出她尊重二爷的技巧与本领，他在嫂子眼中是"二爷"，不是陈家的"吃累"。

三

快天亮了。凉风儿在还看不出一定颜色的云下轻快的吹着，吹散了院中的桂香，带来远处的犬声。风儿虽然清凉，空中可有些潮湿，草叶上挂满还没有放光的珠子。墙根下处处虫声，急促而悲哀。陈家的牌局已完，大家都用喷过香水的热毛巾擦脸上的油腻，跟着又点上香烟，烫那已经麻木了的舌尖，好似为赶一赶内部的酸闷。大家还舍不得离开牌桌。可是嘴中已不再谈玩牌的经过，而信口的谈着闲事，谈得而且很客气，仿佛把礼貌与文化又恢复了许多；廉伯太太的身分在天亮时节突然提高，大家都想起她的小孩，而殷勤的探问。陈福和刘妈都红着眼睛往屋里端鸡汤挂面，大家客气了一番，然后闭着眼往口中吞吸，嘴在运动，头可是发沉，大家停止了说话。第二把热毛巾递上来，大家才把脸上的筋肉活动开，咬着牙往回堵送哈欠。

"局长累了吧？"廉伯用极大的力量甩开心中的迷忽。

"哪！哪累！"局长用热手巾捂着脖梗。

"陈太太，真该歇歇了，我们太不客气了！"卫生处长的手心有点发热，渺茫的计划着应回家吃点什么药。

廉伯太太没说出什么来，笑了笑。

局长立起来，大家开始活动，都预备着说"谢谢"。局长说了；紧跟着一串珠似的"谢谢"。陈福赶紧往外跑，门外的汽车喇叭响成一阵，三条狼狗打着欢儿咬，全街的野狗家狗一致响应。

大家仍然很客气，过一道门让一次，话很多而且声音洪亮。主人一定叫陈福去找毛衣，一定说天气很凉；客人们一定说不凉，可是都微微有点发抖。毛衣始终没拿来，汽车的门梆梆关好，又是一阵喇叭，大家手中的红香烟头儿上下摆动，"谢谢！""慢待；"嘟嘟的响成一片。陈福扯开嗓子喊狗。大门雷似的关好，上了闩。院中扯着几个长而无力的哈欠，一阵桂花香，天上剩了不几个星星。

草叶上的水珠刚刚发白，陈老先生起来了。早睡早起，勤俭兴家，他是遵行古道的。四外很安静，只有他自己的声音传达到远处，他摔门、咳嗽、骂狗、念诗……四外越安静，他越爱听自己的声音，他是警世的晨钟。

陈老先生的诗念得差不多，大成——因为晚饭吃得不甚合适——起来了，起来就嚷肚子饿。老先生最关心孩子，高声喊陈寿，想法儿先治大成的饿。陈寿已经一夜没睡，但是听见老主人喊他，他不敢再多迟延一秒钟。熬了一夜，可是得了"头儿钱"呢；他晓得这句是在老主人的嘴边上等着他，他不必找不自在。他晕头打脑的给小主人预备吃食，而且假装不困，走得很快，也很迷忽。

听着孙子不再叫唤了，老先生才安心继续读诗。天下最好听的莫过于孩子哭笑与读书声，陈家老有这两样，老先生不由的心中高兴。

陈寿喂完小主人，还不敢去睡，在老主人的屋外脚不出声的来回走；他怕一躺下便不容易再睁开眼。听着老主人的诗声落下一个调门来，他把香片茶、点心端进去。出来，就手儿喂了狗，然后轻轻跑到自己屋中，闭上了眼。

陈老先生吃过点心，到院中看花草。他并不爱花，可是每遇到它们，他不能不看，而且在自己家中是早晚必找上它们去看一会儿，因为诗中常常描写花草霜露，他可以不爱花，而不能表示自己不懂得诗。秋天的朝阳把多露的叶子照得带着金珠，他觉得应当作诗，泄一泄心中的牢骚。可是他心中，在事实上，是很舒服、快活，而且一心惦记着那个新买过来的铺子。诗无从作起。牢骚可不能去掉，不管有诗没有。没有牢骚根本算不了个儒生、诗人、名士。是的，他觉得他的六十多岁是虚度，满腹文章，未曾施展过一点。"不才明主弃!"想不起来全句。老杜、香山、东坡……都作过官；饶作过官，还那么牢骚抑郁，况且陈老先生，惭愧、空虚。他想起那个买卖。儿子孝敬给他的产业，实在的，须用心经营的，经之营之……他决定到铺子去看看。他看不起作买卖，可是不能不替儿子照管一下，再说呢，"道"在什么地方也存在着。子贡也是贤人！书须活念，不能当书痴。他开始换衣服。刚换好了鞋，廉伯自用的侦探兼陈家的门房冯有才进来请示：

"老先生，"冯有才——四十多岁，嘴像鲇鱼似的——低声的说："那个，他们送来，那什么，两个封儿。"

"为什么来告诉我？"老先生的眼睛瞪得很大。

"不是那个，大先生还睡觉哪吗，"鲇鱼嘴试着步儿笑："我不好，不敢去惊动他，所以——"

陈老先生不好意思去思索，又得出个妥当的主意："他们天亮才散，我晓得！"缓了口气。"你先收下好啦，回头交给大爷：我不管，我不管！"走过去，把那本诗拿在手中，没看冯有才。

冯有才像从鱼网的孔中漏了出去，脚不擦地的走了。老先生又把那本诗放下，看了一眼："凉风起天末，君子意如何?!""君子——意——如——何——"老先生心中茫然，惭愧，没补上过知县，连个封儿都不敢接；冯有才，混蛋，必定笑我呢！送封儿是自古有之，可是应当什么时候送呢？是不是应当直接的说来送封儿，如邮差那样喊"送信"？说不清，惭愧！文章经济，自己到底缺乏经验，空虚——"意如何!"对着镜子看了看："养拙干戈际，全生麋鹿群!"细看看镜中的老眼有没有泪珠，没有；古人的性情，有不可及者！

老先生换好衣服，正想到铺子去看看，冯有才又进来了："老先生，那什么，我刚才忘记回了：钱会长派人来送口信，请您今天过去谈谈。"

"什么时候？"

"越早越好。"

老先生的大眼睛闭了闭，冯有才退出去。老先生翻眼回味着刚才那一闭眼的神威，开始觉到生命并不空虚，一闭眼也有作用；假如自己是个"重臣"，这一闭眼应当有多么大的价值？可惜只用在冯有才那混蛋的身上；白废！到底生命还是不充实，儒者三月无君……

他决定先去访钱会长。没坐车，为是活动活动腿脚。微风吹斜了长须，触着一些阳光，须梢闪起金花。他端起架子，渐渐的忘记是自己的身体在街上走，而是一个极大极素美的镜框子，被一股什么精神与道气催动着，在街上为众人示范——镜框子当中是个活圣贤。走着走着，他觉得有点不是味儿：知道那两封儿里是支票呢，还是现款呢？交给冯有才那个混蛋收着……不能，也许不能……可是，钱若是不少，谁保得住他不携款潜逃！世道人心！他想回去，可是不好意思，身分、礼教，都不准他回去。然而这绝不是多虑，应当回去！自己越有修养，别人当然越不可靠，不是过虑。回去不呢？没办法！

四

花厅里坐着两位，钱会长和武将军。钱会长从前作过教育次长和盐运使，现在却愿意人家称呼他会长，国学会的会长。武将军是个退职的武人，自从退隐以后，一点也不像个武人，肥头大耳的倒像个富商，近来很喜欢读书。

陈老先生和他们并非旧交，还是自从儿子升了侦探长以后才与他们来往。他对钱子美钱会长有相当的敬意，一来因为会长的身分，二来因为会长对于经学确是有研究，三来因为会长沉默寡言而又善于理财——文章经济。对武将军，陈老先生很大度的当个朋友待，完全因为武将军什么也不知道而好向老先生请教。

三人打过招呼，钱会长一劲儿咕噜着水烟，两只小眼专看着水烟袋，一声不出。武将军倒想说话，而不知说什么好，在文人面前他老有点不自然。陈老先生也不便开口，以保持自己的尊严。

坐了有十分钟，钱会长的脚前一堆一堆的烟灰已经像个义冢的小模型。他放下了烟袋，用右手无名指的长指甲轻轻刮了刮头。小眼睛从心里透出点笑意，像埋在深处的种子顶出个小小的春芽。用左手小指的指甲剔动右手的无名指，小眼睛看着两片指甲的接触，笑了笑：

"陈老先生，武将军要读《春秋》；怎样？我以为先读《尚书》，更根本一些；自然《春秋》也好，也好！"

"一以贯之，《十三经》本是个圆圈，"陈老先生手扶在膝上，看着自己的心，听着自己的声音："从哪里始，于何处止，全无不可！子美翁？"

武将军看着两位老先生，觉得他们的话非常有意思，可是又不甚明白。他搭不上嘴，只好用心的听着，心中告诉自己："这有意思，很深！"

"是的，是的！"会长又拿起水烟袋，揉着点烟丝，暂时不往烟筒上放。想了半天："宏道翁，近来以甲骨文证《尚书》者，有无是处。前天——"

"那——"

会长点头相让。陈老先生觉得差点沉稳，也不好不接下去："那，离经叛道而已。经所以传道，传道！见道有深浅，注释乃有不同，而无伤于经；以经为器，支解割裂，甲骨云乎哉！哈哈哈哈！"

"卓见！"咕噜咕噜。"前天，一个少年来见我，提到此事，我也是这么说，不谋而合。"

武将军等着听个结果，到底他应当读《春秋》还是《书经》，两位老先生全不言语了，好像刚斗过一阵的俩老鸡，休息一会儿，再斗。

陈老先生非常的得意，居然战胜了钱会长。自己的地位、经验，远不及钱子美，可是说到学问，自己并不弱，一点不弱。可见学问与经验也许不必互相关联？或者所谓学问全在嘴上，学问越大心中越空？他不敢决定，得意的劲儿渐次消散，他希望钱会长，哪怕是武将军呢，说些别的。

武将军忽然想起来："会长，娘们是南方的好，还是北方的好？"

陈老先生的耳朵似乎被什么猛的刺了一下。

武将军傻笑，脖子缩到一块，许多层肉摺。

钱会长的嘴在水烟袋上，小眼睛挤咕着，唏唏的笑。"武将军，我们谈道，你谈妇人，善于报复！"

武将军反而扬起脸来："不瞎吵，我真想知道哇。你们比我年纪大，经验多，娘们，谁不爱娘们？"

"这倒成了问题！"会长笑出了声。

陈老先生没言语，看着钱子美。他真不爱听这路话，可是不敢得罪他们；地位的优越，没办法。

"陈老先生？"武将军将错就错，闹哄起来。

"武将军天真，天真！食色性也，不过——"陈老先生假装一笑。

"等着，武将军。等多喒咱们喝几盅的时候，我告诉你；你得先背熟了《春秋》！"会长大笑起来，可依然没有多少声音，像狗喘那样。

陈老先生陪着笑起来。讲什么他也不弱于会长，他心里说，学问、手段……不过，他也的确觉到他是跟会长学了一招儿。文人所以能驾驭武人者在此，手段。

可是他自己知道，他笑得很不自然。他也想到：假若他不在这里，或者钱会长和武将军就会谈起妇女来。他得把话扯到别处去，不要大家愣着，越愣着越会使会长感到不安。

"那个，子美翁，有事商量吗？我还有点别的……"

"可就是。"钱会长想起来："别人都起不了这么早，所以我只约了你们二位来。水灾的事，马上需要巨款，咱先凑一些发出去，刻不容缓。以后再和大家商议。"

"很好！"武将军把话都听明白，而且非常愿意拿钱办善事。"会长分派吧，该拿多少！"

"昨天晚上遇见吟老，他拿一千。大家量力而为吧。"钱会长慢慢的说。

"那么，算我两千吧。"武将军把腿伸出好远，闭上眼养神，仿佛没了他的事。

陈老先生为了难。当仁不让，不能当场丢人。可是书生，没作过官的书生，哪能和盐运使与将军比呢。不错，他现在有些财产，可是他没觉到富裕，他总以为自己还是个穷读书的；因为感觉到自己穷，才能作出诗来。再说呢，那点财产都是儿子挣来的，不容易；老子随便挥霍——即使是为行善——岂不是慷他人之慨？父慈子孝，这是两方面的。为儿子才拉拢这些人！可是没拉拢出来什么，而先倒出一笔钱去，儿子的，怎对得起儿子？自然，也许出一笔钱，引起会长的敬意。对儿子不无好处；但是希望与拿现钱是两回事。引起他们的敬意，就不能少拿，而且还得快说，会长在那儿等着呢！乐天下之乐，忧天下之忧，常这么说；可谁叫自己连个知县也没补上过呢！陈老先生的难堪甚于顾虑，他恨自己。他捋了把胡子，手微有一点颤。

"寒士，不过呢，当仁不让，我也拿吟老那个数儿吧。唯赈无量不及破产！哈哈！"他自己听得出哈哈中有点颤音。

他痛快了些，像把苦药吞下去那样，不感觉舒服，而是减少了迟疑与苦闷。

武将军两千，陈老先生一千，不算很小的一个数儿。可是会长连头也没抬，依然咕噜着他的水烟。陈老先生一方面羡慕会长的气度，一方面想知道到底会长拿多少呢。

"为算算钱数，会长，会长拿多少？"

会长似乎没有听见。待了半天，仍然没抬头："我昨天就汇出去了，五千；你们诸公的几千，今天晌午可以汇了走；大家还方便吧？若是不方便的话，我先打个电报去报告个数目，一半天再汇款。"

"容我们一半天的工夫也好。"陈老先生用眼睛问武将军，武将军点点头。

大家又没的可说了。

武将军又忽然想起来："宏老，走，上我那儿吃饭去！会长去不去？"

"我不陪了，还得找几位朋友去，急赈！"会长立起来，"不忙，天还早。"

陈老先生愿意离开这里，可是不十分热心到武宅去吃饭。他可没思索便答应了武将军，他知道自己心中是有点乱，有个地方去也好。他惭愧,为一千块钱而心中发乱;毛病都在他没作过盐运使与军长;他不能不原谅自己。到底心中还是发乱。

坐上将军的汽车,一会儿就到了武宅。

武将军的书房很高很大,好像个风雨操场似的,可是墙上挂满了字画,到处是桌椅,桌上挤满了摆设。字画和摆设都是很贵买来的,而几乎全是假古董。懂眼的人不好意思当着他的面说是假的,可是即使说了,将军也不在乎;遇到阴天下雨没事可作的时候,他不看那些东西,而一件件的算价钱:加到一块统计若干,而后分类,字画值多钱,铜器值若干,玉器……来回一算,他可以很高兴的过一早晨,或一后半天。

陈老先生不便说那些东西"都"是假的,也不便说"都"是真的,他指出几件不地道,而嘱咐将军:"以后再买东西,找我来;或是讲明了,付过了钱哪时要退就可以退,"他可惜那些钱。

"正好,我就去请你,买不买的,说会子话儿!"武将军马上想起话来。这所房子值五万;家里现在只剩了四个娘们,原先本是九个来着,裁去了五个,保养身体,修道。他有朝一日再掌兵权也不再多杀人,太缺德……

陈老先生搭不上话,可是这么想:假若自己是宰相,还能不和将军们来往么?自己太褊狭,因为没作过官;一个儒者,书生的全部经验是由作官而来。他把心放开了些,慢慢的觉到武将军也有可爱之处,就拿将军的大方说,会长刚一提赈灾,他就认两千,无论怎说,这是有益于人民的……至少他不能得罪了将军,儿子的前途——文王的大德,武王的功绩,相辅而成,相辅而成!

仆人拿进一封信来。武将军接过来,随手放在福建漆的小桌上。仆人还等着。将军看了信封一眼:"怎回事?"

"要将军的片子,要紧的信!"

"找张名片去,请王先生来!"王先生是将军的秘书。

"王先生吃饭去了,大概得待一会儿……"

将军撕开了信封。抽出信纸,顺手儿递给了陈老先生:"老先生给看一眼,就是不喜欢念信!那谁,抽屉里有名片。"

陈老先生从袋中摸出大眼镜,极有气势的看信:

"武将军仁兄阁下敬启者恭维

起居纳福金体康宁为盼舍侄之事前曾面托是幸今闻钱子美次长与

将军仁兄交情甚厚次长与秦军长交情亦甚厚如蒙

鼎助与次长书通一声则薄酬六千二位平分可也次长常至军长家中顺便一说定奏成功无任感激心照不宣祇祝

钧安

如小弟马应龙顿首"

陈老先生的胡子挡不住他的笑了。文人的身分,正如文人的笑的资料,最显然的是来自文字。陈老先生永远忘不了这封信。

"怎回事?"武将军问。

老先生为了难;这样的信能高声朗诵的给将军念一过吗?他们俩并没有多大交情;他想用自己的话翻译给将军,可是六千元等语是没法翻得很典雅的;况且太文雅了,将军是否能听得明白,也是个问题。他用白话儿告诉了将军,深恐将军感到不安;将军听明白了,只说了声:

"就是别拜把子,麻烦!"态度非常的自然。

陈老先生明白了许多的事。

五

廉伯太太正在灯下给傻小子织毛袜子,嘴张着点,时时低声的数数针数。廉伯进来。她看了丈夫一眼,似笑非笑的低下头去照旧作活。廉伯心中觉得不合适,仿佛不大认识她了。结婚时的她忽然极清楚浮现在心中,而面前的她倒似乎渺茫不真了。他无聊的,慢慢的,坐在椅子上。不肯承认已经厌恶了太太,可也无从再爱她。她现在只是一堆肉,一堆讨厌的肉,对她没有可说的,没有可作的。

"孩子们睡了?"他不愿呆呆的坐着。

"刚睡,"她用编物针向西指了指,孩子们是由刘妈带着在西套间睡。说完,她继续的编手中的小袜子。似用着心,又似打着玩,嘴唇轻动,记着针数;有点傻气。

廉伯点上枝香烟,觉到自己正像个烟筒,细长,空空的,只会冒着点烟。吸到半枝上,他受不住了,想出去,他有地方去。可是他没动,已经忙了一天,不愿再出去。他试着找她的美点,刚找到便又不见了。不想再看。说点什么,完全拿她当个"太太"看,谈些家长里短。她一声不出,连咳嗽都是在嗓子里微微一响,恐怕使他听见似的。

"嗨!"他叫了声,低,可是非常的硬,"哑巴!"

"哟!"她将针线按在心口上,"你吓我一跳!"

廉伯的气不由的撞上来,把烟卷用力的摔在地上,蹦起一些火花。"别扭!"

"怎啦?"她慌忙把东西放下,要立起来。

他没言语;可是见她害了怕,心中痛快了些,用脚把地上的烟踩灭。

她呆呆的看着他,像被惊醒的鸡似的,不知怎样才好。

"说点什么,"他半恼半笑的说,"老编那个鸡巴东西!离冬天还远着呢,忙什么!"

她找回点笑容来:"说冷可就也快;说吧。"

他本来没的可说,临时也想不出。这要是搁在新婚的时候,

47

本来无须再说什么，有许多的事可以代替说话。现在，他必得说些什么，他与她只是一种关系；别的都死了。只剩下这点关系；假若他不愿断绝这点关系的话，他得天天回来，而且得设法找话对她说！

"二爷呢？"他随便把兄弟拾了起来。

"没回来吧；我不知道。"她觉出还有多说点的必要："没回来吃饭，横是又凑上了。"

"得给他定亲了，省得老不着家。"廉伯痛快了些，躺在床上，手枕在脑后。"你那次说的是谁来着？"

"张家的三姑娘，长得仙女似的！"

"啊，美不美没多大关系。"

她心中有点刺的慌。她娘家没有陈家阔，而自己在作姑娘的时候也很俊。

廉伯没注意她。深感觉到廉仲婚事的困难。弟弟自己没本事，全仗着哥哥，而哥哥的地位还没达到理想的高度。说亲就很难：高不成，低不就。可是即使哥哥的地位再高起许多，还不是弟弟跟着白占便宜？廉伯心中有点不自在：以陈家全体而言，弟弟应当娶个有身分的女子，以弟弟而言，痴人有个傻造化，苦了哥哥！慢慢再说吧！

把弟弟的婚事这么放下，紧跟着想起自己的事。一想起来，立刻觉得屋中有点闭气，他想出去。可是……

"说，把小凤接来好不好？你也好有个伴儿。"

廉伯太太还是笑着，一种代替哭的笑："随便。"

"别随便，你说愿意。"廉伯坐起来。"不都为我，你也好有个帮手；她不坏。"

她没话可说，转来转去还是把心中的难过笑了出来。

"说话呀，"他紧了一板："愿意就完了，省事！"

"那么不等二弟先结婚啦?"

他觉出她的厉害。她不哭不闹,而拿弟弟来支应,厉害!设若她吵闹,好办;父亲一定向着儿子,父亲不能劝告儿子纳妾,可是一定希望再有个孙子,大成有点傻,而太太不易再生养。不等弟弟先结婚了!多么冠冕堂皇!弟弟算什么东西!十几年的夫妇,跟我掏鲇坏!他立起来,找帽子,不能再在这屋里多停一分钟。

"上哪儿?这早晚!"

没有回答。

六

微微的月光下,那个小门像图画上的,门楼上有些树影。轻轻的拍门,他口中有点发干,恨不能一步迈进屋里去。小凤的母亲来开,他希望的是小凤自己。老妈妈问了他一句什么,他只哼了一声,一直奔了北屋去。屋中很小,很干净,还摆着盆桂花。她从东里间出来:"你,哟?"

老妈妈没敢跟进来,到厨房去泡茶。他想搂住小凤。可是看了她一眼,心中凉了些,闻到桂花的香味。她没打扮着,脸黄黄的,眼圈有点发红,好似忽然老了好几岁。廉伯坐在椅上,想不起说什么好。

"我去擦把脸,就来!"她微微一笑,又进了东里间。

老妈妈拿进茶来,又闲扯了几句,廉伯没心听。老妈妈的白发在电灯下显着很松很多,蓬散开个白的光圈。他呆呆的看着这团白光,心中空虚。

不大一会儿,小凤回来了。脸上擦了点粉,换了件衣裳,年轻了些,淡绿的长袍,印着些小碎花。廉伯爱这件袍儿,可是刚才的红眼圈与黄脸仍然在心中,他觉得是受了骗。同时,他又舍不得走,她到底还有点吸力。无论如何,他不能马上又折回家去,他不能输给太太。老妈妈又躲出去。

小凤就是没擦粉,也不算难看;擦了粉,也不妖媚。高高的细条身子,长脸,没有多少血,白净。鼻眼都很清秀,牙非常的光白好看。她不健康,不妖艳,但是可爱。她身上有点什么天然带来的韵味,像春雾,像秋水,淡淡的笼罩着全身,没有什么特别的美点,而处处轻巧自然,一举一动都温柔秀气;衣服在她身上像遮月的薄云,明洁飘洒。她不爱笑,但偶尔一笑,露出一些好看的牙,是她最美的时候,可是仅仅那么一会儿,转眼即逝,使人追味,如同看着花草,忽然一个白蝶飞来,又飘然飞过了墙头。

"怎这么晚?"她递给他一枝烟,扔给他一盒洋火。

"忙!"廉伯舒服了许多。看着蓝烟往上升,他定了定神,为什么单单爱这个贫血的女人?奇怪,自从有了这个女人,把寻花问柳的事完全当作应酬,心上只有她一个人,为什么从烟中透过一点浓而不厌的桂香,对,她的味儿长远!

"眼圈又红了,为什么?"

"没什么,"她笑得很小,只在眼角与鼻翅上轻轻一逗,可是表现出许多心事:"有点头疼,吃完饭也没洗脸。"

"又吵了架?一定!"

"不愿意告诉你,弟弟又回来了!"她皱了一下眉。

"他在哪儿呢?"他喝了一大口茶,很关切的样子。

"走了,妈妈和我拿你吓唬他来着。"

"别遇上我,有他个苦子吃!"廉伯说得极大气。

"又把妈妈的钱……"她仿佛后悔了,轻轻叹了口气。

"我还得把他赶跑!"廉伯很坚决,自信有这个把握。

"也别太急了，他——"

"他还能怎样了陈廉伯？"

"不是，我没那么想；他也有好处。"

"他？"

"要不是他，咱俩还到不了一块，不是吗？"

陈廉伯哈哈的笑起来："没见过这样的红娘！"

"我简直没办法。"她又皱上了眉。"妈妈就有这么一个儿子，恨他，可是到底还疼他，作妈妈的大概都这样。只苦了我，向着妈妈不好，向着弟弟不好！"

"算了吧，说点别的，反正我有法儿治他！"廉伯其实很愿听她这么诉苦，这使他感到他的势力与身分，至少也比在家里跟夫人对愣着强；他想起夫人来："我说，今儿个我可不回家了。"

"你们也又吵了嘴，为我？"她要笑，没能笑出来。

"为你；可并没吵架。我有我的自由，我爱上这儿来别人管不着我！不过，我不愿意这么着；你是我的人，我得把你接到家中去；这么着别扭！"

"我看还是这么着好。"她低着头说。

"什么？"他看准了她的眼问。

她的眼光极软，可是也对准他的："还是这么着好。"

"怎么！"他的嘴唇并得很紧。

"你还不知道？"她还看着他，似乎没理会到他的要怒的神气。

"我不知道！"他笑了，笑得很冷。"我知道女人们别扭。吃着男人，喝着男人，吃饱喝足了成心气男人。她不愿意你去，你不愿意见她，我晓得。可是你们也要晓得，我的话才算话！"他挺了挺他的水蛇腰。

她没再说什么。

因为没有光明的将来，所以她不愿想那黑暗的过去。她只求混过今天。可是躺在陈廉伯的旁边,她睡不着,过去的图画一片片的来去,她没法赶走它们。它们引逗她的泪,可是只有哭仿佛是件容易作的事。

她并不叫"小凤",宋凤贞才是她;"小凤"是廉伯送给她的,为是听着像个"外家"。她是师范毕业生,在小学校里教书,养活她的母亲。她不肯出嫁,因为弟弟龙云不肯负起养活老母的责任。妈妈为他们姐弟吃过很大的苦处,龙云既不肯为老人想一想,凤贞仿佛一点不能推脱奉养妈妈的义务;或者是一种权利,假如把"孝"字想到了的话。为这个,她把出嫁的许多机会让过去。

她在小学里很有人缘,她有种引人爱的态度与心路,所以大家也就喜欢她。校长是位四十多岁的老姑娘,已办了十几年的学,非常的糊涂,非常的任性,而且有一头假头发。她有钱,要办学,没人敢拦着她。连她也没挑出凤贞什么毛病来,可是她的弟弟说凤贞不好,所以她也以为凤贞可恶。凤贞怕失业,她到校长那里去说:校长的弟弟常常跟随着她,而且给她写信,她不肯答理他。校长常常辞退教员,多半是因为教员有了爱人。校长自己是老姑娘,不许手下的教员讲恋爱;因为这个,社会上对于校长是十二分尊敬的;大家好像是这样想:假若所有的校长都能这样,国家即使再弱上十倍,也会睡醒一觉就梦似的强起来。凤贞晓得这个,所以觉得跟校长说明一声,校长必会管教她的兄弟。

可是校长很简单的告诉凤贞:"不准诬赖好人,也不准再勾引男子,再有这种事,哼……"

凤贞的泪全咽在肚子里。打算辞职,可是得等找到了别的事,不敢冒险。

慢慢的,这件事被大家知道了,都为凤贞不平。校长听到了一些,她心中更冒了火。有一天朝会的时候,她教训了大家一顿,话很不好听,有个暴性子的大学生喊了句:"管教管教你弟弟好不好!"校长哈哈的笑起来:"不用管教我弟弟,我得先管教教员!"她从袋中摸出个纸条来:"看!收了我弟弟五百块钱,反说我兄弟不好。宋凤贞!我待你不错,这就是你待朋友的法儿,是不是?你给我滚!"

凤贞只剩了哆嗦。学生们马上转变过来,有的向她呸呸的啐。她不晓得怎样走回了家。到了家中,她还不敢哭;她知道那五百块钱是被弟弟使了,不能告诉妈妈;她失了业,也不能告诉妈妈。她只说不大舒服,请了两天假;她希望能快快的在别处找个事。

找了几个朋友,托给找事,人家都不大高兴理她。

龙云回来了,很恳切的告诉姐姐:

"姐,我知道你能原谅我。我有我的事业,我需要钱。我的手段也许不好,我的目的没有错儿。只有你能帮助我,正像只有你能养着母亲。为帮助母亲与我,姐,你须舍掉你自己,好像你根本没有生在世间过似的。校长弟弟的五百元,你得替我还上;但是我不希望你跟他去。侦探长在我的背后,你能拿住了侦探长,侦探长就拿不住了我,明白,姐?你得到他,他就会还那五百元的账,他就会给你找到事,他就会替你养活着母亲。得到他,替我遮掩着,假如不能替我探听什么。我得走了,他就在我背后呢!再见,姐,原谅我不能听听你的意见!记住,姐姐,你好像根本没有生在世间过!"

她明白弟弟的话。明白了别人,为别人作点什么,只有舍去自己。

弟弟的话都应验了,除了一句——他就会给你找到事。他没给凤贞找事,他要她陪着睡。凤贞没再出过街门一次,好似根本没有生在世间过。对于弟弟,她只能遮掩,说他不孝、糊涂、无赖;为弟弟探听,她不会作,也不想作,她只求混过今天,不希望什么。

七

　　陈老先生明白了许多的事。有本领的人使别人多懂些事，没有本事的人跟着别人学，惭愧！自己跟着别人学！但是不能不学，一事不知，君子之耻，活到老学到老！谁叫自己没补上知县呢！作官方能知道一切。自己的祖父作过道台，自己的父亲可是只作到了"坊里德表"，连个功名也没得到！父亲在族谱上不算个数，自己也差不多；可是自己的儿子……不，不能全靠着儿子，自己应当老当益壮，假若功名无望，至少得帮助儿子成全了伟大事业。自己不能作官，还不会去结交官员吗？打算帮助儿子非此不可！他看出来，作官的永远有利益，盐运使，将军，退了职还有大宗的人款。官和官声气相通，老相互帮忙。盟兄弟、亲戚、朋友，打成一片；新的官是旧官的枝叶；即使平地云雷，一步登天，还是得找着旧官宦人家求婚结友；一人作官，福及三代。他明白了这个。想到了二儿子。平日，看二儿子是个废物，现在变成了宝贝。廉伯可惜已经结了婚，廉仲大有希望。比如说武将军有个小妹或女儿，给了廉仲？即使廉仲没出息到底，可是武将军又比廉仲高明着多少？他打定了主意，廉仲必须娶个值钱的女子，哪怕丑一点呢，岁数大一点呢，都没关系。廉伯只是个侦探长，那么，丑与老便是折中时的交换条件：陈家地位低些，可是你们的姑娘不俊秀呢！惭愧，陈家得向人家交换条件，无法，谁叫陈宏道怀才不遇呢！谈笑有鸿儒，往来无白丁，何等气概！老先生心里笑了笑。

　　他马上托咐了武将军，武将军不客气的问老先生有多少财产。老先生不愿意说，又不能不说，而且还得夸张着点儿说。由君子忧道不忧贫的道理说,他似乎应当这样的回答——方宅十余亩,草屋八九间。即使这是瞒心昧己的话,听着到底有些诗味。可是他现在不是在谈道,而是谈实际问题,实际问题永远不能作写诗的材料。他得多说,免得叫武将军看他不起:

"诗书门第,不过呢,也还有个十几万;先祖作过道台……"想给儿子开脱罪名。

"廉伯大概也抓弄不少?官不在大,缺得合适。"武将军很亲热的说。

"那个,还好,还好!"老先生既不肯像武人那样口直心快,又不愿说倒了行市。

"好吧,老先生,交给我了;等着我的信儿吧!"武将军答应了。

老先生吐了一口气,觉得自己并非缺乏实际的才干,只可惜官运不通;喜完不免又自怜,胡子嘴儿微微的动着,没念出声儿来:"耽酒须微禄,狂歌托圣朝……"

"哼!"武将军用力拍了大腿一下:"真该揍,怎就忘了呢!宝斋不是有个老妹子!"他看着陈老先生,仿佛老先生一定应该知道宝斋似的。

"哪个宝斋?"老先生没希望事来得这样快,他渺茫的有点害怕了。

"不就是孟宝斋,顶好的人!那年在南口打个大胜仗,升了旅长。后来邱军长倒戈,把他也连累上,撤了差,手中多也没有,有个二十来万,顶好的人。我想想看,他——也就四十一二,老妹子过不去二十五六,'老'妹子。合适,就这么办了,我明天就去找他,顶熟的朋友。还真就是合适!",

陈老先生心中有点慌,事情太顺当了恐怕出毛病!孟宝斋究竟是何等样的人呢?婚姻大事,不是随便闹着玩的。可是,武将军的善意是不好不接受的。怎能刚求了人家又撤回手来呢！但是，跟个旅长作亲——难道儿子不是侦探长？儿孙自有儿孙福，廉仲有命呢，跟再阔一点的人联姻，也无不可；命不济呢，娶个蛾皇似的贤女，也没用。父亲只能尽心焉而已，其余的……再说呢，武将军也不一定就马到成功，试试总没什么不可以的。他点了头。

辞别了武将军，他可是又高兴起来，即使是试试，总得算是个胜利；假使武将军看不起陈家的话，他能这样热心给作媒么？这回不成，来日方长，陈家算是已打入了另一个圈儿，老先生的力量。廉仲也不坏，有点傻造化；希望以后能多给他点好脸子看！

把二儿子的事放下，想起那一千块钱来。告诉武将军自己有十来万，未免，未免，不过，一时的手段；君子知权达变。虽然没有十来万，一千块钱还不成问题。可是，会长与将军的捐款并不必自己掏腰包，一个买卖就回来三四千——那封信！为什么自己应当白白拿出一千呢？况且，焉知道他们的捐款本身不是一种买卖呢！作官的真会理财，文章经济。大概廉伯也有些这种本领，一清早来送封儿，不算什么不体面的事；自己不要，不过是便宜了别人；人不应太迂阔了，这一千块钱怎能不叫儿子知道，而且不白白拿出去呢？陈老先生极用心的想，心中似乎充实了许多：作了一辈子书生，现在才明白官场中的情形，才有实际的问题等着解决。儿子尽孝是种光荣，但究竟是空虚的，虽然不必受之有愧，可是并显不出为父亲的真本事。这回这一千元，不能由儿子拿，老先生要露露手段，儿子的孝心是儿子的，父亲的本事是父亲的，至少这两回事——廉仲的婚事和一千元捐款——要由父亲负责，也教他们年轻的看一看，也证实一下自己并不是酸秀才。

街上仿佛比往日光亮着许多，飞尘在秋晴中都显着特别的干爽，高高的浮动着些细小金星。蓝天上飘着极高极薄的白云，将要同化在蓝色里，鹰翅下悬着白白的长丝。老先生觉得有点疲乏，可是非常高兴，头上出了些汗珠，依然扯着方步。来往的青年男女都换上初秋的新衣，独行的眼睛不很老实，同行的手拉着手，或并着肩低语。老先生恶狠狠的瞪着他们，什么样子，男女无别，混账！老先生想到自己设若还能作官，必须斩除这些混账们。爱民以德，齐民以礼；不过，乱国重刑，非杀几个不可！国家将亡，必有妖孽，这种男女便是妖孽。只有读经崇礼，方足以治国平天下。

但是，自己恐怕没有什么机会作官了，顶好作个修身齐家的君子吧。"圣贤虽远诗书在，殊胜邻翁击磬声！"修身，自己生平守身如执玉；齐家，父慈子孝。俯仰无愧，耿耿此心！忘了街上的男女；我道不行，且独善其身吧。

他想到新铺子中看看，儿子既然孝敬给老人，老人应当在开市以前去看看，给他们出些主意，"为商为士亦奚异"，天降德于予，必有以用其才者。

聚元粮店正在预备开市，门匾还用黄纸封着，右上角破了一块，露出极亮的一块黑漆和一个鲜红的"民"字。铺子外卸着两辆大车，一群赤背的人往里边扛面袋，背上的汗湿透了披着的大布巾，头发与眉毛上都挂着一层白霜。肥骡子在车旁用嘴偎着料袋，尾巴不住的抡打秋蝇。面和汗味裹在一处，招来不少红头的绿蝇，带着闪光乱飞。铺子里面也很紧张，笸箩已摆好，都贴好红纸签，小伙计正按着标签往里倒各种粮食，糠飞满了屋中，把新油的绿柜盖上一层黄白色。各处都是新油饰的，大红大绿，像个乡下的新娘子，尽力打扮而怪难受的。面粉堆了一人多高，还往里扛，软软的，印着绿字，像一些发肿的枕头。最着眼的是悬龛里的关公，脸和前面的一双大红烛一样红，龛底下贴着一溜米色的挂钱和两三串元宝。

陈老先生立在门外，等着孙掌柜出来迎接。伙计们和扛面的都不答理他，他的气要往上撞。"借光，别挡着道儿！"扛着两个面的,翻着眼瞪他。

"叫掌柜的出来!"陈老先生吼了一声。

"老东家!老东家!"一个大点儿的伙计认出来。

"老东家!老东家!"传递过去,大家忽然停止了工作,脸在汗与面粉的底下露出敬意。

老先生舒服了些,故意不睬不闻。抬头看匾角露出的红"民"字。

孙掌柜胖胖的由内柜扭出来,脸上的笑纹随着光线的强度增多,走到门口,脸上满是阳光也满是笑纹。山东绸的裤褂在日光下起闪,脚下的新千层布底白得使人忽然冷一下。

"请吧,请吧,老先生。"掌柜的笑向老东家放射,眼角撩着面车,千层底躲着马尿,脑瓢儿指挥小徒弟去沏茶打手巾。一点不忙,而一切都作到了掌柜的身分。慢慢的向内柜走,都不说话,掌柜的胖笑脸向左向右,微微一抬,微微向后;老先生的眼随着胖笑脸看到了一切。

到了内柜,新油漆味,老关东烟味,后院的马粪味,前面浮进来的糠味,拌成一种很沉重而得体的臭味。老先生入了另一世界。这个味道使他忘了以前的自己,而想到一些比书生更充实更有作为的事儿。平日的感情是来自书中,平日的愿望是来自书中,空的,都是空的。现在他看着墙上斜挂着一溜蓝布皮的账簿,桌上的紫红的算盘,墙角放着的大钱柜,锁着放光的巨锁,贴着"招财进宝"……他觉得这是实在的、可捉摸的事业;这个事业未必比作官好,可是到底比向着书本发呆,或高吟"天生德于予"强的多。这是生命、作为、事业。即使不幸,儿子搁下差事,这里,这里!到底是有米有面有钱,经济!

他想起那一千块来。

"孙掌柜,比如说,闲谈,咱们要是能应下来一笔赈粮;今年各处闹灾,大概不久连这里也得收容不少灾民;办赈粮能赔钱不能?请记住,这可是慈善事儿!"

孙掌柜摸不清老东家的意思,只能在笑上努力:"赔不了,怎能赔呢?"

"闲谈;怎就不能赔呢?"

又笑了一顿,孙掌柜拿起长烟袋,划着了两根火柴,都倒插在烟上,而后把老玉的烟嘴放在唇间。"办赈粮只有赚,弄不到手的事儿!"撇着嘴咽了口很厚很辣的烟。"怎么说呢,是这么着:赈粮自然免税,白运,啊!——"

"还怎着?"老先生闭上眼,气派很大。

"谁当然也不肯专办赈;白运,这里头就有伸缩了。"他等了等,看老东家没作声,才接着说:"赶到粮来了,发的时候还有分寸。"

"那可——"老先生睁开了眼。

"不必一定那么办,不必;假如咱们办,实入实出;占白运的便宜,不苦害难民,落个美名,正赶上开市,也好立个名誉。买卖是活的,看怎调动。"孙掌柜叼着烟袋,斜看着白千层底儿。

"买卖是活的,"在老先生耳中还响着,跟作文章一样,起承转合……

"老先生,有路子吗?"孙掌柜试着步儿问。

"什么路子?"

"办赈粮。"

"我想想看。"

"运动费可也不小。"

"有人,有人;我想想看。"老先生慢慢觉得孙掌柜并不完全讨厌。武将军与孙掌柜都不像想象的那么讨厌,自己大概是有点太板了;道足以正身,也足以杀灭生机,仿佛是要改一改,自己有了财，有了身分，传道岂不更容易；汤武都是皇帝，富有四海，仍不失为圣人。拿那一千，再拿一二千去运动也无所不可，假如能由此买卖兴隆起来，日进斗金……

他和孙掌柜详细的计议了一番。

临走，孙掌柜想起来：

"老先生，内柜还短块匾，老先生给选两个好字眼，写一写；明天我亲自去取。"

"写什么呢？"老先生似乎很尊重掌柜的意见。

"老先生想吧，我一肚子俗字！"

老先生哈哈的笑起来，微风把长须吹斜了些，在阳光中飘着疏落落的金丝。

八

"大嫂！"廉仲在窗外叫："大嫂！"

"进来，二弟。"廉伯太太从里间匆忙走出来。"哟，怎么啦？"

廉仲的脸上满是汗，脸蛋红得可怕，进到屋中，一下子坐在椅子上，好像要昏过去的样子。

"二弟，怎啦？不舒服吧？"她想去拿点糖水。

廉仲的头在椅背上摇了摇，好容易喘过气来。"大嫂！"叫了一声，他开始抽噎着哭起来，头捧在手里。

"二弟！二弟！说话！我是你的老嫂子！"

"我知道，"廉仲挣扎着说出话来，满眼是泪的看着嫂子："我只能对你说，除了你，没人在这里拿我当作人。大嫂你给我个主意！"他净下了鼻子。

"慢慢说，二弟！"廉伯太太的泪也在眼圈里。

"父亲给我定了婚，你知道？"

她点了点头。

"他没跟我提过一个字;我自己无意中听到了,女的,那个女的,大嫂,公开的跟她家里的汽车夫一块睡,谁都知道!我不算人,我没本事,他们只图她的父亲是旅长,媒人是将军,不管我……王八……"

"父亲当然不知道她的……"

"知道也罢,不知道也罢,我不能受。可是,我不是来告诉你这个。你看,大嫂,"廉仲的泪渐渐干了,红着眼圈,"我知道我没本事,我傻,可是我到底是个人。我想跑,穷死,饿死,我认命,不再登陈家的门。这口饭难咽!"

"咱们一样,二弟!"廉伯太太低声的说。

"我很想玩他们一下,"他见嫂子这样同情,爽性把心中的话都抖落出来:"我知道他们的劣迹,他们强迫买卖家给送礼——乾礼。他们抄来'白面'用面粉顶换上去,他们包办赈粮……我都知道。我要是揭了他们的盖儿,枪毙,枪毙!"

"呕,二弟,别说了,怕人!你跑就跑得了,可别这么办哪!于你没好处,于他们没好处。我呢,你得为我想想吧!我一个妇道人家……"她的眼又向四下里望了,十分害怕的样子。

"是呀,所以我没这么办。我恨他们,我可不恨你,大嫂;孩子们也与我无仇无怨。我不糊涂。"廉仲笑了,好像觉得为嫂子而没那样办是极近人情的事,心中痛快了些,因为嫂子必定感激他。"我没那么办,可是我另想了主意。我本打算由昨天出去,就不登这个门了,我去赌钱,大嫂你知道我会赌?我是这么打好了主意:赌一晚上,赢个几百,我好远走高飞。"

"可是你输了。"廉伯太太低着头问。

"我输了!"廉仲闭上了眼。

"廉仲,你预备输,还是打算赢!"宋龙云问。

"赢！"廉仲的脸通红。

"不赌；两家都想赢还行。我等钱用。"

那两家都笑了。

"没你缺一手。"廉仲用手指肚来回摸着一张牌。

"来也不打麻将，没那么大工夫。"龙云向黑的屋顶喷了一口烟。

"我什么也陪着，这二位非打牌不可，专为消磨这一晚上。坐下！"廉仲很急于开牌。

"好吧，八圈，多一圈不来？"

三家勉强的点头。"坐下！"一齐说。

"先等等，拍出钱来看看，我等钱用！"龙云不肯坐下。

三家掏出票子扔在桌上，龙云用手拨弄了一下："这点钱？玩你们的吧！"

"根本无须用钱；筹码！输了的，明天早晨把款送到；赌多少的？"廉仲立起来，拉住龙云的臂。

"我等两千块用，假如你一家输，输过两千，我只要两千，多一个不要；明天早上清账！"

"坐下！你输了也是这样？"廉仲知道自己有把握。

"那还用说，打座！"

八圈完了，廉仲只和了个末把，胖手哆嗦着数筹码，他输了一千五。

"再来四圈？"他问。

"说明了八圈一散。"龙云在裤子上擦擦手上的汗："明天早晨我同你一块去取钱，等用！"

"你们呢？"廉仲问那二家，眼中带着乞怜的神气。

"再来就再来，他一家赢，我不输不赢。"

"我也输，不多，再来就再来。"

"赢家说话！"廉仲还有勇气，他知道后半夜能转败为胜，必不得已，他可以耍花活；似乎必得耍花活！

"不能再续，只来四圈；打座！"龙云仿佛也打上瘾来。

廉仲的运气转过点来。

"等会儿！"龙云递给廉仲几个筹码。"说明白了，不带花招儿的！"

廉仲拧了下眉毛，没说什么。

打下一圈来，廉仲和了三把。都不小。

"抹好了牌，再由大家随便换几对儿，心明眼亮；谁也别掏坏，谁也别吃亏！"龙云用自己门前的好几对牌换过廉仲的几对来。

廉仲不敢说什么，瞪着大家的手。

可是第二圈，他还不错，虽然只和了一把，可是很大。他对着牌笑了笑。

"脱了你的肥袖小褂！"龙云指着廉仲的胖脸说。

"干什么？"廉仲的脸紧得很难看，用嘴唇干挤出这三个字来。

"不带变戏法儿的，仙人摘豆，随便的换，哎？"

哗——廉仲把牌推了，"输钱小事，名誉要紧，太爷不玩啦！"

"你？你要打的；捡起来！"龙云冷笑着。

"不打犯法呀！"

"好啦，不打也行，这两圈不能算数，你净欠我一千五？"

"我一个子儿不欠你的？"廉仲立起来。

"什么？你以为还出得去吗？"龙云也立起来。

"绑票是怎着？我看见过！"廉仲想吓唬吓唬人。牌是不能再打了，抹不了自己的牌，换不了张，自己没有必赢的把握。凭气儿，他敌不住龙云。

"用不着废话，我输了还不是一样拿出钱？"

"我没钱！"廉仲说了实话。

"嗨，你们二位请吧，我和廉仲谈谈。"龙云向那两家说："你不输不赢，你输不多；都算没事，明天见。"

那两家穿好长衣服，"再见。"

"坐下，"龙云和平了一些，"告诉我，怎回事。"

"没什么，想赢俩钱，作个路费，远走高飞。"廉仲无聊的，失望的，一笑。

"没想到输，即使输了，可以拿你哥哥唬事，侦探长。"

"他不是我哥哥！"廉仲可是想不起别的话来。他心中忽然很乱：回家要钱，绝对不敢。最后一次利用哥哥的势力，不行，龙云不是好惹的。再说呢，龙云是廉伯的对头，帮助谁也不好；廉伯拿住龙云至少是十年监禁，龙云得了手，廉伯也许吃不住。自己怎办呢！

"你干吗这么急着用钱？等两天行不行？"

"我有我的事，等钱用就是等钱用；想法拿钱好了，你！"龙云一点不让步。

"我告诉你了，没钱！"廉仲找不着别的话说。

"家里去拿。"

"你知道他们不能给我。"

"跟你嫂子要！"

"她哪有钱？"

"你怎知道她没钱？"

廉仲不言语了。

"我告诉你怎办，"龙云微微一笑，"到家对你嫂子明说，就说你输了钱，输给了我。我干吗用钱呢，你对嫂子这么讲：龙云打算弄俩钱，把妈妈姐姐都偷偷的带了走。你这么一说，必定有钱。明白不？"

"你真带她们走吗？"

"那你不用管。"

"好啦，我走吧？"廉仲立起来。

"等等！"龙云把廉仲拦住。"那儿不是张大椅子？你睡上一会儿，明天九点我放你走。我不用跟着你，你知道我是怎个人。你乖乖的把款送来，好；你一去不回头，也好；我不愿打死人，连你哥哥的命我都不想要。不过，赶到气儿上呢，我也许放一两枪玩！"龙云拍了拍后边的裤袋。

"大嫂，你知道我不能跟他们要钱？记得那年我为踢球挨那顿打？捆在树上！我想，他们想打我，现在大概还可以。"

"不必跟他们要，"廉伯太太很同情的说，"这么着吧，我给你凑几件首饰，你好歹的对付吧。"

"大嫂！我输了一千五呢！"

"二弟！"她咽了口气："不是我说你，你的胆子可也太大了！一千五！"

"他们逼的我！我平常就没有赌过多大的耍儿。父亲和哥哥逼的我！"

"输给谁了呢？"

"龙云！他……"廉仲的泪又转起来。只有嫂子疼他，怎肯瞪着眼骗她呢？

可是，不清这笔账是不行的，龙云不好惹。叫父兄知道了也了不得。只有骗嫂子这条路，一条极不光明而必须走的路！

"龙云，龙云，"他把辱耻、人情，全咽了下去，"等钱用，我也等钱用，所以越赌越大。"

"宋家都不是好人，就不应当跟他赌！"她说得不十分带气，可是露出不满意廉仲的意思。

"他说，拿到这笔钱就把母亲和姐姐偷偷的带了走！"每一个字都烫着他的喉。

"走不走吧，咱们哪儿弄这么多钱去呢？"大嫂缓和了些。"我虽然是过着这份日子，可是油盐酱醋都有定数，手里有也不过是三头五块的。"

"找点值钱的东西呢！"廉仲像坐在针上，只求快快的完结这一场。

"哪样我也不敢动呀？"大嫂愣了会儿。"我也豁出去了！别的不敢动，私货还不敢动吗！就是他跟我闹，他也不敢嚷嚷。再说呢，闹我也不怕！看他把我怎样了！他前两天交给我两包'白面'，横是值不少钱，我可不知道能清你这笔账不能？"

"哪儿呢？大嫂，快！"

九

已是初冬时节。廉伯带着两盆细瓣的白菊，去看"小凤"。菊已开足，长长的细瓣托着细铁丝，还颤颤欲堕。他嘱咐开车的不要太慌，那些白长瓣动了他的怜爱，用脚夹住盆边，惟恐摇动得太厉害了。车走的很稳，花依然颤摇，他呆的看着那些玉丝，心中忽然有点难过。太阳已压山了。

到了"小凤"门前，他就自搬起一盆花，叫车夫好好的搬着那一盆。门没关着，一直的进去；把花放在阶前，他告诉车夫九点钟来接。

"怎这么早？"小凤已立在阶上，"妈，快来看这两盆花，太好了！"

廉伯立在花前，手插着腰儿端详端详小凤，又看看花："帘卷西风，人比黄菊瘦！大概有这么一套吧！"他笑了。

"还真亏你记得这么一套!"小凤看着花。

"哎,今天怎么直挑我的毛病?"他笑着问。"一进门就嫌我来得早,这又亏得我……"

"我是想你忙,来不了这么早,才问。"

"啊,反正你有的说;进来吧。"

桌上放着本展开的书,页上放着个很秀美的书签儿。他顺手拿起书来:"喝,你还研究侦探学?"

小凤笑了;他仿佛初次看见她笑似的,似乎没看见她这么美过。"无聊,看着玩。你横是把这个都能背过来?"

"我?就没念过!"还看着她的脸,好似追逐着那点已逝去的笑。

"没念过?"

"书是书,事是事:事是地位与威权。自要你镇得住就行。好,要是作事都得拉着图书馆,才是笑话!你看我,作什么也行,一本书不用念。"

"念念可也不吃亏?"

"谁管;先弄点饭吃吃。哟,忘了,我把车夫打发了。这么着吧,咱们出去吃?"

"不用,我们有刚包好了的饺子,足够三个人吃的。我叫妈妈去给你打点酒,什么酒?"

"嗯——一瓶佛手露。可又得叫妈妈跑一趟?"

"出口儿就是。佛手露、青酱肉、醉蟹、白梨果子酒,好不好?"

"小饮赏菊?好!"廉伯非常的高兴。

吃过饭,廉伯微微有些酒意,话来得很方便。

"凤,"他拉住她的手,"我告诉你,我有代理公安局局长的希望,就在这两天!"

"是吗，那可好。"

"别对人说！"

"我永远不出门，对谁去说？跟妈说，妈也不懂。"

"龙云没来？"

"多少日子了。"

"谁也不知道，我准备好了！"廉伯向镜子里看了看自己。"这两天，"他回过头来，放低了声音："城里要出点乱子，局长还不知道呢！我知道，可是不管。等事情闹起来，局长没了办法，我出头，我知底，一伸手事就完。可是我得看准了，他决定辞职，不到他辞职我不露面。我抓着老根；也得先看准了，是不是由我代理；不是我，我还是不下手！"

"那么城里乱起来呢？"她皱了皱眉。

"乱世造英雄，凤！"廉伯非常郑重了。"小孩刺破手指，妈妈就心疼半天，妈妈是妇人。大丈夫拿事当作一件事看，当作一局棋看；历史是伟人的历史！你放心，无论怎乱，也乱不到你这儿来。遇必要的时候，我派个暗探来。"他的严重劲儿又灭去了许多。"放心了吧？"

她点点头，没说出什么来。

"没危险，"廉伯点上支烟，烟和话一齐吐出来。"没人注意我；我还不够个角儿，"他冷笑了一下，"内行人才能晓得我是他们这群东西的灵魂；没我，他们这个长那个员的连一天也作不了。所以，事情万一不好收拾呢，外间不会责备我；若是都顺顺当当照我所计划的走呢，局里的人没有敢向我摇头的。嗯？"他听了听，外面有辆汽车停住了。"我叫他九点来，钟慢了吧？"他指着桌上的小八音盒。

"不慢，是刚八点。"

院里有人叫："陈老爷！"

"谁?"廉伯问。

"局长请!"

"老朱吗?进来!"廉伯开开门,灯光射在白菊上。

"局长说请快过去呢,几位处长已都到了。"

凤贞在后面拉了他一下:"去得吗?"

他退回来:"没事,也许他们打听着点风声,可是万不会知底;我去,要是有工夫的话,我还回来;过十一点不用等。"他匆匆的走出去。

汽车刚走,又有人拍门,拍得很急。凤贞心里一惊。"妈!叫门!"她开了屋门等着看是谁。

龙云三步改作一步的走进来。

"妈,姐,穿衣裳,走!"

"上哪儿?"凤贞问。

妈妈只顾看儿子,没听清他说什么。

"姐,九点的火车还赶得上,你同妈妈走吧。这儿有三百块钱,姐你拿着;到了上海我再给你寄钱去,直到你找到事作为止;在南方你不会没事作了。"

"他呢?"凤贞问。

"谁?"

"陈!"

"管他干什么,一半天他不会再上这儿来。"

"没危险?"

"妇女到底是妇女,你好像很关心他?"龙云笑了。

"他待我不错!"凤贞低着头说。

"他待他自己更不错!快呀,火车可不等人!"

"就空着手走吗?"妈妈似乎听明白了点。

"我给看着这些东西,什么也丢不了,妈!"他显然是说着玩呢。

"哎，你可好好的看着！"

凤贞落了泪。

"姐，你会为他落泪，真羞！"龙云像逗着她玩似的说。

"一个女人对一个男的，"她慢慢的说，"一个同居的男的，若是不想杀他，就多少有点爱他！"

"谁管你这一套，你不是根本就没生在世间过吗？走啊，快！"

十

陈老先生很得意。二儿子的亲事算是定规了，武将军的秘书王先生给合的婚，上等婚。老先生并不深信这种合婚择日的把戏，可是既然是上等婚，便更觉出自己对儿辈是何等的尽心。

第二件可喜的事是赈粮由聚元粮店承办，利益是他与钱会长平分。他自己并不像钱会长那样爱财，他是为儿孙创下点事业。

第三件事虽然没有多少实际上的利益，可是精神上使他高兴痛快。钱会长约他在国学会讲四次经，他的题目是"正心修身"，已经讲了两次。听讲的人不能算少，多数都是坐汽车的。老先生知道自己的相貌、声音，已足惊人；况且又句句出经入史，即使没有人来听，说给自己听也是痛快的。讲过两次以后，他再在街上闲步的时节，总觉得汽车里的人对他都特别注意似的。已讲过的稿子不但在本地的报纸登出来，并且接到两份由湖北寄来的报纸，转载着这两篇文字。这使老先生特别的高兴：自己的话与力气并没白费，必定有许多许多人由此而潜心读经，说不定再加以努力也许成为普遍的一种风气，而恢复了固有的道德，光大了古代的文化；那么，老先生可以无愧此生矣！立德立功立言，老先生虽未能效忠庙廊，可是德与言已足不朽；他想象着听众眼中看他必如"每为后生谈旧事，始知老子是陈人"，那样的可敬可爱的老儒生、诗客。他开始觉到了生命，肉体的、精神的，形容不出的一点像"西风白发三千丈"的什么东西！

"廉仲怎么老不在家？"老先生在院中看菊，问了廉伯太太——拉着小妞儿正在檐前立着——这么一句。

"他大概晚上去学英文，回来就不早了。"她眼望着远处，扯了个谎。

"学英文干吗？中文还写不通！小孩子！"看了孙女一眼，"不要把指头放在嘴里！"顺势也瞪了儿媳一下。

"大嫂！"廉仲忽然跑进来，以为父亲没在家，一直奔了嫂子去。及至看见父亲，他立住不敢动了："爸爸！"

老先生上下打量了廉仲一番，慢慢的，细细的，厉害的，把廉仲的心看得乱跳。看够多时，老先生往前挪了一步，廉仲低下头去。

"你上哪儿啦？天天连来看看我也不来，好像我不是你的父亲！父亲有什么对不起你的地方，说！事情是我给你找的，凭你也一月拿六十元钱？婚姻是我给说定的，你并不配娶那么好的媳妇！白天不来省问，也还可以，你得去办公；晚上怎么也不来？我还没死！进门就叫大嫂，眼里就根本没有父亲！你还不如大成呢，他知道先叫爷爷！你并不是小孩子了；眼看就成婚生子；看看你自己，哪点儿像呢！"老先生发气之间，找不到文话与诗句，只用了白话，心中更气了。

"妈，妈！"小女孩轻轻的叫，连扯妈妈的袖子："咱们上屋里去！"

廉伯太太轻轻揉了小妞子一下，没敢动。

"父亲，"廉仲还低着头，"哥哥下了监啦！您看看去！"

"什么？"

"我哥哥昨儿晚上在宋家叫局里捉了去,下了监!"

"没有的事!"

"他昨天可是一夜没回来!"廉伯太太着了急。

"冯有才呢?一问他就明白了。"老先生还不相信廉仲的话。

"冯有才也拿下去了!"

"你说公安局拿的?"老先生开始有点着急了:"自家拿自家的人?为什么呢?"

"我说不清,"廉仲大着胆看了老先生一眼:"很复杂!"

"都叫你说清了,敢情好了,糊涂!"

"爷爷就去看看吧!"廉伯太太的脸色白了。

"我知道他在哪儿呢!"老先生的声音很大。他只能向家里的人发怒,因为心中一时没有主意。

"您见见局长去吧;您要不去,我去!"廉伯太太是真着急。

"妇道人家上哪儿去?"老先生的火儿逼了上来:"我去!我去!有事弟子服其劳,废物!"他指着廉仲骂。

"叫辆汽车吧?"廉仲为了嫂子,忍受着骂。

"你叫去呀!"老先生去拿帽子与名片。

车来了,廉仲送父亲上去;廉伯太太也跟到门口。叔嫂见车开走,慢慢的往里走。

"怎回事呢?二弟!"

"我真不知道!"廉仲敢自由的说话了。"是这么回事,大嫂,自从那天我拿走那两包东西,始终我没离开这儿,我舍不得这些朋友,也舍不得这块地方。我自幼生在这儿!把那两包东西给了龙云,他给了我一百块钱。我就白天还去作事,晚上住在个小旅馆里。每一想起婚事,我就要走;可是过一会儿,又忘了。好在呢,我知道父亲睡得早,晚上不会查看我。廉伯呢一向就不注意我,当然也不会问。我倒好几次要来看你,大嫂,我知道你一定不放心。可是我真懒得再登这个门,一看见这个街门,我就连条狗也不如了,仿佛是。我就这么对付过这些日子。说不上痛快,也说不上不痛快,马马糊糊。昨天晚上我一个人无聊瞎走,走到宋家门口,也就是九点多钟吧。哥哥的汽车在门口放着呢。门是朝北的,车靠南墙放着。院里可连个灯亮也没有。车夫在车里睡着了,我推醒了他,问大爷什么时候来的。他说早来了,他这是刚把车开回来接侦探长,等了大概有二十分钟了,不见动静。所以他打了个盹儿。"

把小女孩交给了刘妈,他们叔嫂坐在了台阶上,阳光挺暖和。廉仲接着说:

"我推了推门,推不开。拍了拍,没人答应。奇怪!又等了会儿,还是没有动静。我跟开车的商议,怎么办。他说,里边一定是睡了觉,或是都出去听戏去了。我不敢信,可也不敢再打门。车夫决定在那儿等着。"

"你那天不是说,龙云要偷偷把她们送走吗?"廉伯太太想起来。

"是呀,我也疑了心;莫非龙云把她们送走,然后把哥哥诓进去……"廉仲不愿说下去,他觉得既不应当这么关心哥哥,也不应当来惊吓嫂子。可是这的确是他当时的感情,哥哥到底是哥哥,不管怎样恨他,"我决定进去,哪怕是跳墙呢!我正在打主意,远远的来了几个人,走在胡同的电灯底下,我看最先的一个像老朱,公安局的队长。他们一定是来找哥哥,我想;我可就藏在汽车后面,不愿叫他们或哥哥看见我。他们走到车前,就和开车的说开了话。他们问他等谁呢,他笑着说,还能等别人吗?呕,他还不知道,老朱说。你大概是把陈送到这儿,找地方吃饭去了,刚才又回来?我没听见车夫说什么,大概他是点了点头。好了,老朱又说了,就用你的车吧。小凤也得上局里去!说着,他们就推门了。推不开。他们似乎急了，老朱上了墙，墙里边有棵不大的树。一会儿他从里面把门开开，大家都进去。我乘势就跑出老远去，躲在黑影里等着。好大半天，他们才出来，并没有她。汽车开了。我绕着道儿去找龙云。什么地方也找不着他，我一直找到夜里两点，我知道事情是坏了：'小凤也得上局里去！'也得去！这不是说哥哥已经去了吗？他要是保护不了小凤，必定是他已顾不了自己！可是我不敢家来，我到底没得到确信。今天早晨，我给侦探队打电，找冯有才，他没在那儿。刚才我一到家，他也没在门房，我晓得他也完了。打完电，我更疑心了，可是究竟没个水落石出。我不敢向公安局去打听，我又不能不打听，乱碰吧，我找了聚元的孙掌柜去，他，昨天晚上也被人抓了去，便衣巡警把着门，铺子可是还开着，大概是为免得叫大家大惊小怪，同时又禁止伙计们出来。我假装问问米价，大伙计还精明，偷偷告诉了我一句：汽车装了走，昨晚上！"

"二弟，"廉伯太太脸上已没一点血色，出了冷汗。"二弟！你哥哥，"她哭起来。

"大嫂。别哭！咱们等爸爸回来就知道了。大概没多大关系！"

"他活不了，我知道，那两包白面！"她哭着说。

"不至于！大嫂！咱们快快想主意！"

傻小子大成拿着块点心跑来了：

"胖叔！你又欺侮妈哪？回来告诉爷爷，叫爷爷揍你！"

十一

要在平常日子，以陈老先生的服装气度，满可以把汽车开进公安局的里边去；这天门前加了岗，都持枪，上着刺刀；车一到就被拦住了。老先生要见局长，掏出片子来，巡警当时说局长今天不见客。老先生才知道事情是非常严重了,不敢发作,立刻坐上车去找钱会长。他知道了事情是很严重,可是想不出儿子犯了什么罪;儿子没有什么不好的地方。大概是在局里得罪了人,那么,有人出来调停一下也就完了。设若仍然不行呢,花上点钱,送上些礼,疏通疏通总该一天云雾散了。这么一想,他心中宽了些。

见着钱会长,他略把他所知道的说了一遍:

"子美翁你知道,廉伯是个孝子;未有孝悌而好犯上者也。他不会作出什么不体面的事来。我自己,你先生也晓得,在今日像我们这样的家庭有几个?恐怕只是廉伯于无意中开罪于人,那么我想请子美翁给调解一下,大概也就没什么了。"

"大概没多大关系,官场中彼此倾轧是常有的事,"钱会长一边咕噜着水烟,"我打听打听看。"

"会长若是能陪我到趟公安局才好,因为我到底还不知其详,最好能见见局长,再见见廉伯,然后再详为计划。"

"我想想看,"会长一劲儿点头,"事情倒不要这么急,想想看,总该有办法的。"

陈老先生心中凉了些。"子美翁看能不能代我设法去见见公安局长,我独自去,武将军能不能——"

"是的,武将军对地面的官员比我还接近,是的,找找他看!"

希望着武将军能代为出力,陈老先生忽略了钱会长的冷淡。

见着武将军,他完全用白话讲明来意,怕将军听不明白。武将军很痛快的答应与他一同去见局长。

在公安局门口,武将军递进自己的片子,马上被请进去,陈老先生在后面跟着。

局长很亲热的和将军握手,及至看见了陈老先生,他皱了一下眉,点了点头。

"刚才老先生来过,局长大概很忙,没见着,所以我同他来了。"武将军一气说完。

"啊,是的,"局长对将军说,没看老先生一眼,"对不起,适才有点紧要的公事。"

"廉伯昨晚没回去,"陈老先生往下用力的压着气,"听说被扣起来,我很不放心。"

"呕,是的,"局长还对着武将军说,"不过一种手续,没多大关系。"

"请问局长,他犯了什么法呢?"老先生的腰挺起来,语气也很冷硬。

"不便于说,老先生,"局长冷笑了一下,脸对着老先生:"公事,公事,朋友也有难尽力的地方!"

"局长高见,"陈老先生晓得事情是很难办了。可是他想不出廉伯能作出什么不规矩的事。一定这是局长的阴谋,他再也压不住气。"局长晓得廉伯是个孝子,老夫是个书生,绝不会办出不法的事来。局长也有父母,也有儿女,我不敢强迫长官泄露机要,我只以爱子的一片真心来格外求情,请局长告诉我到底是怎回事!士可杀不可辱,这条老命可以不要,不能忍受……"

"哎哎,老先生说远了!"局长笑得缓和了些。"老先生既不能整天跟着他,他作的事你哪能都知道?"

"我见见廉伯呢?"老先生问。

"真对不起!"局长的头低下去,马上抬起来。

"局长,"武将军插了嘴,"告诉老先生一点,一点,他是真急。"

"当然着急,连我都替他着急,"局长微笑了下,"不过爱莫能助!"

"廉伯是不是有极大的危险?"老先生的脑门上见了汗。

"大概,或者,不至于;案子正在检理,一时自然不能完结。我呢,凡是我能尽力帮忙的地方无不尽力,无不尽力!"局长立起来。

"等一等，局长，"陈老先生也立起来，脸上煞白，两腮咬紧，胡子根儿立起来。"我最后请求你告诉我个大概，人都有个幸不幸，莫要赶尽杀绝。设若你错待了个孝子，你知道你将遗臭万年。我虽老朽，将与君周旋到底！"

"那么老先生一定要知道，好，请等一等！"局长用力按了两下铃。

进来一个警士，必恭必敬的立在桌前。

"把告侦探长的呈子取来，全份！"局长的脸也白了，可是还勉强的向武将军笑。

陈老先生坐下，手在膝上哆嗦。

不大会儿，警士把一堆呈子送在桌上。局长随便推送在武将军与老先生面前，将军没动手。陈老先生翻了翻最上边的几本，很快的翻过，已然得到几种案由：强迫商家送礼；霸占良家妇女；假公济私，借赈私运粮米；窃卖赃货……老先生不能往下看了，手扶在桌上，只剩了哆嗦。哆嗦了半天，他用尽力量抬起头来，脸上忽然瘦了一圈，极慢极低的说：

"局长，局长！谁没有错处呢！他不见得比人家坏，这些状子也未必都可靠。局长，他的命在你手里，你积德就完了！你闭一闭眼，我们全家永感大德！"

"能尽力处我无不尽力！武将军，改天再过去请安！"

武将军把老先生搀了出来。将军把他送到家中，他一句话也没说。那些罪案，他知道，多半都是真的。而且有的是他自己给儿子造成的。可是，他还不肯完全承认这是他们父子的过错，局长应负多一半责任；局长是可以把那些状子压下不问的。他的怨怒多于羞愧，心中和火烧着似的，可是说不出话来。他恨自己的势力小，不能马上把局长收拾了。他恨自己的命不好，命给他带来灾殃，不是他自己的毛病，天命！

到了家中，他越想越怕了。事不宜迟，他得去为儿子奔走。幸而他已交结了不少有势力的朋友。第一个被想到的是孟宝斋，新亲自然会帮忙。可是孟宝斋的大烟吃上没完，虽然答应给设法，而始终不动弹。老先生又去找别人，大家都劝他不要着急，也就是表示他们不愿出力。绕到晚上，老先生明白了世态炎凉还不都是街上的青年男女闹的！与他为道义之交的人们，听他讲经的人们，也丝毫没有古道。但是他没心细想这个，他身上疲乏，心中发乱。立在镜前，他已不认识自己了。他的眼陷下好深，眼下的肉袋成了些鲇皮，像一对很大的瘪臭虫。他愤恨，渺茫，心里发辣。什么都可以牺牲，只要保住儿子的命。儿媳妇在屋中放声的哭呢！她带着大成去探望廉伯，没有见到。听着她哭，老先生的泪止不住了，越想越难过，他也放了声。

他只想喝水，晚饭没有吃。早早的躺下，疲乏，可是合不上眼。想起什么都想到半截便忘了，迷乱，心中像老映着破碎不全的电影片。想得讨厌了，心中仍不愿休息，还希望在心的深处搜出一半个好主意。没有主意，他只能低声的叫，叫着廉伯的乳名。一直到夜中三点，他迷忽过去，不是睡，是像飘在云里那样惊心吊胆的闭着眼。时时仿佛看见儿子回来了，又仿佛听见儿媳妇啼哭，也看见自己死去的老伴儿……可是始终没有睁开眼，恍惚像风里的灯苗，似灭不灭，顾不得再为别人照个亮儿。

十二

太阳出来好久，老先生还半睡半醒的忍着，他不愿再见这无望的阳光。

忽然，儿媳妇与廉仲都大哭起来，老先生猛孤仃的爬起来。

没顾得穿长衣，急忙的跑过来，儿媳妇已哭背过气去，他明白了。他咬上了牙，心中突然一热，咬着牙把撞上来的一口黏的咽回去。扶住门框，他吼了一声：

"廉仲，你嫂子！"他蹲在了地上，颤成一团。

廉仲和刘妈，把廉伯太太撅巴起来，她闭着眼只能抽气。

"爸，送信来了，去收尸！"廉仲的胖脸浮肿着，黄蜡似的流着两条泪。

"好！好！"老先生手把着门框想立起来，手一软，蹲得更低了些。"你去吧，用我的寿材好了；我还得大办丧事呢！哈，哈，"他坐在地上狂号起来。

陈老先生真的遍发讣闻，丧事办得很款式。来吊祭的可是没有几个人，连孟宅都没有人过来。武将军送来一个鲜花圈，钱会长送来一对挽联；廉伯的朋友没来一个。老先生随着棺材，一直送到墓地。临入土的时候，老先生拍了拍棺材："廉伯，廉伯，我还健在，会替你教子成名！"说完他亲手燃着自己写的挽联：

　　孝子忠臣，风波于汝莫须有；
　　孤灯白发，经史传孙知奈何？

事隔了许久，事情的真相渐渐的透露出来，大家的意见也开始显出公平。廉伯的罪过是无可置辩的，可是要了他的命的罪名，是窃卖"白面"——搜检了来，而用面粉替换上去。然而这究竟是个"罪名"，骨子里面还是因为他想"顶"公安局长。又正赶上政府刚下了严禁白面的命令，于是局长得了手。设若没有这道命令，或是这道命令已经下了好多时候，不但廉伯的命可以保住，而且局长为使自己的地位稳固，还得至少教廉伯兼一个差事。不能枪毙他，就得给他差事，局长只有这么两条路。他不敢撤廉伯的差，廉伯可以帮助局长，也可以随时倒戈，他手下有人，能扰乱地面。大家所以都这么说：廉伯与局长是半斤八两，不过廉伯的运气差一点，情屈命不屈。

有不少人同情于陈家：无论怎说，他是个孝子，可惜！这个增高了陈老先生的名望。那对挽联已经脍炙人口。就连公安局长也不敢再赶尽杀绝。聚元的孙掌柜不久就放了出来，陈家的财产也没受多少损失："经史传孙知奈何？"多么气势！局长不敢结世仇，而托人送来五百元的教育费，陈老先生没有收下。

陈家的财产既没受多少损失，亲友们慢慢的又转回来。陈老先生在国学会未曾讲完的那两讲——正心修身——在廉伯死的六七个月后，又经会中敦聘续讲。老先生瘦了许多，腰也弯了一些，可是声音还很足壮。听讲的人是很多，多数是想看看被枪毙的孝子的老父亲是什么样儿。老先生上台后，戴上大花镜，手微颤着摸出讲稿，长须已有几根白的，可是神气还十分的好看。讲着讲着，他一手扶着桌子，一手放在头上，愣了半天，好像忘记了点什么。忽然他摘下眼镜，匆忙的下了台。大家莫名其妙，全立起来。

会中的职员把他拦住。他低声的，极不安的说：

"我回家去看看，不放心！我的大儿子，孝子，死了。廉仲——虽然不肖——可别再跑了！他想跑，我知道！不满意我给他定下的媳妇；自由结婚，该杀！我回家看看，待一会儿再来讲：我不但能讲，还以身作则！不用拦我，我也不放心大儿媳妇。她，死了丈夫，心志昏乱；常要自杀，胡闹！她老说她害了丈夫，什么拿走两包东西咧，乱七八糟！无法，无法！几时能'买襄山县云藏市，横笛江城月满楼'呢？"说完，他弯着点腰，扯开不十分正确的方步走去。

大家都争着往外跑，先跑出去的还看见了老先生的后影，肩头上飘着些长须。

且说屋里

　　一个二十世纪的中国人所能享受与占有的，包善卿已经都享受和占有过，现在还享受与占有着。他有钱，有洋楼，有汽车，有儿女，有姨太太，有古玩，有可作摆设用的书籍，有名望，有身分，有一串可以印在名片上与讣闻上的官衔，有各色的朋友，有电灯、电话、电铃、电扇，有寿数，有胖胖的身体和各种补药。

　　设若他稍微能把心放松一些，他满可以胖胖的躺在床上，姨太太与儿女们把他伺候得舒舒服服的。即使就这么死去，他的财产也够教儿孙们快乐一两辈子的，他的讣闻上也会有许多名人的题字与诗文，他的棺材也会受得住几十年水土的侵蚀，而且会有六十四名杠夫抬着他游街的。

　　可是包善卿不愿休息。他有他的"政治生活"。他的"政治生活"不包括着什么主义、主张、政策、计划与宗旨。他只有一个决定，就是他不应当闲着。他要是闲散无事，就是别人正在活动与掌权，他不能受这个。他认为自己所不能参预的事都是有碍于他的，他应尽力地去破坏。反之，凡是足以使他活动的，他都觉得不该放过机会。像一只渔船，他用尽方法利用风势，调动他的帆，以便早些达到鱼多的所在。他不管那些风是否有害于别人，他只为自己的帆看风，不管别的。

　　看准了风，够上了风，便是他的"政治生活"。够上风以后，他可以用极少的劳力而获得一个中国"政治家"所应得的利益。所以他不愿休息，也不肯休息；平白无故地把看风与用风这点眼力与天才牺牲了，太对不起自己。越到老年，他越觉出自己的眼力准确，越觉出别人的幼稚；按兵不动是冤枉的事。况且他才刚交六十；他知道，只要有口气，凭他的经验与智慧，就是坐在那儿呼吸呼吸，也应当有政治的作用。

他恨那些他所不熟识的后起的要人与新事情，越老他越觉得自己的熟人们可爱，就是为朋友们打算，他也应当随手抓到机会扩张自己的势力。对于新的事情他不大懂，于是越发感到自己的老办法高明可喜。洋人也好，中国人也好，不论是谁，自要给他事作，他就应当去拥护。同样，凡不给他权势的便是敌人。他清清楚楚地承认自己的宽宏大度，也清清楚楚地承认自己的嫉妒与褊狭；这是一个政治家应有的态度。他十分自傲有这个自知之明，这也就是他的厉害的地方；"得罪我与亲近我，你随便吧！"他的胖脸上的微笑表示着这个。

刚办过了六十整寿，他的相片又登在全国的报纸上，下面注着："新任建设委员会会长包善卿。"看看自己的像，他点了点头："还得我来！"他想起过去那些政治生活。过去的那些经验使他压得住这个新头衔，这个新头衔既能增多他的经验，又能增高了身分，而后能产生再高的头衔。想到将来的光荣与势力，他微微感到满意于现在。有一二年他的相片没这么普遍地一致地登在各报纸上了；看到这回的，他不能不感到满意；这个六十岁的照相证明出别的政客的庸碌无能，证明了自己的势力的不可轻视与必难消灭。新人新事的确出来不少，可是包善卿是青松翠柏，越老越绿。世事原无第二个办法，包善卿的办法是惟一的，过去如此，现在如此，将来还如此！他的方法是官僚的圣经，他一点不反对"官僚"这两个字；"只有不得其门而入的才叫我官僚，"他在四十岁的时候就这么说过。

　　看着自己的相片,他觉得不十分像自己。不错,他的胖脸,大眼睛、短须、粗脖子,与圆木筒似的身子,都在那里,可是缺乏着一些生气。这些不足以就代表包善卿。他以几十年的经验知道自己的表情与身段是怎样的玲珑可喜,像名伶那样晓得自己哪一个姿态最能叫好;他不就是这么个短粗胖子。至少他以为也应该把两个姿态照下来,两个最重要的,已经成为习惯而仍自觉地利用着,且时时加以修正的姿态。一个是在面部:每逢他遇到新朋友,或是接见属员,他的大眼会像看见个奇怪的东西似的,极明极大极傻地瞪那么一会儿,腮上的肉往下坠;然后腮上的肉慢慢往上收缩,大眼睛里一层一层的增厚笑意,最后成为个很妩媚的微笑。微笑过后,他才开口说话,舌头稍微团着些,使语声圆柔而稍带着点娇憨,显出天真可爱。这个,哪怕是个冰人儿,也会被他马上给感动过来。

　　第二个是在脚部。他的脚很厚,可是很小。当他对地位高的人趋进或辞退,他会极巧妙地利用他的小脚:细逗着步儿,弯着点腿,或前或后,非常的灵动。下部的灵动很足给他一身胖肉以不少的危险,可是他会设法支持住身体,同时显出他很灵利,和他的恭敬谦卑。

　　找到这两点,他似乎才能找到自己。政治生活是种艺术,这两点是他的艺术的表现。他愿以这种姿态与世人相见,最好是在报纸上印出来。可是报纸上只登出个迟重肥胖的人来,似乎是美中不足。

　　好在,没大关系。有许多事,重大的事,是报纸所不知道的。他想到末一次的应用"脚法":建设委员会的会长本来十之六七是给王莘老的,可是包善卿在山木那里表现了一番。王莘老所不敢答应山木的,包善卿亲手送过去:"你发表我的会长,我发表你的高等顾问！"他向山木告辞时，两脚轻快地细碎地往后退着，腰儿弯着些，提出这个"互惠"条件。果然，王莘老连个委员也没弄到手，可怜的莘老！不论莘老怎样固执不通，究竟是老朋友。得设法给他找个地位！包善卿作事处处想对得住人，他不由地微笑了笑。

王莘老未免太固执！太固执！山木是个势力，不应当得罪。况且有山木作顾问，事情可以容易办得多。他闭上眼想了半天，想个比喻。想不出来。最后想起一个：姨太太要东西的时候，不是等坐在老爷的腿儿上再说吗？但这不是个好比喻。包善卿坐在山木的腿上？笑话！不过呢，有山木在这儿，这次的政治生活要比以前哪一次都稳当、舒服、省事。东洋人喜欢拿权，作事；和他们合作，必须认清了这一点；认清这一点就是给自己的事业保了险。奇怪，王莘老作了一辈子官，连这点还看不透！王莘老什么没作过？教育、盐务、税务、铁道……都作过，都作过，难道还不明白作什么也不过是把上边交下来的，再往下交。把下边呈上来的再呈上去，只须自己签个字？为什么这次非拒绝山木不可呢？奇怪！也许是另有妙计？不能吧？打听打听看；老朋友，但是细心是没过错的。

"大概王莘老总不至于想塌我的台吧？老朋友！"他问自己。他的事永远不愿告诉别人，所以常常自问自答。"不能，王莘老不能！"他想，会长就职礼已平安地举行过；报纸上也没露骨地说什么；委员们虽然有请病假的，可是看我平安无事地就了职，大概一半天内也就会销假的。山木很喜欢，那天还请大家吃了饭，虽然饭菜不大讲究，可是也就很难为了一个东洋人！过去的都很顺当；以后的有山木作主，大概不会出什么乱子的。是的，想法子安置好王莘老吧；一半因为是老朋友，一半因为省得单为这个悬心。至于会里用人，大致也有了个谱儿，几处较硬的介绍已经敷衍过去，以后再有的，能敷衍就敷衍，不能敷衍的好在可以往山木身上推。是的．这回事儿真算我的老运不错！

想法子给山木换辆汽车，这是真的，东洋人喜欢小便宜。自己的车也该换了，不，先给山木换，自己何必忙在这一时！何不一齐呢．真！我是会长，他是顾问，不必，不必和王莘老学，总是让山木一步好！

决定了这个，他这回的政治生活显然是一帆风顺，不必再思索什么了。假如还有值得想一下的，倒是明天三姨太太的生日办不办呢？办呢，她岁数还小，怕教没吃上委员会的家伙们有所借口，说些不三不四的。不办呢，又怕临时来些位客人，不大合适。"政治生活"有个讨厌的地方，就是处处得用"思想"，不是平常人所能干的。在很小的地方，正如在很大的地方，漏了一笔就能有危险。就以娶姨太太说，过政治生活没法子不娶，同时姨太太又能给人以许多麻烦。自然，他想自己在娶姨太太这件事上还算很顺利，一来是自己的福气大，二来是自己有思想，想起在哈尔滨作事时候娶的洋姨太太——后来用五百元打发了的那个——他微笑了笑。再不想要洋的，看着那么白，原来皮肤很粗。啵！他不喜欢看外国电影片，多一半是因为这个。连中国电影也算上，那些明星没有一个真正漂亮的。娶姨太太还是到苏杭一带找个中等人家的雏儿，林黛玉似的又娇又嫩。三姨太太就是这样，比女儿还小着一岁，可比女儿美得多。似乎应当给她办生日，怪可怜的。况且，乘机会请山木吃顿饭也显着不是故意地请客。是的，请山木首席，一共请三四桌人，对大家不提办生日，又不至太冷淡了姨太太，这是思想！

福气使自己腾达，思想使自己压得住富贵，自己的政治生活和家庭生活是个有力的证明。太太念佛吃斋，老老实实。大儿有很好的差事，长女上着大学。二太太有三个小少爷，三太太去年冬天生了个小娃娃。理想的家庭，没闹过一桩满城风雨的笑话，好容易！最不放心的是大儿大女，在外边读书，什么坏事学不来！可是，大儿已有了差事，不久就结婚；女儿呢，只盼顺顺当当毕了业，找个合适的小人嫁出去；别闹笑话！过政治生活的原不怕闹笑话，可是自己是老一辈的人，不能不给后辈们立个好榜样，这是政治道德。作政治没法不讲道德，政治舞台是多么危险的地方，没有道德便没有胆量去冒险。自己六十岁了，还敢出肩重任，道德不充实可能有这个勇气？自己的道德修养，不用说，一定比自己所能看到的还要高着许多，一定。

他不愿再看报纸上那个相片，那不过是个短粗而无生气的胖子，而真正的自己是有思想、道德、有才具、有经验、有运气的政治家！认清了这个，他心里非常平静，像无波的秋水映着一轮明月。他想和姨太太们凑几圈牌，为是活动活动自己的心力，太平静了。

"老爷，方委员。"陈升轻轻的把张很大的名片放在小桌上。

"请。"包善卿喜欢方文玉，方文玉作上委员完全仗着他的力量。方文玉来的时间也正好，正好二男二女——两个姨太太——凑几圈儿。

方文玉进来，包善卿并没往起立，他知道方文玉不会恼他，而且会把这样的不客气认成为亲热的表示。可是他的眼睛张大，而后渐渐地一层层透出笑意，他知道这足以补足没往起立的缺欠，而不费力地牢笼住方文玉的心。搬弄着这些小小的过节，他觉得出自己的优越，有方文玉在这儿比着，他不能不承认自己的经验与资格。

"文玉！坐，坐！懒得很，这两天够我老头子……哈哈！"他必须这样告诉文玉，表示他并没在家里闲坐着，他最不喜欢忙乱，而最爱说他忙；会长要是忙，委员当然知道应当怎样勤苦点了。

"知道善老忙，现在，我——"方文玉不敢坐下，作出进退两难的样子，惟恐怕来的时间不对而讨人嫌。

"坐！来得正好！"看着方文玉的表演，他越发喜欢这个人，方文玉是有出息的。

方文玉有四十多岁，高身量，白净子脸，带着点烟气。他没别的嗜好，除了吃口大烟。在包善卿眼中，他是个有为的人，精明、有派头、有思想，可惜命不大强，总跳腾不起去。这回很卖了些力气才给他弄到了个委员，很希望他能借着这一步而走几年好运。

"文玉，你来得正好，我正想凑几圈，带着硬的呢？"包善卿团着舌尖，显出很天真淘气。

"伺候善老，输钱向来是不给的！"方文玉张开口，可是不敢高声笑，露出几个带烟釉的长牙来。及至包善卿哈哈笑了，他才接着出了声。

"本来也是，"包善卿笑完，很郑重地说，"一个委员拿五百六，没车马费，没办公费，苦事！不过，文玉你得会利用，眼睛别闲着；等山木拟定出工作大纲来，每个县城都得安人；留点神，多给介绍几个人。这些人都有县长的希望。可不能只靠着封介绍信！这或者能教你手里松动一点，不然的话，你得赔钱；五百六太损点，五百六！"他的大眼睛看着自己的小胖脚尖，不住地点头。待了一会儿："好吧，今天先记你的账好了。有底没有？"

"有！小刘刚弄来一批地道的，请我先尝尝，烟倒是不坏，可是价儿也够瞧的。"方文玉摇了摇头，用烧黄的手指夹起支"炮台"来。

"我这也有点，也不坏，跟二太太要好了；她有时候吃一口。我不准她多吃！咱们到里院去吧？"包善卿想立起来。

他还没站利落，电话铃响了。他不爱接电话。许多电玩艺儿，他喜欢安置，而不愿去使用。能利用电力是种权威，命令仆人们用电话叫菜或买别的东西，使他觉得他的命令能够传达很远，可是他不愿自己去叫与接电话。他知道自己不是破命去坐飞机的那种政治家。

"劳驾吧，"他立好，小胖脚尖往里一逗，很和蔼地对方文玉说。

方文玉的长腿似乎一下子就迈到了电机旁，拿起耳机，回头向包善卿笑着："喂，要哪里？包宅，啊，什么？呕，墨老！是我，是的！跟善老说话？啊，您也晓得善老不爱接电，嘻嘻，好，我代达！……好，都听明白了，明天见，明天见！"看了耳机一下，挂上。

"墨山？"包善卿的下巴往里收，眼睛往前努，作足探问的姿势。

"墨山，"方文玉点了点头，有些不大愿意报告的样子。"教我跟善老说两件事，头一件，明天他来给三太太贺寿，预备打几圈。"

"记性是真好，真好！"包善卿喜欢人家记得小姨太太的生日。"第二件？"

"那什么，那什么，他听说，听说，未必正确，大概学生又要出来闹事！"

"闹什么？有什么可闹的？"包善卿声音很低，可是很清楚，几乎是一字一字地说。

"墨老说，他们要打倒建设委员会呢！"

"胡闹！"包善卿坐下，脚尖在地上轻轻地点动。

"那什么，善老，"方文玉就着烟头又点着了一支新的，"这倒要防备一下。委员会一切都顺利；不为别的，单为求个吉利，也不应当让他们出来，满街打着白旗，怪丧气的。好不好通知公安局，先给您这儿派一队人来，而后让他们每学校去一队，禁止出入？"

"我想想看，想想看，"包善卿的脚尖点动得更快了，舌尖慢慢地舐着厚唇，眨巴着眼。过了好大一会儿，他笑了："还是先请教山木，你看怎样？"

"好！好！"方文玉把烟灰弹在地毯上，而后用左手捏了鼻子两下，似乎是极深沉地搜索妙策："不过，无论怎说，还是先教公安局给您派一队人来，有个准备，总得有个准备。要便衣队，都带家伙，把住胡同的两头。"他的带烟气的脸上露出青筋，离离光光的眼睛放出一些浮光。"把住两头，遇必要时只好对不起了，拍拍一排枪。拍拍一排枪，没办法！"

"没办法！"包善卿也挂了气，可是还不像方文玉那么浮躁。"不过总是先问问山木好，他要用武力解决呢，咱们便问心无愧。他主张和平呢，咱们便无须乎先表示强硬。我已经想好，明天请山木吃饭，正好商量商量这个。"

"善老，"方文玉有点抱歉的神气，"请原谅我年轻气浮，明天万一太晚了呢？即使和山木可以明天会商，您这儿总是先来一队人好吧？"

"也好，先调一队人来，"包善卿低声地像对自己说。又待了一会儿，他像不愿意而又不得不说的，看了方文玉一眼；仿佛看准方文玉是可与谈心的人，他张开了口。"文玉，事情不这么简单。我不能马上找山木去。为什么？你看，东洋人处处细心。我一见了他，他必先问我，谁是主动人？你想啊，一群年幼无知的学生懂得什么，背后必有人鼓动。你大概要说共产党？"他看见方文玉的嘴动了下。"不是！不是！"极肯定而有点得意地他摇了摇头。"中国就没有共产党，我活了六十岁，还没有看见一个共产党。学生背后必有主动人，弄点糖儿豆儿的买动了他们，主动人

89

好上台,代替你我,你——我——"他的声音提高了些,胖脸上红起来。"咱们得先探听明白这个人或这些人是谁,然后才不至被山木问住。你看,好比山木这么一问,谁是主动人?我答不出;好,山木满可以撅着小黑胡子说:谁要顶你,你都不晓得?这个,我受不了。怎么处置咱们的敌人,可以听山木的;咱们可得自己找出敌人是谁。是这样不是?是不是?"

方文玉的长脑袋在细脖儿上绕了好几个圈,心中"很"佩服,脸上"极"佩服,包善老。"我再活四十多也没您这个心路,善老!"

善老没答碴,眼皮一搭拉,接受对他的谀美。"是的,擒贼先擒王,把主动人拿住。学生自然就老实了。这就是方才说过的了:和平呢还是武力呢,咱们得听山木的,因为主动人的势力必定小不了。"他又想了想:"假如咱们始终不晓得他是谁,山木满可以这么说,你既不知道为首的人,那就只好拿这回事当作学潮办吧。这可就糟了,学潮,一点学潮,咱们还办不了,还得和山水要主意?这岂不把乱子拉到咱们身上来?你说的不错,拍拍一排枪,准保打回去,一点不错;可是拍拍一排枪犯不上由咱们放呀。山本要是负责的话,管他呢,拍拍一排开花炮也可以!是不是,文玉,我说的是不是?"

"是极!"方文玉用块很脏的绸子手绢擦了擦青眼圈儿。"不过,善老,就是由咱们放枪也无所不可。即使学生背后有主动人,也该惩罚他们——不好好读书,瞎闹哄什么呢!东洋朋友、中国朋友、商界,都拥护我们。除了学生,除了学生!不能不给小孩子们个厉害!我们出了多少力,费了多少心血,才有今日,临完他们喊打倒,善老?"看着善老连连点头,他那点吃烟人所应有的肝火消散了点。"这么办吧,善老,我先通知公安局派一队人来,然后咱们再分头打电打听打听谁是为首的人。"他的眼忽然一亮,

"善老，好不好召集全体委员开个会呢！"

"想想看，"包善卿决定不肯被方文玉给催迷了头，在他的经验里，没有办法往往是最好的办法，而延宕足以杀死时间与风波。"先不用给公安局打电；他们应当赶上咱们来，这是他们当一笔好差事的机会，咱们不能迎着他们去。至于开会，不必：一来是委员们都没在这儿，二来委员不都是由你我荐举的，开了会倒麻烦，倒麻烦。咱们顶好是先打听为首之人；把他打听到，"包善卿两只肥手向外一推，"一股拢总全交给山木。省心，省事，不得罪人！"

方文玉刚要张嘴，电话铃又响了。

这回，没等文玉表示出来愿代接电的意思，包善卿的小胖脚紧动慢动地把自己连跑带转地挪过去，像个着了忙的鸭子。摘下耳机，他张开了大嘴喘了一气。"哪里？呕，冯秘书，近来好？啊，啊，啊！局长呢？呕，我忘了，是的，局长回家给老太太作寿去了，我的记性太坏了！那……嗯……请等一等，我想想看，再给你打电，好，谢谢，再见！"挂上耳机。他仿佛接不上气来了。一大堆棉花似的瘫在大椅子上。闭了会儿眼，他低声地说："记性太坏了，那天给常局长送过去了寿幛，今天就会忘了，要不得！要不得！"

"冯秘书怎么说？"方文玉很关切地问。

"哼，学生已经出来了，冯子才跟我要主意！"包善卿勉强着笑了笑。"我刚才说什么来着？咱们还没教他们派人来呢，他们已经和我要主意；要是咱们先张了嘴，公安局还不搬到我这儿来办公？跟我要主意，他们是干什么的？"

"可是学生已经出来了！"方文玉也想不出办法，可是因为有嗜好，所以胆子更小一点。"您想怎样回复冯子才呢？"

"他当然会给常局长打电报要主意；我不挣那份钱，管不着那段事。"包善卿看着桌上的案头日历。

"您这儿没人保护可不行呀！'方文玉又善意地警告。

"那，我有主意，"包善卿知道学生已经出来，不能不为自己的安全设法了。"文玉，你给张七打个电话，教他马上送五十打手来，都带家伙，每人一天八毛，到委员会领钱，他们比巡警可靠！"

方文玉放了点心，马上给张七打了电话。包善卿也似乎无可顾虑了，躺在沙发上闭了眼。方文玉看着善老，不愿再思索什么，可是总惦记着冯秘书。善老真稳，怎么不给冯回电呢？包善卿早把冯子才忘了，他早知道冯子才若是看事不妙必会偷偷地跑掉，用不着替他担忧，他心中正一一地数点家里的人，自要包家的人都平安，别的都没大关系。他忽然睁开眼，坐起来，按电铃。一边按一边叫："陈升！陈升！"

陈升轻快地跑进来。

"陈升，大小姐回来没有？"他探着脖，想看桌上的日历："今天不是礼拜天吗？"

"是礼拜，大小姐没回家。"陈升一边回答，一边倒茶。

"给学校打电，叫她回来，快！"包善卿十分着急地说。"等等再倒茶，先打电！"对于儿女，他最爱的是大小姐，最不放心的也是大小姐。她是大太太生的，又是个姑娘，所以他对于她特别地慈爱，慈爱之中还有些尊重的意思，姨太太们生的小孩自然更得宠爱，可是止于宠爱；在大姑娘身上，只有在她身上，他仿佛找到了替包家维持家庭中的纯洁与道德的负责人。她是"女儿"，非得纯美得像一朵水仙花不可。这朵水仙花供给全家人一些清香，使全家人觉得他们有个鲜花似的千金小姐，而不至于太放肆与胡闹了。大小姐要是男女混杂地也到街上去打旗瞎喊，包家的鲜花就算落在泥中了，因为一旦和男学生们接触，女孩子是无法保持住纯洁的。

"老爷，学校电话断了！"陈升似乎还不肯放手耳机，回头说完这句，又把耳机放在耳旁。

"打发小王去接！紧自攥着耳机干什么呀！"包善卿的眼瞪得极大，短胡子都立起来。陈升跑出去，门外汽车嘟嘟起来。紧跟着，他又跑回："老爷，张七带着人来了。"

"叫他进来！"包善卿的手微微颤起来，"张七"两个字似乎与祸乱与厮杀有同一的意思，祸乱来在自己的门前，他开始害了怕；虽然他明知道张七是来保护他的。

张七没敢往屋中走，立在门口外："包大人，对不起您，我才带来三十五个人；今天大家都忙，因为闹学生，各处用人；我把这三十五个放在您这儿，马上再去找，误不了事，掌灯以前，必能凑齐五十名。"

"好吧，张七，"包善卿开开屋门，看了张七一眼："他们都带着家伙哪？好！赶快去再找几名来！钱由委员会领；你的，我另有份儿赏！"

"您就别再赏啦，常花您的！那么，我走了，您没别的吩咐了？"张七要往外走。

"等等，张七，汽车接大小姐去了，等汽车回来你再走；先去看看那些人们，东口西口和门口分开了站！别都扎在一堆儿！"

张七出去检阅，包善卿回头看了看方文玉，"文玉，你看怎样！不要紧吧？"关上屋门，他背着手慢慢地来回走。

"没准儿了！"方文玉也立起来，脸上更灰暗了些。"毛病是在公安局。局长没在这儿，冯子才大概——"

"大概早跑啦！"包善卿接过去。"空城计，非乱不可，非乱不可，这玩艺，这玩艺，咱们始终不知为首的是谁，有什么办法呢？"

电话！方文玉没等请示，抓下耳机来。"谁？小王？……等等!"偏着点头:"善老,车夫小王在街上借的电话。学生都出去了,大小姐大概也随着走了;街上很乱,打上了!"

"叫小王赶紧回来!"

"你赶紧回来!"方文玉凶狠地挂上耳机,心中很乱,想烧口烟吃。

"陈升!"包善卿向窗外喊:"叫张七来!"

这回,张七进了屋中,很规矩地立着。

"张七,五十块钱的赏,去把大小姐给找来!你知道她的学校!"

"知道!可是,包大人,成千成万的学生,叫我上哪儿去找她呢?我一个人,再添上俩,找到小姐也没法硬拉出来呀!"

"你去就是了,见机而作!找了来,我另给你十块!"方文玉看着善老,交派张七。

"好吧,我去碰碰!"张七不大乐观地走出去。

"小王回来了,老爷,"陈升进来报告。

"那什么,陈升,把帽子给我。"包善卿愣了会儿,转向方文玉:"文玉,你别走,我出去看看,一个女孩子人家,不能——"

"善老!"方文玉抓住了善老的手,手很凉。"您怎能出去呢!让我去好了。认识我的少一点,您的相片——"

二人同时把眼转到桌上的报纸上。

"文玉你也不能出去!"包善卿腿一软,坐下了。"找山木想办法行不行?这不能算件小事吧?我的女儿!他要是派两名他的亲兵,准能找回来!"

"万一他不管,可不大得劲儿!"方文玉低声地说。

"听!"包善卿直起身来。

包宅离大街不十分远,平常能听得见汽车的喇叭声。现在,像夏日大雨由远而近地那样来了一片继续不断的,混乱而低切的吵嚷，分不出是什么声音，只是那么流动的，越来越近的一片，一种可怕的怒潮，向前涌进。

方文玉的脸由灰白而惨绿，猛然张开口，咽了一口气。"善老，咱们得逃吧？"

包善卿的嘴动了动，没说出什么来，脸完全紫了。怒气与惧怕往两下处扯他的心，使他说不出话来。"学生！学生！一群毛孩子！"他心里说："你们懂得什么！懂得什么！包善卿的政治生活非生生让你们吵散不可！包善卿有什么对不起人的地方！混账，一群混账！"

张七拉开屋门，没顾得摘帽子："大人，他们到了！我去找大小姐，恰好和他们走碰了头！"

"西口把严没有？"包善卿好容易说出话来。

"他们不上这儿来，上教场去集合。"

"自要进来，开枪，我告诉你！"包善卿听到学生们不进胡同，强硬了些。

"听！"张七把屋门推开。

"打倒卖国贼！"千百条嗓子同时喊出。

包善卿的大眼向四下里找了找，好似"卖国贼"三个字像个风筝似的从空中落了下来。他没找到什么，可是从空中又降下一声："打倒卖国贼！"他看了看方文玉，看了看张七，勉强地要笑笑，没笑出来。"七，""张"字没能说利落："大小姐呢？我教你去找大小姐！"

"这一队正是大小姐学校里的，后面还有一大群男学生。"

"看见她了？"

"第一个打旗的就是大小姐！"

"打倒卖国贼！"又从空中传来一声。

在这一声里，包善卿仿佛清清楚楚地听见了自己女儿的声音。

"好，好！"他的手与嘴唇一劲儿颤。"无父无君，男盗女娼的一群东西！我会跟你算账，甭忙，大小姐！别人家的孩子我管不了，你跑不出我的手心去！爸爸是卖国贼，好！"

"善老！善老！"方文玉的烟瘾已经上来，强挣扎着劝慰："不必生这么大的气，大小姐年轻，一时糊涂，不能算是真心反抗您，绝对不能！"

"你不知道！"包善卿颤得更厉害了。"她要是想要钱，要衣裳，要车，都可以呀，跟我明说好了；何必满街去喊呢！疯了？卖国贼，爸爸是卖国贼，好听？混账，不要脸！"

电话！没人去接。方文玉已经瘾得不爱动，包善卿气得起不来。

张七等铃响了半天，搭讪着过去摘下耳机。"……等等。大人，公安局冯秘书。"

"挂上，没办法！"包善卿躺在沙发上。

"陈升！陈升！"方文玉低声地叫。

陈升就在院里呢，赶快进来。

方文玉向里院那边指了指，然后撅起嘴唇，像叫猫似的轻轻响了几下。

陈升和张七一同退出去。

新韩穆烈德

一

有一次他稍微喝多了点酒，田烈德一半自嘲一半自负的对个朋友说："我就是莎士比亚的韩穆烈德；同名不同姓，仿佛是。"

"也常见鬼？"那个朋友笑着问。

"还不止一个呢！不过，"田烈德想了想，"不过，都不白衣红眼的出来巡夜。"

"新韩穆烈德！"那个朋友随便的一说。

这可就成了他的外号，一个听到而使他微微点头的外号。

大学三年级的学生，他非常的自负，非常的严重，事事要个完整的计划，时时在那儿考虑。越爱考虑他越觉得凡事都该有个办法，而任何办法——在细细想过之后——都不适合他的理想。因此，他很愿意听听别人的意见，可是别人的意见又是那么欠高明，听过了不但没有益处，而且使他迷乱，使他得顺着自己的思路从头儿再想过一番，才能见着可捉摸的景象，好像在暗室里洗相片那样。

所以他觉得自己非常的可爱，也很可怜。他常常对着镜子看自己，长瘦的脸，脑门很长很白。眼睛带着点倦意。嘴大唇薄，能并成一条长线。稀稀的黑长发往后拢着。他觉得自己的相貌入格，不是普通的俊美。

　　有了这个肯定的认识，所以洋服穿得很讲究，在意。凡是属于他的都值得在心，这样才能使内外一致，保持住自己的优越与庄严。

　　可是看看脸，看看衣服，并不能完全使他心中平静。面貌服装即使是没什么可指摘的了，他的思想可是时时混乱，并不永远像衣服那样能整理得齐齐楚楚。这个，使他常想到自己像个极雅美的磁盆，盛着清水，可是只养着一些浮萍与几团绒似的绿苔！自负有自知之明，这点点缺欠正足以使他越发自怜。

二

　　寒假前的考试刚完，他很累得慌，自己觉得像已放散了一天的香味的花，应当敛上了瓣休息会儿。他躺在了床上。

　　他本想出去看电影，可是躺在了床上。多数的电影片是那么无聊，他知道；但是有时候他想去看。看完，他觉得看电影的好处只是为证明自己的批评能力，几乎没有一片能使他满意的。他不明白为什么一般人那样爱看电影。及至自己也想去看去的时候，虽然自信自己的批评能力是超乎一般人的，可是究竟觉得有点不大是味儿，这使他非常的苦恼。"后悔"破坏了"享受"。

　　这次他决定不去。有许多的理由使他这样下了决心。其中的一个是父亲没有给他寄了钱来。他不愿承认这是个最重要的理由，可是他无法不去思索这点事儿。

　　二年没有回家了。前二年不愿回家的理由还可以适用于现在，可是今年父亲没有给寄来钱。这个小小的问题强迫着他去思索，仿佛一切的事都需要他的考虑，连几块钱也在内！

回家不回呢？

三

点上支香烟，顺着浮动的烟圈他看见些图画。

父亲，一个从四十到六十几乎没有什么变动的商人，老是圆头圆脸的，头剃得很光，不爱多说话，整个儿圆木头墩子似的！

田烈德不大喜欢这个老头子。绝对不是封建思想在他心中作祟，他以为；可是，可是，什么呢？什么使他不大爱父亲呢？客观的看去，父亲应当和平常一件东西似的，无所谓可爱与不可爱。那么，为什么不爱父亲呢？原因似乎有很多，可是不能都标上"客观的"签儿。

是的，想到父亲就没法不想到钱．没法不想到父亲的买卖。他想起来：兴隆南号，兴隆北号，两个果店；北市有个栈房；家中有五间冰窖。他也看见家里，顶难堪的家里，一家大小终年在那儿剥皮：花生，胡桃，榛子，甚至于山楂，都得剥皮。老的小的，姑娘媳妇，一天到晚不识闲，老剥老挑老煮。赶到预备年货的时节就更了不得，山楂酪，炒红果，山楂糕，榅桲，玫瑰枣，都得煮，拌，大量的加糖。人人的手是黏的，人人的手红得和胡萝卜一样。到处是糊糖味，酸甜之中带着点像烫糊了的牛乳味，使人恶心。

为什么老头子不找几个伙计作这些，而必定拿一家子人的苦力呢？田烈德痛快了些，因为得到父亲一个罪案一定不是专为父亲卖果子而小看父亲。

更讨厌的是收蒜苗的时候：五月节后，蒜苗臭了街，老头子一收就上万斤，另为它们开了一座窖。天上地下全是蒜苗，全世界是辣蒿蒿的蒜味。一家大小都得动手，大捆儿改小捆儿，老的烂的都得往外剔，然后从新编辫儿。剔出来的搬到厨房，早顿接着晚顿老吃炒蒜苗，能继续的吃一个星期，和猪一样。

　　五月收好，十二月开窖，蒜苗还是那么绿，拿出去当鲜货卖。钱确是能赚不少，可是一家子人都成了猪。能不能再体面一些赚钱呢？

四

　　把烟头扔掉，他不愿再想这个。可是，像夏日天上的浮云，自自然然的会集聚到一处，成些图画，他仿佛无法阻止住心中的活动。他刚放下家庭与蒜苗，北市的栈房又浮现在眼前。在北市的西头，两扇大黑门，门的下半截老挂着些马粪。门道非常的脏，车马出入使地上的土松得能陷脚；时常由蹄印作成个小湖，蓄着一汪草黄色的马尿。院里堆满了荆篓席筐与麻袋，骡马小驴低头吃着草料。马粪与果子的香气调成一种沉重的味道，挂在鼻上不容易消失。带着气瘰脖的北山客，精明而话多的西山客，都拐着点腿出来进去，说话的声音很高，特别在驴叫的时候，驴叫人嚷，车马出入，栈里永远充满了声音；在上市的时候，栈里与市上的喧哗就打成一片。

　　每一张图画都含着过去的甜蜜，可是田烈德不想只惆怅的感叹，他要给这些景象加以解释。他想起来，客人住栈，驴马的草料，和用一领破席遮盖果筐，都须出钱。果客们必须付这些钱，而父亲的货是直接卸到家里的窖中；他的栈房是一笔生意，他自己的货又无须下栈，无怪他能以多为胜的贱卖一些，而把别家果店挤得走投无路。

　　父亲的货不从果客手中买。他直接的包山。田烈德记得和父亲去看山园。总是在果木开花的时节吧，他们上山。远远的就看见满山腰都是花，像青山上横着条绣带。花林中什么声音也没有，除了蜜蜂飞动的轻响。小风吹过来，一阵阵清香像花海的香浪。最好看的是走到小山顶上，看到后面更高的山。两山之间无疑的有几片果园，分散在绿田之间。低处绿田，高处白花，更高处黄绿的春峰，倚着深蓝的晴天。山溪中的短藻与小鱼，与溪边的白羊，更觉可爱，他还记得小山羊那种娇细可怜的啼声。

可是父亲似乎没觉到这花与色的世界有什么美好。他嘴中自言自语的老在计算，而后到处与园主们死命的争竞。他们住在山上等着花谢，处处落花，舞乱了春山。父亲在这时节，必强迫着园主承认春风太强，果子必定受伤，必定招虫。有这个借口，才讲定价钱；价钱讲好，园主还得答应种种罚款：迟交果子，虫伤，雹伤，水锈，都得罚款。四六成交账，园主答应了一切条件，父亲才交四成账。这个定钱是庄家们半年的过活，没它就没法活到果子成熟的时期。为顾眼前，他们什么条件也得答应；明知道条件的严苛使他们将永成为父亲的奴隶。交货时的六成账，有种种罚项在那儿等着，他们永不能照数得到；他们没法不预支第二年的定银……

父亲收了货，等行市；年底下"看起"是无可疑的，他自己有窖。他是干鲜果行中的一霸！

五

这便有了更大的意义：田烈德不是纯任感情而反对父亲的；也不是看不起果商，而是为正义应当，应当，反对父亲。他觉得应当到山园去宣传合作的方法，应当到栈房讲演种种"用钱"的非法，应当煽动铺中伙计们要求增高报酬而减轻劳作，应当到家里宣传剥花生与打山楂酪都须索要工钱。

可是，他二年没回家了。他不敢回家。他知道家里的人对于那种操作不但不抱怨，而且觉得足以自傲；他们已经三辈子是这样各尽所能的大家为大家效劳。他们不会了解他。假若他一声不出呢，他就得一天到晚闻着那种酸甜而腻人的味道，还得远远的躲着大家，怕溅一身山楂汤儿。他们必定会在工作的时候，彼此低声的讲论"先生"；他是在自己家中的生人！

他也不敢到铺中去。那些老伙计们管他叫"师弟"，他不能受。他有很重要的，高深的道理对他们讲；可是一声"师弟"便结束了一切。

到栈房，到山上？似乎就更难了。

啊！他把手放在脑后，微微一笑，想明白了。这些都是感情用事，即使他实地的解放了一两家山上的庄家户，解放了几个小伙计与他自己的一家人，有什么用？他所追求的是个更大的理想，不是马上直接与张三或李四发生关系的小事，而是一种重新调整全个文化的企图。他不仅是反对父亲，而且反抗着全世界。用全力捉兔，正是狮的愚蠢，他用不着马上去执行什么。就是真打算从家中作起——先不管这是多么可笑——他也得另有办法，不能就这么直入公堂的去招他们笑他。

暂时还是不回家的好。他从床上起来，坐在床沿上，轻轻提了提裤缝。裤袋里还有十几块钱，将够回家的路费。没敢去摸。不回家！关在屋中，读一寒假的书。从此永不回家，拒绝承袭父亲的财产，不看电影……专心的读书。这些本来都是不足一提的事，但是为表示坚决，不能不这么想一下。放弃这一切腐臭的，自己是由清新塘水出来的一朵白莲。是的，自己至少应成个文学家，像高尔基那样给世界一个新的声音与希望。

六

　　看了看窗外，从玻璃的上部看见一小片灰色的天，灰冷静寂，正像腊月天气。不由的又想起家来，心中像由天大的理想缩到个针尖上来。他摇了摇头，理想大概永远与实际生活不能一致，没有一个哲人能把他的人生哲理与日常生活完全联结到一处，像鸳鸯身上各色的羽毛配合得那么自然匀美。

　　别的先不说，第一他怕自己因用脑过度而生了病。想象着自己病倒在床上，连碗热水都喝不到，他怕起来。摸摸自己的脸，不胖；自己不是个粗壮的人。一个用脑子的不能与一个用笨力气的相提并论，大概在这点上人类永远不会完全平等，他想。他不能为全人类费着心思，而同时还要受最大的劳力，不能；这不公道！

　　立起来，走在窗前向外看。灰冷的低云要滴下水来。可是空中又没有一片雪花。天色使人犹疑苦闷；他几乎要喊出来："爽性来一场大雪，或一阵狂风！"

　　同学们欢呼着，往外搬行李，毛线围脖的杪儿前后左右的摆动，像撒欢时的狗尾巴："过年见了，张！""过年见了，李！"大家喊着；连工友们也分外的欢喜，追着赏钱。

　　"这群没脑子的东西！"他要说而没说出来，呆呆的立着。他想同学们走净，他一定会病倒的；无心中摸了摸袋中的钱——不够买换一点舒适与享乐的。他似乎立在了针尖上，不能转身；回家仿佛是惟一平安的路子。

　　他慢慢的披上大衣，把短美的丝围脖细心的围好，尖端压在大衣里；他不能像撒欢儿的狗。还要拿点别的东西，想了想，没去动。知道一定是回家么？也许在街上转转就回来的；他选择了一本书，掀开，放在桌上；假如转转就回来的话，一定便开始读那本书。

走到车站,离开车还有一点多钟呢。车站使他决定暂且作为要回家吧。这个暂时的决定,使他想起回家该有的预备:至少该给妹妹们买点东西。这不是人情,只是随俗的一点小小举动。可是钱将够买二等票的,设若匀出一部分买礼物,他就得将就三等了。三等车是可爱的,偶尔坐一次总有些普罗神味。可是一个人不应该作无益的冒险,三等车的脏乱不但有实际上的危险,而且还能把他心中存着的那点对三等票阶级的善意给削除了去。从哪一方面看,这也不是完美的办法。至于买礼物一层,他会到了家,有了钱,再补送的;即使不送,也无伤于什么;俗礼不应该仗着田烈德去维持的。

都想通了,他买了二等票。在车上买了两份大报;虽然卖报的强塞给他一全份小报,他到底不肯接收。大报,即使不看,也显着庄严。

七

到了自家门口,他几乎不敢去拍门。那两扇黑大门显着特别的丑恶可怕。门框上红油的"田寓"比昔日仿佛更红着许多,他忽然想起佛龛前的大烛,爆竹皮子,压岁钱包儿!……都是红的。不由的把手按在门环上。

没想到开门来的是母亲。母亲没穿着那个满了糖汁与红点子的围裙。她的头发几乎全白了,脸上很干很黄,眉间带着忧郁。田烈德一眼看明白这些,不由的叫出声"妈"来。

"哟,回来啦?"她那不很明亮的眼看着儿子的脸,要笑,可是被泪截了回去。

随着妈妈往里走,他不知想什么好,只觉得身旁有个慈爱而使人无所措手足的母亲,一拐过影壁来,二门上露着个很俊的脸:

"哟，哥哥来了！"那个脸不见了，往里院跑了去。紧跟着各屋的门都响了，全家的人都跑了出来。妹妹们把他围上，台阶上是婶母与小孩们，祖母的脸在西屋的玻璃里。妹妹们都显着出息了，大家的纯洁黑亮的眼都看着哥哥，亲爱而稍带着小姑娘们的羞涩，谁也不肯说什么，嘴微笑的张着点。

祖母的嘴隔着玻璃缓缓的动。母亲赶过去，高声一字一字的报告："烈德！烈德来了！大孙子回来了！"母亲回头招呼儿子："先看看祖母来！"烈德像西医似的走进西屋去，全家都随过来。没看出祖母有什么改变，除了摇头疯更厉害了些，口中连一个牙也没有了。

和祖母说了几句话，他的舌头像是活动开了。随着大家的话，他回答，他发问，他几乎不晓得都说了些什么。大妹妹给他拿过来支蝙蝠牌的烟卷，他也没拒绝，辣辣的烧着嘴唇。祖母，母亲，妹妹们，始终不肯把眼挪开，大家看他的长脸，大嘴，洋服，都觉得可爱；他也觉得自己可爱。

他后悔没给妹妹们带来礼物。既然到了家，就得迁就着和大家敷衍，可是也应当敷衍得到家；没带礼物来使这出大团圆缺着一块。后悔是太迟了，他的回来或者已经是赏了她们脸，礼物是多余的。这么一想，他心中平静了些，可是平静得不十分完全，像晓风残月似的虽然清幽而欠着完美。

八

奇怪的是为什么大家都不工作呢？他到堂屋去看了看，只在大案底下放着一盆山楂酪，一盆。难道年货已经早赶出来，拿到了铺中去？再看妹妹们的衣裳，并不像赶完年货而预备过年的光景，二妹的蓝布褂大襟上补着一大块补钉。

"怎么今年不赶年货？"他不由的问出来。

大妹妹搭拉着眼皮，学着大人的模样说："去年年底，我们还预备了不少，都剩下了。白海棠果五盆，摆到了过年二月，全起了白沫，现今不比从前了，钱紧！"

田烈德看着二妹襟上的补钉，听着大妹的摹仿成人，觉得很难堪。特别是大妹的态度与语调，使他身上发冷。他觉得妇女们不作工便更讨厌。

最没办法的是得陪着祖母吃饭。母亲给他很下心的作了两三样他爱吃的菜，可是一样就那么一小碟；没想到母亲会这么吝啬。

"跟祖母吃吧，"母亲很抱歉似的说，"我们吃我们的。"

他不知怎样才好。祖母的没有牙的嘴，把东西扁一扁而后整吞下去，像只老鸭似的！祖母的不住的摇头，铁皮了的皮肤老像糊着一层水锈！他不晓得怎能吃完这顿饭而不都吐出来！他想跑出去嚷一大顿，喊出家庭的毁坏是到自由之路的初步！

可是到底他陪着祖母吃了饭。饭后，祖母躺下休息；母亲把他叫在一旁。由她的眼神，他看出来还得殉一次难。他反倒笑了。

"你也歇一会儿，"母亲亲热而又有点怕儿子的样儿，"回头你先看看爸去，别等他晚上回来，又发脾气；你好容易回来这么一趟……"母亲的言语似乎不大够表现心意的。

"唉，"为敷衍母亲，他答应了这么一声。

母亲放了点心。"你看，烈德，这二年他可改了脾气！我不愿告诉你这些，你刚回来；可是我一肚子委屈真……"她提起衣襟擦了擦眼角。"他近来常喝酒，喝了就闹脾气。就是不喝酒，他也嘴不识闲，老叨唠，连躺在被窝里还跟自己叨唠，仿佛中了病；你知道原先他是多么不爱说话。"

"现在，他在南号还是在北号呢？"他明知去见父亲又是一个劫难，可是很愿意先结束了目前这一场。

"还南号北号呢！"母亲又要往上提衣襟。"南号早倒出去了，要不怎么他闹脾气呢。南号倒出不久，北市的栈房也出了手。"

"也出了手，"烈德随口重了一句。

"这年月不讲究山货了，都是论箱的来洋货。栈房不大见得着人！那么个大栈呀，才卖了一千五，跟白舍一样！"

九

进了兴隆北号，大师哥秀权没认出他来，很客气的问，"先生看点什么？"双手不住的搓着。田烈德摘了帽子，秀权师哥又看了一眼，"师弟呀？你可真够高的了；我猛住了，不敢认，真不敢认！坐下！老人家出去了；来，先喝碗茶。"

田烈德坐在果筐旁的一把老榆木擦漆的椅子上，非常的不舒服。

"这一向好吧？"秀权师哥想不起别的话来，"外边的年成还好吧？"他已五十多岁，还没留须，红脸大眼睛，看着也就是四十刚出头的样子。

"他们呢？"烈德问。

"谁？啊，伙计们哪？别提了——"秀权师哥把"了"字拉得很长，"现在就剩下我和秀山，还带着个小徒弟。秀山上南城匀点南货去了，眼看就过年，好歹总得上点货，看看，"他指着货物，"哪有东西卖呀！"

烈德看了看，磁缸的红木盖上只摆着些不出眼的梨和苹果；干果筐箩里一些栗子和花生；靠窗有一小盆蜜饯海棠，盆儿小得可怜。空着的地方满是些罐头筒子，藕粉匣子，与永远卖不出去的糖精酒糖掺水的葡萄酒，都装潢得花花绿绿的，可是看着就知道专为占个地方。他不愿再看这些——要关市的铺子都拿这些糊花纸的瓶儿罐儿装门面。

"他们都上哪儿去了？"

"谁知道！各自奔前程吧！"秀权师哥摇着头，身子靠着筐笋。"不用提了，师弟，我自幼干这一行，今年五十二了，没看见过这种事！前年年底，门市还算作得不离，可是一搂账啊，亏着本儿呢。毛病是在行市上。咱们包山，钱货两清；等到年底往回叫本的时候，行市一劲往下掉。东洋橘子，高丽苹果，把咱们顶得出不来气。花生花生也掉盘，咱们也是早收下的。山楂核桃什么的倒有价儿，可是糖贵呀；你看，"他掀起蓝布帘向对过的一个小铺指着："看，蜜饯的东西咱们现今卖不过他；他什么都用糖精；咱们呢，山楂看赚，可赔在糖上，这年月，人们：过年买点果子和蜜饯当摆设，买点儿是个意思，不管好坏，价儿便宜就行。咱们的货地道，地道有什么用呢！人家贱，咱们也得贱，把货铲出去呢，混个热闹；卖不出去呢，更不用说，连根儿烂！"他叹了口气。又给烈德满满的倒了一碗茶，好像拿茶出气似的。

"经济的侵略与民间购买力的衰落！"烈德看得很明白，低声对自己说。

秀权忙着想自己的话，没听明白师弟说的是什么，也没想问；他接着诉苦："老人家想裁人。我们可就说了，再看一节吧。这年月，哪柜上也不活动，裁下去都上哪儿去呢！到了五月节，赔的更多了，本来春天就永远没什么买卖。老人家把两号的伙计叫到一处，他说得惨极了：你们都没过错，都帮过我的忙。可是我实在无了法。大家抓阄吧，谁抓着谁走。大家的泪都在眼圈里！顶义气的是秀明，师弟你还记得秀明！他说了话：两柜上的大师哥，秀权秀山不必抓。所以你看我俩现在还在这儿。我俩明知道这不公道，可是腆着脸没去抓。四五十岁的人了，不同年轻力壮，叫我们上哪儿找事去呢？一共裁了三次，现在就剩下我和秀山。老人家也不敢上山了，行市赔不起！兴隆改成零买零卖了。山上的人连三并四的下来央求，老人家连见他们也不敢！南号出了手，栈房也卖了。我们还指望着蒜苗，哼，也完了！热洞子的王瓜，原先卖一块钱两条，现在满街吆喝一块钱八条；茄子冬瓜香椿原先都是进贡的东西，现在全下了市，全不贵。有这些鲜货，谁吃辣蒿蒿的蒜苗呢！我们就这么一天天的耗着，三个老头子一天到晚对着这些筐子发愣。你记得原先大年三十那个光景？买主儿挤破了门；铜子毛钱撒满了地，没工夫往柜里扔。看看现在，今到几儿啦，腊月甘六了，你坐了这大半天，可进来一个买主？好容易盼进一位来，不是嫌贵就是嫌货不好，空着手出去，还瞪我们两眼，没作过这样的买卖！"秀权师哥拿起抹布拼命的擦那些磁缸，似乎是表示他仍在努力；虽然努力是白饶，但求无愧于心。

十

秀权的后半截话并没都进到烈德的耳中去，一半因他已经听腻，一半因他正在思索。事实是很可怕，家里那群，当伙计的那群，山上种果子的那群，都走到了路尽头！

可怕！可是他所要解放的已用不着他来费事了，他们和她们已经不在牢狱中了；他们和她们是已由牢狱中走向地狱去，鬼是会造反的。非走到无路可走，他们不能明白，历史时时在那儿牺牲人命，历史的新光明来自地狱。

他不必鼻一把泪一把的替他们伤心，用不着，也没用。这种现象不过是消极的一个例证，证明不应当存在的便得死亡，不用别人动手，自己就会败坏，像搁陈了的橘子。他用不着着急，更用不着替他们出力；他的眼光已绕到他们的命运之后，用不着动什么感情。

正在这么想着，父亲进来了。

"哟，你！"父亲可不像样子了：脸因消瘦，已经不那么圆了。两腮下搭拉着些松皮，脸好像接出一块来。嘴上留了胡子，惨白，尖上发黄，向唇里卷卷着。脑门上许多皱纹，眼皮下有些黑锈。腰也弯了些。

烈德吓了一跳，猛的立起来。心中忽然空起来，像电影片猛孤仃断了，台上现出一块空白来。

十一

父亲摘了小帽，脑门上有一道白印。看了烈德一会儿："你来了好，好！"

父亲确是变了，母亲的话不错；父亲原先不这么叨唠。父亲坐下，哈了一声，手按在膝上。又懒懒的抬起头看了烈德一眼："你是大学的学生，总该有办法！我没了办法。我今儿走了半天，想周转俩现钱，再干一下子。弄点钱来，我也怎么缺德怎办，拿日本橘子充福橘，用糖精熬山里红汤，怎么贱怎卖，可是连坑带骗，给小分量，用报纸打包。哼，我转了一早上，这不是，"他拍了拍胸口，"怀里揣着房契，想弄个千儿八百的。哼！哼！我明白了，再有一份儿房契，再走上两天，我也弄不出钱来！你有学问，必定有主意；我没有。我老了，等着一领破席把我卷出城去，不想别的。可是，这个买卖，三辈子了，送在我手里，对得起谁呢！两三年的工夫会赔空了，谁信呢？你叔叔们都去挣工钱了，那哪够养家的，还得仗着买卖，买卖可就是这个样！"他嘴里还咕弄着，可是没出声。然后转向秀权去："秀山还没回来？不一定能匀得来！这年景，谁肯帮谁的忙呢！钱借不到，货匀不来，也好，省事！哈哈！"他干笑起来，紧跟着咳嗽了一阵，一边咳嗽还一边有声无字的叨唠。

十二

敷衍了父亲几句，烈德溜了出来。

他可以原谅父亲不给他寄钱了，可以原谅父亲是个果贩子，可以原谅父亲的瞎叨唠，但是不能原谅父亲的那句话："你是大学的学生，总该有办法。"这句话刺着他的心。他明白了家中的一切，他早就有极完密高明的主意，可是他的主意与眼前的光景联不到一处，好像变戏法的一手要着一个磁碟，不能碰到一处；碰上就全碎了。

他看出来，他决定不能顺着感情而抛弃自己的理想。虽然自己往往因感情而改变了心思，可是那究竟是个弱点；在感情的雾瘴里见不着真理。真理使刚才所见所闻的成为必不可免的，如同冬天的雨点变成雪花。他不必为雪花们抱怨天冷。他不用可怜他们，也不用对他们说明什么。

是的，他现在所要的似乎只是个有实用的办法——怎样马上把自己的脚从泥中拔出来，拔得干干净净的。丧失了自己是最愚蠢的事，因为自己是真理的保护人。逃，逃，逃！

逃到哪里去呢？怎样逃呢？自己手里没有钱！他恨这个世界，为什么自己不生任一个供养得起他这样的人的世界呢？

想起在本杂志上看见过的一张名画的复印：一溪清水，浮着个少年美女，下半身在水中，衣襟披浮在水上，长发像些金色的水藻随着微波上下，美洁的白脑门向上仰着些，好似希望着点什么；胸上袒露着些，雪白的堆着些各色的鲜花。他不知道为什么想起这张图画，也不愿细想其中的故事。只觉得那长发与玉似的脑门可爱可怜，可是那些鲜花似乎有点画蛇添足。这给他一种欣喜，他觉到自己是有批评能力的。

忘了怎样设法逃走，也忘了自己是往哪里走呢，他微笑着看心中的这张图画。

忽然走到了家门口，红色的"田寓"猛的发现在眼前，他吓了一跳！

哀 启

　　五个亡国奴占据了金紫良先生的一所三合瓦房。金先生是有个姓名的：作过公安局的科长，和其他机关中科长科员之类的官儿；颇剩下几个钱，置买了几所小房；现在就指着几个房租，过着份不算不舒服的日子。因为官面上有不少朋友，房客们要是到日子拿不上租金，别管是有意捣蛋，还是实在手里太紧，金先生会叫巡警们替他讲话。在这一点上，金先生在"吃瓦片"的人们里是很足以自豪，而被称为人物的。

　　可是，五个"虾仁"硬占了他一所三合房。他不敢说"亡国奴"这三个字，所以每逢必须说到这个的时候，他把"××虾仁"的上半截去掉，作成个巧妙而无危险的隐语——"虾仁"。五个虾仁占了他的房之后，他很抱怨自己，为什么自己这样粗心，房子空闲出来而教虾仁们知道了呢？他觉得这几乎全是他自己的错儿，而虾仁们——既是虾仁们——的横行霸道似乎是分所当然的。

　　不过，自怨是无济于事的。假如金先生在街上被虾仁无缘无故的敲了一拳，或推了一交，那么，说声倒霉，或怨自己不小心，也就算了。白住房子可并不这样简单，不能就这么轻轻的放过去，虽然一声不出是极好的办法。虾仁们占着他的房子，卖白面，绑票儿，无所不为。这未免太"那个"一点。倒不是金先生有意阻止虾仁们干这些营生，或是以为这种营生有什么不体面；他伤心的是既然他们经营着这些事业，为什么不给他房钱？他们要是没有个营生，不拿房租也还有的可说；既是零整的发卖着白面，又有随时绑票的进款，怎么对房租还一字不提呢，他以为虾仁们作事未免有点太过火。

他想去要房钱，当然他不便于亲身去。他还是得托巡警们。这回的请托可是很柔和，与其说是请托，还不如说是商量个办法。跟虾仁们办交涉，不比和中国人对付，他体谅到巡警们的难处。他根本没希望巡警们能满应满许的马到成功，只盼着有个相当的办法，走到哪儿算哪儿，尽人事而后听天命。假若万幸朋友们真有个不错的方法，要出房租彼此平分也是好的；即使事情实在难办，或者因为半份房钱的便宜，他们也能特别卖卖力气。

他找了朋友们去。没想到他们会根本拒绝，不但不愿意给他办理，仿佛连听这种事也不喜欢听。意在言外，他们都以为他是自讨无趣似的。就是那半份房租的酬赠也没招出半点热心来。金先生心中未免有点不痛快。可是回到家中一想，他想过点味儿来：这不是朋友们不替他出力，而是他自己太没见识。比方这么说吧，他寻思着，万一这件事传到虾仁们耳朵里去，焉知他们不找上门来把他绑了走，或是一把火烧了他的房！"老金，你好不懂事！"他责备自己。再一想呢，虾仁们占据的房很多了，为什么别人都一声不出，偏偏老金长着三头六臂？想到这儿，他很感激朋友们了，幸而他们多知多懂，没给他出任何主意。真要遇上不三不四的朋友，胡说八道一阵，而被虾仁们听了去，那才得吃不了兜着走呢！

不再想这所房子就完了，他下了决心。这种从容镇静使他想出妙法。他把其余的几处房子都加高了租金。虾仁们白住了我一所房，他细心的一打算盘，我教大家每月多拿一点；大家的损失有限，可是我既不惹虾仁们生气，又能不十分在钱上吃亏。对，对的！房客们要是反对，那好办呀；我治不了虾仁们，还治不了小蝌蚪们！他觉得这个比喻非常的聪明可喜，自己笑了半天。

有个洋车夫来见金先生。金先生想不起自己有过这样的亲友；即使真有过这样的苦朋友，以他的身分说也不能接见，可是他又不敢不见；在公安局混过差事，他晓得穷人中也有好汉，得罪不得。在他心中，所谓好汉就是胳膊粗，力气大，蛮不讲理。他怕这样的人。他马上出来接见这个洋车夫；从地位上说，他觉得自己太谦卑；从力气上说，他以为自己是很精明。能够用势力压人，和会避免挨打，在他，是人生最高的智慧。

一看到那个洋车夫，他后悔了。他简直没有看见过这么褴褛，狼狈，泄气的车夫。这个人有四十上下岁，不高的个儿，一张长瘦的脸，两只望天儿眼睛。上身穿着蓝号坎儿，汗碱有五分厚；裤子也是蓝的，补着各色的破布，腿上还有两三个窟窿。赤着脚，张了嘴的破鞋，用麻绳儿绑着。手里提着条和地皮同色的小毛巾，敞着怀，肋条一棱一棱的挂着些鲇皮，皮上滋满了多日的黑泥。

"干吗？"金先生堵上鼻子，心里有一万个不高兴。

"先生！"洋车夫的眼向上翻着，把右手按在胸口上。好像那里刺着疼似的。

"说话！我不是专为伺候你的！"金先生虽然是真生了气，可是听着自己的呼叱，心中觉出自己的伟大与身分，而把气消减了一两分。他想，就是他和虾仁们对了面，他们的呼叱也不会这么雄厚有力。

"先生！在板子胡同，你不是有所房子吗？"拉车的翻着白眼等金先生来承认这件事；惟恐把事儿弄错了。

听到说自己的房子，金先生的心里有些发乱。是吉是凶，无从猜到，他只好虚为支应一下："是我的怎样，不是我的又怎样呢？"

"先生！你就救救命吧！"车夫的眼向上紧翻，翻着翻着，落下泪来；一低头，往前一扑，跪在金先生的脚前。跪下以后，又抬起头来，满脸是泪，嘴动了几动，没能说出话来。

"到底什么事啊？你看！快起来！"金先生要拉车夫一把，看他的衣服太脏，把手又缩了回去。"有什么话起来说，真！"

车夫不知怎好的，一边嘟哝着"救救命吧"，一边往立起；立起来，深深的叹了口气。

"先说明白了，别耍这套'恶化'！"金先生坐下了。

"先生！"车夫的眼泪又重新流下来。"我是个穷人。老婆死了好几年了。我就带着大利——今年八岁了——穷混。一天到晚，我去苦曳，别的都是小事，到晚上我得给大利带回两个白面的馒头来。我是为他活着呢。他是我冯家的一条根！白天我去拉车，他就跟着三姨——我老婆的缺心眼的老妹妹——一块儿玩。每天我收了车，他和老姨儿总在胡同口上等着我，老远的就叫爸爸，笑得像朵花似的接过馒头或烧饼去！"他愣了一会儿，仿佛是听听有没有大利的笑声。"昨天，我收了车，也就是有四点钟吧！买卖不错，所以早收了会儿，还给大利买了包酱肉——孩子老吃不着个荤腥儿；胡同口上没有他，也许想不到我回来这么早，我心里说。到了家，老姨在屋里哭呢。问她什么，她只管摇头。她自幼就缺心眼儿。我出来一问街坊们，他们谁也没亲看见，可是都说必定是教板子胡同的人们给绑了去。我不大信。他们绑小孩是真的，我知道；可是还没听说绑过大利这么穷苦的孩子。你看，大利身上除了件破裤子，没有别的东西；绑他干吗，瞎了眼？我不大信。可是我不能不去找他。和巡警们一打听，他们有看见的，一点不错，大利教两个鬼子给架了走。他们当巡警的看见了，可是不敢管；他们还怪我不好好的看着孩子呢！"车夫的嘴角堆起许多白沫，眼定住，嗓子好像堵住气，用手抓了两把。

"我找到板子胡同去，他们要二十块钱；没钱，他们撕——"车夫捂上了眼，手一劲儿的哆嗦。过了一会儿，把手放下来，好像忘了一切，呆呆的立着。忽然，极惨的笑了一声，仿佛悲苦怨恨已经到了极点，只好忽然把它们变成一笑，像顶黑的夜里的一条白闪。"二十块？哼，我！好几年了，我就没见过一块现洋！我去见了巡长，给他磕了三个头；没用！他说我顶好是凑二十块钱，把大利赎回来。用得着他说！我上哪里凑钱去，我？卖没的卖，当没的当！从板子胡同回来，我就张罗钱；连老姨身上的一件小褂都剥了下来；哼，先生，一共我弄出五块钱来；实在想不出法儿来，我去给车厂子的掌柜磕了头。我拉过十年他的车了，没欠过车份儿；我跟他开口借十五块钱；以后每天还他一角，还给他出利钱。崔掌柜还算不错，给了我五块钱。虽然我还差着十块，可是不好意思再逼他。他说得明白，那五块钱不要利钱，教我慢慢的还。他这么够朋友，我怎好再为难他呢？"说到这里，他仿佛暂时忘了痛苦，而天真的从腰间摸出两张五元的票子来，像小孩子献摆新玩艺似的，一手提着一张，给金先生看。

"到底你找我来干吗？"金先生已经猜到车夫的来意，可是愿意明白车夫怎的想到了他。他不十分热心去想是否应当帮助眼前这个苦人，假如车夫是来告帮，而一心的要晓得他自己在这件事中有什么样的地位与能力——说不定也许有点危险呢！

"是这么回事，先生，"车夫极小心的把两张钞票收好。"崔掌柜见我很为难，给我出了个主意：他说，老冯呀，你去求求金先生吧！板子胡同的那所房是金先生的。到了那儿，老冯你就应该说：金先生，你一来是个外场人，很讲义气；二来那所房是你的，万一他们真撕了——我丢了儿子，你脏了房，都不是好事。这是崔掌柜教给我的话，先生。我跟先生不认识，实在没脸来求你，可是我真没了法子。先生自当打牌多输了几块，救救命！再说，崔掌柜说得也有理：万一脏了房，先生也吃亏不小！"车夫用小毛巾擦了擦嘴，两眼不错眼珠的看着金先生。

金先生为了难：车夫是要十元钱，不错，这很简单。不过，萍水相逢，白给十元钱，不大像回事儿。再说，焉知车夫不是骗子呢，骗子都会鼻一把泪一把的装模作样。假如车夫说的是真话，的确是怪惨的；假若他是骗局呢，金先生岂不是成了冤大脑袋。作善积德，偶一为之，原无不可；可是不能随便被人骗了钱去。顶好是去打听打听，或是车夫自己拿出真证实据；有了充足的证据，再拿钱才妥当，虽然自己并没有一定拿钱的责任。但是，为这件事，金先生不便自己出马去打听；好，巡警们都躲干净，自己又不是现任的地方官，干吗把新鞋往泥塘里踏。至于跟车夫要更充足的证据，也不十分妥当；假若这回事是千真万确，而车夫一趟八趟的上这里来，教虾仁们知道了才妙呢！干脆把车夫打发走，别教他在这儿死腻。怎能打发他呢？大概是非给钱不可！不给他钱，他也许再来，早晚是非被虾仁们知道了不拉倒。况且，车夫的话若是不假，花几块钱省得脏了房也的确是个便宜。好，真要把票儿撕在自己的房子里，虾仁们有搬走的那一天，而自己的产业永远成了凶宅，那才窝心！自然，一个七八岁的孩子——又是个车夫的儿子——就是遇了害，大概也不会闹鬼。不过，到底不好听，房子是吃不住人血的！算了吧，给他钱，打发他走就完了。说不定，为这个善举，感动了上天，还许教虾仁们早些搬开呢！

金先生心中大致的有了这么个决定。可是还不肯马上执行，惟恐忙中有错，作的不妥当。他挪挪茶碗，摸摸脖子，看看车夫……仿佛是希望在这些小动作中能得到意外的灵感。

再也想不出高明的主意来，他极慢的，先转过身去，掏出皮夹来。皮夹里分类的装着两张钞票,一张十元的,一张五元的;一打儿毛票,大概有七八毛钱的样子;两毛缺角的旧票,和几张名片在一块儿。他细数了一遍,更整齐的重新按类放好。然后又拿起那张十元的,看了看,放下;把那张五元的提出来。

"五块,拿去!"金先生的动作加快了许多。"别再来!别跟人说板子胡同的房是我的!快走!"

车夫接过票子去,不知要说什么好,他知道五块钱不够,可是要先谢谢金先生,而后再央求;央求也怪不好意思了,可是儿子的命——他心中非常的乱。

金先生把车夫一切的话都拦了回去:"拿了钱就走吧!还得等我央告你吗?"

"先生,我,真——"车夫心中更乱起来,一句话也找不到了。

"快走!"

快晌午了,老冯紧紧握着三张票子,到板子胡同去。他心中这么想:钱是没凑够,可是办法已都想尽;再去跑上一天,也未必能有什么好处;而大利是越早出来越好。好吧,就去交款吧。绑票的事是常有的,差不多听说过的都是要三千五千,至少也得几百。这回,一要才要二十块,那么,交上十五,再央告央告,大概也就可以把孩子领出来了!情理,希望,和爱子的心切,都使老冯觉到事情很可以就这么了结。有了大利,以后他还能高高兴兴的苦奔;等大利能自己挣饭吃,自己一闭眼也就放心了。这么一想,他心中似乎得到了一些安慰,觉到黑暗中还有不少的光明。他承认大利被绑是件事实,这件事能解决,快快的解决,便一天云雾散;明天再说明天的,而且大利能平安的出来,明天还是很有希望的。他不想什么法律,正义,民族,国家等问题。这些似乎永远没到他心中来过。就是这件事的对与不对,他似乎也不愿去想，仿佛一个外国人绑去他的儿子是除了拿钱去赎，别无办法的。他着急，可是不生气，巡警们没生气，金先生没生气，老冯自己也不敢生气。他只求快快解决了这桩事，越快越好；他脚底下加了劲，张着嘴的破鞋噗喳噗喳的像一对快要干死的大鱼。

到了板子胡同，他敲了敲门。出来一个金先生所谓的虾仁。一见是老冯，虾仁说了声"妈×"。老冯知道虾仁们的中国话是以这两个字为中心的，一点也不以为新奇，更说不到生气来。他掏出那三张票子来。虾仁的眼睛亮了些，为表示一点感情，又说了声"妈×"。

老冯留了个心眼：非见到大利，不能交钱；万一钱交过去，而他们变了卦呢！他很规矩的，勉强的赔笑，说明了这个意思。虾仁似乎听清楚，又似乎没听清楚，走了进去，老冯也跟进去。到了院中，从屋里又走出一对虾仁来，都丧胆游魂的，脸上没有什么血色，仿佛是活腻了的样子。

"爸爸！"屋门中探出个圆头来，"爸爸！"

圆头上挨了一拳，又缩了回去，可是还叫："爸爸！带来烧饼了吗？他们不给我饭吃！"说完，圆头又伸了出来，虽然又挨了一拳，可是没有退回去；大利一下子跑出来，抱住爸的腿："爸爸你怎么不早来呢！我饿！"

一个虾仁想把大利揪过去，大利照准了手给了一口："我爸爸来了，我一点不怕你！"

虾仁捂住了手，似乎生了气，可是没发作。老冯赶紧叱呼大利，同时笑脸相迎的把钱递给了头一个虾仁。

虾仁接过钱去，数了数："妈×，妈×，五块少！"

"老爷！"老冯一手摸着大利的头，一手作势，帮助加重求怜的恳切："老爷！苦人哪！以后再孝敬吧！"

虾仁们嘀咕了一会儿。过来两个，拉住大利的胳臂。

"爸爸！"大利本能的觉到危险，脸上登时没了血色。"爸爸！别教他们打死我！我从此乖乖的，再也不淘气！"

"五块少，死妈×！"一个虾仁用力拉了大利一下子。

"爸爸！"

老冯跪下了："老爷们，善心吧！就是这么一条根啊！"

屋里又出来一对虾仁，用眼神鼓励了拉着大利的那两个一下。那两个一蹲身，一人抄住大利一条腿。大利哆嗦开了，眼睛冒着一股冷火。岔了音的喊了声："爸爸！"刚喊出来，老冯眼前看见了一片红！

老冯怎样出来的，他自己也不知道。一向是望着天走路，现在他深深的低着头。他看不见路，看不见人，看不见一切；眼前只有些红光。红光忽然结成一片，里面是大利的上半身，向他张着口，无声的喊爸爸。忽然红光散成多少片，一片红光包着大利的肠，另一片包着大利的胃，都鲜红的，颤抖着，在空中上下飞动。上下左右还有许多片红光与红星，是大利的眼，手，脚指，都颤动着，都无声的喊叫，哭泣，像肉店的肉块五脏都忽然疯了似的在空中乱飞，用力的眨一眨眼，他眼前的红光散尽，仿佛大利就在他身旁呢，他用手去拉，忽然在老远的来了一声"爸爸"，大利又在红光里从远处飞来，眼睁得很大，到了老冯面前，那双眼睛就那么闭了一闭，像刀在脖子上的时候的羊眼。老冯忽然的哭起来，哭不出声，胸中发热，从腹下抽起，抽到腮上，干咧着嘴。

他就这样恍恍惚惚的来到家中。老姨身上披着两张旧报纸在炕上坐着呢。他没说什么，她也没发问。老冯像醉了似的在屋里由这头摸到那头，自言自语的："肠子！手！大利！大利！爸给你报仇！"摸了半天，他把菜刀摸到手中，用小毛巾包好，又走了出来。

出了门，他的眼前不那么乱了，心中好似也清楚了些。着急的时期已经过去，现在他想着给大利报仇。不用再求人，不用再想办法，不用再说好话，手中有刀，刀会解决一切。杀一个够本，杀两个就有了赚头，很简单。他挺起瘦胸。眼望着天，看得清清楚楚，天上有几块白云，时来时去，掩住又放开日光。他仿佛永未曾看见过这样爽朗的天气，他自己心中也永没有这样充实痛快过。他觉到自己是条汉子，再也用不着给谁磕头请安，刀是天下最硬棒的东西。他一点也不怀疑自己的力量不足，或下不去手杀人；他已忘了自己，自己好似只是一口正气，刀是正气的唇舌。

非常从容的敲了两下门，把刀上的小毛巾解了下来。一个虾仁来开门，刚一露头，刀正抹在气嗓上，血溅出老远，一声没出，便歪了下去。

老冯一直走了进去，大利两腿岔得很宽的还在地上躺着。老冯只叫了声："大利，爸来了！"一别头，走过去。拉开屋门，四个虾仁都在屋中坐着吸烟呢，屋中满是烟气，呛得老冯咳了一声。他们看见老冯拿着刀，并不着慌，只彼此对看了看，好像是说："有人杀咱们来了，怎办？"大概是当亡国奴当惯了，所以拿挨杀当作理应如此的事。老冯没顾得选择，照准最前面的那个就是一刀。其余的那三个，开始要想往外跑；害怕，可是还打不起精神逃命，宁可早送一会儿命，也不肯快走一步。他们也不想抵抗；好似天生成的一种动物，专找不抵抗的去欺侮，而遇着厉害的自己也就不抵抗。有一种癞狗就是如此。

老冯杀上了火来，见人就砍，不久，血已顺着手往下流。他红了眼，听着刀碰肉咯哧咯哧的声响，心中分外的痛快。他没想到杀人是这么容易的事，更没想到虾仁们能这么容易杀。他们眼睛贼似的瞟着他的刀，东奔西躲。他们越这样贼滑，他越发怒；"给你们磕头，你们把我的孩子劈了；太爷拿来刀，你们又不斗，我×你们十八辈的祖宗！"他一边骂，一边往前走，刀落在他们身上，他们闭闭眼。砍倒了两个，带伤跑出去两个。老冯在砍倒的两个身上像剁菜似的砍了一阵。两个断了气，老冯的刀再也拔不出来。他的汗已把衣裳湿透，身上满是血点。他努着最后的力气，走到院中。看见大利的尸身，他忽然手脚全软了，一头扑在地上，搂着大利的圆头，恸哭起来；他现在有了眼泪。

哭了不知多久，他收了声，低声的说："大利！爸爸给你报了仇！跟爸爸走吧，小子，我的宝贝！"一面说，一面把大利的腿并起来，而后到屋中找了条被子，把孩子包起来。"大利，走吧！"抱着孩子走到门口，一眼看见倒在那里的那个虾仁，他把大利的头轻轻的拉出来："大利！大利！看哪！爸给你报了仇，真的！"说完，他忽然心中一动，蹲下身去，在那个人身上摸了摸，摸到了那三张钞票。"大利，你有了棺材！嘻！"

走到胡同口上，遇见了本段上的巡长，老冯认识他。

"刘巡长，大利！"老冯指了指被子，"撕了！"

"你快别声张！"巡长的脸色忽然变了。"老哥儿们了，别给地面上惹事！我告诉你什么来着？教你凑钱，你作为没听见！你，得了，快走吧！"巡长似乎还有许多话要说，可是为地面上的安全，不便于再多说，"快走吧！"

"巡长，我砍死他们三个！"

"什么？"

"杀了三个，伤了俩！"

"得，马蜂窝是捅了！全得没命！"

"有什么事我都接着！巡长要说我得到案，等我把大利埋了，就来，准来！我已经够了本，杀，剐，都随便！"

"冯大哥！冯大叔！"巡长眼中差不多要湿了，"少说一句行不行？快把孩子埋了去；别对任何人说一句！走吧！"

刘巡长一夜没睡。他不敢把这件事——足以招出屠城的事，据他看，——报上去。一呈报，别的先不提，他准被撤差。可是，他不去报，而由别处走漏了消息呢，还是没他的好处。对于老冯，他也拿不定主意，把他看管起来吧，事情就弄明了；不管他吧，万一上边要人呢！至于板子胡同搁着的三口尸，更没办法！派个伙计去探听，危险；就那么放着，不像话！

不过，这还都是小事，要命的是十分之十，一两天内准得出大乱子，不屠城也差不远！一夜他没合上眼，时时的起来，向板子胡同那边望望——要屠城准得先放火，必先烧金先生的那所房。一夜并没有任何动静，他更怕了，大概是第二天一清早必动手，他猜摸着。

第二天一早儿，他穿着便衣找了金先生去。

"金科长，"刘巡长永远记得谁作过什么官，即使是民国元年的官职，他总爱称呼着官衔，讨人家喜欢。"金科长，板子胡同出了事！"

"是不是撕了票！"金先生暗恨自己为什么偏偏要省那五元钱。"昨天一个姓冯的车夫来——"

"撕票还是小事呀，"刘巡长没等科长说完，便把话接了过来，"金科长，那个混蛋车夫杀了三个，伤了俩！"

金先生咽了口气，半天没说出话来。呆了好久，他的气顺开一点："这小子怎么混到家了呢！有什么动静没有呢？"

"没有吗？反正还小的了，这个娄子！"

"那什么，"金先生想好了主意，可是又不愿说出来，"那什么，咱们都打听着点吧。谢谢巡长来送这个信！"

巡长见科长也没主意，心中更乱了，强挣扎着说："科长可先别声张啊！"

"那自然！一定！放心吧！"金先生急于把巡长支走。

刘巡长前脚出了门,金先生后脚上了车站:三十六着,走为上着,那所房子是他的呀!

过了三天,还没动静,刘巡长下着一万个小心,探了探板子胡同的消息。大门开着,半天也没个人出来。他派了个伙计进去看了看,房子已然空了,南墙根的土有些发松,像是新掘过的,正房的墙上有许多血点。

他找了老冯去。老冯病倒在家里,只告诉了巡长一句话:"巡长,咱们要是早就硬硬的,大利还死不了呢!"

贫血集
Pin Xue Ji

小 序

　　三年来，因营养不良，与打摆子，得了贫血病。病重的时候，多日不能起床；一动，就晕得上吐下泻。病稍好，也还不敢多作事，怕又忽然晕倒。

　　以贫血名集，有向读者致歉之意；其人贫血，其作品亦难健旺也。

老舍　于北碚。

恋

在成都的西龙王街，北平的琉璃厂与早市夜市，济南的布政司街，我们都常常的可以看到两种人。第一种是规规矩矩，谨谨慎慎，与常人无异的；他们假若有一点异于常人的地方，就是他们喜欢收藏字画，铜器，或图章什么的。这点嗜好正像爱花，爱狗，或爱蟋蟀那样的不足为奇。以职业而言，他们也许是公务人员，也许是中学教师。有时候，我们也看见律师或医生，在闲暇的时候去搜捡一些小小的珍宝。这些人大致都有点学识。他们的学识使他们能规规矩矩的挣饭吃。他们有的挣得钱多，有的挣得钱少，但他们都是手中一有了余钱，便花费在使他们心中喜悦而又增加一些风雅的东西上。有时候，他们也不惜借几块钱，或当两件衣服，好使那爱不释手的玩艺儿能印上自己的图章，假若那是件可以印上图章的物件。

第二种人便不是这样了。他们收藏，可也贩卖。他们看着似乎很风雅，可是心中却与商人没什么差别。他们的收藏差不多等于囤积。

现在我们要介绍的庄亦雅先生是属于第一种的。

庄先生是济南的一位小绅士。他之取得绅士的地位，绝不是因为他有多少财产，也不是因他的前辈作过什么大官。他不过是个普通的大学毕业生，有时候作作科员，有时候去当当中学教师。

但是，对人对事都有一份儿热心，无论是在机关里，还是学校里，他总是个受人之托，劳而无怨的人。他不见得准能把事办得很漂亮，但是他肯于帮朋友的忙。事情办多，他便有了经验。社会上大家都是懒惰的，往往因为自己偷懒，而把别人的一分经验看成十分。因此，庄先生成为亲友中的重要的人，成为商店饭馆的熟客，成为地方上的小绅士。

从大体上说，他是个好人。从大体上说，他也是个体面的人。中等身材，圆圆的脸，两个极黑极亮的眼珠，常常看着自己的胸和鼻子，好像怕人家说他太锋芒外露似的。他的腿很短，而走路很快，终日老像忙得不得了的样子。有时候，他穿中山装；有时候，他穿大褂；材料都不大好，可是全很整洁。襟上老挂着个徽章。

他结了婚，没有儿女。太太可是住在离城四十多里的乡村里。因为事多，他不常常下乡，偶尔回一次家，朋友们便都感觉得寂寞，等到他一回来，他的重要就又增加了许多。有好多好多事都等着他的短腿去奔跑呢。

虽然走得很快，他的时时打量着自己胸部或鼻子的眼可是很尖锐。路旁旧货摊上的一张旧黄纸，或是一个破扇面，都会使他从老远就刹住脚步，慢慢的凑到摊前，然后好像是绝对偶然立住。他爱字画。先随手的摸摸这个，动动那个，然后笑一笑，问问价钱。最后，才顺手把那张旧纸或扇面拿起来，看看，摇摇头，放下；走出两步，回头问问价钱，或开口就说出价钱："这个破扇面，给五毛钱吧。"

块儿八毛的，一块两块的，他把那些满是虫孔的，乌七八黑的，摺皱的像老太婆的脸似的宝贝，拿回去。晚上，他锁好了屋门，才翻过来掉过去的去欣赏，然后编了号数，极用心的打上图章，放在一只大楠木箱里。这点小小的辛苦，会给他一些愉快的疲乏，使他满意的躺在床上，连梦境都有些古色古香似的。

　　大小布政司街的古玩铺，他也时常的进去看看。对于那些完整的，有名的，成千成百论价的，作品，他只能抱着歉意的饱一饱眼福。看罢，惭愧的一笑，而后毕恭毕敬的卷好，交还人家。他只能买那值三五块钱的"残篇断简"，或是没有行市的小名家的作品。每逢进到这些满目琳琅的铺子里，他就感到自己的寒酸。他本来没有什么野心，但是一进古玩店，他便想到假若发了财，把那几幅最名贵的字画买回家去，盖上自己的图章，该是多么得意的事呀！

　　"看一看"便是主顾，这是北方商家的生意经。虽然庄先生只"看"贵的，而买贱的，商人家可并不因此而慢待了他。他们愿意他来看，好给他们作义务宣传。同时，他们有便宜而并不假的东西，还特意的给他留着。他们知道"爱"是会生长的东西，只要他不断的买小件，有那么一天他必肯买一件大的。

　　一来二去，庄先生成了好几家古玩铺的朋友。香烟热茶，不用说，是每去必有了；他们还有时候约他吃老酒呢。他不再惭愧。果然不出所料，他给他们介绍了生意。那些有钱而实在无处去化的人，到最后想到买几幅字画，或几件古董，来作富户的商标。他们钻天觅缝的找行家，去代他们作义务的买办，惟恐化了冤枉钱。很自然的，他们找到庄亦雅先生——既是绅士，又肯帮忙，而且懂眼。

　　在作这种义务买办的时候，庄先生感到了兴奋与满意。打开，卷起，再打开；一张名画经他看多少次，摸多少回，每回都给他带来欣悦，都使他增加一些眼力与知识。在生意成交之后，买主卖主都请他吃酒。吃酒事小，大家畅谈倒事大，他从大家的口中又得到许多知识。再说，几次生意成交之后，他的地位也增高了许多。可以大胆的拒绝商人们特意给他保留着的小物件了。"这两天手里没闲钱，"或是"过两天再说吧！"他这样的表示出，你们不能塞给我什么，我就拿什么，我也有眼力。为应付这个，商人们又打了个好主意，把他称作"收藏山东小名家的专家"。以庄先生的财力，收藏家这头衔是永远加不到他身上的。而今，他居然被称为收藏家了，于是也就不管那个称号里边所含的讽刺，而坦然的领受了。

有了这个头衔以后，庄先生想名符其实的真去作个专家。他开始注意山东省的小名家，而且另制了一只箱子，专藏这路的作品。现在，他肯花一二十块，甚至三十块钱，买一张字或画了，只要那是他手中还没有的乡贤的手迹。他不惜和朋友们借债，或把大衣送到当铺去；要作个专家就不能不放开一点胆子喽。这些作品的本身未必都有艺术的价值，搁在以前，他也许连看也不要看，但是现在他要化十块二十块的去买来了。收藏是收藏，他可以，甚至应当，和艺术的价值分离，而成为一种特异的，独立的，嗜癖与欣悦。

在以前，那用三毛两毛买来的破纸烂画的上面，也许只有一朵小花，或两三个字，是完整的，看得清楚的。但是那的确是一朵美丽的花，或可爱的字。他真喜爱它们，看了还要再看。他锁上房门去看它们，一来是为避免别人来打搅，二来也是怕别人笑他。自从得了专家的称呼，他不但不再锁起门来，而且故意的使大家知道了。每逢得到一件新的小宝物，他的屋里便拥满了人。他的极黑极亮的眼珠不再看着自己的鼻子，而是兴奋的乱转，腮上泛起两朵红的云。他多少还有点腼腆，但是在轻咳过一两次后，他的胆子完全壮了起来。他给他们讲说那小名家的历史，作风，和字或画上的图章与题跋。他不批评作品的好坏，而等着别人点头称赞。假若大家看完。默默不语，他就再给大家讲说，暗示出凡是老的，必是好的，而且名家——即使是小名家——的手下是没有劣品的。他的话很多，他的心跳得很快，直到大家都承认了那是张杰作的时候，他才含笑的把它卷好，轻轻放下；眼珠又去看看鼻子。

他的收入，好几年没有什么显然的增减。他似乎并不怎样爱钱。假若不是为买字画，他满可以永远不考虑金钱的问题。他有教书或作事的本领，而且相当的真诚，又没有什么不良的嗜好，在他想，顾虑生计简直是多此一举。

自从被称为专家，他感到生活增加了趣味与价值，在另一方面可是有点恨自己无能，不能挣更多的钱，买更好的字画。虽然如此，他可是不肯把字画转手，去赚些钱。好吧坏吧，那是他的收藏，将来也许随着他人了棺材，而绝对不能出卖。他不是商人。有时候，他会狠心的送给朋友一张画，或一幅字，可是永没有卖过。至多，他想，他只能兼一份儿差事，去增加些收入。但是事情多了，他便无暇去溜山水沟，和到布政司街去饱眼福。他需要空闲，因为每一张东西都须一口气看几个钟头。

既不能开源，他只好节流。这可就苦了他的太太。本来就不大爱回家，现在他更减少了回去的次数。这样，每逢休假的日子，他可以去到古玩铺或到有同好的朋友的家中去坐一整天；要不然，就打开箱子，把所有的收藏都细看一遍，甚至于忘了吃饭。同时，他省下回家来往的路费与零钱。对家中的日用，他狠心的缩减。虽然他也感到一点惭愧，可是细一想呢，欺侮自己的太太总比作别的亏心事要好的多。

在七七抗战那年的春天，朋友们给庄亦雅贺了四十的寿日。他似乎一向没有想过他的年纪，及至朋友们来到，他仿佛才明白自己确是四十岁的人了。他是个没有远大的志愿与无谓的顾虑的人，可是当贺寿的人们散了以后，他也不由的有点感触。四十岁了，他独自默想，可有什么足以夸耀于人的事呢？想来想去，只有一件。几年来，他已搜集了一百多家山东小名家的字画。这的确是一点成绩。前些日子，杨可昌——济南的一位我们所谓的第二种收藏家——居然带来两个日本人来看他的收藏。当时，他并没感到什么得意。反之，那些破纸烂画使他有点不好意思拿出来。可是，在四十的寿日这天一想，这的确有很大的意义。他跑腿花钱，并不是浪费。即使那些东西是那么破烂不堪，但是想想看吧，全国里有谁，有谁，收藏着一百多家山东的小名家呢？没有第二份儿！连日本人都来参观，哼，他的这点收藏已使他有了国际的声誉！他闭上了眼，细细的，反复前后的想，想把这点事看轻，看成不值一笑的事体。然而，这却千真万确，日本人注意到他的收藏是一点也不假。即使自己过火的谦虚，而事实总是事实。想到这里，他在惭愧，感慨，无可如何之中，感到了一点满意。生平没有别的建树，却"歪打正着"的成为收藏家，也就不错。这一生总算没有白活。人死留名，雁过留声呀！为招待亲友，他也很疲乏，但是想到这里，他又兴奋起来，把那一百多家的作品要重新看一遍。拿起任何一张，他都不忍释手，好像它们又比初买的时候美好了多少倍。就是那些虫孔都另有一种美丽，那些尘土都另有一种香味。看到第三十二张，他抱着它睡去了。

寿日的第二天，他发了个新的誓愿：我，庄亦雅，要有一件真值钱的东西！

夏初，一家小古玩商得到一张石溪的大幅山水，杨可昌与庄亦雅前后得到了消息。杨先生想赚一笔钱，庄先生想花一笔钱买过来，作传家之宝。那张山水画得极好，裱工也讲究，可惜在左下角有图章的地方残缺了一块。图章是看不见了；缺少的一角画面却被不知哪个多事的人补上几笔，补得很恶劣。杨先生是迷信图章的。既无图章，而补的那几笔又是那么明显的恶劣，所以他断定那幅画是假的。虽然他也知道那是张精品。在鉴赏之外，自然他还另有作用。他想用假画的价钱买过来,而后转手卖给日本人。他知道,那张画确是不错;而且,即使是假的,日本人也肯出相当高价买去,因为石溪在东洋正有极大的行市。

杨先生是济南鉴别古董的权威,而好玩古董的人多数又自己没长着眼睛,于是石溪的那张画便成了大家开心的东西。"去看看假石溪呀!"当他们没有事的时候,就这样去与那位小古玩商开个小玩笑。来看的人很多,而没有出价钱的——谁肯出钱买假东西呢?

最后,杨先生,看时机已熟,递了个价——二百五十元,不卖拉倒。他心中很快活,因为他一转手就起码能卖八百元,干赚五六百!

庄先生也看准了那张画。跑了不知多少次,看了不知多少回,他断定那一定是真的。每看一次,他的自信心便增高一分,要买到手里的决定也坚强了一些。但是,每看一次,他的难过也增加了许多。他没有钱。

有好几天,他坐卧不安,翻来覆去的自己叨唠:"收藏贵精不贵多!石溪!石溪!有一张石溪岂不比这两箱陈谷子烂芝麻强?强的多!这两箱子算什么?有一张石溪才镇得住呀!哪怕从此以后绝对,绝对不再买任何东西呢,这张石溪非拿来不可……"他想去借钱,又不好意思。当衣服?没有值钱的。怎办呢?怎办呢?

及至听到杨先生出了二百五十元的价,他不能再考虑,不能再坐。一口气,他跑到小古玩店。他的手心出着汗,心房嘣嘣的乱跳,越要镇静,心中越慌,说话都有点结巴:

"我,我,我再看看那张假石溪!"

画儿打开。他看不清。眼前似乎有一片热雾遮着。其实他用不着再看,闭着眼他也记得画上的一切,愣了一会儿,他低声的说:

"我给五百！明天交钱！怎样？"

他闭住气等待回答，像囚犯等着死刑的宣判似的。好容易，他得到了商家的"好吧"两个字。他昏迷了一小会儿。然后疯也似的跑回家，把太太的金银首饰，不容分说的，一股拢总都抢过来，飞快的又往回跑。

他得到了那张画。

可是，也和杨先生结了仇。

杨先生，因为没得到那件赚钱的货物，到处去宣传庄亦雅是如何可笑的假内行，花五百元买了一张假画。全济南的收藏家几乎都拿这件事作为茶余酒后说笑话的好资料，弄得庄亦雅再也不敢在光天化日之下去逛古玩铺。可是，他并不妥协，既不肯因闲话而看轻那张画，也不肯因恢复名誉而把画偷偷的再卖出去，他仍旧相信，他是用最低的价钱得到一幅杰作。

在六月间，由北平下来一位姓卢的鉴赏家。卢先生的声望是国际的，字画上只要有他的图章，就是欧美的收藏家也不敢微微的摇一摇头。庄亦雅把那张石溪拿去给卢先生看，卢先生没说什么，给画上打了个图章。等庄亦雅抱着画要走的时候，卢先生才很随便的问了声："我给你一千二，你肯让给我不呢？"庄亦雅没敢回答什么，只把画儿抱紧了一些。"没关系！"卢先生表示了决不夺人所好。庄亦雅抱歉的，高兴的惶惑而兴奋的，告了辞。

杨可昌低声下气的来看庄亦雅。他知道自己的眼力与声誉远不及卢先生。卢先生既说那张石溪是真的，他自己要是再说它是假的，简直就是自己打碎自己的饭碗。他想对庄亦雅说明，他以前的话不过是朋友们开开小玩笑，请庄先生不要认真。庄亦雅没有见他！

七七抗战。济南也与其他的地方一样，感到极度的兴奋。庄亦雅也与别人一样，受了极大的刺激，日夜期待着胜利的消息。

消息，可是，越来越不好。最使人不安的是车站上的慌乱与拥挤。谁也不知道上哪里去好，而大家都想动一动；车站上成为纷乱与动摇的中心。庄先生看着朋友们匆匆的逃往上海，青岛，南山，而后又各处逃了回来。他心中极其不安，但是不敢轻意的逃走，他是济南人，他舍不得老家。再说，即使想逃，应当跑到哪里去呢？逃出去，怎样维持生活呢？他决定看一看再说。好在自己还没有儿女，等到非跑不可的时候，他和太太总会临时想主意的。

沧州沦陷了，德州撤守了，敌机到了头上，泺口炸死了人，千佛山上开了高射炮。消息很乱，谣言比消息更乱。庄亦雅决定先下乡躲一躲。别的且不讲，他怕那两箱子画和石溪毁灭在炸弹下。腋下夹着石溪，背上负着一大包袱小名家，他挤出城去。雇不着车子。步行了十里。听到前边有匪。他飞快的往回跑。跑回来，他在屋中乱转了有十分钟。他不为自己忧虑什么；对太太，他简直的不去费什么心思。乡下人有几亩地。地不会被炮火打碎，用不着关心。他只愁石溪与那些小名家没有安全的地方去安置。又警报了。他抱着那些字画藏在了桌子底下。远处有轰炸的声响。他心里说："炸！炸吧！要死，我教这些字画殉了葬！"

敌人已越过德州，可是"保境安民"的谣言又给庄亦雅一点希望。他并非完全没有爱国的心，他不愿听这类可耻的谣言。可是，为了自己心爱的东西，仿佛投降也未为不可。

杨可昌来看了他一次，劝他卖出那张石溪，作为路费，及早的逃走。"你不能和我比，"他劝告庄先生，"我是纯粹的收藏家，东洋人晓得。你，你作过公务人员和教员，知识分子，东洋人来到，非杀你的头不可！"

"杀头？"庄亦雅愣了一会儿。"杀头就杀头，我不能放手我的石溪！"

杨可昌走后，庄先生决定不带着太太，而只带着石溪与山东小名家逃出去。但是，走不成。敌机天天炸火车。自己没关系，石溪比什么也要紧。他须再等一等。

敌人到了。他并不十分后悔。每天，他抱着石溪等候日本人，自言自语的说："来吧！我和石溪死在一处！"

等来等去，又把杨先生等来了。

庄亦雅，本是个最心平气和的人，现在发了怒。这些日子所受的惊恐与痛苦，要一股脑儿在杨可昌身上发泄出来："你又干吗来了？国都快亡了，你还想赚钱吗？"

"不必生气，"杨可昌笑着说，"听我慢慢的说。你知道东洋人最精细，咱们谁手里收藏着什么，他们全知道。他们知道你有石溪。他们的军队到，文人也到。挨家收取古物。你要脑袋呢，交出画来。要画呢，牺牲了脑袋！"

"好！我的脑袋，我的画都是我自己的！请不必替我担心！"

"你真算个硬汉！"

"硬不硬，用不着你夸奖！"

"别发脾气好不好？"杨先生又笑了，"告诉你吧，我不是来跟你要画，我来给你道喜！"

"道喜？你干吗跟我开这个玩笑呢？"

杨先生的脸上极严肃了："庄先生！东洋人派我来，请你出山，作教育局长！"

"嗯？"庄亦雅像由梦中被人唤醒似的发出这个声音来。待了一会儿，"我不能给东洋人作事！"

"我忙得很，咱们脆快的说吧。"杨先生的眼像要施行催眠术似的盯住庄亦雅的脸。"你要肯答应作局长，你可以保存这点世上无双的收藏，不但保存，东洋人还可以另送你许多好东西呢！你若是不肯呢！他们没收你的东西，还要治罪——也许有性命之忧吧！怎样？"

好大半天，庄先生说不出话来。

"怎样？"杨先生催了一板。

庄先生低着头，声音极微的说："等我想一想！"

"要快。"

"明天我答复你！"

"现在就要答复！"杨先生看了手表，"五分钟内，给我'是'，或是'不是'！"

杨先生的一枝香烟吸完，又看了看表。"怎样？"

庄亦雅对着那两只收藏字画的箱子，眼中含着泪，点了点头。

恋什么就死在什么上。

小木头人

按理说，小布人的弟弟也应该是小布人。呕，这说得还不够清楚。这么说吧：小布人若是"甲"，他的弟弟应该是小布人"乙"。

不过事情真奇怪，小布人的弟弟却是小木头人。他们的妈妈和你我的妈妈一样，可是不知怎的，她一高兴，生了一个小布人，又一高兴生了个小木头人。

小布人长得很体面，白白胖胖的脸，头上梳着黑亮的一双小辫儿，大眼睛，重眉毛，红红的嘴唇。就有一个缺点，他的鼻子又短又扁。他的身上也很胖。因为胖，所以不怕冷，他终年只穿一件大红布兜肚，没有别的衣服。他很有学问，在三岁的时候，就认识了"一"字，后来他又认识了许多"一"字。不论"一"字写的多么长，多么短；也不论是写在纸上，还是墙上，他总会认得。现在他已入了初中一年级，每逢先生考试"一"字的时候，他总考第一。

小木头人没有他哥哥那么体面。他很瘦很干，全身的肌肉都是枣木的。他打扮得可是挺漂亮：一身木头童子军服，手戴木头手套，足登木头鞋子，手中老拿一根木棒。他的头很小很硬，像个流星锤似的。鼻子很尖，眼睛很小，两颗木头眼珠滴溜溜的乱转——所以虽然瘦小枯干，可是很精神。

呕，忘记报告一件重要的事！你或以为小木头人的木头衣服，也像小布人的红兜肚一样，弄脏了便脱下来，求妈妈给他洗一洗吧？那才一点也不对！小木头人的衣服不用肥皂和热水去洗，而用刨子刨。他的衣服一年刨四次，春天一次，夏天一次，秋天一次，冬天一次，一共四次。刨完了，他妈妈给他刷一道漆。春天刷绿的，夏天刷白的，秋天刷黄的，冬天刷黑的；四季四个颜色。他最怕换季，因为上了油漆以后，他至少要有三天须在胸前挂起一个纸条，上写"油漆未干"。假若不是这样，别人万一挨着他，便粘在了一块，半天也分不开。

小布人和小木头人都是好孩子。不过，比较起来吗，小木头人比小布人要调皮淘气些。小布人差不多没有落过泪，因为把布脸哭湿，还得去烘干，相当的麻烦。因此，他永远不惹妈妈生气，也不和别的孩子打架，省得哭湿了脸。小木头人可就不然了。他非常的勇敢，一点也不怕打架。一来，他的身上硬，不怕打；二来，他若是生气落泪，就更好玩——他的眼泪都是圆圆的小木球，拾起来可以当弹弓的弹子用。

比起他的哥哥来，小木头人简直一点学问也没有；他连一个"一"字也不识！他并非不聪明，可就是不用功。他会搭桥，支帐篷，练操，埋锅造饭；干脆的说吧，凡是童子军会的事情他都会。对于足球、篮球、赛跑、跳高，他也都是头等的好手。他还会游泳，而且能在水里摸上一尺多长的鱼来。可是他就是不喜欢读书，他的木头眼珠有点奇怪，能看见书上画着的小人小狗，而看不见字。入小学已经三年多了，他现在还是一年级的学生。先生一考他，他就转着眼珠说："小人拉着小狗，小人拉着小狗。"为有点变化，他有时候也说："小狗拉着小人。"他永远背不上书来。先生并不肯责打他，因为知道他的眼珠是木头的，怪可怜。况且他作事很热心，又会踢球，赛跑，先生想打他也有点不好意思了。小木头人很感激先生，所以老远看到先生就鞠躬；有时候鞠得度数太大，就跌在地上，把小尖鼻子插在土里，半天也拔不起来。

在家里，妈妈很喜爱小布人，因为他很规矩，老实，爱读书。妈妈也很喜爱小木头人，因为他很会淘气。小木头人的淘气是很有趣的。比方说吧，在没有孩子和他玩耍的时候，他会独自想法儿玩得很热闹。什么到井台上去汲水呀，把妈妈的大水缸都倒满。什么用扫帚把屋子院子都收拾得干干净净呀，好叫检查清洁的巡警给门外贴上"最整洁"的条子。什么晚上蹲在墙根，等着捉偷吃小鸡的黄狼子呀——要是不捉到黄狼子呢，起码捉来两三个蟋蟀，放在小布人被子里，吓得小布人乱叫。

这些有趣的玩耍都使妈妈相当的满意。不过，他也有时候招妈妈生气。例如，把水缸倒满，他就跳下去练习游泳，或是扫除庭院的时候，顺手把妈妈辛辛苦苦种的花草也都拔了去，妈妈就不能不生气了。特别是在晚上，他最容易招妈妈动怒。原来，小木头人是和小布人同睡一张床的。在夏天，小布人因为身上很胖，最怕蚊子，所以非放下帐子来不可。小木人呢，一点也不怕蚊子，他愿意推开帐子，把蚊子诱来，好把蚊子的尖嘴碰得生疼。可是，蚊子也不傻呀。它们看见小木人就赶紧躲开。尽管小木人很客气的叫："蚊子先生，请来咬我的腿吧！"它们一点也不上当。嗡嗡的，它们彼此打招呼，一齐找了小布人去，把小布人叮得没办法，只好喊妈妈。妈妈很怕小布人教蚊子咬了，又打摆子。小布人一打摆子就很厉害，妈妈非给他包奎宁馅的饺子吃不可；多么麻烦，又多么贵呀！你看，妈妈能不生小木头人的气吗？

冬天虽然没有蚊子，可是他们弟兄的床上还是不十分太平。小布人睡觉很老实，连梦话也不说一句。小木头人就不然了，睡觉和练操一样：一会儿"拍"，把手打在哥哥的胖腿上，一会儿

"噗",把被子蹬个大窟窿,教小布人没法儿好好的睡。小布人急了就只会喊妈妈,妈妈便又生了气。

妈妈尽管生气,可是不能责打小木人,因为他身上太硬。妈妈即使用棍子打他,也只听得拍拍的响,他一点也不觉得疼。这怎么办呢?妈妈可还有主意,要不然还算妈妈吗?不给他饭吃!哎呀,这一下子可把小木人治服了。想想看吧,小木人虽然是木头的,可也得吃饺子呀,炸酱面呀,鸡蛋糕和棒棒糖什么的呀。他还能光喝凉水不成么?所以,一听妈妈说:"好了,明天早上没有你的烧饼吃!"小木人心里就发了慌,赶紧搭讪着说:"没有烧饼,光吃油条也行!"及至听见妈妈的回答——"油条也没有"——他就不敢再说一声,乖乖的把胳臂伸得笔直,再也不碰小布人一下。有时候,他急忙的搬到床底下去睡,顺手儿还捉一两个小老鼠给街坊家的老花猫吃。

可是,话又说回来了:小木人虽然淘气,不怕打架,但决不故意欺侮人。每次打架,虽然他总受妈妈或老师的责备,可是打架的原因绝不是他爱欺侮人。他也许多打了人家两下,或把人家的衣服撕破了一块,但是十之八九,他是为了抱不平。这么说吧,比如他看见一个年岁大一点的同学,欺侮一个年岁小的同学,他的眼睛立刻就冒了火。他一点不退缩的和那个大学生死拼。假若有人说他的哥哥,妈妈或先生不好,那就必定有一次剧烈的战争。打完了架,他的小鼻子歪到一边去,身上的油漆划了许多条道子,有时候身上脸上都流出血来(他的血和松香似的,很稠很黏,有点发黄色),直像打完架的狗似的。他是勇敢的。要打就打出个样子来。

更值得述说的是有一次早晨升旗的时候,小木人的旁边的一个烂眼边的孩子没有向国旗好好敬礼。这,惹恼了小木人。他一拳把烂眼边打倒在地上。校长和老师都说他不该打人。可是他们也说小木人是知道尊敬国旗的好孩子。因为打人，校长给小木人记了一过；因为尊敬国旗，校长又给他记一功。

知道尊敬国旗，便是知道爱国。小木人很爱国。所以呢，咱们不再乱七八糟的讲，而要专说小木人爱国的故事了。

小木人的舅舅是小泥人。这位泥人虽然身量很小，可是的的确确是小木人的舅父，所以小木人不能因为舅父的身量小，而叫他作哥哥。况且，小泥人也真够作舅舅的样子，每逢来看亲戚，他必给外甥买来一堆小泥玩艺儿——什么小泥狗，小泥马，小泥骆驼，还有泥作的高射炮和坦克车。小木人和小布人哥儿俩，因此，都很喜欢这位舅父。舅父的下巴上还长着些胡须，也很好玩。小木人有时候扯着舅父的胡子在院中跑几个圈，舅父也不恼。小泥人真是一位好舅舅！

不幸啊，你猜怎么着，泥人舅舅死啦！怎么死的！哼，教炸弹给炸碎了！小泥人生来就不结实，近几年来，时常的闹病，因为上了年纪啊。有一天，看天气晴和，他换了一件蓝色的泥棉袍，买了许多的泥玩艺儿，来看外甥。哪知道，走到半路，遇上了空袭。他急忙往防空洞跑。他的泥腿向来就跑不了很快，这天又忘了带着手杖。好，他还没跑到防空洞，炸弹就落了下来！炸弹落得离他还有半里地，按说他不应当受伤。可是，他倒在了地上，身上的泥全被震成一块一块的了。

这个不幸的消息传到小木人的家中，妈妈哭得死去活来。小布人把布脸哭得像掉在水里一般。小木人的木头眼泪落了一大笸箩。

啼哭是没有用处的，小木人知道。他也知道，震死泥人舅舅的炸弹是日本人的。他要报仇。他爱他的舅舅，也更爱国家。舅舅既是中国人，哪可以随便的挨日本的炸弹呢？他要给舅舅报仇，为国家雪耻！

小木人十分勇敢。说报仇就去报仇,没有什么可商量的。他急忙去预备枪。子弹不成问题,他有许多木头眼泪呢。枪可不容易找。他听老师说,机关枪最厉害,所以想得一架机关枪,哪里去找呢?这倒真不好办。不过,他把机关枪听成了鸡冠枪,于是他就想啊,把个鸡冠子放在枪上,岂不就成了鸡冠枪么?好啦,就这么办。他找了个公鸡冠子,用绳儿捆在自己的木枪上,再把木头眼泪都放在口袋里,他就准备出发了。

小木人的衣帽本是童子军的样式,现在一手托枪,一手拿着木棍,袋中满装子弹,看起来十分的英武。他不愿教妈妈知道,怕她不许他去当兵。他只告诉了小布人,并且教哥哥起了誓,在他走后三天再禀知母亲。小布人虽然胆子小一点,但也知道当兵是最光荣的事,便连连点头,并且起了誓。他说:

"我若在三天以前走漏了消息,教我的小辫儿长到鼻子上来!"

他说完,弟兄亲热的握了手,他还给了弟弟一毛钱和一个鸡蛋作盘缠。

小木人离开家门,一气就走了五里地。但他并不觉得劳累,可是他忽然站住了。他暗自思想,往哪里去呢?哪里有日本鬼子呢?正在这样思索,树上的鸟儿——他站住的地方原是有好几株大树的——说了话:"北,北,北,咕——"小木人平日是最喜欢和小鸟们谈话的,一闻此言,忙问道:

"你说什么呀?鸟儿哥哥!"

这回四只小鸟一齐说:"北,北,北,咕——"

"呕,"小木人想了想又问,"是不是你们教我向北去呢?"

一群小鸟同声的说:"北,北,北,咕——"

小木人笑了:"好!多数同意,通过!"说罢,他向小鸟们立正,敬礼,就又往前走了几步,他又转身回来,高声问道:"请问,哪边是北呀?"

这一问，把小鸟们都难住了。本来吗，小鸟们只管飞上飞下，谁管什么东西南北呢。小木人连问了三四次，并没得到回答，他很着急，小鸟们觉得很惭愧。末了，有一位老鸟，学问很大，告诉了他："北就是北！"

小木人一想，对呀，北方拿前面当作北，后面不是南么？对！他给老鸟道了谢，就又往前走，嘴里嘟囔着："反正前面是北，后面就是南，不会错！"

小木人在头一天走了一百二十里。他的腿真快。这大概不完全因为腿快，也还因为一心去报仇，在路上一点也不贪玩。要不怎么小木人可爱呢，在办正经事的时候，他就好好的去作，决不贪玩误事。

天黑了。他走到一条小河的岸上。他捧了几捧河内的清水，喝下去。河水是又清，又凉，又甜。喝完，他的肚里咕碌碌的响起来，他觉得十分饥饿。于是，他就坐在一块石头上，把哥哥给的那个鸡蛋慢慢的吃了下去。他知道肚中饥饿的时候，若是急忙吃东西就容易噎着，所以慢慢的吃。

天是黑了，上哪儿去睡觉呢？这时候，他有点想妈妈与布人哥哥了。但是一想起泥人舅舅死的那么惨，他就把心横起来，自言自语的说："去打日本小鬼，还能想家吗？那就太没出息了！"

向前望了一望，远远的有点灯光，小木人决定去借宿。他记得小说里常有"借宿一宵，明日早行"这么两句，就一边念着，一边往前走。过了一座小桥，穿过一片田地，他来到那有灯光的人家。他向前拍门，门里一条小狗汪汪的叫起来。小木人向来不怕狗，和气的叫了声"小黄儿"，狗儿就不再叫了。待了一会儿，里面有了人声："谁呀？"小木人知道，离家在外必须对人有礼貌，就赶紧恭恭敬敬的说："老大爷，请开开门吧，是我呀！"这样一说，里边的人还以为是老朋友呢，急忙开了门，而且把小狗儿赶在一边去。开门的果然是个老人，小木人的"老大爷"并没有叫错，因为他会辨别语声呀。老人又问了声"谁呀？"小木人立正答道"是我！"老人这才低头看见了小木人，原来他并没想到来的是个小朋友。

"哎呀！"老人惊异的说："原来是个小孩儿呀！怎这么黑间半夜的出来呢？莫非走迷了路，找不到家了吗？"

小木人含笑的回答："不是！老大爷，我不是走迷了路，我是去投军打日本鬼子的！你知道吗，日本鬼子把我的舅舅炸死了？"

老人一听此言，更觉稀奇。心中暗想，哪有这么小的人儿就去投军的呢？同时，心中也很佩服这个小孩儿；别看他人小，志气可是大呢。于是就去拉住小木人，往门里让。这一拉不要紧，老人可吓了一跳："我说，小朋友，你的手怎这么硬啊。"

小木人笑了："不瞒你老人家说，我是小木人呀！"

"什么？"老人喊了起来："小木人？小木人？"

"是呀，我是小木人！我来借宿一宵，明日早行！"小木人非常得意的用着这两句成语。

"哎呀，我倒还没有招待过木头人！"老人显出有点为难的样子。"我说，你不是什么小妖精吧！"

"不是妖精！"小木人赶紧答辩。"不信，老大爷你摸摸我，头上没有犄角，身上没有毛，后边也没有尾巴！"

这时节，院中出来一群人：一位老婆婆手中端着灯，一位小媳妇手中持着烛，还有一位大姑娘，和四五个男女小孩。大家把老头儿与小木人围在当中，都觉得稀罕，都争着问怎回事。大家一齐开口，弄得谁也听不见谁的话，乱成了一团。小木人背过身子，用手捂住嘴。大家忽然听见敲锣的声音，一齐说：空袭警报！马上安静下来。小木人赶紧转回身来，向大家立正，敬礼，像讲演一般的说："诸位先生，我是小木人，现在去投军打日本，今天要借宿一宵，明日早行！"

大家听明白了，就又一齐开口问长问短，老人喊了一声"雅静！"看大家又不出声了，才说："我们要先熄了灯，不是有警报吗？"

小木人不由的笑出声来，"那，那，那是我嘴中学敲锣呀！不是真的！"

这样一说，逗得大家又笑成了一团。

"雅静！"老人喊了一声，接着说："现在我们怎么办呢？咱们没有招待过木头人呀！"

四五个小孩首先发言："我们会招待木头客人！教他和我在一块睡！"然后争着说："我的床大！"另一个就说："我的床香！"说着说着就要打起来。

这时候老太太说了话："谁也不要争，大家组织一个招待委员会，到屋里去商议吧！"

"好！好！好！"小孩一齐喊。然后不由分说，便把小木人抬了起来，往屋里走。

不大一会儿，委员会组织好。老人作睡觉委员，专去睡觉，不用管别的事，因为上了年岁的人是要早睡的。老太太和小媳妇作烹调委员，把家中的腊肠腊肉和青菜都要作一点来，慰劳木头客人。大姑娘作编织委员，要极快的给小木人编一双草鞋，和一顶草帽。小孩们作宿舍委员，把大家的床都搬到一处，摆成一座大炕，大家好和小木人都睡在一起，不必再起争执。

热闹了半夜，大家才去睡觉。小木头人十分感激，眼中落出木头泪珠来。拾起木泪，送给孩子们每人两个，作为纪念品。他虽是这样的感激大家，大家可是还觉得招待不周。真的，谁不尊敬出征的人呢？出征的人都是英雄！

第二天清早，小木人便起来向大家告辞。大家一致挽留，小木人可不敢耽误工夫，一定要走。一家老小见挽留不住，也就不便勉强，因为他们知道出征是重要的事啊。大姑娘已把草鞋和草帽编好，送给小木人。他把草鞋系在腰间，草帽放在背上，到下雨的时候再去穿戴。老太太把两串腊肠挂在他的脖子上，很像摩登小姐戴的项链，不过稍粗了一点而已。小媳妇给他煮了五个鸡蛋，外加两个皮蛋，两个咸鸭蛋。小孩们没有好东西送给他，大家就用红笔在他的草帽帽沿上写了"出征的木人"五个大字。老人本想把自己用的长杆烟袋送给他，怎奈小木人并不吸烟。于是，忽然心生一计，说：

"小木人呀，我替你写封家信吧，好教你妈妈放心。"

小木人很愿意这么作，就托老人替他写，并且拿出两个鸡蛋，也请老人给贴上邮票寄给妈妈和哥哥。老人问他家住哪里。他记得很清楚："木县，木头村，第一号。"

老人写完信，小木人用木头嘴在纸面上印了几个吻，交给老人替他交到邮局。而后，向大家一一敬礼，告辞。大家都恋恋不舍，送到门外。小孩子们和小狗一直送到二里多地，才洒泪而别。

小木人一路走去，甚是顺利。因为他的草帽上有"出征"的字样，所以到处受欢迎，食水宿处全无半点困难，而且有几处小学校，请他讲演。他虽没有什么了不起的口才，但是理直气壮，也颇能感动人；有些小学生因给他拍掌，竟将手掌拍破；有些小学生想跟他一同到前方去，可是被先生们给拦住了。

走了一个星期，他还没走到前线。小木人心中暗想：中国是多么伟大呀，敢情地图上短短的一条线就得走许多日子呀！在这几天里，他看见几处城市都有被炸过的痕迹，于是就更恨日本鬼子，非去报仇不可。

走到第十天头上，正是晌午，他来到一座大城，还没进城，他就看见有许多人从城内往外跑。小木人一猜就猜对了：准是有空袭。虽然猜到了,他可是丝毫不怕。他一直奔了城墙去。站在墙根,他抬头往上看。城墙,从远处看,是很直的。凑近了一看,那一层层的大砖原来也有微微的斜度,像梯子似的,不过是很难爬的梯子罢了。再说吧,城墙已经很老,砖上往往有些坑儿,也可以放脚。小木人看完了墙,再低头看自己的脚。他不由的笑了一笑。他的脚是多么瘦小伶俐呀。好吧,他决定爬上城墙去。紧了紧身上的东西,他就开始往上爬。爬到中腰,墙上有一棵歪脖的酸枣树,树上结着些鲜红的小枣,像些珠子似的发着光。小木人骑在树干上,休息一会儿,往下一看,看见躲避空袭的人像潮水一般的往城外走。他心中说,泥人舅舅大概就是这样死的,非报仇不可!说着,心中一怒,便揪上一把酸枣子,也不管酸不酸,全放在了嘴中。

爬上了城墙,小木人跟猴子一样,伶俐,连跑带跳的就上了城楼的尖儿。哎呀,多么好看哪!往上看吧,天比平日远了许多,要不是教远山给截住,简直没有了边儿呀!往下看吧,一丛一丛的绿树,一块一块的田地,一处一处的人家,都像小玩艺似的,清清楚楚的,五颜六色的,摆在那里。人呀,马呀,牛呀,都变成那么一小块,一小块的在地上慢慢的动。小木人,这时候,很想布人哥哥。假若小布人哥哥现在也在这里,该多么高兴呀。恐怕就是妈妈也没有见过这么美的景致吧,小木人越想越高兴,不觉的拍起手来。

哪知道,小木人正在欢喜,远远的可来了最讨厌的声音。忽噻,忽噻,好讨厌,就像要把青天顶碎了似的。小木人立在城楼尖上,往远处望,西北角上发现了几只黑小鸟。他指着那小鸟骂道:可恶的东西,你们把泥人舅舅炸碎,还又来炸别人么?我今天不能饶了你们!

说时迟,那时快,眼看着敌机到了头上。小木人数了数,一共是六架。飞机都飞得很低，似乎有要用机枪扫射下面的样子。小木人急中生智，把自己的木棍和鸡冠枪全放下，（这两件东西至今还在城楼上呢，）看飞机来到，就用了全身的力量往上一跳。这真冒险极了，假若他扑了空，就必定跌落下来，尽管他是枣木身子，也得跌碎了哇。可是，他这一下跳得真高。一伸手，他抓住一架飞机的尾巴。左手抓，右手把腰间的绳子——童子军不是老带着一条绳子么？——解下来，拴在飞机尾巴上。然后，他拴了一个套儿，把头伸进去，吊住了脖子。要是别人这样办，一会儿就必伸了舌头，成了吊死鬼。但是小木人的脖子是木头的，还怕什么呢。这样吊在飞机尾巴上，飞机上的人就不会看到他；他们看不见他，他就可以随着飞机回到飞机场呀。到了敌人的飞机场又怎样呢。小木人正在思索，让咱们大家也慢慢的想想看吧。

在飞机尾巴吊着，是多么有趣的事呀！看吧，这又比城楼高得多了。连山哪，都不过是一道道的小绿岗儿；河呀，不过是一条线！真好看，地上只是一片片的颜色，黄的，绿的，灰的，一块块的，一条条的，就好像一个顶大顶大的画家给画上的。更有趣的是一会儿钻到云里去，一会儿又钻出来。钻进去的时候，什么也看不见，只被一片雾气包围着，有的地方白一点，有的地方黑一点，大概馒头在蒸锅里就是这样。慢慢的，雾气越来越白越少了，哈！钻出来了！原来飞机已经飞到云上边去！上边是青天大太阳，下边是高高矮矮的黑白的云堆，像一片用棉絮堆成的山。山峰上都被日光照的发着金光。哎呀，多么美丽呀！多么好看呀！小木人差一点就喊叫出来。虽然他就是喊起来，别人也听不见。可是他不能不小心哪。

一会儿，又飞到了一座城，飞机排成了一字形。小木人知道，这是要投弹了。他非常的着急，非常的愤恨，可是一点办法没有。"等一会儿看吧，看我怎样收拾你们！"他只能自言自语的这么

贫血集

说。说罢，他闭上了眼，不忍看我们的城市被敌人轰炸。

飞机投了弹，很得意的往回飞。这时候，小木人顾不得看下面的景致了，闭着眼一劲儿想好主意，想着想着，他摸了摸身上，摸到一盒洋火。他笑了笑。

飞机飞得很低了，小木人想，这必定是到了飞机的家。他往上纵一纵身，两手扒住飞机尾巴，尾巴前面有个洼洼，他就放平了身子，藏在那里。飞机盘旋的往下落，他觉得有点头晕，就赶紧把脚拼命的蹬直，两手用力攀住，以免头一晕，被飞机给甩下去。

飞机落了地，机上的人们都匆忙的下去。小木人斜着眼一看，太阳还老高呢，机场上来来往往还有不少的人。他想呀，现在若是去用火柴烧飞机，至多不过能烧一架，机场上人多，而且架着好几架机关枪呀。莫若呀，等到夜里再动手，把机场上所有的飞机全烧光，岂不痛快呢。好在脖子上的腊肠还剩有一节，也不至于饿得发慌。越想越对，也就大气不出的，先把腊肠吃了。

吃完腊肠，他想打个盹儿，休息休息。小木人是真勇敢，可是粗心的勇敢是不中用的。幸而他还没有真睡了；要是真睡去，滚到空地上来，他就可以被日本人活捉了去。那可怎办呢？你看，他刚一闭眼，就听见脚步声。原来，飞机回到机场是要检查的呀，看看有没有毛病，以免下次起飞的时候出险呀。那脚步声便是检查飞机的人来了哇！小木人的心要跳出来！假若，他们往飞机尾巴下面看一眼，他岂不要束手被擒么？他知道，事到而今，绝不可害怕逃走。他一跑，准教人家给逮住！他停止了呼吸，每一秒钟就像一个月那么长似的等着。幸而，那些人并没有检查这一架飞机，而只由这里走过——小木人连他们皮鞋上的一点泥都看得清清楚楚的！

他再也不敢大意，连要打哈欠的时候都把嘴按在地上。就是

151

这样，他一直等到天黑。

　　这是个月黑天，又有点夜雾。小木人的附近没有一个人。他只听得到远处的一两声咳嗽，想必是哨兵；他往咳嗽声音的来处望一望，看不见什么，一切都被雾给遮住。他放大了胆，从地上爬起来，轻轻的走出来几步；他要数一数这里一共有多少飞机。转了一个小圈，他已看到二十多架，他不由的喜欢起来。哎呀，假如一下子能烧二十多架敌机，够多么好哇！可是，他又想起了：只凭几根火柴，能不能成功呢？不错，汽油是见火就燃的。可是，万一刚烧起一架，而那些哨兵就跑来，可怎么办，不错呀，机场里有机关枪。可是他不会放呀！糟极了！糟极了……小木人自己念道着，哼，当兵岂是件容易的事呀。

　　无可奈何，他坐在了地上，很想大哭一场。

　　正在这个工夫，他听见了脚步声音。他赶紧趴伏在地上。来的是一个兵。小木人急中生智，把自己的绳子放出去，当作绊马索，一下子把那个兵绊倒。然后，他就像一道电闪那么快，骑在兵的脖子上，两只木头小手就好似一把钳子，紧紧的抠住兵的咽喉。那个兵始终没有出一声，就稀里糊涂的断了气。小木人见他一动也不动了，就松了手，可是还在他的脖子上坐着。用力太大，他有点疲乏，心中又怪难过的——他想，好好的一个人，偏偏上我们这里来杀人放火，多么可恨！可是一遇上咱小木人，你又连妈都没叫一声就死了，多么可怜！这么想了一会儿，小木人不敢多耽误工夫，就念念道道的去摸兵的身上："你来欺负我们，我们就打死你！泥人舅舅怎么死的？哼，小木人会给舅舅报仇！"一边这么嘟囔着，他一边摸索。摸来摸去，你猜怎么着，他摸到两个圆球。他还以为是鸡蛋。再摸，喝，蛋怎么有把儿呢？啊，对了，这是手榴弹。他在画报上看见过手榴弹的图，所以一见就认出来。

　　把手榴弹在手里摆弄了半天，他也想不起应当怎么放。他很恨自己粗心。当初，他看画报的时候，那里原来有扔掷手榴弹的详图，可是他没有详细的看。他晓得手榴弹是炸飞机顶好的东西，可是现在手榴弹得到手，而放不出去，多么糟糕！他赌气把手榴弹扔在了地上，又到死兵的身上去摸。这回摸到一把手枪。拿着手枪，他又想了想：现在只好用手枪打飞机的油箱。打完一架，再打一架，就是被人家给生擒住，也只好认命了，也算值得了。

当他打燃了第一架飞机的时候，四面八方的电铃响成了一片。他又极快的打第二架，打燃了第二架，场中放开了照明灯，把全场照如白昼。他又去打第三架。这时候，场中集聚了不知多少敌兵，都端着枪，枪上安着明晃晃的刺刀，向他包围。他急忙就地一滚，滚到一架飞机上面。他知道，他们若向他放枪，就必打了他们自己的飞机，那，他心中说，也不错呀，咱小木人和一架飞机在一块儿烧光也值得呀！

敌兵还往前凑，并没放枪。小木人一动也不动，等待着逃走的机会。敌人越走越近了，小木人知道发慌不但没用，而且足以坏事。他沉住了气。等敌兵快走他身前了，他看出来，他们都是罗圈腿，两腿之间有很大的空档儿。他马上打好主意。猛的，他来了一个鲤鱼打挺，几乎是平着身子，钻出去。

兵们看见一条小黑影由腿中钻出，赶紧向后转。这时候，小木人已跑出五十码。他们开了枪。那怎能打中小木人呢？他是那么矮小，又是低头缩背，膝磕几乎顶住嘴的跑，他们怎能瞄准了哇？可是，他们也很聪明，马上都卧倒射击。小木人还是拼命的跑，尽管枪弹嗖嗖的由身旁，由头上，由耳边，连串的飞过，他既不向后瞧，也不放慢了步，一气，他跑出机场。

后面追来的起码有一百多人，一边追，一边放枪。小木人的腿有点酸了，可是后面的人越追越紧。眼前有一道壕沟，他不管三七二十一，便跳了下去。跳下去，他可是不敢坐下歇息，就顺着沟横着跑。一边跑,一边学着冲锋号——嘀哒嘀哒嘀嘀哒!

追兵一听见号声,全停住不敢前进。他们想啊,要偷袭飞机场,必定有大批的人,而这些人必定在沟里埋伏着呢,他们的官长就下命令:大眼武二郎,田中芝麻郎,向前搜索;其余的都散开,各找掩护。喝,你看吧,武二郎和芝麻郎就趴在地上慢慢往前爬,像两个蜗牛似的。其余的人呢,有的藏在树后,有的趴在土坑儿里。他们这么慢条斯理的瞎闹,小木人已跑出了一里地。

他立住,听了听,四外没有什么声音了,就一跳,跳出了壕沟,慢慢的往前走。走到天明,他看见一座小村子。他想进去找点水喝。刚一进村外的小树林,可是,就听见一声呼喝,站住!口令!树后面闪出一位武装同志来,端着枪,威风凛凛,相貌堂堂。小木人一看,原来是位中国兵。他喜得跳了起来。过去,他就抱住了同志的腿,好像是见了布人哥哥似的那么亲热。同志倒吓了一跳,忙问:你是谁?怎回事?小木人坐在地上,就把离家以后的事,像说故事似的从头说了一遍。同志听罢,伸出大指,说:"你是天下第一的小木人!"然后,把水壶摘下来,请小木人喝水。"你等着,等我换班的时候,我领你去见我们的官长。"

太阳出来,同志换了班,就领着小木人去见官长。官长是位师长,住在一座小破庙里。这位师长长得非常的好看。中等身量,白净脸,唇上留着漆黑发亮的小黑胡子。他既好看,又非常的和蔼,一点也不像日本军人那么又丑又凶。小木人很喜爱师长,师长也很喜欢小木人。师长拉着小木人的手,把小木人所作的事问了个详细。他一边听,一边连连点头,而且教司书给细细记了下来。等小木人报告完毕,师长教勤务兵去煮十个鸡蛋慰劳他,然后就说:"小木人呀,我必把你的功劳,报告给军长,军长再报告给总司令。你现在怎办呢?是回家,还是当兵呢?"

小木人说:"我必得当兵,因为我还不会打机关枪和放手榴弹，应当好好学一学呀！"

师长说："好吧，我就收你当一名兵，可是，你要晓得，当兵可不能淘气呀！一淘气就打板子，绝不容情！"

小木人答应了以后不淘气，可是心中暗想，咱小木人才不怕挨板子呀！

从村子里找来个油漆匠，给小木人改了装，他本穿的是童子军装，现在漆成了正式的军服，甚是体面。

从此，小木人便当了兵。每逢和日本人交战，他总作先锋，先去打探一切，因为他的腿既快，眼又尖，而且最有心路啊。

有一天，小布人在学校里听到广播，说小木人烧了敌机，立下功劳。他就向先生请了一会儿假，赶忙跑回家，告诉了母亲。妈妈十分欢喜，马上教小布人给弟弟写一封信。小布人不假思索，在信纸上写了一大串"一"字，并且告诉妈妈，这些"一"字有长有短有直有斜，弟弟一看，就会明白什么意思。

写完了信，小布人向妈妈说，他自己也愿去当兵。妈妈说："你爱读书，有学问，应当继续读书；将来得了博士学位，也能为国家出力。你弟弟读书的成绩比不上你，身体可是比你强的多，所以应该去当兵杀敌，你不要去，你是文的，弟弟是武的，咱家一门文武双全，够多么好哇！"

小布人听了，就又回到学校，好好的读书，立志要得博士学位。

不成问题的问题

任何人来到这里——树华农场——他必定会感觉到世界上并没有什么战争,和战争所带来的轰炸、屠杀,与死亡。专凭风景来说,这里真值得被称为乱世的桃源。前面是刚由一个小小的峡口转过来的江,江水在冬天与春天总是使人愿意跳进去的那么澄清碧绿。背后是一带小山。山上没有什么,除了一丛丛的绿竹矮树,在竹、树的空处往往露出赭色的块块儿,像是画家给点染上的。

小山的半腰里,那青青的一片,在青色当中露出一两块白墙和二三屋脊的,便是树华农场。江上的小渡口,离农场大约有半里地,小船上的渡客,即使是往相反的方向去的,也往往回转头来,望一望这美丽的地方。他们若上了那斜着的坡道,就必定向农场这里指指点点,因为树上半黄的橘柑,或已经红了的苹果,总是使人注意而想夸赞几声的。到春暖花开的时候,或遇到什么大家休假的日子,城里的士女有时候也把逛一逛树华农场作为一种高雅的举动,而这农场的美丽恐怕还多少地存在一些小文与短诗之中啊。

创办一座农场必定不是为看着玩的:那么,我们就不能专来谀赞风景而忽略更实际一些的事儿了。由实际上说,树华农场的用水是没有问题的,因为江就在它的脚底下。出品的运出也没有问题。它离重庆市不过三十多里路，江中可以走船，江边上也有小路。它的设备是相当可观的：有鸭鹅池、有兔笼、有花畦、有菜圃、有牛羊圈、有果园。鸭蛋、鲜花、青菜、水果、牛羊乳……都正是像重庆那样的都市所必需的东西。况且，它的创办正在抗战的那一年：重庆的人口，在抗战后，一天比一天多；所以需要的东西，像青菜与其他树华农场所产生的东西，自然的也一天比一天多。赚钱是没有问题的。

　　从渡口上的坡道往左走不远，就有一些还未完全风化的红石，石旁生着几丛细竹。到了竹丛，便到了农场的窄而明洁的石板路。离竹丛不远，相对的长着两株青松，松树上挂着两面粗粗刨平的木牌，白漆漆着"树华农场"。石板路边，靠江的这一面，都是花；使人能从花的各种颜色上，慢慢地把眼光移到碧绿的江水上面去。靠山的一面是许多直立的扇形的葡萄架，架子的后面是各种果树。走完了石板路，有一座不甚高，而相当宽的藤萝架，这便是农场的大门，横匾上刻着"树华"两个隶字。进了门，在绿草上，或碎石堆花的路上，往往能看见几片柔软而轻的鸭鹅毛，因为鸭鹅的池塘便在左手方。这里的鸭是纯白而肥硕的，真正的北平填鸭。对着鸭池是平平的一个坝子，满种着花草与菜蔬。在坝子的末端，被竹树掩覆着，是办公厅。这是相当坚固而十分雅致的一所两层的楼房，花果的香味永远充满了全楼的每一角落。牛羊圈和工人的草舍又在楼房的后边，时时有羊羔悲哀地啼唤。

　　这一些设备，教农场至少要用二十来名工人。可是，以它的生产能力，和出品销路的良好来说，除了一切开销，它还应当赚钱。无论是内行人还是外行人，只要看过这座农场，大概就不会想象到这是赔钱的事业。

　　然而，树华农场赔钱。

　　创办的时候，当然要往"里"垫钱。但是，鸡鸭、青菜、鲜花、牛羊乳,都是不需要很长的时间就可以在利润方面有些数目字的。按照行家的算盘上看,假若第二年还不十分顺利的话,至迟在第三年的开始就可以绝对地看赚了。

可是,树华农场的赔损是在创办后的第三年。在第三年首次股东会议的时候,场长与股东们都对着账簿发了半天的愣。

赔点钱,场长是绝不在乎的,他不过是大股东之一,而被大家推举出来作场长的。他还有许多比这座农场大的多的事业。可是,即使他对这小小的事业赔赚都不在乎,即使他一走到院中,看看那些鲜美的花草,就把赔钱的事忘得一干二净,他现在——在股东会上——究竟有点不大好过。他自信是把能手,他到处会赚钱,他是大家所崇拜的实业家。农场赔钱?这伤了他的自尊心。他赔点钱,股东他们赔点钱,都没有关系;只是,下不来台!这比什么都要紧!

股东们呢,多数的是可以与场长立在一块儿呼兄唤弟的。他们的名望、资本、能力,也许都不及场长,可是在赔个万儿八千块钱上来说,场长要是沉得住气,他们也不便多出声儿。很少数的股东的确是想投了资,赚点钱,可是他们不便先开口质问,因为他们股子少,地位也就低,假若粗着脖子红着筋地发言,也许得罪了场长和大股东们——这,恐怕比赔点钱的损失还更大呢。

事实上,假若大家肯打开窗子说亮话,他们就可以异口同声地,确凿无疑地,马上指出赔钱的原因来。原因很简单,他们错用了人。场长,虽然是场长,是不能、不肯、不会、不屑于到农场来监督指导一切的。股东们也不会十趟八趟跑来看看的——他们只愿在开会的时候来作一次远足,既可以欣赏欣赏乡郊的景色,又可以和老友们喝两盅酒,附带地还可以露一露股东的身分。除了几个小股东,多数人接到开会的通知,就仿佛在箱子里寻找迎节当令该换的衣服的时候,偶然的发现了想不起怎么随手放在那里的一卷钞票——"呕，这儿还有点玩艺儿呢！"

农场实际负责任的人是丁务源，丁主任。

丁务源，丁主任，管理这座农场已有半年。农场赔钱就在这半年。

连场长带股东们都知道，假若他们脱口而出地说实话，他们就必定在口里说出"赔钱的原因在——"的时节，手指就确切无疑地伸出，指着丁务源！丁务源就在一旁坐着呢。

但是，谁的嘴也没动，手指自然也就无从伸出。

他们，连场长带股东，谁没吃过农场的北平大填鸭，意大利种的肥母鸡，琥珀心的松花，和大得使儿童们跳起来的大鸡蛋鸭蛋？谁的瓶里没有插过农场的大枝的桂花、腊梅、红白梅花，和大朵的起楼子的芍药，牡丹与茶花？谁的盘子里没有盛过使男女客人们赞叹的山东大白菜，绿得像翡翠般的油菜与嫩豌豆？

这些东西都是谁送给他们的！丁务源！

再说，谁家落了红白事，不是人家丁主任第一个跑来帮忙？谁家出了不大痛快的事故，不是人家丁主任像自天而降的喜神一般，把大事化小，小事化无？是的，丁主任就在这里坐着呢。可是谁肯伸出指头去戳点他呢？

什么责任问题，补救方法，股东会都没有谈论。等到丁主任预备的酒席吃残，大家只能拍拍他的肩膀，说声"美满闭会"了。

丁务源是哪里的人？没有人知道。他是一切人——中外无别——的乡亲。他的言语也正配得上他的籍贯，他会把他所到过的地方的最简单的话，例如四川的"啥子"与"要得"，上海的"唔啥"，北平的"妈啦巴子"……都美好的联结到一处，变成一种独创的"国语"；有时候也还加上一半个"孤得"，或"夜司"，增加一点异国情味。

四十来岁，中等身量，脸上有点发胖，而肉都是亮的，丁务源不是个俊秀的人，而令人喜爱。他脸上那点发亮的肌肉，已经教人一见就痛快，再加上一对光满神足，顾盼多姿的眼睛，与随时变化而无往不宜的表情，就不只讨人爱，而且令人信任他了。最足以表现他的天才而使人赞叹不已的是他的衣服。他的长袍，不管是绸的还是布的，不管是单的还是棉的，永远是半新半旧的，使人一看就感到舒服；永远是比他的身材稍微宽大一些，于是他垂着手也好，揣着手也好，掉背着手更好，老有一些从容不迫的气度。他的小褂的领子与袖口，永远是洁白如雪；这样，即使大褂上有一小块油渍，或大襟上微微有点折绉，可是他的雪白的内衣的领与袖会使人相信他是最爱清洁的人。他老穿礼服呢厚白底子的鞋，而且裤脚儿上扎着绸子带儿；快走，那白白的鞋底与颤动的腿带，会显出轻灵飘洒；慢走，又显出雍容大雅。长袍，布底鞋，绸子裤脚带儿合在一处，未免太老派了，所以他在领子下面插上了一支派克笔和一支白亮的铅笔，来调和一下。

　　他老在说话，而并没说什么。"是呀"，"要得么"，"好"，这些小字眼被他轻妙地插在别人的话语中间，就好像他说了许多话似的。到必要时，他把这些小字眼也收藏起来，而只转转眼珠，或轻轻一咬嘴唇，或给人家从衣服上弹去一点点灰。这些小动作表现了关切、同情、用心，比说话的效果更大得多。遇见大事，他总是斩钉截铁地下这样的结论——没有问题，绝对的！说完这一声，他便把问题放下，而闲扯些别的，使对方把忧虑与关切马上忘掉。等到对方满意地告别了，他会倒头就睡，睡三四个钟头；醒来，他把那件绝对没有问题的事忘得一干二净。直等到那个人又来了，他才想起原来曾经有过那么一回事，而又把对方热诚地送走。事情，照例又推在一边。及至那个人快恼了他的时候，他会用农场的出品使朋友仍然和他和好。天下事都绝对没有问题，因为他根本不去办。

他吃得好，穿得舒服，睡得香甜，永远不会发愁。他绝对没有任何理想，所以想发愁也无从发起。他看不出彼此敷衍有什么不对的地方。他只知道敷衍能解决一切，至少能使他无忧无虑，脸上胖而且亮。凡足以使事情敷衍过去的手段，都是绝妙的手段。当他刚一得到农场主任的职务的时候，他便被姑姑老姨舅爷，与舅爷的舅爷包围起来，他马上变成了这群人的救主。没办法，只好一一敷衍。于是一部分有经验的职员与工人马上被他"欢送"出去，而舅爷与舅爷的舅爷都成了护法的天使。占据了地上的乐园。

没被辞退的职员与园丁，本都想辞职。可是，丁主任不给他们开口的机会。他们由书面上通知他，他连看也不看。于是，大家想不辞而别。但是，赶到真要走出农场时，大家的意见已经不甚一致。新主任到职以后，什么也没过问，而在两天之中把大家的姓名记得飞熟，并且知道了他们的籍贯。

"老张！"丁主任最富情感的眼，像有两条紫外光似的射到老张的心里，"你是广元人呀？乡亲！硬是要得！"丁主任解除了老张的武装。

"老谢！"丁主任的有肉而滚热的手拍着老谢的肩膀，"呕，恩施？好地方！乡亲！要得么！"于是，老谢也缴了械。

多数的旧人们就这样受了感动，而把"不辞而别"的决定视为一时的冲动，不大合理。那几位比较坚决的，看朋友们多数鸣金收兵，也就不便再说什么，虽然心里还有点不大得劲儿。及至丁主任的胖手也拍在他们的肩头上，他们反觉得只有给他效劳，庶几乎可以赎出自己的行动幼稚、冒昧的罪过来。"丁主任是个朋友！"这句话即使不便明说，也时常在大家心中飞来飞去，像出笼的小鸟，恋恋不忍去似的。

大家对丁主任的信任心是与时俱增的。不管大事小事，只要向丁主任开口，人家丁主任是不会眨眨眼或愣一愣再答应的。他们的请托的话还没有说完，丁主任已说了五个"要得"。丁主任受人之托，事实上，是轻而易举的。比方说，他要进城——他时常进城——有人托他带几块肥皂。在托他的人想，丁主任是精明人，必能以极便宜的价钱买到极好的东西。而丁主任呢，到了城里，顺脚走进那最大的铺子，随手拿几块最贵的肥皂。拿回来，一说价钱，使朋友大吃一惊。"货物道地，"丁主任要交代清楚，"你晓得！多出钱，到大铺子去买，吃不了亏！你不要，我还留着用呢！你怎样？"怎能不要呢，朋友只好把东西接过去，连声道谢。

　　大家可是依旧信任他。当他们暗中思索的时候，他们要问：托人家带东西，带来了没有？带来了。那么人家没有失信。东西贵，可是好呢。进言无二价的大铺子买东西，谁不会呢，何必托他？不过，既然托他，他——堂堂的丁主任——岂是挤在小摊子上争钱讲价的人？这只能怪自己，不能怪丁主任。

　　慢慢地，场里的人们又有耳闻：人家丁主任给场长与股东们办事也是如此。不管办个"三天"，还是"满月"，丁主任必定闻风而至，他来到，事情就得由他办。烟，能买"炮台"就买"炮台"，能买到"三五"就是"三五"。酒，即使找不到"茅台"与"贵妃"，起码也是绵竹大曲。饭菜，呕，先不用说饭菜吧，就是糖果也必得是冠生园的，主人们没法挑眼。不错，丁主任的手法确是太大；可是，他给主人们作了脸哪。主人说不出话来，而且没法不佩服丁主任见过世面。有时候，主妇们因为丁主任太好铺张而想表示不满，可是丁主任送来的礼物，与对她们的殷勤，使她们也无从开口。她们既不出声，男人们就感到事情都办得合理，而把丁主任看成了不起的人物。这样，丁主任既在场长与股东们眼中有了身分，农场里的人们就不敢再批评什么；即使吃了他的亏，似乎也是应当的。

及至丁主任作到两个月的主任，大家不但不想辞职，而且很怕被辞了。他们宁可舍着脸去逢迎谄媚他，也不肯失掉了地位。丁主任带来的人，因为不会作活，也就根本什么也不干。原有的工人与职员虽然不敢照样公然怠工，可是也不便再像原先那样实对实地每日作八小时工。他们自动把八小时改为七小时，慢慢地又改为六小时，五小时。赶到主任进城的时候，他们干脆就整天休息。休息多了，又感到闷得慌，于是麻将与牌九就应运而起；牛羊们饿得乱叫，也压不下大家的欢笑与牌声。有一回，大家正赌得高兴，猛一抬头，丁主任不知道什么时候人不知鬼不觉地站在老张的后边！大家都愣了！

"接着来，没关系！"丁主任的表情与语调顿时教大家的眼部有点发湿。"干活是干活，玩是玩！老张，那张八万打得好，要得！"

大家的精神，就像都刚和了满贯似的，为之一振。有的人被感动得手指直颤。

大家让主任加入。主任无论如何不肯破坏原局。直等到四圈完了，他才强被大家拉住，改组。"赌场上可不分大小，赢了拿走，输了认命，别说我是主任，谁是园丁！"主任挽起雪白的袖口，微笑着说。大家没有异议。"还玩这么大的，可是加十块钱的望子，自摸双？"大家又无异议。新局开始。主任的牌打得好。不但好，而且牌品高，打起牌来，他一声不出，连"要得"也不说了。他自己和牌，轻轻地好像抱歉似的把牌推倒。别人和牌，他微笑着，几乎是毕恭毕敬地递过筹码去。十次，他总有八次赢钱，可是越赢越受大家敬爱；大家仿佛宁愿把钱输给主任，也不愿随便赢别人几个。把钱输给丁主任似乎是一种光荣。

不过，从实际上看，光荣却不像钱那样有用。钱既输光，就得另想生财之道。由正常的工作而获得的收入，谁都晓得，是有固定的数目。指着每月的工资去与丁主任一决胜负是作不通的。虽然没有创设什么设计委员会，大家可是都在打主意，打农场的主意。主意容易打，执行的勇气却很不易提起来。可是，感谢丁主任，他暗示给大家，农场的东西是可以自由处置的。没看见吗，农场的出品，丁主任都随便自己享受，都随便拿去送人。丁主任是如此，丁主任带来的"亲兵"也是如此，那么，别人又何必分外的客气呢？

于是，树华农场的肥鹅大鸭与油鸡忽然都罢了工，不再下蛋，这也许近乎污蔑这一群有良心的动物们，但是农场的账簿上千真万确看不见那笔蛋的收入了。外间自然还看得见树华的有名的鸭蛋——为孵小鸭用的——可是价钱高了三倍。找好鸭种的人们都交头接耳地嘀咕："树华的填鸭鸭蛋得托人情才弄得到手呢。"在这句话里，老张、老谢、老李都成了被恳托的要人。

在蛋荒之后，紧接着便是按照科学方法建造的鸡鸭房都失了科学的效用。树华农场大闹黄鼠狼，每晚上都丢失一两只大鸡或肥鸭。有时候，黄鼠狼在白天就出来为非作歹，而在他们最猖獗的时间，连牛犊和羊羔都被劫去；多么大的黄鼠狼呀！

鲜花、青菜、水果的产量并未减少，因为工友们知道完全不工作是自取灭亡。在他们赌输了，睡足了之后，他们自动地努力工作，不是为公，而是为了自己。不过，产量虽未怎么减少，农场的收入却比以前差的多了。果子、青菜，据说都闹虫病。果子呢，须要剔选一番，而后付运，以免损害了农场的美誉。不知道为什么那些落选的果子仿佛更大更美丽一些，而先被运走。没人能说出道理来，可是大家都喜欢这么作。菜蔬呢，以那最出名的大白菜说吧，等到上船的时节，三斤重的就变成了一斤或一斤多点；那外面的大肥叶子——据说是受过虫伤的——都被剥下来，洗净，另捆成一把一把的运走，当作"猪菜"卖。这种猪菜在市场上有很高的价格。

这些事，丁主任似乎知道，可没有任何表示，当夜里闹黄鼠狼子的时候，即使他正醒着，听得明明白白，他也不会失去身分地出来看看。及至次晨有人来报告，他会顺口答音地声明："我也听见了，我睡觉最警醒不过！"假若他高兴，他会继续说上许多关于黄鼬和他夜间怎样警觉的故事，当被黄鼬拉去而变成红烧的或清炖的鸡鸭，摆在他的眼前，他就绝对不再提黄鼬，而只谈些烹饪上的问题与经验，一边说着，一边把最肥的一块鸭夹起来送给别人："这么肥的鸭子，非挂炉烧烤不够味；清炖不相宜，不过，汤还要得！"他极大方地尝了两口汤。工人们若献给他钱——比如卖猪菜的钱——他绝对不肯收。"咱们这里没有等级，全是朋友；可是主任到底是主任，不能吃猪菜的钱！晚上打几圈儿好啦！要得吗？"他自己亲热地回答上，"要得！"把个"得"字说得极长。几圈麻将打过后，大家的猪菜钱至少有十分之八，名正言顺地入了主任的腰包。当一五一十的收钱的时候，他还要谦逊地声明："咱们的牌都差不多，谁也说不上高明。我的把弟孙宏英，一月只打一次就够吃半年的。人家那才叫会打牌！不信，你给他个司长，他都不作，一个月打一次小牌就够了！"

秦妙斋从十五岁起就自称为宁夏第一才子。到二十多岁，看"才子"这个词儿不大时兴了，乃改称为全国第一艺术家。据他自己说，他会雕刻、会作画、会弹古琴与钢琴、会作诗、小说，与戏剧：全能的艺术家。可是，谁也没有见过他雕刻，画图，弹琴，和作文章。

在平时，他自居为艺术家，别人也就顺口答音地称他为艺术家，倒也没什么。到了抗战时期，正是所谓国乱显忠臣的时候，艺术家也罢，科学家也罢，都要拿出他的真正本领来报效国家，而秦妙斋先生什么也拿不出来。这也不算什么。假若他肯虚心地去学习,说不定他也许有一点天才,能学会画两笔,或作些简单而通俗的文字,去宣传抗战,或者,干脆放弃了天才的梦,而脚踏实地地去作中小学的教师,或到机关中服务,也还不失为尽其在我。可是他不肯去学习,不肯去吃苦,而只想飘飘摇摇地作个空头艺术家。

他在抗战后,也曾加入艺术家们的抗战团体。可是不久便冷淡下来,不再去开会。因为在他想,自己既是第一艺术家,理当在各团体中取得领导的地位。可是,那些团体并没有对他表示敬意。他们好像对他和对一切好虚名的人都这么说:谁肯出力作抗战工作,谁便是好朋友;反之,谁要是借此出风头,获得一点虚名与虚荣,谁就趁早儿退出去。秦妙斋退了出来。但是,他不甘寂寞。他觉得这样的败退,并不是因为自己的浅薄虚伪,而是因为他的本领出众,不见容于那些妒忌他的人们。他想要独树一帜,自己创办一个什么团体,去过一过领导的瘾。这,又没能成功,没有人肯听他号召。在这之后,他颇费了一番思索,给自己想出两个字来:清高。当他和别人闲谈,或独自呻吟的时候,他会很得意地用这两个字去抹杀一切,而抬高自己:"而今的一般自命为艺术家的,都为了什么?什么也不为,除了钱!真正懂得什么叫作清高的是谁?"他的鼻尖对准了自己的胸口,轻轻地点点头。"就连那作教授的也算不上清高,教授难道不拿薪水么?……"可是"你怎么活着呢?你的钱从什么地方来呢?"有那心直口快的这么问他。"我,我,"他有点不好意思,而不能回答:"我爸爸给我!"

是的,秦妙斋的父亲是财主。不过,他不肯痛快地供给儿子钱花。这使秦妙斋时常感到痛苦。假若不是被人家问急了,他不肯轻易的提出"爸爸"来。就是偶尔地提到,他几乎要把那个最有力量的形容字——不清高——也加在他的爸爸头上去!

按照着秦老者的心意,妙斋应当娶个知晓三从四德的老婆,而后一扑纳心地在家里看守着财产。假若妙斋能这样办,哪怕就是吸两口鸦片烟呢,也能使老人家的脸上纵起不少的笑纹来。可是,有钱的老子与天才的儿子仿佛天然是对头。妙斋不听调遣。他要作诗,画画,而且——最使老人伤心的——他不愿意在家里蹲着。老人没有旁的办法,只好尽量地勒着钱。尽管妙斋的平信,快信,电报,一齐来催钱,老人还是毫不动感情地到月头才给儿子汇来"点心费"。这点钱,到妙斋手里还不够还债的呢。我们的诗人,是感受着严重的压迫。挣钱去吧,既不感觉趣味,又没有任何本领;不挣钱吧,那位不清高的爸爸又是这样的吝啬!金钱上既受着压迫,他满想在艺术界活动起来,给精神上一点安慰。而艺术界的人们对他又是那么冷淡!他非常的灰心。有时候,他颇想摹仿屈原,把天才与身体一齐投在江里去。投江是件比较难于作到的事。于是,他转而一想,打算作个青年的陶渊明。"顶好是退隐!顶好!"他自己念道着。"世人皆浊我独清!只有退隐,没别的话好讲!"

高高的个子,长长的脸,头发像粗硬的马鬃似的,长长的,乱七八糟的,披在脖子上。虽然身量很高,可好像里面没有多少骨头,走起路来,就像个大龙虾似的那么东一扭西一躬的。眼睛没有神,而且爱在最需要注意的时候闭上一会儿,仿佛是随时都在作梦。

作着梦似的秦妙斋无意中走到了树华农场。不知道是为欣赏美景,还是走累了,他对着一株小松叹了口气,而后闭了会儿眼。

也就是上午十一点钟吧,天上有几缕秋云,阳光从云隙发出一些不甚明的光,云下,存着些没有完全被微风吹散的雾。江水大体上还是黄的,只有江岔子里的已经静静地显出绿色。葡萄的叶子就快落净，茶花已顶出一些红瓣儿来。秦妙斋在鸭塘的附近找了块石头，懒洋洋地坐下。看了看四下里的山、江、花、草，他感到一阵难过。忽然地很想家，又似乎要作一两句诗，仿佛还有点触目伤情……这时候，他的感情极复杂，复杂到了既像万感俱来，又像茫然不知所谓的程度。坐了许久，他忽然在复杂混乱的心情中找到可以用话语说出来的一件事来。"我应当住在这里！"他低声对自己说。这句话虽然是那么简短，可是里边带着无限的感慨。离家，得罪了父亲，功未成，名未就……只落得独自在异乡隐退，想住在这静静的地方！他呆呆地看着池里的大白鸭，那洁白的羽毛，金黄的脚掌，扁而像涂了一层蜡的嘴，都使他心中更混乱，更空洞，更难过。这些白鸭是活的东西，不错；可是他们干吗活着呢？正如同天生下我秦妙斋来，有天才，有志愿，有理想，但是都有什么用呢？想到这里，他猛然的，几乎是身不由己的，立了起来。他恨这个世界，恨这个不叫他成名的世界！连那些大白鸭都可恨！他无意中地、顺手地捋下一把树叶，揉碎，扔在地上。他发誓，要好好地，痛快淋漓地写几篇文字，把那些有名的画家、音乐家、文学家都骂得一个小钱也不值！那群不清高的东西！

他向办公楼那面走，心中好像在说："我要骂他们！就在这里，这里，写成骂他们的文章！"

丁主任刚刚梳洗完，脸上带着夜间又赢了钱的一点喜气。他要到院中吸点新鲜空气。安闲地，手揣在袖口里，像采菊东篱下的诗人似的，他慢慢往外走。

在门口，他几乎被秦妙斋撞了个满怀。秦妙斋，大龙虾似的，往旁边一闪；照常往里走。他恨这个世界，碰了人就和碰了一块石头或一株树一样，只有不快，用不着什么客气与道歉。

丁主任，老练，安详，微笑地看着这位冒失的青年龙虾。"找谁呀?"他轻轻问了声。

秦妙斋稍一愣,没有答理他。

丁主任好像自言自语地说,"大概是个画家。"

秦妙斋的耳朵仿佛是专为听这样的话的,猛地立住,向后转,几乎是喊叫地,"你说什么?"

丁主任不知道自己的话是说对了,还是说错了,可是不便收回或改口。迟顿了一下,还是笑着:"我说,你大概是个画家。"

"画家?画家?"龙虾一边问,一边往前凑,作着梦的眼睛居然瞪圆了。

丁先生不晓得怎样回答才好,只啊啊了两声。

妙斋的眼角上汪起一些热泪,口中的热涎喷到丁主任的脸上:"画家,我是——画家,你怎么知道?"说到这里,他仿佛已筋疲力尽,像快要晕倒的样子,摇晃着,摸索着,找到一只小凳,坐下,闭上了眼睛。

丁主任还笑着,可是笑得莫名其妙,往前凑了两步。还没走到妙斋的身边,妙斋的眼睛睁开了。"告诉你,我还不仅是画家,而且是全能的艺术家!我都会!"说着,他立起来,把右手扶在丁主任的肩上。"你是我的知己!你只要常常叫我艺术家,我就有了生命!生我者父母,知我者——你是谁?"

"我?"丁主任笑着回答。"小小园丁!"

"园丁?"

"我管着这座农场!"丁主任停住了笑。"你姓什么!"毫不客气地问。

"秦妙斋,艺术家秦妙斋。你记住,艺术家和秦妙斋老得一块儿喊出来;一分开,艺术家和我就都不存在了!"

"呕!"丁主任的笑意又回到脸上,进了大厅,眼睛往四面一扫——壁上挂着些时人的字画。这些字画都不甚高明,也不十分丑恶。在丁主任眼中，它们都怪有个意思，至少是挂在这里总比四壁皆空强一些。不过，他也有个偏心眼，他顶爱那张长方的，石印的抗战门神爷，因为色彩鲜明，"真"有个意思。他的眼光停在那片色彩上。

随着丁主任的眼，妙斋也看见了那些字画，他把眼光停在了那张抗战画上。当那些色彩分明地印在了他的心上的时候，他觉到一阵恶心，像忽然要发痧似的，浑身的毛孔都像针儿刺着，出了点冷汗。定一定神，他扯着丁先生，扑向那张使他恶心的画儿去。发颤的手指，像一根挺身作战的小枪似的，指着那堆色彩："这叫画？这叫画？用抗战来欺骗艺术，该杀！该杀！"不由分说，他把画儿扯了下来，极快地撕碎，扔在地上，用脚狠狠地揉搓，好像把全国的抗战艺术家都踩在了泥土上似的。他痛快地吐了口气。

来不及拦阻妙斋的动作，丁主任只说了一串口气不同的"唉"！

妙斋犹有余怒，手指向四壁普遍的一扫："这全要不得！通通要不得！"

丁主任急忙挡住了他，怕他再去撕毁。妙斋却高傲地一笑："都扯了也没有关系，我会给你画！我给你画那碧绿的江、赭色的山、红的茶花、雪白的大鸭！世界上有那么多美丽的东西，为什么单单去画去写去唱血腥的抗战？混蛋！我要先写几篇文章，臭骂，臭骂那群污辱艺术的东西们。然后，我要组织一个真正艺术家的团体，一同主张——主张——清高派，暂且用这个名儿吧，清高派的艺术！我想你必赞同？"

"我？"丁主任不知怎样回答。

"你当然同意！我们就推你作会长！我们就在这里作画、冶乐、写文章！"

"就在这里?"丁主任脸上有点不大得劲,用手摸了摸。

"就在这里!今天我就不走啦!"妙斋的嘴犄角直往外溅水星儿,"想想看,把这间大厅租给我,我爸爸有钱,你要多少我给多少。然后,我们艺术家们给你设计,把这座农场变成最美的艺术之家,艺术乐园!多么好!多么好!"

丁主任似乎得到一点灵感。口中随便用"要得""不错"敷衍着,心中可打开了算盘。在那次股东会上,虽然股东们对他没有什么决定的表示,可是他自己看得清清楚楚,大家对他多少有点不满意。他应当把事情调整一下,教大家看看,他不是没有办法的人。是呀,这里的大厅闲着没有用,楼上也还有三间空房,为什么不租出去,进点租钱呢?况且这笔租金用不着上账;即使教股东们知道了,大家还能为这点小事来质问吗?对!他决定先试一试这位艺术家。"秦先生,这座大厅咱们大家合用,楼上还有三间空房,你要就得都要,一年一万块钱,一次交清。"

妙斋闭了眼,"好啦,一言为定!我给爸爸打电报要钱。"

"什么时候搬进来?"丁主任有点后悔。交易这么容易成功,想必是要少了钱。但是,再一想,三间房,而且在乡下,一万元应当不算少。管它呢,先进一万再说别的!"什么时候搬进来?"

"现在就算搬进来了!"

"啊?"丁主任有点悔意了。"难道你不去拿行李什么的?"

"没有行李,我只有一身的艺术!"妙斋得意地哈哈地笑起来。

"租金呢?"

"那,你尽管放心:我马上打电报去!"

秦妙斋就这样的侵入了树华农场。不到两天,楼上已住满他的朋友。这些朋友,有男有女,有老有少,都时来时去,而绝对不客气。他们要床,便见床就搬了走;要桌子,就一声不响地把大厅的茶几或方桌拿了去。对于鸡鸭菜果,他们的手比丁主任还更狠，永远是理直气壮地拿起就吃。要摘花他们便整棵的连根儿拔出来。农场的工友甚至于须在夜间放哨，才能抢回一点东西来！

可是，丁主任和工友们都并不讨厌这群人。首要的因为这群人中老有女的，而这些女的又是那么大方随便，大家至少可以和他们开句小玩笑。她们仿佛给农场带来了一种新的生命。其次，讲到打牌，人家秦妙斋有艺术家的态度，输了也好，赢了也好，赌钱也好，赌花生米也好，一坐下起码二十四圈。丁主任原是不屑于玩花生米的，可是妙斋的热情感动了他，他不好意思冷淡地谢绝。

丁主任的心中老挂念着那一万元的租金。他时常调动着心思与语言，在最适当的机会暗示出催钱的意思。可是妙斋不接受暗示。虽然如此，丁主任可是不忍把妙斋和他的朋友撵了出去。一来是，他打听出来，妙斋的父亲的的确确是位财主；那么，假若财主一旦死去，妙斋当不就是财产的继承人？"要把眼光放远一些！"丁主任常常这样警戒自己。二来是，妙斋与他的友人们，在实在没有事可干的时候，总是坐在大厅里高谈艺术。而他们的谈论艺术似乎专为骂人。他们把国内有名的画家、音乐家、文艺作家，特别是那些尽力于抗战宣传的，提名道姓地一个一个挨次咒骂。这，使丁主任闻所未闻。慢慢地，他也居然记住了一些艺术家的姓名。遇到机会，他能说上来他们的一些故事，仿佛他同艺术家们都是老朋友似的。这，使与他来往的商人或闲人感到惊异，他自己也得到一些愉快。还有，当妙斋们把别人咒腻了，他们会得意地提出一些社会上的要人来，"是的，我们要和他取得联络，来建设起我们自己的团体来！那，我可以写信给他；我要告诉明白了他，我们都是真正清高的艺术家！"……提到这些要人，他们大家口中的唾液都好像甜蜜起来，眼里发着光。"会长！"他们在谈论要人之后，必定这样叫丁主任："会长，你看怎样？"丁主任自己感到身量又高了一寸似的!他不由地怜爱了这群人,因为他们既可以去与要人取得联络,而且还把他自己视为要人之一!他不便发表什么意见,可是常常和妙斋肩并肩地在院中散步。他好像完全了解妙斋的怀才不遇,妙斋微叹,他也同情地点着头。二人成了莫逆之交!

丁主任爱钱,秦妙斋爱名,虽然所爱的不同,可是在内心上二人有极相近的地方,就是不惜用卑鄙的手段取得所爱的东西。因此,丁主任往往对妙斋发表些难以入耳的最下贱的意见,妙斋也好好地静听,并不以为可耻。

眨眨眼,到了阳历年。

除夕,大家正在打牌,宪兵从楼上抓走两位妙斋的朋友。

丁主任口里直说"没关系",心中可是有点慌。他久走江湖,晓得什么是利,哪是害。宪兵从农场抓走了人,起码是件不体面的事,先不提更大的干系。

秦妙斋丝毫没感到什么。那两位被捕的人是谁?他只知道他们的姓名,别的一概不清楚。他向来不细问与他来往的人是干什么的。只要人家捧他,叫他艺术家,他便与人家交往。因此,他有许多来往的人,而没有真正的朋友。他们被捕去,他绝对没有想到去打听打听消息,更不用说去营救了。有人被捕去,和农场丢失两只鸭子一样无足轻重。本来嘛,神圣的抗战,死了那么多的人,流了那么多的血,他都无动于衷,何况是捕去两个人呢?当丁主任顺口搭音地盘问他的时候,他只极冷淡地说:"谁知道!枪毙了也没法子呀!"

丁主任,连丁主任,也感到一点不自在了。口中不说,心里盘算着怎样把妙斋赶了出去。"好嘛,给我这儿招来宪兵,要不得!"他自己念道着。同时,他在表情上,举动上,不由地对妙斋冷淡多了。他有点看不起妙斋。他对一切不负责任,可是他心中还有"朋友"这个观念。他看妙斋是个冷血动物。

妙斋没有感觉出这点冷淡来。他只看自己,不管别人的表情如何,举动怎样。他的脑子只管计划自己的事,不管替别人思索任何一点什么。

慢慢地,丁主任打听出来:那两位被捕的人是有汉奸的嫌疑。他们的确和妙斋没有什么交情,但是他们口口声声叫他艺术家,于是他就招待他们,甚至于允许他们住在农场里。平日虽然不负责任,可是一出了乱子,丁主任觉出自己的责任与身分来。他依然不肯当面告诉妙斋:"我是主任,有人来往,应当先告诉我一声。"但是,他对妙斋越来越冷淡。他想把妙斋"冰"了走。

到了一月中旬,局势又变了。有一天,忽然来了一位有势力、与场长最相好的股东。丁主任知道事情要不妙。从股东一进门,他便留了神,把自己的一言一笑都安排得像蜗牛的触角似的,去试探,警惕。一点不错,股东暗示给他,农场赔钱,还有汉奸随便出入,丁主任理当辞职。丁主任没有否认这些事实,可也没有承认。他说着笑着,态度极其自然。他始终不露辞职的口气。

股东告辞,丁主任马上找了秦妙斋去。秦妙斋是——他想——财主的大少爷,他须起码教少爷明白,他现在是替少爷背了罪名。再说,少爷自称为文学家,笔底下一定很好,心路也多,必定能替他给全体股东写封极得体的信。是的,就用全体职工的名义,写给股东们,一致挽留丁主任。不错,秦妙斋是个冷血动物;但是,"我走,他也就住不下去了!他还能不卖气力吗?"丁主任这样盘算好,每个字都裹了蜜似的,在门外呼唤:"秦老弟!艺术家!"

秦妙斋的耳朵竖了起来,龙虾的腰挺直,他准备参加战争。世界上对他冷淡得太久了,他要挥出拳头打个热闹,不管是为谁,和为什么!"宁自一把火把农场烧得干干净净,我们也不能退出！"他喷了丁主任一脸唾沫星儿，倒好像农场是他一手创办起来似的。

丁主任的脸也增加了血色。他后悔前几天那样冷淡了秦妙斋，现在只好一口一个"艺术家"地来赎罪。谈过一阵，两个人亲密得很有些像双生的兄弟。最后，妙斋要立刻发动他的朋友："我们马上放哨，一直放到江边。他们假若真敢派来新主任，我就会教他怎么来，怎么滚回去！"同时，他召集了全体职工，在大厅前开会。他登在一块石头上，声色俱厉地演说了四十分钟。

妙斋在演说后，成了树华农场的灵魂。不但丁主任感激，就是职员与工友也都称赞他："人家姓秦的实在够朋友！"

大家并不是不知道，秦先生并不见得有什么高明的确切的办法。不过，闹风潮是赌气的事，而妙斋恰好会把大家感情激动起来，大家就没法不承认他的优越与热烈了。大家甚至于把他看得比丁主任还重要，因为丁主任虽然是手握实权，而且相当地有办法，可是他到底是多一半为了自己；人家秦先生呢，根本与农场无关，纯粹是路见不平，拔刀相助。这样，秦先生白住房、偷鸡蛋，与其他一切小小的罪过，都变成了理所当然的事。他，在大家的眼中，现在完全是个侠肠义胆的可爱可敬的人。

丁主任有十来天不在农场里。他在城里，从股东的太太与小姐那里下手，要挽回他的颓势。至于农场，他以为有妙斋在那里，就必会把大家团结得很坚固，一定不会有内奸，捣他的乱。他把妙斋看成了一座精神堡垒！等到他由城中回来，他并没对大家公开地说什么，而只时常和妙斋有说有笑地并肩而行。大家看着他们，心中都得到了安慰，甚至于有的人喊出："我们胜利了！"

农场糟到了极度。那喊叫"我们胜利了"的，当然更肆无忌惮，几乎走路都要模仿螃蟹；那稍微悲观一些的，总觉得事情并不能这么容易得到胜利，于是抱着干一天算一天的态度，而拼命往手中搂东西,好像是说:"滚蛋的时候,就是多拿走一把小镰刀也是好的!"

旧历年是丁主任的一"关"。表面上,他还很镇定,可是喝了酒便爱发牢骚。"没关系!"他总是先说这一句,给自己壮起胆气来。慢慢地,血液循环的速度增加了,他身上会忽然出点汗。想起来了:张太太——张股东的二夫人——那里的年礼送少了!他愣一会儿,然后,自言自语地说:"人事,都是人事;把关系拉好,什么问题也没有!"酒力把他的脑子催得一闪一闪的,忽然想起张三,忽然想起李四,"都是人事问题!"

新年过了,并没有任何动静。丁主任的心像一块石头落了地。新年没有过好,必须补充一下;于是一直到灯节,农场中的酒气牌声始终没有断过。

灯节后的那么一天,已是早晨八点,天还没甚亮。浓厚的黑雾不但把山林都藏起去,而且把低处的东西也笼罩起来,连房屋的窗子都像挂起黑的帘幕。在这大雾之中,有些小小的雨点,有时候飘飘摇摇地像不知落在哪里好,有时候直滴下来,把雾色加上一些黑暗。农场中的花木全静静地低着头,在雾中立着一团团的黑影。农场里没有人起来,梦与雾好像打成了一片。

大雾之后容易有晴天。在十点钟左右,雾色变成红黄,一轮红血的太阳时时在雾薄的时候露出来,花木叶子上的水点都忽然变成小小的金色的珠子。农场开始有人起床。秦妙斋第一个起来,在院中绕了一个圈子。正走在大藤萝架下,他看见石板路上来了三个人。最前面的是一位女的,矮身量,穿着不知有多少衣服,像个油篓似的慢慢往前走,走得很吃力。她的后面是个中年的挑伕,挑着一大一小两只旧皮箱,和一个相当大的、风格与那位女人相似的铺盖卷,挑伕的头上冒着热汗。最后,是一位高身量的汉子,光着头,发很长,穿着一身不体面的西服,没有大衣,他的肩有些向前探着，背微微有点弯。他的手里拿着个旧洋瓷的洗脸盆。

秦妙斋以为是他自己的朋友呢，他立在藤萝架旁，等着和他们打招呼。他们走近了，不相识。他还没动，要细细看看那个女的，对女的他特别感觉兴趣。那个大汉，好像走得不耐烦了，想赶到前边来，可是石板路很窄，而挑伕的担子又微微的横着，他不容易赶过来。他想踏着草地绕过来，可是脚已迈出，又收了回去，好像很怕踏损了一两根青草似的。到了藤架前，女的立定了，无聊地，含怨地，轻叹了一声。挑伕也立住。大汉先往四下一望，而后挤了过来。这时候，太阳下面的雾正薄得像一片飞烟，把他的眉眼都照得发光。他的眉眼很秀气，可是像受过多少什么无情的折磨似的，他的俊秀只是一点残余。他的脸上有几条来早了十年的皱纹。他要把脸盆递给女人，她没有接取的意思。她仅"啊"了一声，把手缩回去。大概她还要夸赞这农场几句，可是，随着那声"啊"，她的喜悦也就收敛回去。阳光又暗了一些，他们的脸上也黯淡了许多。

那个女的不甚好看。可是，眼睛很奇怪，奇怪得使人没法不注意她。她的眼老像有什么心事——像失恋，损伤了儿女或破产那类的大事——那样的定着，对着一件东西定视，好久才移开，又去定视另一件东西。眼光移开，她可是仿佛并没看到什么。当她注意一个人的时候，那个人总以为她是一见倾心，不忍转目。可是，当她移开眼光的时节，他又觉得她根本没有看见他。她使人不安、惶惑，可是也感到有趣。小圆脸，眉眼还端正，可是都平平无奇。只有在她注视你的时候，你才觉得她并不难看，而且很有点热情。及至她又去对别的人，或别的东西愣起来，你就又有点可怜她，觉得她不是受过什么重大的刺激，就是天生的有点白痴。

现在,她扭着点脸,看着秦妙斋。妙斋有点兴奋,拿出他自认为最美的姿态,倚在藤架的柱子上,也看着她。

"哪个叨?"挑伕不耐烦了:"走不走吗?"

"明霞,走!"那个男人毫无表情地说。

"干什么的?"妙斋的口气很不客气地问他,眼睛还看着明霞。

"我是这里的主任。"那个男的一边说,一边往里走。

"啊?主任?"妙斋挡住他们的去路。"我们的主任姓丁。"

"我姓尤,"那个男的随手一拨,把妙斋拨开,还往前走,"场长派来的新主任。"

秦妙斋愕住了,闭了一会儿眼,睁开眼,他像条被打败了的狗似的,从小道跑进去。他先跑到大厅。"丁,老丁!"他急切地喊。"老丁!"

丁主任披着棉袍,手里拿着条冒热气的毛巾,一边擦脸,一边从楼上走下来。

"他们派来了新主任!"

"啊?"丁主任停止了擦脸,"新主任?"

"集合!集合!教他怎么来的怎么滚回去!"妙斋回身想往外跑。

丁主任扔了毛巾,双手撩着棉袍,几步就把妙斋赶上,拉住。

"等等!你上楼去,我自有办法!"

妙斋还要往外走,丁主任连推带搡,把他推上楼去。而后,把纽子扣好,稳重庄严地走出来。拉开门,正碰上尤主任。满脸堆笑地,他向尤先生拱手:"欢迎!欢迎!欢迎新主任!这是——"他的手向明霞高拱。没有等尤主任回答,他亲热地说:"主任太太吧?"紧跟着,他对挑伕下了命令:"拿到里边来吗!"把夫妻让进来,看东西放好,他并没有问多少钱雇来的,而把大小三张钱票交给挑伕——正好比雇定的价钱多了五角。

贫血集

尤主任想开门见山地问农场的详情，但是丁务源忙着喊开水，洗脸水；吩咐工友打扫屋子，丝毫不给尤主任说话的机会。把这些忙完，他又把明霞大嫂长大嫂短地叫得震心，一个劲儿和她扯东道西。尤主任几次要开口，都被明霞给截了回去；乘着丁务源出去那会儿，她责备丈夫："那些事，干吗忙着问，日子长着呢，难道你今天就办公？"

第一天一清早，尤主任就穿着工人装，和工头把农场每一个角落都检查到，把一切都记在小本儿上。回来，他催丁主任办交代。丁主任答应三天之内把一切办理清楚。明霞又帮了丁务源的忙，把三天改成六天。

一点合理的错误，使人抱恨终身。尤主任——他叫大兴——是在英国学园艺的。毕业后便在母校里作讲师。他聪明，强健，肯吃苦。作起"试验"来，他的大手就像绣花的姑娘的那么轻巧、准确、敏捷。作起用力的工作来，他又像一头牛那样强壮、耐劳。他喜欢在英国，因为他不善应酬，办事认真，准知道回到祖国必被他所痛恨的虚伪与无聊给毁了。但是，抗战的喊声震动了全世界；他回了国。他知道农业的重要，和中国农业的急应改善。他想在一座农场里，或一间实验室中，把他的血汗献给国家。

回到国内，他想结婚。结婚，在他心中，是一件必然的，合理的事。结了婚，他可以安心地工作，身体好，心里也清静。他把恋爱视成一种精力的浪费。结婚就是结婚，结婚可以省去许多麻烦，别的事都是多余，用不着去操心。于是，有人把明霞介绍给他，他便和她结了婚。这很合理，但是也是个错误。

明霞的家里有钱。尤大兴只要明霞，并没有看见钱。她不甚好看，大兴要的是一个能帮助他的妻子，美不美没有什么关系。明霞失过恋，曾经想自杀；但这是她的过去的事，与大兴毫不相干。她没有什么本领，但在大兴想，女人多数是没有本领的；结

179

婚后，他曾以身作则地去吃苦耐劳，教育她，领导她；只要她不瞎胡闹，就一切不成问题。他娶了她。

明霞呢，在结婚之前，颇感到些欣悦。不是因为她得到了理想爱人——大兴并没请她吃过饭，或给她买过鲜花——而是因为大兴足以替她雪耻。她以前所爱的人抛弃了她，像随便把一团废纸扔在垃圾堆上似的。但是，她现在有了爱人；她又可以仰着脸走路了。

在结婚后，她的那点欣悦和婚礼时戴的头纱差不多，永远收藏起去了。她并不喜欢大兴。大兴对工作的努力，对金钱的冷淡，对三姑六姨的不客气，都使她感到苦痛。但是，当有机会夫妇一道走的时候，她还是紧紧地拉着他，像将被溺死的人紧紧抓住一把水草似的。无论如何，他是一面雪耻的旗帜，她不能再把这面旗随便扔在地上！

大兴的努力、正直、热诚，使自己到处碰壁。他所接触到的人，会慢慢很巧妙地把他所最珍视的"科学家"三个字变成一种嘲笑。他们要喝酒去，或是要办一件不正当的事，就老躲开"科学家"。等到"科学家"天天成为大家开玩笑的用语，大兴便不能不带着太太另找吃饭的地方去！明霞越来越看不起丈夫。起初，她还对他发脾气，哭闹一阵。后来，她知道哭闹是毫无作用的，因为大兴似乎没有感情；她闹她的气，他作他的事。当她自己把泪擦干了，他只看她一眼，而后问一声："该作饭了吧？"她至少需要一个热吻，或几句热情的安慰；他至多只拍拍她的脸蛋。他决不问闹气的原因与解决的办法，而只谈他的工作。工作与学问是他的生命，这个生命不许爱情来分润一点利益。有时候，他也在她发气的时候，偷偷弹去自己的一颗泪，但是她看得出，这只是怨恨她不帮助他工作，而不是因为爱她，或同情她。只有在她病了的时候，他才真像个有爱心的丈夫，他能像作试验时那么细心来看护她。他甚至于坐在床边，拉着她的手，给她说故事。但是，他的故事永远是关于科学的。她不爱听，也就不感激他。及至医生说，她的病已不要紧了，他便马上去工作。医生是科学家，医生的话绝对不能有错误。他丝毫没想到病人在没有完全好了的时候还需要安慰与温存。

她不能了解大兴，又不能离婚，她只能时时地定睛发呆。

现在，她又随着大兴来到树华农场。她已经厌恶了这种搬行李，拿着洗脸盆的流浪生活。她作过小姐，她愿有自己的固定的，款式的家庭。她不能不随着他来。但是既来之则安之，她不愿过十天半月又走出去。她不能辨别谁好谁坏，谁是谁非，但是她决定要干涉丈夫的事，不教他再多得罪人。她这次须起码把丈夫的正直刚硬冲淡一些，使大家看在她的面上原谅了尤大兴。她开首便帮忙了丁务源，还想敷衍一切活的东西，就连院中的大鹅，她也想多去喂一喂。

尤主任第一个得罪了秦妙斋。秦妙斋没有权利住在这里，请出！秦妙斋本没有任何理由充足的话好说，但是他要反驳。说着说着，他找到了理由："你为什么不称呼我为艺术家呢？"凭这个污辱，他不能搬走！"咱们等着瞧吧，看谁先搬出去！"

尤主任只知道守法讲理是当然的事。虽然回国以后，已经受过多少不近情理的打击，可是还没遇见这么荒唐的事。他动了气，想请警察把妙斋捉出去。这时候，明霞又帮了妙斋的忙，替他说了许多"不要太忙，他总会顺顺当当地搬出去"……

妙斋和丁务源开了一个秘密会议。妙斋主战，丁务源主和，但是在妙斋说了许多强硬的话之后，丁务源也同意了主战。他称赞妙斋的勇敢，呼他为侠义的艺术家。妙斋感激得几乎晕了过去。

事实上，丁务源绝对不想和尤主任打交手战。在和妙斋谈过话之后，他决定使妙斋和尤大兴作战，而他自己充好人。同时，关于他自己的事，他必定先和明霞商议一下，或者请她去办交涉。他避免与尤主任作正面冲突。见着大兴，他永远摆出使人信任的笑脸，他知道出去另找事作不算难，但是找与农场里这样的舒服而收入又高的事就不大容易。他决定用"忍"字对付一切。假若妙斋与工人们把尤主任打了，他便可以利用机会复职。即使一时不能复职，他也会运动明霞和股东太太们，教他作个副主任。他这个副主任早晚会把正主任顶出去，他自信有这个把握，只要他能忍耐。把妙斋与明霞埋伏在农场，他进了城。

尤主任急切地等着丁务源办交代，交代了之后，他好通盘地计划一切。但是，丁务源进了城。他非常着急。拿人一天的钱，他就要作一天的事，他最恨敷衍与慢慢地拖。在他急得要发脾气的时候，明霞的眼又定住了。半天，她才说话："丁先生不会骗你，他一两天就回来，何必这么着急呢？"

大兴并不因妻的劝告而消了气，但是也不因生气而忘了作事。他会把怒气压在心里，而手脚还去忙碌。他首先贴出布告：大家都要六时半起床，七时上工。下午一点上工，五时下工。晚间九时半熄灯上门，门不再开。在大厅里，他贴好：办公重地，闲人免进。而后，他把写字台都搬了来，职员们都在这里办事——都在他眼皮底下办事。办公室里不准吸烟，解渴只有白开水。

命令下过后，他以身作则地，在壁钟正敲七点的时节，已穿好工人装，在办公厅门口等着大家。丁务源的"亲兵"都来得相当的早，因为他们知道自己毫无本事，而他们的靠山能否复职又无把握，所以他们得暂时低下头去。他们用按时间作事来遮掩他们的不会作事。有的工人迟到，受了秦妙斋的挑拨，他们故意和新主任捣乱。

尤主任忍耐地等着。等大家都来齐，他并没发脾气，也没说闲话。开门见山地，他分配了工作，他记不清大家的姓名，但是他的眼睛会看，谁是有经验的工人，谁是混饭吃的。对混饭吃的，他打算一律撤换，但在没有撤换之前，他也给他们活儿作——"今天，你不能白吃农场的饭，"他心里说。

"你们三位"，他指定三个工人，"去把葡萄枝子全剪了。不打枝子，下一季没法结葡萄。限两天打完。"

"怎么打？"一个工人故意为难。

"我会告诉你们！我领着你们去作！"然后，他给有经验的工人全分配了工作，"你们三位给果木们涂灰水。该剥皮的剥皮，该刻伤的刻伤，回来我细告诉你们。限三天作完。你们二位去给菜蔬上肥。你们三位去给该分根的花草分根……"然后，轮到那些混饭吃的："你们二位挑沙子，你们俩挑水，你们二位去收拾牛羊圈……"

混饭吃的都撅了嘴。这些事，他们能作，可是多么费力气，多么肮脏呢！他们往四下里找，找不到他们的救主丁务源的胖而发光的脸。他们祷告："快回来呀！我们已经成了苦力！"

那些有经验的工人，知道新主任所吩咐的事都是应当作的。虽然他所提出的办法，有和他们的经验不甚相同的地方，可是人家一定是内行。及至尤主任同他们一齐下手工作，他们看出来，人家不但是内行，而且极高明。凡是动手的，尤主任的大手是那么准确，敏捷。凡是要说出道理的地方，尤主任三言五语说得那么简单，有理。从本事上看，从良心上说，他们无从，也不应当，反对他。假若他们还愿学一些新本事，新知识的话，他们应该拜尤主任为师。但是，他们的良心已被丁务源给蚀尽。他们的手还记得白板的光滑，他们的口还咂摸着大曲酒的香味；他们恨恶镰刀与大剪，恨恶院中与山上的新鲜而寒冷的空气。

现在，他们可是不能不工作，因为尤主任老在他们的身旁。他由葡萄架跑到果园，由花畦跑到菜园，好像工作是最可爱的事。

他不叱喝人，也不着急，但是他的话并不客气，老是一针见血地使他们在反感之中又有点佩服。他们不能偷闲，尤主任的眼与脚是同样快的：他们刚要放下活儿，他就忽然来到，问他们怠工的理由。他们答不出。要开水吗？开水早送到了。热腾腾的一大桶。要吸口烟吗？有一定的时间。他们毫无办法。

他们只好低着头工作，心中憋着一股怨气。他们白天不能偷闲，晚间还想照老法，去捡几个鸡蛋什么的。可是主任把混饭的人们安排好，轮流值夜班。"一摸鸡鸭的裆儿，我就晓得正要下蛋，或是不久就快下蛋了。一天该收多少蛋，我心中大概有个数目，你们值夜，夜间丢失了蛋，你们负责！"尤主任这样交派下去。好了，连这条小路也被封锁了！

过了几天，农场里一切差不多都上了轨道。工人们到底容易感化。他们一方面恨尤主任，一方面又敬佩他。及至大家的生活有了条理，他们不由地减少了恨恶，而增加了敬佩。他们晓得他们应当这样工作，这样生活。渐渐地，他们由工作和学习上得到些愉快，一种与牌酒场中不同的，健康的愉快。

尤主任答应下，三个月后，一律可以加薪，假若大家老按着现在这样去努力。他也声明：大家能努力，他就可以多作些研究工作，这种工作是有益于民族国家的。大家听到民族国家的字样，不期然而然都受了感动。他们也愿意多学习一点技术，尤主任答应下给他们每星期开两次晚班，由他主讲园艺的问题。他也开始给大家筹备一间游艺室，使大家得到些正当的娱乐。大家的心中，像院中的花草似的，渐渐发出一点有生气的香味。

不过，向上的路是极难走的。理智上的崇高的决定，往往被一点点浮浅的低卑的感情所破坏。情感是极容易发酒疯的东西。有一天，尤大兴把秦妙斋锁在了大门外边。九点半锁门，尤主任绝不宽限。妙斋把场内的鸡鹅牛羊全吵醒了，门还是没有开。他从藤架的木柱上,像猴子似的爬了进来,碰破了腿,一瘸一点的,他摸到了大厅,也上了锁。他一直喊到半夜,才把明霞喊动了心,把他放进来。

由尤主任的解说,大家已经晓得妙斋没有住在这里的权利,而严守纪律又是合理的生活的基础。大家知道这个,可是在感情上,他们觉得妙斋是老友,而尤主任是新来的,管着他们的人。他们一想到妙斋,就想起前些日子的自由舒适,他们不由地动了气,觉得尤主任不近人情。他们一一地来慰问妙斋,妙斋便乘机煽动,把尤大兴形容得不像人。"打算自自在在地活着,非把那个猪狗不如的东西打出去不可!"他咬着牙对他们讲。"不过,我不便多讲,怕你们没有胆子!你们等着瞧吧,等我的腿好了,我独自管教他一顿,教你们看看!"

他们的怒气被激起来,大家都不约而同地留神去找尤大兴的破绽,好借口打他。

尤主任在大家的神色上,看出来情势不对,可是他的心里自知无病,绝对不怕他们。他甚至于想到,大家满可以毫无理由地打击他,驱逐他,可是他决不退缩,妥协。科学的方法与法律的生活,是建设新中国的必经的途径。假若他为这两件事而被打,好吧,他愿作了殉道者。

一天,老刘值夜。尤主任在就寝以前,去到院中查看,他看见老刘私自藏起两个鸡蛋。他不能睁着一只眼,闭着一只眼地敷衍。他过去询问。

老刘笑了:"这两个是给尤太太的!"

"尤太太!"大兴仿佛不晓得明霞就是尤太太。他愣住了。及至想清楚了,他像飞也似的跑回屋中。

明霞正要就寝。平平的黄圆脸上没有任何表情,坐在床沿上,定睛看着对面的壁上——那里什么也没有。

"明霞！"大兴喘着气叫，"明霞，你偷鸡蛋？"

她极慢地把眼光从壁上收回，先看看自己拖鞋尖的绣花，而后才看丈夫。

"你偷鸡蛋？"

"啊！"她的声音很微弱，可是一种微弱的反抗。

"为什么？"大兴的脸上发烧。

"你呀，到处得罪人，我不能跟你一样！我为你才偷鸡蛋！"她的脸上微微发出点光。

"为我？"

"为你！"她的小圆脸更亮了些，像是很得意。"你对他们太严，一草一木都不许私自动。他们要打你呢！为了你，我和他们一样地去拿东西，好教他们恨你而不恨我。他们不恨我，我才能为你说好话，不是吗？自己想想看！我已经攒了三十个大鸡蛋了！"她得意地从床下拉出一个小筐来。

尤大兴立不住了。脸上忽然由红而白。摸到一个凳子，坐下，手在膝上微颤。他坐了半夜，没出一声。

第二天一清早，院里外贴上标语，都是妙斋编写的。"打倒无耻的尤大兴！""拥护丁主任复职！""驱逐偷鸡蛋的坏蛋！""打倒法西斯的走狗！""消灭不尊重艺术的魔鬼！"……

大家罢了工，要求尤大兴当众承认偷蛋的罪过，而后辞职，否则以武力对待。

大兴并没有丝毫惧意，他准备和大家谈判。明霞扯住了他。乘机会，她溜出去，把屋门倒锁上。

"你干吗？"大兴在屋里喊，"开开！"

她一声没出，跑下楼去。

丁务源由城里回来了，已把副主任弄到手。"喝！"他走到石板路上，看见剪了枝的葡萄，与涂了白灰的果树，"把葡萄剪得这么苦。连根刨出来好不好！树也擦了粉，硬是要得！"

进了大门，他看到了标语。他的脚踵上像忽然安了弹簧，一步催着一步地往院中走，轻巧，迅速；心中也跳得轻快，好受；口里将一个标语按照着二黄戏的格式哼唧着。这是他所希望的，居然实现了！"没想到能这么快！妙斋有两下子！得好好的请他喝两杯！"他口中唱着标语，心中还这么念道。

刚一进院子，他便被包围了。他的"亲兵"都喜欢得几乎要落泪。其余的人也都像看见了久别的手足，拉他的，扯他的，拍他肩膀的，乱成一团；大家的手都要摸一摸他，他的衣服好像是活菩萨的袍子似的，挨一挨便是功德。他们的口一齐张开，想把冤屈一下子都倾泻出来。他只听见一片声音，而辨不出任何字来。他的头向每一个人点一点，眼中的慈祥的光儿射在每一个人的身上，他的胖而热的手指挨一挨这个，碰一碰那个。他感激大家，又爱护大家，他的态度既极大方，又极亲热。他的脸上发着光，而眼中微微发湿。"要得！""好！""呕！""他妈拉个巴子！"他随着大家脸上的表情，变换这些字眼儿。最后，他向大家一举手，大家忽然安静了。"朋友们，我得先休息一会儿，小一会儿；然后咱们再详谈。不要着急生气，咱们都有办法，绝对不成问题！"

"请丁主任先歇歇！让开路！别再说！让丁主任休息去！"大家纷纷喊叫。有的还恋恋不舍地跟着他，有的立定看着他的背影，连连点头赞叹。

丁务源进了大厅，想先去看妙斋。可是，明霞在门旁等着他呢。

"丁先生！"她轻轻地，而是急切地，叫，"丁先生！"

"尤太太！这些日子好吗？要得！"

"丁先生！"她的小手揉着条很小的，花红柳绿的手帕。"怎么办呢？怎么办呢？"

"放心！龙太太！没事！没事！来！请坐！"他指定了一张椅子。

明霞像作错了事的小女孩似的，乖乖地坐下，小手还用力揉那条手帕。

"先别说话，等我想一想！"丁务源背着手，在屋中沉稳而有风度地走了几步。"事情相当的严重，可是咱们自有办法，"他又走了几步，摸着脸蛋，深思细想。

明霞沉不住气了，立起来，追着他问："他们真要打大兴吗？"

"真的！"丁副主任斩钉截铁地回答。

"那怎么办呢？怎么办呢？"明霞把手帕团成一个小团，用它擦了擦鼻洼与嘴角。

"有办法！"丁务源大大方方地坐下。"你坐下，听我告诉你，尤太太！咱们不提谁好谁歹，谁是谁非，咱们先解决这件事，是不是？"

明霞又乖乖地坐下，连声说"对！对！"

"尤太太看这么办好不好？"

"你的主意总是好的！"

"这么办：交代不必再办，从今天起请尤主任把事情还全交给我办，他不必再分心。"

"好！他一向太爱管事！"

"就是呀！教他给场长写信，就说他有点病，请我代理。"

"他没有病，又不爱说谎！"

"在外边混事，没有不扯谎的！为他自己的好处，他这回非说谎不可！"

"呕！好吧！"

"要得！请我代理两个月，再教他辞职，有头有脸地走出去，面子上好看！"

明霞立起来："他得辞职吗？"

"他非走不可！"

"那，"

"尤太太，听我说！"丁务源也立起来。"两个月，你们照常支薪，还住在这里，他可以从容地去找事。两个月之中，六十天工夫，还找不到事吗？"

"又得搬走？"明霞对自己说，泪慢慢地流下来。愣了半天，她忽然吸了一吸鼻子，用尽力量地说："好！就是这么办啦！"她跑上楼去。

开开门一看，她的腿软了，坐在了地板上。尤大兴已把行李打好，拿着洗面盆，在床沿上坐着呢。

沉默了好久，他一手把明霞搀起来，"对不起你，霞！咱们走吧！"

院中没有一个人，大家都忙着杀鸡宰鸭，欢宴丁主任，没工夫再注意别的。自己挑着行李，尤大兴低着头向外走。他不敢看那些花草树木——那会教他落泪。明霞不知穿了多少衣服，一手提着那一小筐鸡蛋，一手揉着眼泪，慢慢地在后面走。

树华农场恢复了旧态，每个人都感到满意。丁主任在空闲的时候，到院中一小块一小块地往下撕那些各种颜色的标语，好把尤大兴完全忘掉。

不久，丁主任把妙斋交给保长带走，而以一万五千元把空房租给别人，房租先付，一次付清。

到了夏天，葡萄与各种果树全比上年多结了三倍的果实，仿佛只有它们还记得尤大兴的培植与爱护似的。

果子结得越多，农场也不知怎么越赔钱。

八太爷

　　王二铁只念过几天私塾，斗大的字大概认识几个。他对笔墨书本全无半点好感，却喜的是踢球打拐，养鸟放风筝。他特别不喜爱书本。给他代替书本的是野台戏评书，和乡里的小曲与传说——他从这里受到教育。

　　他羡慕闲书、戏曲与传说中的英雄好汉，而且在乡间械斗与唱戏的时候，他的行动，在他自己想，也的确有些英雄好汉的劲儿。就以唱戏来说吧，他总被管事的派作台下打手。假若有人在戏场上调戏妇女或故意捣乱，以至教秩序没法维持下去，管事的便大喝一声"拉出去"，而王二铁与其余的打手，便把闹事的拉出去饱打一顿。这样的尽力维持秩序，当然有一点报酬：管事的把末一天的戏完全交给打手们去调动，打手就必然的专点妇女们绝不敢来看的戏，而尽量的享受一天。可是，打手们的业务与权利并不老是这么轻快可喜。假若被打的人想报复，而结队前来挑战骂阵，即使是在戏已杀台后的许多天，打手们也还得义不容辞的去迎战；宁可掉了脑袋，也不能屈膝。掉脑袋的事儿虽然不是好玩的，可是为了看末一天的"荣誉"戏，王二铁与他的伙伴们谁也不肯退后示弱；只要有戏他们总是当然的打手。

　　在王二铁所知道的一批英雄之中，如张飞、李逵、武松、黄天霸等，他最佩服康小八。这有些原因：第一，康小八是在西太后当政的时候，使北京城里城外军民官吏一概闻名丧胆，而且使各州府县都感到兴奋与恐怖的人物。现在的七八十岁的老人,还有亲眼看见过他的。口头的描写比文字更有力量。王二铁只在舞台上看见过黄天霸与李逵,可是常由人们的口中听到康小八;康小八差不多是还活着呢。黄天霸只会打镖,而康小八用的是一对手枪。手枪,这是多么亲切,新颖,使人口中垂涎的东西呀!有了会打手枪的好汉在眼前,谁还去羡慕那手使板斧,或会打甩头一子的人物呢。第二,据说康小八是个黑矮个子,有两条快腿。王二铁呢,也是面黑如铁,而且身量不高。他的伙伴们往往俏皮他面黑身短。他明知道这不过是大家开开玩笑,并无损于他的尊严,可是他心中总多少有点不大得味儿。他想洗刷这个小小的"污点"。舞台上的黄天霸,他看,老是很漂亮的脸上敷粉,头上戴满了绒球的人。他开始反对黄天霸。及至他看过了《东皇庄》,扮康小八的是便衣薄底快靴,远不及黄天霸的漂亮威风,而耍的却是真刀真枪,他马上得到了一个满意的结论:黄天霸不过是个小白脸,康小八——跟他自己一样的又矮又黑——才是真正的好汉,为了这个结论,他和伙伴们打过许多次架。越打架,他越下工夫练拳,踢桩子,摔跤,拿大顶,好去在众人面前证明他是康小八转世,而康小八的确比黄天霸更厉害。

拳头硬会使矮子变成高子,黑的变成白的。没人再敢俏皮王二铁了,因为痛快了嘴而委屈了身上是不大合算的。可是,拳头也还有打不到的地方。大家不敢明言,却在背地里唧咕。他们暗中给他起了个外号——东洋鬼!在形象上,东洋鬼暗示出矮的意思;在心理上,大家表示出恨恶他,正和恨恶日本人似的。

二铁的憎恶日本人,正和别的乡下人一样。他不知道日本侵略中国的历史,但是日本人这一名词在他心中差不多和苍蝇臭虫同样的讨厌。现在"东洋鬼"加在他自己身上了,他没法忍受。他想用拳头消灭这个可恶的绰号。可是,大家并不明言,而只用眼光把它射出来!他想离开故乡。

他早就想离开家乡——北平北边，快到昌平的大柳庄。为了实现自己的理想，他非走不可。他的身量、面色、力气、脚程，都像康小八。康小八是个赶驴的，他自己是庄稼汉，好汉不怕出身低呀。面对着北山，他时常出着神的盘算：假若有几百喽啰兵，由他率领，把住山口，打劫来往客商。而后等粮足马壮，再插起杏黄旗替天行道，救弱扶贫，他岂不就成了窦尔敦么？但是，窦寨王也比不了康小八。康八太爷没有喽啰，没有山寨，而敢在北京城里作案。作了案之后，大摇大摆的走进茶馆酒肆，连办案的巡缉暗探都得赶过来，张罗着会八太爷的钞。一语不合，掏出手枪，砰！谁管你是公子王孙，还是文武官员，八太爷是毫不留情的。到投案打官司的时候，人家八太爷入了北衙门，还是脚上没镣，手上没铐，自自在在的吃肉喝酒耍娘们。在南衙门定案之后，连西太后都要看看这个黑矮子。到了菜市口，八太爷自己跳上凌迟柱子下倒放着的筐子，面不改色。不准用针点心，不准削下头皮遮住眼睛，人家八太爷睁眼看着自己的乳头，自己的胳臂被刽子手割下，而含笑的高声的问："八太爷变了颜色没有？"成千成万的人一齐喝彩："好吗！"这才算是好汉，连窦尔敦也还差点劲儿啊！

康小八差不多附了二铁的体。二铁不闲着则已，一有空闲，他就不由的质问自己，为什么那个黑矮子可以作出惊天动地的事来，而自己这个黑矮子只蹲在家里拔麦子耪大地？他渴想得到一把手枪。有了枪，他便上北平。他不再面对着北山出神了，北平才是真正可以露脸的地方；他的心和脸一齐朝了南。

可是，他得不到手枪。即使能以得到，他也还走不开。他的老母亲还活着呢。他并不怕母亲，也未曾从书本上明白了何为孝道。也许是什么一点民族文化的胶合力吧，把他多多少少的粘在中国的历史上，他究竟是个中国人，因而他对母亲就有许多不好意思的地方。好像母亲的手中有一根无形的绳子，把他这条野驴拴在门外的愉树上。他时时想不辞而别。有时候他真的走出一二十里去，虽然腰里没有手枪，可是带着一些干粮。走来走去，他拨转了马头。不行，老母亲的白发与没了牙的嘴不容许他去作英雄。走回家来，他无论是拔麦子，还是劈高粱叶，都在全村考第一。他把作英雄的力气用在作庄稼活上。不为讨谁的好，只为把力气消耗出去。因此，虽然他被仇人们叫作"东洋鬼"，可是一般的人凭良心说话的时节，还不能不夸赞他两句："二铁虽然是好闹事的糊涂虫，对他娘可是还不错呀！"

在七七抗战那年的春天，王老太太死了。二铁哭了一大阵，而后卖了二亩田，喝了半斤白干，把母亲埋葬了。丧事办完之后，他没心去作什么，只穿着孝袍子在村子外边绕来绕去。正是农忙的时候，而二铁绝对不肯去忙。村中的老人们看出点危险来。在吃过晚饭，点上叶子烟的时候，他们低声的说出预言："这小子没了娘，还怕谁呢？看着吧，说不定就会好吃懒作，把田卖净。再没事儿弄点猫尿，喝醉了胡来。把钱花光，他要不作贼，算我没长来眼睛！"随着这预言而来的恐惧不止一款：他会酗酒闹事，会调戏妇女，会勾结土匪，会引诱年轻人学坏……

可是，二铁毫无动作。他常常坐在母亲的坟头儿前面，脸朝南发愣。要不然，他在村外的水塘边上去照自己的脸。白色的孝衣，把他的脸衬得更黑。他一边照影，一边用手摸他的脸。他的脸上每一块肉几乎都是硬的，处处都见棱见角。这样坚硬而多棱角的脸是不会很体面的，可是摸起来倒教他高兴，硬汉当然有一副硬脸啊。只有他的矮趴趴的鼻子头有点软活劲儿。当他看厌了自己的时候，他便抬着头出神，用三个手指揪，揉，拉，他的鼻头，好像很好玩似的。

忽然的，他把所有的一点点地全卖了。卖得很便宜。村中的长辈们差不多不敢正眼看他了，他们预言的一部分已经应验，而提心吊胆的等待着明天的发展。同时，卖肉的，卖酒的，甚至于连推车卖布的，都一致的在王家门外多吆喝几声。有时候，他们在路上遇到他，便也立住和他闲扯几句，而眼光射在他的腰间。可是，他的手老不去掏他的腰包。他早晚依旧练功夫。赌徒们，本村的和外村的，时常搭讪着来陪他练，希望练完功夫，他也陪他们去玩玩牌九。有一天，他发了怒："我的钱是留着买枪的！滚蛋！"

买枪！买枪！买枪！一会儿传遍了村里村外。长老们的心要从口中跳出来！

忽然的，王二铁不见了。

买枪去了！买枪去了！大家争着代他宣传，而且猜测枪到了手以后，二铁究竟要干什么。有人为这个事打了赌。

过了一个多月，大家都等得不耐烦了，二铁才满头大汗的走了回来。他已脱了孝衣而穿上一身阴丹士林的新蓝裤褂。大家马上都变成了侦探，想设法看到他的手枪。假若他把枪带在腰间，就应当很容易被看到，因为他只穿着一身单裤褂。可是，大家谁也没能发现什么。他有时候打赤背，腰间除了一根宽宽的硬带子，什么也没有。

放牛的孩子们，渐渐成了重要人物。二铁常常独自走出很远，而村子里的人起着誓说，他们千真万确的听到远处有枪声。这一定是二铁在荒僻的地方打靶吧，或者，哼，也许是劫人呢！大人没有工夫，放牛的孩子们会拐弯抹角的盯梢。孩子们虽然也没亲眼看见二铁真的在某处打靶，或劫人，可是他们的报告总会供给大家以疑神疑鬼——这自然是很有趣的——的资料。

六月底，二铁想卖掉他的三间土房。没有人敢买。碰了几个钉子之后，他把村长———一位五十多岁而还吃斤饼斤面的干巴老头儿——像窦尔敦拉黄天霸似的，拉到自己的门前。把村长按在磨盘上，他坐在一束高粱秆儿上。开门见山的，他告诉村长：

"我卖这三间土房，马上用钱，你给我卖！"

村长用像老树根子的手指，梳了梳短须而后摇了摇头。

"你不管？"二铁立起来。

"我知道你要干什么呢？"

"那你不用管，"二铁往前凑了一步。"我问你，要这三间土房不要？"

村长又微微摇了摇头。

二铁又往前凑了一步。手往腰门按了按。

"二铁！"村长咽了一口唾沫。"二铁！你是个好孩子，有力气，有本事，为什么不好好的成个家，生儿养女，像个人似的呢？卖房子卖地，你对得起你的老人们吗？你说！"

二铁的眼看着地上的一条花毛虫，只看了一秒钟。然后他的眼对准了村长的，眼珠和脸都忽然的更黑了。"你知道我是谁吗？"

"废话！你难道不是二铁？"

"我是康小八！我黑，我矮，我有力气，我腿快，我还有枪！"他喘了一口气。"这个破村子留不住我，我要上大城里去作个好汉！赶明儿个，你听说大城里头又出了康小八，那就是我！先不用害怕，我不在这个破村子里吓吓你们土头土脑的人。我要站在前门外头，劫两辆汽车，给你们看看！"

"噢！"老头儿慢慢的立起来，想要走开。

二铁一把抓住老者的腕子。"别走！这三间房子怎么办？为这屁股大的一点地和这间臭房，就值得我干一辈子的吗？"

"我，我不管！康小八是个贼！"

"什么？"二铁的手握紧了些。

"我是说呀！"老人故意的拿腔作调，"康小八是个贼，好人不作贼！"

二铁的手去摸枪。他晓得康小八永远是先开枪，免得多费话。

老人笑了笑，镇静而温和的说："告诉你，二铁，而今不是那个年头了。想当初，康小八有枪，别人没有，所以能横行霸道，大闹北京城。而今，枪不算什么稀罕物儿了，恐怕你施展不开。我说的是实话，听不听随你！"说完，老人又微笑了笑，从容的夺出自己的手来，慢慢的走开。

二铁愣住了。他的脑子——没受过任何训练——是不会细想什么的。平日，只凭心血来潮，要作什么就作了，结果如何，全不考虑。今天，听到村长的话，他的心中凉了一下，把要掏枪就打的热劲儿减低了许多度。他的手离开了枪。心中好像要想什么。但是，他没有思索的习惯，心中只觉得发堵，不，他不能这样轻易屈服，他得作点什么，使心中畅快。他极快的掏出枪来，赶上几步，高声的喊道：

"你站住！"

村长站定了。

"这三间土房，交给你看着。能卖就卖；不能卖，你给看着！不听话，你看这个！"二铁举起枪来，砰！一颗子弹打进老榆树的干子去。"我走啦，再回来的时候，我就是真正的康小八了！"说罢，他几乎是擦着村长的肩头，迈着大步，向南走去，枪还在手中提着。村人听到枪响，争着往门外跑，可是一看见提着枪的二铁，又都把头缩回门里去。

走到了安定门的关厢，二铁还打听哪里是北平呢。及至听到"这就是北平"，他还不敢相信。在他的心中，北平到处是宝石砌的墙，街上的树都是一两丈高的珊瑚，怎么这个关厢也这么稀松平常呢？更使他伤心的是他已经看到拿枪的人，保安队，宪兵，都有枪！事前不详加考虑的人，后悔也最快。他后悔了。不错，凭他那四五亩田，和三间土房，他辛苦的干一辈子恐怕连个老婆也混不上，更不要说作什么英雄好汉了。可是，现在他还没有看到有饭碗大的金刚钻，与比馒头还大的金钉子的皇宫内院，而已经看到许多的枪，长的短的，还有明晃晃的刺刀。他晓得，要是不拿家伙而专比拳脚，上来十个八个壮汉，他也不在乎。可是，若是十来枝枪围住他，他该怎么办呢？枪弹把老榆树都一打一个深洞啊！他想拨转马头回家。可是他的脚还往前走。不能回家。回家只有放牛，耕地，流汗，吃棒子面与打那毫无结果的架。北平才是藏龙卧虎的地方，尽管枪多，好汉总还是好汉。他进了安定门。

打听明白天桥儿是在正南，他便一直的奔了天桥去。在城里，看见汽车，电车，金匾的大铺子，他高兴的多了。一边走，一边盘算，假若他单人独马去劫一辆车，或一家金店，岂不就等于劫皇饷，盗御马么？那些他所记得的红脸绿脸，有压耳毫，穿英雄氅的人们，在他心中出来进去，如同一出武戏。

在天桥儿，他还没敢作案。袋里有那点卖田地的钱，他吃了水爆羊肚，看了坤班的蹦蹦戏，还在练拳卖膏药，举双石头，和摔跤的场子上帮了场，表演了几次。不到三四天，这一带的流氓土混混几乎都知道了北京的康小八。酒肉朋友，一天就能拜两起儿盟兄弟。二铁——北京的康小八——的嘴虽不大伶俐，可是腰里很硬。大家不但知道他腰里有钱，而且有手枪。当他被大家灌醉了的时候，大家故意的探问："钱花光了怎办呢？"

他的黑脸被酒力催的，变成黑紫，他本想不回答这问题，可是嘴不听使，极快的说出来："我有枪，我是康小八！"

他的盟兄弟们已经不是梁山泊上的一百单八将了。他们在七七的前夕把他卖给了侦缉队。

他开枪拒捕，走出了永定门。

在小破土庙里，他倚着供桌打了一个盹。睁眼，已经天亮了。他很高兴这样无心中的开了张。从此，他的一切就专凭他的胆量与手枪了。他不能再拐弯，眼前的道路像摆好了的火车道，他只有像火车似的叮叮啷啷的循轨前进。他已经是一条好汉了，只须再作几件胆大手狠的事，便成了惊天动地的英雄好汉。

不凑巧，芦沟桥的炮声震动了全世界，谁还注意什么康小八不康小八呢。北平所有的枪都准备着向敌人射击，只有二铁还梦想着用他自己的那枝小黑东西去劫一辆汽车。

他不明白大家的愤怒、惊疑、吼叫、痛哭、咒骂都是为了什么。他一心一意的想教大家叫他作八太爷而人们却全都诅咒着日本人。噢，日本人，他自己也憎恶日本人。今天，他的八太爷的称号与威风被日本人压下去，所以就更恨日本人了。他是不是应当去和日本人干干教日本人也晓得他是八太爷呢！他不能决定。他的脑子不够用的了。

他安然的回到天桥儿，仿佛他从未开过枪，拒过捕似的。找到了出卖他的人，他想再试一试枪，增加一点威风。可是，他们并毫无惧色。他们众口一音的说："咱们这点臭事算得了什么呢？有本事打日本人去！"

听到这种话，他分辨不出大家是激他，还是怕他。他只觉得这样的话似乎能往他心里去，使他没法不留下子弹，另有用途。

北平沦陷。当大队日本坦克车和步兵由南苑向永定门进行时，二铁在城外，趴在路旁的一株柳树后面。极快的他把子弹全射了出去。还没等日本鬼们来捉他，他已一跃而出："孙子们，好汉作事好汉当，我是康八太爷！"

他本想日本人会把他拖到菜市口，他好睁着眼看自己怎么死。在死的以前，他会喊喝："我打死他们六个，死得值不值？"等大家喝完了彩，他再说："到大柳庄去传个信，我王二铁真成了康八太爷"！

可是，多少刺刀齐刺进他的肉。东洋的武士不晓得康小八，他们的武士道也不了解康小八的胆气与刚强。

一筒炮台烟

    阚进一在大学毕业后就作助教。三年的工夫，他已升为讲师。求学、作事、为人，他还像个学生；毕业、助教、讲师，都没能使他忘了以前的自己。在大学毕业的往往像姑娘出嫁，今天还是腼腆的小姐，过了一夜便须变为善于应付的媳妇。进一不这样。直到作了讲师，他的衣服仍旧是读书时代的那些，衣袋里还时常存着花生米。他不吸烟，不喝酒，不会应酬，只有吃花生米是他的嗜好。

    作了讲师，他还和学生们在一块去打球和作其他的运动与操作。有时候，他也和学生们一齐站在街上吃烤红薯，因此，学生们都叫他阚大哥。课后，他的屋里老挤满了男女同学，有的问功课，有的约踢球，有的借钱，有的谈心。他的屋子很小，可是收拾得极整齐清爽。门外铺着一个破麻袋，同学们有踏了泥的，必被他勒令去在麻袋上擦鞋底。小几上有个相当大的土瓷花瓶，没有花，便插上几根青草，或一枝树叶。女同学们时常给他带来一点花。把花插好，他必亲自把青草或树叶扔在垃圾箱里去。他几乎永远不支使工友，同学们来到，他总是说一声："请不要把东西弄乱，我给你们提开水去。"

    虽然接近同学，他可是永远不敷衍他们。他授课认真，改卷认真，考试认真，因此，他可就得罪了一小部分不用功的学生。在他心里，凡是按规矩办理，就是公正无私，而公正无私就不应当引起任何人反感。他并不因为恨恶谁，才叫谁不及格。同时，他对不及格的学生表示，他极愿特别帮助他们在课外补习；因为给他们补习功课，而牺牲了他自己的运动时间也无所不可。通融办理，可是，绝对作不到。

这个公正无私的态度与办法，使他觉得他可以畅行无阻，可以毫不费心思而致天下太平。所以，他一天到晚老是快活的，像个无忧无虑的小鸟儿。

但是当他升为讲师的时候，他感到自己个儿的快乐，像孤独的一枝美丽的花，是无法拦阻暴风雨的袭来的。好几位与他地位相等的朋友，都争那个讲师的位子，他丝毫没把这件事放在心里，更不想去向谁说句好话，或折腰。他以为那是极可耻的事。

聘书落在了他的手中。这，惹恼了竞争地位的同事们，而被他得罪过的同学也随着兴风作浪。他几乎一点也不晓得，假若聘书落在别人的手中，他一定不会表示什么不满意，聘谁和不聘谁是由学校当局作主啊。所以，聘书到了他自己手中，他想别人也无话可说。可是慢慢的，女同学们全不到他的屋中来了；又过了一个时期，男同学也越来越少了。没有人来，正好，他可以安静地多读点书，他想不到风之后，会有什么大雨下来。谣言都已像熟透了的樱桃，落在地上，才被他拾起来。他有许多罪过：贪玩不好好教书，巴结学校当局，行为有乖师道。联络学生……还有引诱女生。

他是个粗壮而短矮的人，无论是立着还是躺着。他老像一根柏木桩子似的。模样长的不错，而脸色相当的黑；因此，他内心的爽朗与眉眼的端正都遮上了一片微黑的薄云。好像帮助他表示爱说话似的，他的嘴特别大。每当遇到困难问题，他的大嘴会向左边——永远向左边——歪，直到无可再歪，才又收回来。歪完了嘴而仍解决不了问题，他的第二招是用力的啃手指甲，有时候会啃出血来。

谣言的袭击，使他歪了几小时的嘴，而且咬破了手。最后，他把嘴角收回，对自己说："扯淡！辞职，不干了！"马上上了辞职书。并且，绝对不见一个朋友，一个学生。自己的事，自己拿主意，用不着宣传。

辞呈被退回来，并且附着一封慰留的信。

把文件念了两三遍，他又歪了嘴，手插在裤袋里，详细的打主意。大约有十分钟吧，他的主意已打定："谣言总是谣言。学校当局既不信谣言，而信任我，再多说什么便是故意的啰嗦！算了吧，"对自己说完了这一套，他打开了屋门与窗子，叫阳光直接射到他的黑脸上；一切都光亮起来。极快的买来一包花生米，细细的咀嚼；嚼到最香美的时候，嘴向左边歪了去。又想起个主意来，赶快结婚，岂不把引诱女生的谣言根本杜绝！对的。他给表妹董秀华打了电报去。

他知道，秀华表妹长得相当的清秀，而脾气不大很好——小气，好吵嘴。他想，只有他足以治服她的小嘴；绝对不成问题。他还记得：有一回——大概有五六年了吧——他偷偷吻了她一下，而被她打了个大嘴巴子，打的相当的疼。可是他禁得住；再疼一点也没关系。别个弱一点的男子大概就受不了，但是他自己毫不在乎，他等着回电。

等了一个星期，没有回电或快信。他冒了火。在他想，他向秀华求婚，拿句老话来说，可以算作"门当户对"。他想不出她会有什么不愿意的理由。退一步讲，即使她不愿接收他，也该快点回封信；一声不响算什么办法呢？在这一个星期里，他每天要为这件不痛快的事生上十分钟左右的气。最后他想写一封极厉害的信去教训教训秀华。歪着嘴，嚼着花生米，他写了一封长而厉害的信。写完，又朗读了一遍，他吐了口气。可是，将要加封的时候，他笑了笑，把信撕了。"何必呢！何必呢！她不回信是她不对，可是自己只去了个简单的电报，人家怎么答复呢？算了！算了!也许再等两天就会来信的。"

又过了五天,他才等到一封信——小白信封,微微有些香粉味;因为信纸是浅红的,所以信封上透出一点令人快活的颜色。信的言语可是很短,而且令人难过:"接到电报,莫名其妙!敬祝康健!秀。"

进一对着信上的"莫名其妙"愣了十多分钟。他想不出道理来,而只觉得妇女是一种奇怪的什么。买了足够把两个人都吃病的花生米,他把一位号称最明白人情的同事找来请教。

"事情成功了。"同事的告诉他。

"怎么?"

"你去电报,她迟迟不答,她是等你的信。得不到你的信,所以她说莫名其妙,催你补递情书啊。你的情书递上,大事成矣。恭喜!恭喜!"

"好麻烦!好麻烦!"进一啼笑皆非的说,可是,等朋友走后,他给秀华写了信。这是信,不是情书,因为他不会说那些肉麻的话。

按照他的想法,恋爱、定婚、结婚,大概一共有十天就都可以完事了。可是,事情并没有这么简便干脆。秀华对每件事,即使是最小的事,也详加考虑——说"故意麻烦"也许更正确一点。"国难期间,一切从简,"在进一想,是必然的。到结婚这天,他以为,他只须理理发,刷刷皮鞋,也就满够表示郑重其事的了。可是,秀华开来的定婚礼的节目,已足使两个进一晕倒的。第一,他两人都得作一套新衣服,包括着帽子、皮鞋、袜子、手帕。第二,须预备二三桌酒席;至不济,也得在西餐馆吃茶点。第三,得在最大的报纸的报头旁边,登头号字的启事。第四,……进一看一项,心中算一算钱,他至少须有两万元才能定婚!他想干脆的通知秀华,彼此两便,各奔前程吧。同时,他也想到:劳民伤财的把一切筹备好,而亲友来到的时节谁也说不清到底应当怎样行礼，除了大家唧咕唧咕一大阵，把点心塞在口中，恐怕就再没有别的事；假若有的话，那就是小姐们——新娘子算在内——要说笑，又不敢，而只扭扭捏捏的偷着笑。想到这里，他打了个震动全身的冷颤！非写信告诉秀华不可：结婚就是结婚，不必格外的表演猴儿戏。结婚应当把钱留起来，预备着应付人口过多时的花费。不能，不能，不能把钱先都花去，叫日后相对落泪。说到天边上去，他觉得他完全合理，而表妹是瞎胡闹。他写好了信——告诉她彼此两便吧。

好像知道不一定把信发出去似的，也没有照着习惯写好信马上就贴邮票。他把信放在了一边。秀华太麻烦人，可是，有几个不啰嗦的女子呢？好吧，和她当面谈一谈，也当更有效力。

预备了像讲义那么有条理的一片话，他去找秀华。见了面，他的讲义完全没有用处。秀华的话像雨里的小雹子，东一个，西一个，随时闪击过来；横的，斜的，出其不意的飞来，叫他没法顺畅的说下去。有时候，她的话毫无意义，回答也好，不回答也好，可是适足以扰乱了进一的思路。

最后，他的黑脸上透出一点紫色，额上出了些汗珠。"秀华，说干脆的，不要乱扯！要不然，我没工夫陪你说废话！我走！"

他真要走，并不是吓吓她，也没有希望什么意外的效果。可是，秀华让步了。他开始对着正题发言。商谈的结果：凡是她所提出的办法，一样也没撤销，不过都打了些折扣。进一是爽快的人，只要事情很快的有了办法，他就不愿多争论。而且，即使他不惜多费唇舌，秀华也不会完全屈服；而弄僵了之后，便更麻烦——事事又须从头商讨一遍啊。

他们定了婚，结了婚。

在进一想，结婚以后的生活应当比作单身汉的时候更简单明快一些，因为自己有了一个帮忙的人。因此，在婚前，他常常管秀华叫作"生活的助教"。及至结了婚，他首先感觉到，生活不但不更简单一些，反而更复杂的多了。不错，在许多的小事情上，他的确得到了帮助：什么缝缝纽扣，补补袜子呀，现在已经都无须他自己动手了。可是，买针买线，还得他跑腿，而且他所买的总是大针粗线，秀华无论如何也不将就！为一点针线，他得跑好几趟。麻烦！麻烦得出奇！

还有秀华不老坐在屋里安安静静的补袜子呀。她有许多计划，随时的提将出来。她连头也不抬，就那么不着痕迹的，一边挑花，或看《妇女月刊》，一边的说："咱们该请王教授们吃顿饭吧？你都不用管！我会预备！"或者"咱们还得买几个茶杯。客来了，不够用的呀！我已经看好了一套，真不贵！"

进一对抗战是绝对乐观的。在婚前，只要一听到人们抱怨生活困难，他便发表自己的意见！"勒紧了肚子，没有过不去的事。我们既没到前线去作战，还不受点苦？民族的复兴，须要经过血火的洗礼！哼！"他以为生活的困难绝对不足阻碍抗战的进行，只要我们自己肯像苦修的和尚那么受苦。他的话不是随便说的，他自己的生活便是足以使人折服的实例。因此，他敢结婚。他想，秀华也是青年，理应明白抗战时所应有的生活方式。及至听到秀华这些计划，他的嘴歪得几乎不大好拉回来了。秀华已经告诉他好几次，不要歪嘴，可是他没法矫正自己。他想不到秀华会这么随便的乱出主意。他可是也不便和她争辩，因为争辩是吵架的起源。

"别以为我爱花钱请贵客，"秀华不抬头，而瞟了丈夫一眼，声音并没提高，而腔调更沉重了些，"我们作事就得应酬，不能一把死拿，叫人家看不起咱们！"

进一开始啃手指甲。他顶恨应酬。凭自己的本领挣饭吃，应酬什么呢？况且是在抗战中！但是他不敢对她明言。她是那么清秀，那么娇嫩，仿佛是与他绝对不同的一种人。既然绝对不相同，她就必有她的道理。在体格上，学识上，他绝对相信自己比她强的。他可以控制她。但是,无论怎样说,她是另一种人,她有他所没有的一些什么。他能控制她,或者甚至于强迫她随着他的意见与行动为转移。可是,那并不就算他得到了一切。她所有的,永远在他自己的身上找不到。她的存在,从某一角度上去看,是完全独立的。要不然,他干吗结婚呢?

他只好一声不响。

秀华挑了眼:"我知道,什么事都得由着你!我不算人!"她放下手中的东西,眼中微湿的看着他,分明是要挑战。

他也冒了火。他丝毫没有以沉默为武器的意思。他的不出声是退让与体谅的表示,她连沉默也不许,也往错里想,这简直是存心怄气。还没把言语预备好,他就开了口,而且声音相当的直硬:"我告诉你!秀华!"

夫妻第一次开了口战。谁都有一片大道理,但是因为语言的慌急,和心中的跳动,谁都越说越没理;到后来,只求口中的痛快,一点也不管哪叫近情,何谓合理;说着说着,甚至于忘了话语的线索,而随便用声音与力气继续的投石射箭。

经过这一次舌战,进一有好几天打不定主意,以后是应该更强硬一点好呢?还是更温和一点好呢?幸而,秀华有了受孕的征兆,她懒,脸上发黄,常常呕吐。进一得到了不用说话而能使感情浓厚的机会,他服侍她,安慰她,给她找来一些吃不吃都可以的小药。这时候,不管她有多少缺点,进一总觉得自己有应当惭愧的地方。即使闹气吵嘴都是由她发动吧,可是她现在正受着一种苦刑,他一点也不能分担。她的确是另一种人,能够从自己的身中再变出一个小人来。

看着她,他想象着将要作他的子或女的样子:头发是黑的,还是黄的;鼻子是尖尖的,还是长长的?无论怎么想,他总觉得他的小孩子一定是可爱的,即使生得不甚俊美,也是可爱的。

在婚前,有许多朋友警告过他!小孩子是可怕的,因为小人比大人更会花钱。他不大相信。他的自信心叫他敢挺着胸膛去应付一切困难。他的收入很有限,又没有什么财产。他知道困难是难免的,但不是不可克服的。一个人在抗战中,他想,是必须受些苦的。他不能因为增加收入而改行去作别的。教育是神圣的事业。假若他为生活舒服而放弃了教职,便和临阵脱逃的一位士兵一样。同时,结婚生孩子是最自然的事,一个人必须为国家生小孩,养小孩,教育小孩。这样,结婚才有了意义,有了结果。在困苦中,他应当挺着胸准备作父亲,不该用皱皱眉和叹气去迎接一条新生命。困难是无可否认的,但是唯其有困难,敢与困难搏斗,仿佛才更有意义。

可是,金钱到手里,就像水放在漏壶里一样,不知不觉的就漏没有了。进一还是穿着那些旧衣服,还是不动烟酒,不虚花一个钱。可是一个月的薪水不够一个月花的了。要糊过一个月来,他须借贷,他问秀华,秀华的每一个钱都有去路,她并没把钱打了水飘儿玩。

他不肯去借钱,他甚至看借钱是件可耻的事。但是咬住牙硬不去借,又怎么渡过一个月去呢?他不能叫怀孕的妇人少吃几顿饭!

他向来不肯从别人或别处找来原谅自己的理由。不错,物价是高了,薪水太少,而且自己又组织了家庭。这些都是一算便算得出来的,像二加二等于四那么显明。可是,他不肯这么轻易的把罪过推出去。他总认为家庭中的生活方式不大对,才出了毛病。或者仅是自己完全不对,因为若把罪过都推在秀华身上去,自己还算什么男子汉大丈夫呢?

秀华有一点钱便给肚中的娃娃预备东西。小鞋,小袜,小毛衣,小围嘴……都做得相当的考究,美观。进一很喜欢这些小物件,可是一打听细毛线和布帛的价钱,他才明白,专就这一项事来说,他的月薪当然不够花一个月的了,由这一点,他又想到生娃娃和生产以后的费用；大概一个月的薪水还不够接生的花费呢！秀华的身子是一天比一天的重了。他不敢劝她少给娃娃预备东西，也不敢对她说出生娃娃时候的一切费用。她需要安静，快乐；他不能在她身体上的苦痛而外，再使她精神上不痛快。他常常出一头冷汗，而自己用手偷偷的擦去。他相信自己并没作错一件事，可是也不知怎的一切都出了岔子。

秀华的娘家相当的有钱，她叫进一去求母亲帮忙。他不肯去。他从大学毕业那一天，就没再用过家中一个钱。那么，怎好为自己添丁进口而去求岳母呢。他的嘴不是为央求人用的。

这，逼得秀华声色俱厉的问他："那么，怎么办呢？"

进一惨笑了一下："受点苦，就什么事都办了！"

为证明他自己的话合理，进一格外努力的操作。他起得很早，把屋里屋外收拾得顶整洁，仿佛是说："你看，秀华，贫苦并无碍于生活的整洁呀！"同时他在一个补习学校兼了钟点。所得的报酬很少，可是他满脸笑容的把这一点钱递在秀华手中："秀华，别着急，咱们有办法，咱们年轻轻的，肯出点汗，还能教贫穷给捉住吗？是不是，秀华？"

秀华很随便的把那一点钱放在身旁，一语未发。

进一啃了半天手指甲，而后实在忍不住了，才低声的，恳切的说：

"华！我知道这一点钱太少，没有什么用处。可是，积少成多，我再去想别的法子呀。比如说，我可以写点稿子卖钱。"

"写稿子！"秀华冷淡的问。

"嗯！"进一想了一会儿："是这样，秀华，我尽到我的心，卖尽我的力，去弄钱。可是弄钱只为解决生活，而不为弄钱而弄钱。因此，我去兼课，我写稿子，一方面是增加收入，一方面也还为教书与作文章有益于别人的事。假若，你以为我可以用我的心力去作生意，发国难财，除了弄钱别无意义，你就完全把我看错了！我希望你把我凭良心挣下来的每一个钱，都看成我的爱，我的劳力，我的苦心的一个象征。你要为这样的钱吻我，夸赞我，我才能得到鼓励，要更要好要强，像一匹骏马那样活泼有力，勇敢热烈！能这样，我们俩便是一对儿好马，我们还怕拖不动这一点困苦吗？笑！秀华！笑！发愁，苦闷，有什么用处呢！"

秀华很勉强的笑了一笑。她有一肚子的委屈，可是只简单的缩敛成很短的，没头尾的几句话："什么也没有，没有交际，没有玩耍，没有……"

"我知道！我知道！每次朋友来，都叫你脸红。没有好茶叶，漂亮的点心，没有香烟……甚至于没有够用的凳子和茶碗。可是，朋友们也该知道现在是抗战时期呀。他们知道这个，就该原谅咱们。假若咱们是由发国难财而有好茶好香烟好茶杯给他们享受，他们和咱们就都没有了良心，你说是不是？秀华，打起精神来，别再叫我心里难过！"

秀华没再说什么，可是脸上也并没有一点笑容。进一也不敢再多讲，他知道话太多了也不易消化。他去擦皮鞋，扫地，以免彼此对愣着。虽然如此，屋中到底还是沉静得难堪。

一位朋友来给解了围。进一的迎接朋友是直爽而热烈的。有茶，他便倒茶；没茶，他干脆说没有。假若没有茶，而朋友真口渴呢，他就是走出二里地也得把茶水弄了来。

这位朋友是来求他作点事。在婚后，正如婚前，进一有求必应的。特别在婚后，他仿佛是故意的作给秀华看："你说咱们不会招待朋友，朋友有事可是先来求我呀！彼此帮忙才是真朋友，应酬算什么呢！"

三言两语，朋友把事情说清楚；三言两语，进一说明了他可以帮忙。然后，他三步当作两步的去给友人办理那件事。

把事情办成，他给了友人回话，而后把它放在脑子后头——进一永远不爱多说怎样给别人帮忙的经过；帮忙是应该的，用不着给自己宣传。

过了几天,他已经几乎把这件事忘得一干二净了,友人来了,给他道谢,一边说着话,友人顺手的放下一筒儿炮台烟。

"喝!炮台!"进一笑着说,"干什么?"

"小意思!"友人也笑了笑,"送给你的!"

"我不吸烟!"进一表示不愿接收礼物。

"留着招待朋友。遇到会吸烟的。你送他一枝,一枝,他也得喜欢!"说罢,友人就搭讪着告辞了。

送客回来,他看见秀华正拿着那筒烟细细的看呢,倒仿佛从来没看见过的样子。

"秀华!"进一笑着叫。"给他送回去吧,反正咱们俩都不抽烟。凭咱们这破桌子烂板凳,摆上这么一筒烟也不配合!"

"你掂一掂!"秀华把筒儿举起来。

"干吗?"

"不像是烟,烟没有这么沉重!"

进一接过烟来,掂了一掂。掂了一小会儿,"不是香烟!可也不能是大烟吧?"说着,他把筒的盖儿掀开。"钱!"

"钱?"秀华探着脖子看。"多少?"

"管他多少呢,我马上给他送回去!"进一颇用力的把盖儿盖好。就要往外走。

"等等!你等等!"秀华立了起来。"到底是怎回事?"

"他托我给说了个情,我给办到了。没费我一个铜板,干吗送我钱呢?"进一又把嘴歪到左边去。

"大概事情不那么简单吧?"秀华慢慢的坐下。"求你的事必不像他说的那么容易。人家求你,你仿佛吃了蜜,连事情还没弄明白就一劲儿点头!"

"管它呢,反正我不能收这点钱!"

"这点钱,他应当给,应当多给!"

"秀华！"进一的脸上很不好看了。"这是贿赂！一文钱也是贿赂！"

说完，进一又要往外走。

从外面进来个二十岁上下的学生，走得慌速，几乎和进一碰个满怀。

"阚先生！"学生的眼中含着泪。

"怎么啦？丁文！"进一关切的问。

"弟弟急性盲肠炎！入院得先交一千，动手术又得一两千！他疼得翻滚，我没钱！我们的家在沦陷区！先生，你救命！"丁文把话一气说完，一下子坐在了小凳上，头上冒出大汗珠子。

"嗯！"进一手中掂着那个香烟筒，打主意。他好像忘了筒里装的是钱，而忽然的想起来。"等我看看！不要着急！"他打开烟筒，把一卷塞得很结实的钞票用力扯出来。极快的他数了一数。"嘿，整三千！丁文，这不是好来的钱，你愿意用吗？"

丁文几乎像抢夺似的把一卷票子抓在手中。"先生，人命要紧！"他噗咚一声跪在地上，磕了一个头起来，没再说什么，像箭头儿似的飞跑出去。

进一把嘴歪到一边，向门外发愣。

"进一！"秀华含着怒喊叫，"我不久也得入医院，也得先交一千，也得花一两千医药费！你怎么不给我想一想呢？你从哪里再弄到三千元呢！"

进一慢慢的走过来，轻轻的拍了两下秀华的肩。"华，天无绝人之路，咱们必有办法。无论什么吧，咱们的儿女必要生得干净！生得干净！"

赶 集
Gan Ji

序

　　这里的"赶集"不是逢一四七或二五八到集上去卖两只鸡或买二斗米的意思，不是；这是说这本集子里的十几篇东西都是赶出来的。几句话就足以说明这个：我本来不大写短篇小说，因为不会。可是自从沪战后，刊物增多，各处找我写文章；既蒙赏脸，怎好不捧场？同时写几个长篇，自然是作不到的，于是由靠背戏改唱短打。这么一来，快信便接得更多："既肯写短篇了，还有什么说的？写吧，伙计！三天的工夫还赶不出五千字来？少点也行啊！无论怎着吧，赶一篇，要快！"话说得很"自己"，我也就不好意思，于是天昏地暗，胡扯一番；明知写得不成东西，还没法不硬着头皮干。到如今居然凑成这么一小堆堆了！

　　设若我要是不教书，或者这些篇还不至于这么糟，至少是在文字上。可是我得教书，白天的工夫都花费在学校里，只能在晚间来胡扯；扯到哪儿算哪儿，没办法！

　　现在要出集了，本当给这堆小鬼一一修饰打扮一番；哼，哪有那个工夫！随它们去吧；它们没出息，日后自会受淘汰；我不拿它们当宝贝儿，也不便把它们都勒死。就是这个主意！

　　排列的次序是依着写成的先后。设著后边的比前边的好一点，那总算狗急跳墙，居然跳过去了。说真的，这种"歪打正着"的办法,能得一两个虎头虎脑的家伙就得念佛!

蒙载过这些篇的杂志们允许我把它们收入这本里,十分的感激!

老舍　一九三四年。二月一日。济南。

五 九

  张丙，瘦得像剥了皮的小树，差不多每天晚上来喝茶。他的脸上似乎没有什么东西；只有一对深而很黑的眼睛，显出他并不是因为瘦弱而完全没有精力。当喝下第三碗茶之后，这对黑眼开始发光；嘴唇，像小孩要哭的时候，开始颤动。他要发议论了。
  他的议论，不是有统系的；他遇到什么事便谈什么，加以批评。但无论谈什么事，他的批评总结束在"中国人是无望的，我刚说的这件事又是个好证据"。说完，他自动的斟上一碗茶，一气喝完；闭上眼，不再说了，显出："不必辩论，中国人是无望的。无论怎说！"
  这一晚，电灯非常的暗，读书是不可能的。张丙来了，看了看屋里，看了看电灯，点了点头，坐下，似乎是心里说："中国人是无望的，看这个灯；电灯公司……"
  第三碗茶喝过，我笑着说："老张，什么新闻？"
  出我意料之外，他笑了笑——他向来是不轻易发笑的。
  "打架来着。"他说。
  "谁？你？"我问。
  "我！"他看着茶碗，不再说了。
  等了足有五分钟，他自动的开始：
  "假如你看见一个壮小伙子，利用他身体气力的优越，打一个七八岁的小孩，你怎办？"

"过去劝解，我看，是第一步。"

"假若你一看见他打那个小孩子，你便想到：设若过去劝，他自然是停止住打，而嘟囔着骂话走开；那小孩子是白挨一顿打！你想，过去劝解是有意义的吗？"他的眼睛发光了，看看我的脸。

"我自然说他一顿，叫他明白他不应当欺侮小孩子，那不体面。"

"是的，不体面；假如他懂得什么体面，他还不那样作呢！而且，这样的东西，你真要过去说他几句，他一定问你：'你管得着吗？你是干什么的，管这个事？'你跟他辩驳，还不如和石头说几句好话呢；石头是不会用言语冲撞你的。假如你和他嚷嚷起来，自然是招来一群人，来看热闹；结果是他走他的，你走你的路；可是他白打了小孩一顿，没受一点惩罚；下回他遇到机会还这样作！白打一个不能抵抗的小孩子，是便宜的事，他一定这么想。"

"那末，你以为应当立刻叫他受惩罚，路见不平……那一套？"我知道他最厌恶武侠小说，而故意逗他。

果然不出我所料，他说：

"别说《七侠五义》！我不要作什么武侠，我只是不能瞪着眼看一个小孩挨打；那叫我的灵魂全发了火！更不能叫打人的占了全胜去！我过去，一声没出，打了他个嘴巴！"

"他呢？"

"他？反正我是计画好了的：假如我不打他，而过去劝，他是得意扬扬而去；打人是件舒服事，从人们的兽性方面看。设若我跟他讲理，结果也还是得打架；不过，我未必打得着他，因为他必先下手，不给我先发制人的机会。"他又笑了；我知道他笑的意思。

"但是，"我问，"你打了他，他一定还手，你岂是他的对手？"我很关心这一点，因为张丙是那样瘦弱的人。

"那自然我也想到了。我打他，他必定打我；我必定失败。可是有一层，这种人，善于利用筋肉欺侮人的，遇到自家皮肉上挨了打，他会登时去用手遮护那里，在那一刻，他只觉得疼，而忘了动作。及至他看明白了你，他还是不敢动手，因为他向来利用筋肉的优越欺人，及至他自己挨了打，他必定想想那个打他的，一定是有些来历；因为他自己打人的时候是看清了有无操必胜之券而后开打的。就是真还了手，把我打伤，我，不全像那小子那样傻，会找巡警去。至少我跟他上警区，耽误他一天的工夫（先不用说他一定受什么别的惩罚），叫他也晓得，打人是至少要上警区的。"

他不言语了，我看得出，他心中正在难受——难受，他打了人家一下，不用提他的理由充足与否。

"他打人，人也打他，对这等人正是妥当的办法；人类是无望的，你常这么说。"我打算招他笑一下。

他没笑，只轻轻摇了摇头，说：

"这是今天早晨的事。下午四五点钟的时候，我又遇见他了。"

"他要动手了？"我问，很不放心的。

"动手打我一顿，倒没有什么！叫我，叫我——我应当怎样说？——伤心的是：今天下午我遇见他的时候，他正拉着两个十来岁的外国小孩儿；他分明是给一家外国人作仆人的。他拉着那两个外国小孩，赶过我来，告诉他们，低声下气的央告他们：踢他！踢他！然后向我说：你！你敢打我？洋人也不打我呀！（请注意，这里他很巧妙的，去了一个'敢'字！）然后又向那两个小孩说：踢！踢他！看他敢惹洋人不敢！"他停顿了一会儿，忽然的问我："今天是什么日子？"

"五九！"我不知道，为什么我的泪流下来了。

"呕！"张丙立起来说："怪不得街上那么多的'打倒帝国主义'的标语呢！"

他好像忘了说那句："中国人没希望，"也没喝那末一碗茶，便走了。

热包子

爱情自古时候就是好出轨的事。不过,古年间没有报纸和杂志,所以不像现在闹得这么血花。不用往很古远里说,就以我小时候说吧,人们闹恋爱便不轻易弄得满城风雨。我还记得老街坊小邱。那时候的"小"邱自然到现在已是"老"邱了。可是即使现在我再见着他,即使他已是白发老翁,我还得叫他"小"邱。他是不会老的。我们一想起花儿来,似乎便看见些红花绿叶,开得正盛;大概没有一人想花便想到落花如雨,色断香销的。小邱也是花儿似的,在人们脑中他永远是青春,虽然他长得离花还远得很呢。

小邱是从什么地方搬来的,和哪年搬来的,我似乎一点也不记得。我只记得他一搬来的时候就带着个年青的媳妇。他们住我们的外院一间北小屋。从这小夫妇搬来之后,似乎常常听人说:他们俩在夜半里常打架。小夫妇打架也是自古有之,不足为奇;我所希望的是小邱头上破一块,或是小邱嫂手上有些伤痕……我那时候比现在天真的多多了;很欢迎人们打架,并且多少要挂点伤。可是,小邱夫妇永远是——在白天——那么快活和气,身上确是没伤。我说身上,一点不假,连小邱嫂的光脊梁我都看见过。我那时候常这么想:大概他们打架是一人手里拿着一块棉花打的。

小邱嫂的小屋真好。永远那么干净永远那么暖和,永远有种味儿——特别的味儿，没法形容，可是显然的与众不同。小俩口味儿，对，到现在我才想到一个适当的形容字。怪不得那时候街坊们，特别是中年男子，愿意上小邱嫂那里去谈天呢，谈天的时候，他们小夫妇永远是欢天喜地的，老好像是大年初一迎接贺年的客人那么欣喜。可是，客人散了以后，据说，他们就必定打一回架。有人指天起誓说，曾听见他们打得咚咚的响。

小邱，在街坊们眼中，是个毛腾斯火的小伙子。他走路好像永远脚不贴地，而且除了在家中。仿佛没人看见过他站住不动，哪怕是一会儿呢。就是他坐着的时候，他的手脚也没老实着的时候。他的手不是摸着衣缝，便是在凳子沿上打滑溜，要不然便在脸上搓。他的脚永远上下左右找事作，好像一边坐着说话，还一边在走路，想象的走着。街坊们并不因此而小看他，虽然这是他永远成不了"老邱"的主因。在另一方面，大家确是有点对他不敬，因为他的脖子老缩着。不知道怎么一来二去的"王八脖子"成了小邱的另一称呼。自从这个称呼成立以后，听说他们半夜里更打得欢了。可是，在白天他们比以前更显着欢喜和气。

小邱嫂的光脊梁不但是被我看见过，有些中年人也说看见过。古时候的妇女不许露着胸部，而她竟自被人参观了光脊梁，这连我——那时还是个小孩子———都觉着她太洒脱了。这又是我现在才想起的形容字——洒脱。她确是洒脱：自天子以至庶人好像没有和她说不来的。我知道门外卖香油的，卖菜的，永远给她比给旁人多些。她在我的孩子眼中是非常的美。她的牙顶美，到如今我还记得她的笑容，她一笑便会露出世界上最白的一点牙来。只是那么一点，可是这一点白色能在人的脑中延展开无穷的幻想，这些幻想是以她的笑为中心，以她的白牙为颜色。拿着落花生，或铁蚕豆，或大酸枣，在她的小屋里去吃，是我儿时生命里一个最美的事。剥了花生豆往小邱嫂嘴里送，那个报酬是永生的欣悦

——能看看她的牙。把一口袋花生都送给她吃了也甘心,虽然在事实上没这么办过。

小邱嫂没生过小孩。有时候我听见她对小邱半笑半恼的说,凭你个软货也配有小孩?!小邱的脖子便缩得更厉害了,似乎十分伤心的样子;他能半天也不发一语,呆呆的用手擦脸,直等到她说:"买洋火!"他才又笑一笑,脚不擦地飞了出去。

记得是一年冬天,我刚下学,在胡同口上遇见小邱。他的气色非常的难看,我以为他是生了病。他的眼睛往远处看,可是手摸着我的绒帽的红绳结子,问:"你没看见邱嫂吗?"

"没有哇,"我说。

"你没有?"他问得极难听,就好像为儿子害病而占卦的妇人,又愿意听实话,又不愿意相信实话,要相信又愿反抗。

他只问了这么一句,就向街上跑了去。

那天晚上我又到邱嫂的小屋里去,门,锁着呢。我虽然已经到了上学的年纪,我不能不哭了。每天照例给邱嫂送去的落花生,那天晚上居然连一个也没剥开。

第二天早晨,一清早我便去看邱嫂,还是没有;小邱一个人在炕沿上坐着呢,手托着脑门。我叫了他两声,他没答理我。

差不多有半年的工夫,我上学总在街上寻望,希望能遇见邱嫂,可是一回也没遇见。

她的小屋,虽然小邱还是天天晚上回来,我不再去了。还是那么干净,还是那么暖和,只是邱嫂把那点特别的味儿带走了。我常在墙上,空中看见她的白牙,可是只有那么一点白牙,别的已不存在:那点牙也不会轻轻嚼我的花生米。

小邱更毛腾厮火了,可是不大爱说话。有时候他回来的很早,不作饭,只呆呆的愣着。每遇到这种情形,我们总把他让过来,和我们一同吃饭。他和我们吃饭的时候,还是有说有笑,手脚不识闲。可是他的眼时时往门外或窗外瞭那么一下。我们谁也不提邱嫂；有时候我忘了，说了句："邱嫂上哪儿了呢？"他便立刻搭讪着回到小屋里去，连灯也不点，在炕沿上坐着。有半年多，这么着。

忽然有一天晚上，不是五月节前，便是五月节后，我下学后同着学伴去玩，回来晚了。正走在胡同口，遇见了小邱。他手里拿着个碟子。

"干什么去？"我截住了他。

他似乎一时忘了怎样说话了，可是由他的眼神我看得出，他是很喜欢，喜欢得说不出话来。呆了半天，他似乎趴在我的耳边说的：

"邱嫂回来啦，我给她买几个热包子去！"他把个"热"字说得分外的真切。

我飞了家去。果然她回来了。还是那么好看，牙还是那么白，只是瘦了些。

我直到今日，还不知道她上哪儿去了那么半年。我和小邱，在那时候，一样的只盼望她回来，不问别的。到现在想起来，古时候的爱情出轨似乎也是神圣的，因为没有报纸和杂志们把邱嫂的相片登出来，也没使小邱的快乐得而复失。

爱的小鬼

　　我向来没有见过苓这么喜欢，她的神气几乎使人怀疑了，假如不是使人害怕。她哼唧着有腔无字的歌，随着口腔的方便继续的添凑，好像可以永远唱下去而且永远新颖，扶着椅子的扶手，似乎是要立起来，可是脚尖在地上轻轻的点动，似乎急于为她自造的歌曲敲出节拍，而暂时的忘了立起来。她的眼可是看着天花板，像有朵鲜玫瑰在那儿似的。她的耳似乎听着她自己脸上的红潮进退的微音。她确是快乐得有点忘形。她忽然的跳起来，自己笑着，三步加一跳的在屋中转了几个圈，故意的微喘，嘴更笑得张开些。头发盖住了右眼，用脖子的弹力给抛回头上，然后双手交叉撑住脑勺儿，又看天花板上那朵无形的鲜玫瑰。

　　"苓！"我叫了她一声。

　　她的眼光似乎由天上收回到人间来了，刚遇上我的便又微微的挪开一些，放在我的耳唇那一溜儿。

　　"什么事这么喜欢？"我用逗弄的口气"说"——实在不像是"问"。

　　"猜吧，"苓永远把两个字，特别是那半个"吧"，说得像音乐作的两颗珠子，一大一小。

　　"谁猜得着你个小狗肚子里又憋什么坏！"我的笑容把那个"！"减去一切应有的分量。

"你个臭东东！打你去！"苓欢喜的时候，"东西"便是"东东"。

"不用打岔，告诉我！"

"偏不告诉你，偏不，偏不！"她还是笑着，可是笑的声儿，恐怕只有我听得出来，微微有点不自然了。

设若我不再往下问，大概三分钟后她总得给我些眼泪看看。设若一定问，也无须等三分钟眼泪便过度的降生。我还是不敢耽误工夫太大了，一分钟冷静的过去，全世界便变成个冰海。迅速定计，可是，真又不容易。爱的生活里有无数的小毛毛虫，每个小毛毛虫都足以使你哭不得笑不得。一天至少有那么几次。

"好宝贝，告诉我吧！"说得有点欠火力，我知道。

她笑着走向我来，手扶在我的藤椅背沿上。

"告诉你吧？"

"好爱人！"

"我妹妹待一会儿来。"

我的心从云中落在胸里。

"英来也值得这么乐，上星期六她还来过呢。还有别的典故，一定。"爱的笑语里时常有个小鬼，名字叫"疑"。

苓的脸，设若，又红起来，我的罪过便只限于爱闹着玩；她的脸上红色退了，我知道还是要阴天！

"你老不许人交朋友！"头一个闪。

"英还同着个人来？"我的雷也响了。

"不理你，不理你啦！"是的，被我猜对了。

一个旧日的男朋友——看爱的情面，我没敢多往这点上想。但是，就假使是个旧日的——爽快的说出来吧——爱人，又有什么关系？没关系，一点关系没有！可是，她那么快乐？天阴得更沉了。

苓又坐在她的小黑椅子上了。又依着发音机关的方便创造着自然的歌，可是并不带分毫歌意。

她和我全不说话了，都心里制造着黑云；雷闪暂时休息，可是大雨快到了。谁也不肯再先放个休战的口号，两个人的战事，因为关系不大，所以更难调解。家庭里需要个小孩，其次是只小狗或小猫；不然，就是一对天使，老在一块儿，也得设法拌几句嘴，好给爱的音乐一点变化。决定去抱只小猫，我计划着；满可以不再生气了，但是"我"不能先投降；好吧，计划着抱只小猫：要全身雪白，短腿，长身，两个小耳朵就像两个小棉花阄儿。这个小白球一定会减少我们俩的小冲突。一定！可是，焉知不因这小白宝贝又发生新战事呢？离婚似乎比抱小白猫还简当，但这是发疯，就是离婚也不能由我提出！君子吗？君子似乎是没多大价值；看不起自己了；还是不能先向她投降；心中要笑；还是设计抱小猫吧！

英来了，暂时屈尊她作作小白猫吧。无论多么好的小姨子，遇到夫妻的冲突，哪怕小的冲突呢，她总是站在她们那边的。特别是定了婚的小姨，像英，因为正恋着自己的天字第一号的男性，不由的便挑剔出姐丈的毛病，以便给她那个人又增补上一些优点。可是我自有办法，我才不当着她们俩争论是非呢；我把苓交给英，便出去走走；她们背地里怎样谈论我，听不见心不烦，爱说什么说什么。这样，英便是小白猫了。

英刚到屋门，我的帽子已在手中，我不能不庆祝我的手急眼快，就是想作个大魔术家也不是全无希望的。况且，脸上那一堆笑纹，倒好像英是发笑药似的。

"出门吗，共产党？"英对我——从她有了固定的情人以后——是一点不带敬意的。

"看个朋友去，坐着啊，晚上等我一块吃饭啊。"声音随着我的脚一同出了屋门，显着异常的缠绵幽默。

出了街门，我的速度减缩了许多，似乎又想回去了。为什么英独自来，而没同着那个人呢？是不是应当在街门外等等，看个水落石出！未免太小气了！焉知苓不是从门缝中窥看我呢？走吧，别闹笑话！偏偏看见个邮差，他的制服的颜色给我些酸感。

本来是不要去看朋友的；上哪儿去呢？走着瞧吧。街上不少女子，似乎今天街上没有什么男的。而且今天遇见的女子都非常的美艳，虽然没拿她们和苓比较，可是苓似乎在我心中已经没有很分明的一个丽相，像往常那样。由她们的美好便想到，我在她们的眼中到底是怎样的人物呢？由这个设想，心思的路线又折回到苓，她到底是佩服我呢，还是真爱我呢，佩服的爱是牺牲，无头脑的爱是真爱，苓的是哪种？借着百货店的玻璃照了照自己，也还看不出十分不得女子的心的地方。英老管我叫共产党，也许我的胡子茬太重，也许因为我太好辩论？可是苓在结婚以前说过，她"就"是爱听我说话。也许现在她的耳朵与从前不同了？说不定。

该回去了，隔着铺户的窗子看看里面的钟，然后拿出自己的表，这样似乎既占了点便宜，又可以多消磨半分来的时间；不过只走了半点多钟。不好就回家，这么短的时间不像去看朋友；君子人总得把谎话作圆到了。

对面来了个人，好像特别挑选了我来问路；我脸上必定有点特别引人注意的地方，似乎值得自傲。

"到万字巷去是往那么走？"他向前指着。

"一点也不错。"笑着，总得把脸上那点特别引人注意的地方作足。

"凑巧您也许知道万字巷里可有一家姓李的，姊妹俩？"

脸上那点刚作足的特点又打了很大的折扣！"是这小子！"心

里说。然后向他:"可就是,我也在那儿住家。姊妹俩,怪好看,摩登,男朋友很多?"

那小子的脸上似乎没了日光。"呕"了几声。我心里比吃酸辣汤还要痛快,手心上居然见了汗。

"您能不能替我给她们捎个信!"

"不费事,正顺手。"

"您大概常和她们见面?"

"岂敢,天天看见她们;好出风头,她们。"笑着我自己的那个"岂敢"。

"原先她们并不住在万字巷,记得我给她们一封信,写的不是万字巷,是什么街!"

"大佛寺街,谁都知道她们的历史,她们搬家都在报纸本地新闻栏里登三号字。"

"呕!"他这个"呕"有点像牛闭住了气。"那么,请您就给捎个口信吧,告诉她们我不再想见她们了——"

"正好!"我心里说。

"我不必告诉您我的姓名,您一提我的样子她们自会明白。谢谢!"

"好说!我一定把信带到!"我伸出手和他握了握。

那小子带着五百多斤的怒气向后转。我往家里走——不是走,是飞。

到了家中。胜利使我把嫉妒从心里铲净,只是快乐,乐得几乎错吻小姨。但是街上那一幕还在心中消化着,暂且闷她们一会儿。

"他怎还不来?"英低声问苓。

我假装没听见。心里说,"他不想再见你们!"

苓在屋中转开了磨,时时用眼偷着瞭我一下;我假装写信。

"你告诉他是这里,不是——"苓低声的问。

"是这里,"英似乎也很关切,"我怕他去见伯母,所以写信说咱俩都住在这里。也没告诉他你已结了婚。"

我心中笑得起了泡。

"你始终也没看见他?"

"你知道他最怕妇女,尤其是怕见结过婚的妇女。"我的耳朵似乎要惊。

"他一晃儿走了八年了,一听说他来我直欢喜得像个小鸟。"苓说。

我憋不住了:"谁?"

"我们舅舅家的大哥!由家里逃走八年了!他待一会儿也许就来,他来的时候你可得藏起去,他最不喜欢见亲戚!"

"为什么早不告诉我?"我的声音有点发颤。

"你不是看朋友去了吗?谁知道你这么快就回来。我要明明白白的告诉你,你光景是不会相信么;臭男人们,脏心眼多着呢!"

她们的表哥始终没来。

同　盟

"男子即使没别的好处，胆量总比女人大一些。"天一对爱人说，因为她把男人看得不值半个小钱。

"哼！"她的鼻子里响了声，天一的话只值得用鼻子回答。

"天一虽然没胆量，可是他的话说得不错；男子，至少是多数的男子，比你们女人胆儿大。天一，你很怕鬼，是不是？我就不管什么鬼不鬼，专好走黑路！"子敬对爱人说，拿天一作了她所看不起的男子的代表。

"哼！"她的鼻子里响了一声，把子敬和天一全看得不值半个小钱。

他们俩都以她为爱人，写信的时候都称她为"我的粉红翅的安琪儿"。可是她——玉春——高兴的时候才给他们一个"哼"。

看见子敬也挨了一哼，天一的心差点乐碎了："我怕鬼；也不是谁，那天电灯忽然灭了，吓得登时钻了被窝？"

"对了，也不是谁，那天看见一个老鼠，嘴唇都吓白了？"子敬也发了问。

"也不是谁，那天床上有个鸡毛，吓得直叫唤？"

"也不是谁，那天——"

玉春没等子敬说出男子胆大的证据，发了命令："都给我出去!"

二位先生立刻觉出服从是必要的,一齐微笑,一齐立起,一齐鞠躬,一齐出去。

出了她的屋门,二位立刻由情敌改为朋友。

"子敬,还得回去,圆上脸面。"天一说:"咱俩一齐上她的屋顶,表示男子登梯爬高也不眼晕?"

"万一要真眼晕,从房上滚下来呢,岂不是当场出丑?"子敬不赞成。

"再说,咱们的新洋服也六十多块一身呢;爬一身土?不!"天一看了看自己的裤缝比子敬的直些,更不愿上房了。"你说怎么办?"

"咱们俩三天不去找她,"子敬建议:"到第三天晚上,你我前后脚到她那里去,假装咱们俩也三天没见面了,咱们一见面,你就问我:子敬,老没见呀,上哪儿啦?我就造一片谣言,说什么表嫂被鬼迷住了,我去给赶鬼。然后我就问你:天一,老没见呀,上哪儿啦?你就造一片谣言,说家里闹狐狸精,盆碗大酒坛子满屋里飞,你回家去捉妖。这个主意怎样?!"

"不错,可也不十分高明,"天一取了批评的态度说:"第一,我三天不去,你要是偷偷的去了呢?不公道!"

"一言为定,谁也不准私自去。咱们俩讲究联合起来,公开的,和她求爱;看到底谁能得胜,这才叫难能可贵!谁要是背地里加油,谁就不算人!"子敬带着热情声明。

"好了;第二,咱们造谣,她可得信哪?"天一问。

"这里还有文章,"子敬非常的得意:"我刚才说什么时候去找她?晚上。为什么要在晚上?女人在晚上胆子更小。你我拼命的说鬼,小眼鬼,大眼鬼,牛头鬼,歪脖鬼,越多越好,越厉害越好,你说,她得害怕不?她一害怕,咱俩就告辞,她还不央告咱们多坐一会儿？这，她已经算输了。咱们乐得多坐一会儿，可是不要再提半个鬼字。然后，你或者我，立起来说：唉！忘了，还得出城呢！好在路上只经过五六块坟地，不算什么；有鬼也打它个粉碎！你或是我这么说完就走。然后剩下的那位也立起来，也说些什么到亲戚家去守尸那类的话，也就出来。谁先走谁在巷口上等，咱们好一块儿回来。"

"她相信吗？"

"管她信不信呢，"子敬笑了："反正半夜里独自走道，女人就来不及。就是她不信咱们去打鬼守尸，她也得佩服咱们敢在半夜里独行。"

"对！现在要说第三，咱们三天不去，岂不是给小李个好机会？你难道不知道她给小李的哼声比给咱们的柔和着一半？"

"这——"子敬确是要思索会儿了；想了半天，有了主意："你要晓得，天一，在爱情的进程里须有柔有刚，忽近忽远；一味的缠磨，有时适足惹起厌恶，因为你老不给她想念你的机会，她自然对你不敬。反之，在相当的时节给她个休息三天，你看吧，她再见你的时候，管保另眼看待，就好像三个星期没看电影以后，连破片子也觉得有趣。咱们三天不去，而小李天天去，正可以减少他的价值，而增高我们的身分。咱们先约好，你给她买水果，我买鲜花；而且要理发刮脸，穿新洋服，这一下子要不把小李打退十里才怪！"

"有理！"天一十分佩服子敬。

"这只是一端，还有花样呢，"子敬似乎说开了头，话是源源而来。"咱们还可以当面和小李挑战，假如他也在那儿的话——我想咱们必定遇上他。咱们就可以老声老气的问他：小李，不跟我到王家坟绕个弯？或是，小李，跟我去守尸吧？他一定说不去；在她面前，咱们又压过他一头。"

天一插嘴："他要是不输气，真和咱们去，咱们岂不漏了底？"

"没那回事！他干什么没事发疯去半夜绕坟地玩呀，他正乐得我们出去；他好多坐一会儿——可是适足以增加她的厌恶心。他又不认识咱们的亲戚，他去守哪门子尸呀；当然说不去。只要他一说不去，咱们就算战胜，因为女子的心细极了，她总要把爱人们全丝毫不苟的称量过，然后她挑选个最合适的——最合适的，并非是最好的，你要晓得。你看，小李的长相，无须说，是比咱俩漂亮些。"

"哼！"天一差点把鼻子弄成三个鼻孔。

"可是，漂亮不是一切。假如个个女子'能'嫁梅博士，不见得个个就'愿'嫁他。小李漂亮及格，而无胆量，便不是最合适的；女子不喜欢女性的男人；除非是林黛玉那样的痨病鬼，才会爱那个傻公子宝玉，可是就连宝玉也到底比黛玉强健些，是不是？看吧，我的计划决弄不出错儿来！等把小李打倒，那便要看你我见个高低了。"子敬笑了。

天一看了看自己的拳头，并不比子敬的大，微觉失意。

小李果然是在她那里呢。

子敬先到，献上一束带露水的紫玫瑰。

她给他一个小指叫他挨了一挨，可是没哼。他的脸比小李的多着二两雪花膏。

天一次到，献上一筐包纸印洋字的英国罐形梨。

她给他一个小指叫他挨了一挨，可是没哼。他的头发比小李的亮得多着二十烛光。

"喝，小李，"二人一齐唱，"领带该换了！"

她的眼光在小李的项下一扫。二人心中痒了一下。

"天一，老没见哪？别太用功了；得个学士就够了，何必非考吗？"子敬独唱。

"不是；不用提了！"天一叹了口气："家里闹狐狸。"

"哟！"子敬的脸落下一寸。

"家里闹狐狸还往这儿跑干吗？"玉春说，"别往下说，不爱听！"

天一的头一炮没响，心中乱了营。

"大概是闹完了？"子敬给他个台阶："别说了，怪叫人害怕！我倒不怕；小李你呢？"

"晚上不大爱听可怕的事。"小李回答。

子敬看了天一一眼。

"子敬，老没见哪？"天一背书似的问："上哪儿去？"

"也是可怕的事，所以不便说，怕小李害怕；表哥家里闹大头鬼，我——"

玉春把耳朵用手指堵上。

"呕，对不起！不说就是了。"子敬很快活的道歉。

小李站起来要走。

"咱们也走吧？"天一探探子敬的口气。

"你上哪儿？"子敬问。

"二舅过去了，得去守尸，家里还就是我有点胆子。你呢？"

"我还得出城呢，好在只过五六块坟地，遇上一个半个吊死鬼也还没什么。"子敬转问小李，"不出城和我绕个弯去？坟地上冒绿火，很有个意思。"

小李摇了摇头。

天一和小李先走了，临走的时候天一问小李愿意陪他守尸去不？小李又摇了摇头。

剩下子敬和玉春。

"小李都好，"他笑着说，"就是胆量太小，没有男子气。请原谅我，按说不应当背后讲究人，都是好朋友。"

233

"他的胆子不大。"她承认了。

"一个男人没有胆气可不大好办。"子敬叹惜着。

"一个男人要是不诚实,假充胆大,就更不好办。"她看着天花板说。

子敬胸中一恶心。

"请你告诉天一以后少来,我不愿意吃他的果子,更不愿意听闹狐狸!"

"一定告诉他:以后再来,我不约着他就是了。"

"你也少来,不愿意什么大头鬼小头鬼的吓着我的小李。小李的领带也用不着你提醒他换;我是干什么的?再说,长得俊也不在乎修饰;我就不爱看男人的头发亮得像电灯泡。"

天一清早就去找子敬,心中觉得昨晚的经过确是战胜了小李——当着她承认了胆小。

子敬没在宿舍,因为入了医院。

子敬在医院里比不在医院里的人还健美,脸上红扑扑的好像老是刚吃过一杯白兰地。可是他要住医院——希望玉春来看他。假如她拿着一束鲜花来看他,那便足以说明她还是有意,而他还大有希望。

她压根儿没来!

于是他就很喜欢;她不来,正好。因为他的心已经寄放在另一地方。

天一来看他,带来一束鲜花,一筐水果,一套武侠爱情小说。到底是好朋友,子敬非常感谢天一;可是不愿意天一常来,因天一头一次来看朋友,眼睛就专看那个小看护妇,似乎不大觉得子敬是他所要的人。而子敬的心现在正是寄放在小看护妇的身上,所以既不以玉春无情为可恼,反觉得天一的探病为多事。不过,看在鲜花水果的面上,还不好意思不和天一瞎扯一番。

"不用叫玉春臭抖,我才有工夫给她再送鲜花呢!"子敬决定把玉春打入冷宫。

"她的鼻子也不美!"天一也觉出她的缺点。

"就会哼人,好像长鼻子不为吸气,只为哼气的!"

"那还不提,鼻子上还有一排黑雀斑呢!就仗着粉厚,不然的话,那只鼻子还不像个斑竹短烟嘴?"

"扇风耳朵!"

"故意的用头发盖住,假装不扇风!"

"上嘴唇多么厚!"

"下嘴唇也不薄,两片夹馅的鸡蛋糕,白叫我吻也不干!"

"高领子专为掩盖着一脖子泥!"

"小短手就会接人家的礼物!"

粉红翅的安琪儿变成一个小钱不值。

天一舍不得走;子敬假装要吃药,为是把天一支出去。二人心中的安琪儿现在不是粉红翅的了,而是像个玉蝴蝶:白帽,白衣,白小鞋,耳朵不扇风,鼻子不像斑竹烟嘴,嘴唇不像两片鸡蛋糕,脖子上没泥,而且胳臂在外面露着,像一对温泉出的藕棒,又鲜又白又香甜。这还不过是消极的比证;积极的美点正是非常的多:全身没有一处不活泼,不漂亮,不温柔,不洁净。先笑后说话,一嘴的长形上珍珠。按着你的头闭上了眼,任你参观,她是只顾测你的温度。然后,小白手指轻动,像蟋蟀的须儿似的,在小白本上写几个字。你碰她的鲜藕棒一下,不但不恼,反倒一笑。捧着药碗送到你的唇边。对着你的脸问你还要什么。子敬不想再出院,天一打算也赶紧搬进来,预防长盲肠炎。好在没病住院,自要纳费,谁也不把你撵出去。

子敬的鲜花与水果已经没地方放。因为天一有时候一天来三次;拿子敬当幌子,专为看她。子敬在院内把看护所应作的和帮助作的都尝试过，打清血针，照爱克司光，洗肠子；越觉得她可爱：老是那么温和，干净，快活。天一在院外把看护的历史族系住址籍贯全打听明白；越觉得她可爱：虽够不上大家闺秀，可也不失之为良家碧玉。子敬打算约她去看电影，苦于无法出口——病人出去看电影似乎不成一句话。天一打算请她吃饭，在医院外边每每等候半点多钟，一回没有碰到她。

"天一，"子敬最后发了言："世界上最难堪的是什么？"

"据我看是没病住医院。"天一也来得厉害。

"不对。是一个人发现了爱的花，而别人老在里面捣乱！"

"你是不喜欢我来？"

"一点不错；我的水果已够开个小铺子的了，你也该休息几天吧。"

"好啦，明天不再买果子就是，来还是要来的。假如你不愿意见我的话，我可以专来找她；也许约她出去走一走，没准！"

天一把子敬拿下马来了，子敬假笑着说：

"来就是了，何必多心呢！也许咱们是生就了的一对朋友兼情敌。"

"这么说，你是看上了小秀珍？"天一诈子敬一下。

"要不然怎会把她的名字都打听出来！"子敬也不示弱。

"那也是个本事！"天一决定一句不让。

"到底不如叫她握着胳臂给打清血针。你看，天一，这只小手按着这儿，那只小手嗞——打得浑身发麻！"

天一馋得直咽唾沫，非常的恨恶子敬；要不是看他是病人，非打他一顿不可，把清血药汁全打出来！

天一的脸气得像大肚坛子似的走了，决定明天再来。

天一又来了。子敬热烈的欢迎他。

"天一，昨天我不是说咱俩天生是好朋友一对？真的！咱们还得合作。"

"又出了事故?"天一惊喜各半的问。

"你过来,"子敬把声音低降得无可再低,"昨天晚上我看见给我治病的那个小医生吻她来着!"

"喝!"天一的脸登时红起来。"那怎么办呢?"

"还是得联合战线,先战败小医生再讲。"

"又得设计?老实不客气的说,对于设计我有点寒心,上次——":

"不用提上次,那是个教训,有上次的经验,这回咱们确有把握。上次咱们的失败在哪儿?"

"不诚实,假充大胆。"

"是呀。来,递给我耳朵。"以下全是嘀咕嘀咕。

秀珍七点半来送药——一杯开水,半片阿司匹灵。天一七点二十五分来到。

秀珍笑着和天一握手,又热又有力气。子敬看着眼馋,也和她握手,她还是笑着。

"天一,你的气色可不好,怎么啦?"子敬很关心的问。

"子敬,你的胆量怎样?假如胆小的话,我就不便说了。"

"我?为人总得诚实,我的胆子不大。可是,咱们都在这儿,还怕什么?说吧!"

"你知道,我也是胆小——总得说实话。你记得我的表哥?西医,很漂亮——"

"我记得他,大眼睛,可不是,当西医;他怎么啦?"

"不用提啦!"天一叹了一口气:"把我表嫂给杀了!"

"哟!"子敬向秀珍张着嘴。

"他不是西医吗,好,半夜三更撒吆症,用小刀把表嫂给解剖了!"天一的嘴唇都白了。

"要不怎么说,姑娘千万别嫁给医生呢!"子敬对秀珍说:"解剖有瘾,不定哪时一高兴便把太太作了试验,不是玩的!"

"我可怕死了!"天一直哆嗦:"大解八块,喝,我的天爷!秀珍女士,原谅我,大晚上的说这么可怕的事!"

"我才不怕呢,"秀珍轻慢的笑着:"常看死人。我们当看护的没有别的好处,就是在死人前面觉到了比常人有胆量,尸不怕,血不怕;除了医生就得属我们了。因此,我们就是看得起医生!"

"可是,医生作梦把太太解剖了呢?"天一问。

"那只是因为太太不是看护。假如我是医生的太太,天天晚上给他点小药吃,消食化水,不会作恶梦。"

"秀珍!"小医生在门外叫: "什么时候下班哪?我楼下等你。"

"这就完事;你进来,听听这件奇事。"秀珍把医生叫了进来,"一位大夫在梦中把太太解剖了。"

"那不足为奇!看护妇作梦把丈夫毒死当死尸看着,常有的事。胆小的人就是别娶看护妇,她一看不起他,不定几时就把他毒死,为是练习看守死尸。就是不毒死他,也得天天打他一顿。胆小的男人,胆大的女人,弄不到一块!走啊,秀珍,看电影去!"

"再见——"秀珍拉着长声,手拉手和小医生走出去。

子敬出了院。

天一来看他。"干什么玩呢,子敬?"

"读点妇女心理,有趣味的小书!"子敬依然乐观。

"子敬,你不是好朋友,独自念妇女心理!"

"没的事!来,咱们一块儿念。念完这本小书,你看吧,一来一个准!就怕一样——四角恋爱。咱们就怕四角恋爱。上两回咱们都输了。"

"顶好由第三章,'三角恋爱'念起。"

"好吧。大概几时咱俩由同盟改为敌手,几时才真有点希望,是不是?"

"也许。"

大悲寺外

　　黄先生已死去二十多年了。这些年中，只要我在北平，我总忘不了去祭他的墓。自然我不能永远在北平；别处的秋风使我倍加悲苦：祭黄先生的时节是重阳的前后，他是那时候死的。去祭他是我自己加在身上的责任；他是我最钦佩敬爱的一位老师，虽然他待我未必与待别的同学有什么分别；他爱我们全体的学生。可是，我年年愿看看他的矮墓，在一株红叶的枫树下，离大悲寺不远。

　　已经三年没去了，生命不由自主的东奔西走，三年中的北平只在我的梦中！

　　去年，也不记得为了什么事，我跑回去一次，只住了三天。虽然才过了中秋，可是我不能不上西山去；谁知道什么时候才再有机会回去呢。自然上西山是专为看黄先生的墓。为这件事，旁的事都可以搁在一边；说真的，谁在北平三天能不想办一万样事呢。

　　这种祭墓是极简单的：只是我自己到了那里而已，没有纸钱，也没有香与酒。黄先生不是个迷信的人，我也没见他饮过酒。

　　从城里到山上的途中，黄先生的一切显现在我的心上。在我有口气的时候，他是永生的。真的；停在我心中，他是在死里活着。每逢遇上个穿灰布大褂，胖胖的人，我总要细细看一眼。是的，胖胖的而穿灰布大衫，因黄先生而成了对我个人的一种什么象征。甚至于有的时候与同学们聚餐，"黄先生呢？"常在我的舌尖上；我总以为他是还活着。还不是这么说，我应当说：我总以为他不会死，不应该死，即使我知道他确是死了。

他为什么作学监呢？胖胖的，老穿着灰布大衫！他作什么不比当学监强呢？可是，他竟自作了我们的学监；似乎是天命，不作学监他怎能在四十多岁便死了呢！

胖胖的，脑后折着三道肉印；我常想，理发师一定要费不少的事，才能把那三道弯上的短发推净。脸像个大肉葫芦，就是我这样敬爱他，也就没法否认他的脸不是招笑的。可是，那双眼！上眼皮受着"胖"的影响，松松的下垂，把原是一对大眼睛变成了俩螳螂卵包似的，留个极小的缝儿射出无限度的黑亮。好像这两道黑光，假如你单单的看着它们，把"胖"的一切注脚全勾销了。那是一个胖人射给一个活动，灵敏，快乐的世界的两道神光。他看着你的时候，这一点点黑珠就像是钉在你的心灵上，而后把你像条上了钩的小白鱼，钓起在他自己发射出的慈祥宽厚光朗的空气中。然后他笑了，极天真的一笑，你落在他的怀中，失去了你自己。那件松松裹着胖黄先生的灰布大衫，在这时节，变成了一件仙衣。在你没看见这双眼之前，假如你看他从远处来了，他不过是团蠕蠕而动的灰色什么东西。

无论是哪个同学想出去玩玩，而造个不十二分有伤于诚实的谎，去到黄先生那里请假，黄先生先那么一笑，不等你说完你的谎——好像惟恐你自己说漏了似的——便极用心的用苏字给填好"准假证"。但是，你必须去请假。私自离校是绝对不行的。凡关乎人情的，以人情的办法办；凡关乎校规的，校规是校规；这个胖胖的学监！

他没有什么学问，虽然他每晚必和学生们一同在自修室读书；

他读的都是大本的书，他的笔记本也是庞大的，大概他的胖手指是不肯甘心伤损小巧精致的书页。他读起书来，无论冬夏，头上永远冒着热汗，他决不是聪明人。有时我偷眼看看他，他的眉，眼，嘴，好像都被书的神秘给迷住；看得出，他的牙是咬得很紧，因为他的腮上与太阳穴全微微的动弹，微微的，可是紧张。忽然，他那么天真的一笑，叹一口气，用块像小床单似的白手绢抹抹头上的汗。

　　先不用说别的，就是这人情的不苟且与傻用功已足使我敬爱他——多数的同学也因此爱他。稍有些心与脑的人，即使是个十五六岁的学生，像那时候的我与我的学友们，还能看不出：他的温和诚恳是出于天性的纯厚，而同时又能丝毫不苟的负责是足以表示他是温厚，不是懦弱？还觉不出他是"我们"中的一个，不是"先生"们中的一个；因为他那种努力读书，为读书而着急，而出汗，而叹气，还不是正和我们一样？

　　到了我们有了什么学生们的小困难——在我们看是大而不易解决的——黄先生是第一个来安慰我们，假如他不帮助我们；自然，他能帮忙的地方便在来安慰之前已经自动的作了。二十多年前的中学学监也不过是挣六十块钱，他每月是拿出三分之一来，预备着帮助同学，即使我们都没有经济上的困难，他这三分之一的薪水也不会剩下。假如我们生了病，黄先生不但是殷勤的看顾，而且必拿来些水果，点心，或是小说，几乎是偷偷的放在病学生的床上。

　　但是，这位困苦中的天使也是平安中的君王——他管束我们。宿舍不清洁，课后不去运动……都要挨他的雷，虽然他的雷是伴着以泪作的雨点。

　　世界上，不，就说一个学校吧，哪能都是明白人呢。我们的同学里很有些个厌恶黄先生的。这并不因为他的爱心不普遍，也不是被谁看出他是不真诚，而是伟大与藐小的相触，结果总是伟大的失败，好似不如此不足以成其伟大。这些同学们一样的受过他的好处，知道他的伟大，但是他们不能爱他。他们受了他十样的好处后而被他申斥了一阵，黄先生便变成顶可恶的。我一点也没有因此而轻视他们的意思，我不过是说世上确有许多这样的人。他们并不是不晓得好歹，而是他们的爱只限于爱自己；爱自己是溺爱，他们不肯受任何的责备。设若你救了他的命，而同时责劝了他几句，他从此便永远记着你的责备——为是恨你——而忘了救命的恩惠。黄先生的大错处是根本不应来作学监，不负责的学监是有的，可是黄先生与不负责永远不能联结在一处。不论他怎样真诚，怎样厚道，管束。

他初来到学校，差不多没有一个人不喜爱他，因为他与别位先生是那样的不同。别位先生们至多不过是比书本多着张嘴的，我们佩服他们和佩服书籍差不多。即使他们是活泼有趣的，在我们眼中也是另一种世界的活泼有趣，与我们并没有多么大的关系。黄先生是个"人"，他与别位先生几乎完全不相同。他与我们在一处吃，一处睡，一处读书。

半年之后，已经有些同学对他不满意了，其中有的，受了他的规戒，有的是出于立异——人家说好，自己就偏说坏，表示自己有头脑，别人是顺竿儿爬的笨货。

经过一次小风潮，爱他的与厌恶他的已各一半了。风潮的起始，与他完全无关。学生要在上课的时间开会了，他才出来劝止，而落了个无理的干涉。他是个天真的人——自信心居然使他要求投票表决，是否该在上课时间开会！幸而投与他意见相同的票的多着三张！风潮虽然不久便平静无事了，可是他的威信已减了一半。

因此，要顶他的人看出时机已到：再有一次风潮，他管保得滚。谋着以教师兼学监的人至少有三位。其中最活动的是我们的手工教师，一个用嘴与舌活着的人，除了也是胖子，他和黄先生是人中的南北极。在教室上他曾说过，有人给他每月八百圆，就是提夜壶也是美差。有许多学生喜欢他，因为上他的课时就是睡觉也能得八十几分。他要是作学监，大家岂不是入了天国！每天晚上，自从那次小风潮后，他的屋中有小的会议。不久，在这小会议中种的子粒便开了花。校长处有人控告黄先生，黑板上常见"胖牛"，"老山药蛋"……

同时，有的学生也向黄先生报告这些消息。忽然黄先生请了一天的假。可是那天晚上自修的时候，校长来了，对大家训话，说黄先生向他辞职，但是没有准他。末后，校长说，"有不喜欢这位好学监的，请退学；大家都不喜欢他呢，我与他一同辞职。"大家谁也没说什么。可是校长前脚出去，后脚一群同学便到手工教员室中去开紧急会议。

第三天上黄先生又照常办事了，脸上可是好像瘦减了一圈。在下午课后他召集全体学生训话，到会的也就是半数。他好像是要说许多许多的话似的，及至到了台上，他第一个微笑就没笑出来，愣了半天，他极低细的说了一句："咱们彼此原谅吧！"没说第二句。

暑假后，废除月考的运动一天扩大一天。在重阳前，炸弹爆发了。英文教员要考，学生们不考；教员下了班，后面追随着极不好听的话。及至事情闹到校长那里去，问题便由罢考改为撤换英文教员，因为校长无论如何也要维持月考的制度。虽然有几位主张连校长一齐推倒的，可是多数人愿意先由撤换教员作起。既不向校长作战，自然罢考须暂放在一边。这个时节，已经有人警告了黄先生："别往自己身上拢！"

可是谁叫黄先生是学监呢？他必得维持学校的秩序。

况且，有人设法使风潮往他身上转来呢。

校长不答应撤换教员。有人传出来，在职教员会议时，黄先生主张严办学生，黄先生劝告教员合作以便抵抗学生，黄学监……

风潮又转了方向，黄学监，已经不是英文教员，是炮火的目标。

黄先生还终日与学生们来往，劝告，解说，笑与泪交替的揭露着天真与诚意。有什么用呢？

学生中不反对月考的不敢发言。依违两可的是与其说和平的话不如说激烈的，以便得同学的欢心与赞扬。这样，就是敬爱黄先生的连暗中警告他也不敢了：风潮像个魔咒捆住了全校。

我在街上遇见了他。

"黄先生，请你小心点。"我说。

"当然的。"他那么一笑。

"你知道风潮已转了方向？"

他点了点头，又那么一笑，"我是学监！"

"今天晚上大概又开全体大会，先生最好不用去。"

"可是，我是学监！"

"他们也许动武呢！"

"打'我'？"他的颜色变了。

我看得出，他没想到学生要打他；他的自信力太大。可是同时他并不是不怕危险。他是个"人"，不是铁石作的英雄——因此我爱他。

"为什么呢？"他好似是诘问着他自己的良心呢。

"有人在后面指挥。"

"呕！"可是他并没有明白我的意思，据我看；他紧跟着问："假如我去劝告他们，也打我？"

245

我的泪几乎落下来。他问得那么天真，几乎是儿气的；始终以为善意待人是不会错的。他想不到世界上会有手工教员那样的人。

"顶好是不到会场去，无论怎样！"

"可是，我是学监！我去劝告他们就是了；劝告是惹不出事来的。谢谢你！"

我愣在那儿了。眼看着一个人因责任而牺牲，可是一点也没觉到他是去牺牲——一听见"打"字便变了颜色，而仍然不退缩！我看得出，此刻他决不想辞职了，因为他不能在学校正极紊乱时候抽身一走。"我是学监！"我至今忘不了这一句话，和那四个字的声调。

果然晚间开了大会。我与四五个最敬爱黄先生的同学，故意坐在离讲台最近的地方，我们计议好：真要是打起来，我们可以设法保护他。

开会五分钟后，黄先生推门进来了。屋中连个大气也听不见了。主席正在报告由手工教员传来的消息——就是宣布学监的罪案——学监进来了！我知道我的呼吸是停止了一会儿。

黄先生的眼好似被灯光照得一时不能睁开了，他低着头，像盲人似的轻轻关好了门。他的眼睛开了，用那对慈善与宽厚作成的黑眼珠看着大众。他的面色是，也许因为灯光太强，有些灰白。他向讲台那边挪了两步，一脚登着台沿，微笑了一下。

"诸位同学，我是以一个朋友．不是学监的地位，来和大家说几句话！"

"假冒为善！"

"汉奸！"

后边有人喊。

黄先生的头低下去，他万也想不到被人这样骂他。他决不是恨这样骂他的人，而是怀疑了自己，自己到底是不真诚，不然……

这一低头要了他的命。

他一进来的时候，大家居然能那样静寂，我心里说，到底大家还是敬畏他；他没危险了。这一低头，完了，大家以为他是被骂对了，羞愧了。

"打他！"这是一个与手工教员最亲近的学友喊的，我记得。跟着，"打！""打！"后面的全立起来。我们四五个人彼此按了按膝，"不要动"的暗号；我们一动，可就全乱了。我喊了一句。

"出去！"故意的喊得很难听，其实是个善意的暗示。

他要是出去——他离门只有两三步远——管保没有事了，因为我们四五个人至少可以把后面的人堵住一会儿。

可是黄先生没动！好像蓄足了力量，他猛然抬起头来。他的眼神极可怕了。可是不到半分钟，他又低下头去，似乎用极大的忏悔，矫正他的要发脾气。他是个"人"，可是要拿人力把自己提到超人的地步。我明白他那心中的变动：冷不防的被人骂了，自己怀疑自己是否正道；他的心告诉他——无愧；在这个时节，后面喊"打！"：他怒了；不应发怒，他们是些青年的学生——又低下头去。

随着说第二次低头，"打！"成了一片暴雨。

假如他真怒起来，谁也不敢先下手；可是他又低下头去——就是这么着，也还只听见喊打，而并没有人向前。这倒不是大家不勇敢，实在是因为多数——大多数——人心中有一句："凭什么打这个老实人呢？"自然，主席的报告是足以使些人相信的，可是究竟大家不能忘了黄先生以前的一切；况且还有些人知道报告是由一派人造出来的。

我又喊了声，"出去！"我知道"滚"是更合适的，在这种场面上，但怎忍得出口呢！

黄先生还是没动。他的头又抬起来：脸上有点笑意，眼中微湿，就像个忠厚的小儿看着一个老虎，又爱又有点怕忧。

忽然由窗外飞进一块砖，带着碎玻璃碴儿，像颗横飞的彗星，打在他的太阳穴上。登时见了血。他一手扶住了讲桌。后面的人全往外跑。我们几个搀住了他。

"不要紧，不要紧，"他还勉强的笑着，血已几乎盖满他的脸。

找校长，不在；找校医，不在；找教务长，不在；我们决定送他到医院去。

"到我屋里去！"他的嘴已经似乎不得力了。

我们都是没经验的，听他说到屋中去，我们就搀扶着他走。到了屋中。他摆了两摆，似乎要到洗脸盆处去，可是一头倒在床上；血还一劲的流。

老校役张福进来看了一眼，跟我们说，"扶起先生来，我接校医去。"

校医来了，给他洗干净，绑好了布，叫他上医院。他喝了口白兰地，心中似乎有了点力量，闭着眼叹了口气。校医说，他如不上医院，便有极大的危险。他笑了。低声的说：

"死，死在这里；我是学监！我怎能走呢——校长们都没在这里！"

老张福自荐伴着"先生"过夜。我们虽然极愿守着他，可是我们知道门外有许多人用轻鄙的眼神看着我们；少年是最怕被人说"苟事"的——同情与见义勇为往往被人解释作"苟事"，或是"狗事"；有许多青年的血是能极热，同时又极冷的。我们只好离开他。连这样，当我们出来的时候还听见了："美呀！黄牛的干儿子！"

第二天早晨，老张福告诉我们，"先生"已经说胡话了。

校长来了，不管黄先生依不依，决定把他送到医院去。

可是这时候，他清醒过来。我们都在门外听着呢。那位手工教员也在那里，看着学监室的白牌子微笑，可是对我们皱着眉，好像他是最关心黄先生的苦痛的。我们听见了黄先生说：

"好吧，上医院；可是，容我见学生一面。"

"在哪儿？"校长问。

"礼堂；只说两句话。不然，我不走！"

钟响了。几乎全体学生都到了。

老张福与校长搀着黄先生。血已透过绷布，像一条毒花蛇在头上盘着。他的脸完全不像他的了。刚一进礼堂门，他便不走了，从绷布下设法睁开他的眼，好像是寻找自己的儿女，把我们全看到了。他低下头去，似乎已支持不住，就是那么低着头，他低声——可是很清楚的——说：

"无论是谁打我来着，我决不，决不计较！"

他出去了，学生没有一个动弹的。大概有两分钟吧。忽然大家全往外跑，追上他，看他上了车。

过了三天，他死在医院。

谁打死他的呢？

丁庚。

可是在那时节，谁也不知道丁庚扔砖头来着。在平日他是"小姐"，没人想到"小姐"敢飞砖头。

那时的丁庚，也不过是十七岁。老穿着小蓝布衫，脸上长着小红疙瘩，眼睛永远有点水锈，像敷着些眼药。老实，不好说话，有时候跟他好，有时候又跟你好，有时候自动的收拾宿室，有时候一天不洗脸。所以是小姐——有点忽东忽西的个性。

风潮过去了，手工教员兼任了学监。校长因为黄先生已死，也就没深究谁扔的那块砖。说真的，确是没人知道。

可是，不到半年的工夫，大家猜出谁了——丁庚变成另一个人，完全不是"小姐"了。他也爱说话了，而且永远是不好听的话。他永远与那些不用功的同学在一起了，吸上了香烟——自然也因为学监不干涉——每晚上必出去，有时候嘴里喷着酒味。他还作了学生会的主席。

由"那"一晚上，黄先生死去，丁庚变了样。没人能想到"小姐"会打人。可是现在他已不是"小姐"了，自然大家能想到他是会打人的。变动的快出乎意料之外，那么，什么事都是可能的了；所以是"他"！

过了半年，他自己承认了——多半是出于自夸，因为他已经变成个"刺儿头"。最怕这位"刺儿头"的是手工兼学监那位先生。学监既变成他的部下，他承认了什么也当然是没危险的。自从黄先生离开了学监室，我们的学校已经不是学校。

为什么扔那块砖？据丁庚自己说，差不多有五六十个理由，他自己也不知道哪一个最好，自然也没人能断定哪个最可靠。

据我看，真正的原因是"小姐"忽然犯了"小姐性"。他最初是在大家开会的时候，连进去也不敢，而在外面看风势。忽然他的那个劲儿来了，也许是黄先生责备过他，也许是他看黄先生的胖脸好玩而试试打得破与否，也许……不论怎么着吧，一个十七岁的孩子，天性本来是变鬼变神的，加以脸上正发红泡儿的那股忽人忽兽的郁闷，他满可以作出些无意作而作了的事。从多方面看，他确是那样的人。在黄先生活着的时候，他便是千变万化的，有时候很喜欢人叫他"黛玉"。黄先生死后，他便不知道他是怎回事了。有时候，他听了几句好话，能老实一天，趴在桌上写小楷，写得非常秀润。第二天，一天不上课！

这种观察还不只限于学生时代，我与他毕业后恰巧在一块作了半年的事，拿这半年中的情形看，他确是我刚说过的那样的人。

拿一件事说吧。我与他全作了小学教师，在一个学校里，我教初四。已教过两个月，他忽然想换班，惟一的原因是我比他少着三个学生。可是他和校长并没这样说——为少看三本卷子似乎不大好出口。他说，四年级级任比三年级的地位高，他不甘居人下。这虽然不很像一句话，可究竟是更精神一些的争执。他也告诉校长：他在读书时是作学生会主席的，主席当然是大众的领袖，所以他教书时也得教第一班。

校长与我谈论这件事，我是无可无不可，全凭校长调动。校长反倒以为已经教了快半个学期，不便于变动。这件事便这么过去了。到了快放年假的时候，校长有要事须请两个礼拜的假，他打算求我代理几天。丁庚又答应了。可是这次他直接的向我发作了，因为他亲自请求校长叫他代理是不好意思的。我不记得我的话了，可是大意是我应着去代他向校长说说：我根本不愿意代理。

及至我已经和校长说了，他又不愿意，而且忽然的辞职，连维持到年假都不干。校长还没走，他卷铺盖走了。谁劝也无用，非走不可。

从此我们俩没再会过面。

看见了黄先生的坟，也想起自己在过去二十年中的苦痛。坟头更矮了些，那么些土上还长着点野花，"美"使悲酸的味儿更强烈了些。太阳已斜挂在大悲寺的竹林上，我只想不起动身。深愿黄先生，胖胖的，穿着灰布大衫，来与我谈一谈。

远处来了个人。没戴着帽，头发很长，穿着青短衣，还看不出他的模样来，过路的，我想；也没大注意。可是他没顺着小路走去，而是舍了小道朝我来了。又一个上坟的？

他好像走到坟前才看见我，猛然的站住了。或者从远处是不容易看见我的，我是倚着那株枫树坐着呢。

"你！"他叫着我的名字。

我愣住了，想不起他是谁。

"不记得我了？丁——"

没等他说完我想起来了，丁庚。除了他还保存着点"小姐"气——说不清是在他身上哪处——他绝对不是二十年前的丁庚了。头发很长，而且很乱。脸上乌黑，眼睛上的水锈很厚，眼窝深陷进去，眼珠上许多血丝。牙已半黑，我不由的看了看他的手，左右手的食指与中指全黄了一半。他一边看着我，一边从袋里摸出一盒"大长城"来。

不知道为什么我觉得一阵悲惨。我与他是没有什么感情的，可是幼时的同学……我过去握住他的手；他的手颤得很厉害。我们彼此看了一眼，眼中全湿了；然后不约而同的看着那个矮矮的墓。

"你也来上坟？"这话已到我的唇边，被我压回去了。他点一枝烟，向蓝天吹了一口，看看我，看看坟，笑了。

"我也来看他，可笑，是不是？"他随说随坐在地上。

我不晓得说什么好，只好顺口搭音的笑了声，也坐下了。

他半天没言语，低着头吸他的烟，似乎是思想什么呢。烟已烧去半截，他抬起头来，极有姿式的弹着烟灰。先笑了笑，然后说：

"二十多年了！他还没饶了我呢！"

"谁？"

他用烟卷指了指坟头："他！"

"怎么？"我觉得不大得劲；生怕他是有点疯魔。

"你记得他最后的那句？决——不——计——较，是不是？"

我点点头。"

"你也记得咱们在小学教书的时候，我忽然不干了？我找你去叫你不要代理校长？好，记得你说的是什么？"

"我不记得。"

"决不计较！你说的。那回我要和你换班次，你也是给了我这么一句。你或者出于无意，可是对于我，这句话是种报复，惩罚。它的颜色是红的一条布，像条毒蛇；它确是有颜色的。它使我把生命变成一阵颤抖：志愿，事业，全随颤抖化为——秋风中的落叶。像这棵枫树的叶子。你大概也知道，我那次要代理校长的原因？我已运动好久，叫他不能回任。可是你说了那么一句——"

"无心中说的，"我表示歉意。

"我知道。离开小学，我在河务局谋了个差事。很清闲，钱也不少。半年之后，出了个较好的缺。我和一个姓李的争这个地位。我运动，他也运动，力量差不多是相等，所以命令多日没能下来。在这个期间，我们俩有一次在局长家里遇上了，一块打了几圈牌。局长，在打牌的时候，露出点我们俩竞争很使他为难的口话。我没说什么，可是姓李的一边打出一个红中，一边说：'红的！我让了，决不计较！'红的！不计较！黄学监又立在我眼前，头上围着那条用血浸透的红布！我用尽力量打完了那圈牌，我的汗湿透了全身。我不能再见那个姓李的，他是黄学监第二，他用杀人不见血的咒诅在我魂灵上作祟：假如世上真有妖术邪法，这个便是其中的一种。我不干了。不干了！"他的头上出了汗。

"或者是你身体不大好，精神有点过敏。"我的话一半是为安慰他，一半是不信这种见神见鬼的故事。

"我起誓，我一点病没有。黄学监确是跟着我呢。他是假冒为善的人，所以他会说假冒为善的恶咒。还是用事实说明吧。我从河务局出来不久便成婚，"这一句还没说全，他的眼神变得像失了雏儿的恶鹰似的，瞪着地上一颗半黄的鸡爪草，半天，他好像神不附体了。我轻咳了声，他一哆嗦，抹了抹头上的汗，说："很美，她很美。可是——不贞。在第一夜，洞房便变成地狱，可是没有血，你明白我的意思？没有血的洞房是地狱，自然这是老思想，可是我的婚事老式的，当然感情也是老式的。她都说了，只求我. 央告我，叫我饶恕她。按说，美是可以博得一切赦免的。可是我那时铁了心；我下了不戴绿帽的决心。她越哭，我越狠，说真的，折磨她给我一些愉快。末后，她的泪已干，她的话已尽，她说出最后的一句：'请用我心中的血代替吧，'她打开了胸，'给这儿一刀吧；你有一切的理由，我死，决不计较你！'我完了，黄学监在洞房门口笑我呢。我连动一动也不能了。第二天，我离开了家，变成一个有家室的漂流者，家中放着一个没有血的女人，和一个带着血的鬼！但是我不能自杀，我跟他干到底，他劫去我一切的快乐，不能再叫他夺去这条命！"

"丁：我还以为你是不健康。你看，当年你打死他，实在不是有意的。况且黄先生的死也一半是因为耽误了，假如他登时上医院去，一定不会有性命的危险。"我这样劝解；我准知道，设若我说黄先生是好人，决不能死后作祟，丁庚一定更要发怒的。

"不错。我是出于无心，可是他是故意的对我发出假慈悲的原谅，而其实是种恶毒的诅咒。不然，一个人死在眼前，为什么还到礼堂上去说那个呢？好吧，我还是说事实吧。我既是个没家的人，自然可以随意的去玩了。我大概走了至少也有十二三省。最后，我在广东加入了革命军。打到南京，我已是团长。设若我继续工作，现在来至少也作了军长。可是，在清党的时节，我又不干了。是这么回事，一个好朋友姓王，他是左倾的。他比我职分高。设若我能推倒他，我登时便能取得他的地位。陷害他，是极容易的事，我有许多对他不利的证据，但是我不忍下手。我们俩出死入生的在一处已一年多，一同入医院就有两次。可是我又不能抛弃这个机会；志愿使英雄无论如何也得辣些。我不是个十足的英雄，所以我想个不太激进的办法来。我托了一个人向他去说，他的危险怎样的大,不如及早逃走,把一切事务交给我,我自会代他筹划将来的安全。他不听。我火了。不能不下毒手。我正在想主意,这个不知死的鬼找我来了,没带着一个人。有些人是这样:至死总假装宽厚大方,一点不为自己的命想一想,好像死是最便宜的事,可笑。这个人也是这样,还在和我嘻嘻哈哈。我不等想好主意了,反正他的命是在我手心里,我对他直接的说了——我的手摸着手枪。他,他听完了,向我笑了笑。'要是你愿杀我,'他说,还是笑着,'请,我决不计较。'这能是他说的吗?怎能那么巧呢?我知道,我早就知道了,凡是我要成功的时候,'他'老借着个笑脸来报仇,假冒为善的鬼会拿柔软的方法来毁人。我的手连抬也抬不起来了,不要说还要拿枪打人。姓王的笑着,笑着,走了。他走了,能有我的好处吗?他的地位比我高。拿证据去告发他恐怕已来不及了,他能不马上想对待我的法子吗?结果,我得跑!到现在,我手下的小卒都有作团长的了,我呢?我只是个有妻室而没家,不当和尚而住在庙里的——我也说不清我是什么!"

乘他喘气,我问了一句:"哪个庙寺?"

"眼前的大悲寺!为是离着他近,"他指着坟头。

看我没往下问,他自动的说明:

"离他近,我好天天来诅咒他!"

不记得我又和他说了什么,还是什么也没说,无论怎样吧!我是踏着金黄的秋色下了山,斜阳在我的背后。我没敢回头,我怕那株枫树,叶子不是怎么红得似血!

马裤先生

火车在北平东站还没开,同屋那位睡上铺的穿马裤,戴平光的眼镜,青缎子洋服上身,胸袋插着小楷羊毫,足登青绒快靴的先生发了问:"你也是从北平上车?"很和气的。

我倒有点迷了头,火车还没动呢,不从北平上车,难道由——由哪儿呢?我只好反攻了:"你从哪儿上车?"很和气的。我希望他说是由汉口或绥远上车,因为果然如此,那么中国火车一定已经是无轨的,可以随便走走;那多么自由!

他没言语。看了看铺位,用尽全身——假如不是全身——的力气喊了声:"茶房!"

茶房正忙着给客人搬东西,找铺位。可是听见这么紧急的一声喊,就是有天大的事也得放下,茶房跑来了。

"拿毯子!"马裤先生喊。

"请少待一会儿,先生,"茶房很和气的说,"一开车,马上就给您铺好。"

马裤先生用食指挖了鼻孔一下,别无动作。

茶房刚走开两步。

"茶房!"这次连火车好似都震得直动。

茶房像旋风似的转过身来。

"拿枕头,"马裤先生大概是已经承认毯子可以迟一下,可是枕头总该先拿来。

"先生,请等一等,您等我忙过这会儿去,毯子和枕头就一齐全到。"茶房说的很快,可依然是很和气。

茶房看马裤客人没任何表示,刚转过身去要走,这次火车确是哗啦了半天,"茶房!"

茶房差点吓了个跟头,赶紧转回身来。

"拿茶!"

"先生请略微等一等,一开车茶水就来。"

马裤先生没任何的表示。茶房故意地笑了笑,表示歉意。然后搭讪着慢慢地转身,以免快转又吓个跟头。转好了身,腿刚预备好快走,背后打了个霹雳,"茶房!"

茶房不是假装没听见,便是耳朵已经震聋,竟自没回头,一直地快步走开。

"茶房!茶房!茶房!"马裤先生连喊,一声比一声高;站台上送客的跑过一群来,以为车上失了火,要不然便是出了人命。茶房始终没回头。马裤先生又挖了鼻孔一下,坐在我的床上。刚坐下,"茶房!"茶房还是没来。看着自己的磕膝,脸往下沉,沉到最长的限度,手指一挖鼻孔,脸好似刷的一下又纵回去了。然后,"你坐二等?"这是问我呢。我又毛了,我确是买的二等,难道上错了车?

"你呢?"我问。

"二等。这是二等。二等有卧铺。快开车了吧?茶房?"

我拿起报纸来。

他站起来,数他自己的行李,一共八件,全堆在另一卧铺上——两个上铺都被他占了。数了两次,又说了话,"你的行李呢?"

我没言语。原来我误会了:他是善意,因为他跟着说,"可恶的茶房，怎么不给你搬行李？"

我非说话不可了："我没有行李。"

"呕?!"他确是吓了一跳，好像坐车不带行李是大逆不道似的。"早知道，我那四只皮箱也可以不打行李票了！"

这回该轮着我了，"呕?!"我心里说，"幸而是如此，不然的话，把四只皮箱也搬进来，还有睡觉的地方啊?!"

我对面的铺位也来了客人，他也没有行李，除了手中提着个扁皮夹。

"呕!!"马裤先生又出了声，"早知道你们都没行李，那口棺材也可以不另起票了！"

我决定了。下次旅行一定带行李；真要陪着棺材睡一夜，谁受得了！

茶房从门前走过。

"茶房！拿毛巾把！"

"等等，"茶房似乎下了抵抗的决心。

马裤先生把领带解开，摘下领子来，分别挂在铁钩上：所有的钩子都被占了，他的帽子，风衣，已占了两个。

车开了，他顿时想起买报，"茶房！"

茶房没有来。我把我的报赠给他；我的耳鼓出的主意。

他爬上了上铺，在我的头上脱靴子，并且击打靴底上的土。枕着个手提箱，用我的报纸盖上脸，车还没到永定门，他睡着了。

我心中安坦了许多。

到了丰台，车还没站住，上面出了声，"茶房！"

没等茶房答应，他又睡着了；大概这次是梦话。

过了丰台，茶房拿来两壶热茶。我和对面的客人——一位四十来岁平平无奇的人，脸上的肉还可观——吃茶闲扯。大概还没到廊房，上面又开了雷，"茶房！"

茶房来了,眉毛拧得好像要把谁吃了才痛快。

"干吗?先——生——"

"拿茶!"上面的雷声响亮。

"这不是两壶?"茶房指着小桌说。

"上边另要一壶!"

"好吧!"茶房退出去。

"茶房!"

茶房的眉毛拧得直往下落毛。

"不要茶,要一壶开水!"

"好啦!"

"茶房!"

我直怕茶房的眉毛脱净!

"拿毯子,拿枕头,打手巾把,拿——"似乎没想起拿什么好。

"先生,您等一等。天津还上客人呢;过了天津我们一总收拾,也耽误不了您睡觉!"茶房一气说完,扭头就走,好像永远不再想回来。

待了会儿,开水到了,马裤先生又入了梦乡,呼声只比"茶房"小一点。可是匀调而且是继续的努力,有时呼声稍低一点。用咬牙来补上。

"开水,先生!"

"茶房!"

"就在这儿;开水!"

"拿手纸!"

"厕所里有。"

"茶房!厕所在哪边?"

"哪边都有。"

"茶房!"

"回头见。"

"茶房!·茶房!!茶房!!!"

没有应声。

"呼——呼呼——呼"又睡了。

有趣!

到了天津。又上来些旅客。马裤先生醒了,对着壶嘴喝了一气水。又在我头上击打靴底。穿上靴子,出溜下来,食指挖了鼻孔一下,看了看外面。"茶房!"

恰巧茶房在门前经过。

"拿毯子!"

"毯子就来。"

马裤先生出去,呆呆地立在走廊中间,专为阻碍来往的旅客与脚夫。忽然用力挖了鼻孔一下,走了。下了车,看看梨,没买;看看报,没买;看看脚行的号衣,更没作用。又上来了,向我招呼了声,"天津,嗖?"我没言语。他向自己说,"问问茶房,"紧跟着一个雷,"茶房!"我后悔了,赶紧的说,"是天津,没错儿。"

"总得问问茶房;茶房!"

我笑了,没法再忍住。

车好容易又从天津开走。

刚一开车,茶房给马裤先生拿来头一份毯子枕头和手巾把。马裤先生用手巾把耳鼻孔全钻得到家,这一把手巾擦了至少有一刻钟,最后用手巾擦了擦手提箱上的土。

我给他数着,从老站到总站的十来分钟之间,他又喊了四五十声茶房。茶房只来了一次,他的问题是火车向哪面走呢?茶房的回答是不知道;于是又引起他的建议,车上总该有人知道,茶房应当负责去问。茶房说,连驶车的也不晓得东西南北。于是他几乎变了颜色,万一车走迷了路?! 茶房没再回答,可是又掉了几根眉毛。

他又睡了,这次是在头上摔了摔袜子,可是一口痰并没往下唾,而是照顾了车顶。

我睡不着是当然的,我早已看清,除非有一对"避呼耳套"当然不能睡着。可怜的是别屋的人,他们并没预备来熬夜,可是在这种带钩的呼声下,还只好是白瞪眼一夜。

我的目的地是德州,天将亮就到了。谢天谢地!

车在此处停半点钟,我雇好车,进了城,还清清楚楚地听见"茶房!"

一个多礼拜了,我还惦记着茶房的眉毛呢。

微　神

　　清明已过了，大概是；海棠花不是都快开齐了吗？今年的节气自然是晚了一些，蝴蝶们还很弱；蜂儿可是一出世就那么挺拔，好像世界确是甜蜜可喜的。天上只有三四块不大也不笨重的白云，燕儿们给白云上钉小黑丁字玩呢。没有什么风，可是柳枝似乎故意地转摆，像逗弄着四处的绿意。田中的晴绿轻轻地上了小山，因为娇弱怕累得慌，似乎是，越高绿色越浅了些；山顶上还是些黄多于绿的纹缕呢。山腰中的树，就是不绿的也显出柔嫩来，山后的蓝天也是暖和的，不然，大雁们为何唱着向那边排着队去呢？石凹藏着些怪害羞的三月兰，叶儿还赶不上花朵大。

　　小山的香味只能闭着眼吸取，省得劳神去找香气的来源，你看，连去年的落叶都怪好闻的。那边有几只小白山羊，叫的声儿恰巧使欣喜不至过度，因为有些悲意。偶尔走过一只来，没长犄角就留下须的小动物，向一块大石发了会儿愣，又颠颠着俏式的小尾巴跑了。

　　我在山坡上晒太阳，一点思念也没有，可是自然而然地从心中摘下些诗的珠子，滴在胸中的绿海上，没有声响，只有些波纹走不到腮上便散了的微笑；可是始终也没成功一整句。一个诗的宇宙里，连我自己好似只是诗的什么地方的一个小符号。

　　越晒越轻松，我体会出蝶翅是怎样的欢欣。我搂着膝，和柳枝同一律动前后左右的微动，柳枝上每一黄绿的小叶都是听着春声的小耳勺儿。有时看看天空，啊，谢谢那块白云，它的边上还有个小燕呢，小得已经快和蓝天化在一处了，像万顷蓝光中的一粒黑痣，我的心灵像要往那儿飞似的。

远处山坡的小道，像地图上绿的省份里一条黄线。往下看，一大片麦田，地势越来越低，似乎是由山坡上往那边流动呢，直到一片暗绿的松树把它截住，很希望松林那边是个海湾。及至我立起来，往更高处走了几步，看看，不是；那边是些看不甚清的树，树中有些低矮的村舍；一阵小风吹来极细的一声鸡叫。

春晴的远处鸡声有些悲惨，使我不晓得眼前一切是真还是虚，它是梦与真实中间的一道用声音作的金线；我顿时似乎看见了个血红的鸡冠：在心中，村舍中，或是哪儿，有只——希望是雪白的——公鸡。

我又坐下了；不，随便的躺下了。眼留着个小缝收取天上的蓝光，越看越深，越高；同时也往下落着光暖的蓝点，落在我那离心不远的眼睛上。不大一会儿，我便闭上了眼，看着心内的晴空与笑意。

我没睡去，我知道已离梦境不远，但是还听得清清楚楚小鸟的相唤与轻歌。说也奇怪，每逢到似睡非睡的时候，我才看见那块地方——不晓得一定是哪里，可是在入梦以前它老是那个样儿浮在眼前。就管它叫作梦的前方吧。

这块地方并没有多大，没有山，没有海。像一个花园，可又没有清楚的界限。差不多是个不甚规则的三角，三个尖端浸在流动的黑暗里。一角上——我永远先看见它——是一片金黄与大红的花，密密层层；没有阳光，一片红黄的后面便全是黑暗，可是黑的背景使红黄更加深厚，就好像大黑瓶上画着红牡丹，深厚得至于使美中有一点点恐怖。黑暗的背景，我明白了，使红黄的一片抱住了自己的彩色，不向四外走射一点；况且没有阳光，彩色不飞入空中，而完全贴染在地上。我老先看见这块，一看见它，其余的便不看也会知道的，正好像一看见香山，准知道碧云寺在哪儿藏着呢。

其余的两角，左边是一个斜长的土坡，满盖着灰紫的野花，在不漂亮中有些深厚的力量，或者月光能使那灰的部分多一些银色，显出点诗的灵空；但是我不记得在哪儿有个小月亮。无论怎样，我也不厌恶它。不，我爱这个似乎被霜弄暗了的紫色，像年轻的母亲穿着暗紫长袍。右边的一角是最漂亮的，一处小草房，门前有一架细蔓的月季，满开着单纯的花，全是浅粉的。

设若我的眼由左向右转，灰紫、红黄、浅粉，像是由秋看到初春，时候倒流；生命不但不是由盛而衰，反倒是以玫瑰作香色双艳的结束。

三角的中间是一片绿草，深绿、软厚、微湿；每一短叶都向上挺着，似乎是听着远处的雨声。没有一点风，没有一个飞动的小虫；一个鬼艳的小世界，活着的只有颜色。

在真实的经验中，我没见过这么个境界。可是它永远存在，在我的梦前。英格兰的深绿，苏格兰的紫草小山，德国黑林的幽晦，或者是它的祖先们，但是谁准知道呢。从赤道附近的浓艳中减去阳光，也有点像它，但是它又没有虹样的蛇与五彩的禽，算了吧，反正我认识它。

我看见它多少多少次了。它和"山高月小，水落石出"，是我心中的一对画屏。可是我没到那个小房里去过。我不是被那些颜色吸引得不动一动，便是由它的草地上恍惚的走入另种色彩的梦境。它是我常遇到的朋友，彼此连姓名都晓得，只是没细细谈过心。我不晓得它的中心是什么颜色的，是含着一点什么神秘的音乐——真希望有点响动！

这次我决定了去探险。

一想就到了月季花下，或也许因为怕听我自己的足音？月季花对于我是有些端阳前后的暗示，我希望在哪儿贴着张深黄纸，印着个朱红的判官，在两束香艾的中间。没有。只在我心中听见了声"樱桃"的吆喝。这个地方是太静了。

小房子的门闭着，窗上门上都挡着牙白的帘儿，并没有花影，因为阳光不足。里边什么动静也没有，好像它是寂寞的发源地。轻轻地推开门，静寂与整洁双双地欢迎我进去，是，欢迎我；室中的一切是"人"的，假如外面景物是"鬼"的——希望我没用上过于强烈的字。

一大间，用幔帐截成一大一小的两间。幔帐也是牙白的，上面绣着些小蝴蝶。外间只有一条长案，一个小椭圆桌儿，一把椅子，全是暗草色的，没有油饰过。椅上的小垫是浅绿的，桌上有几本书。案上有一盆小松，两方古铜镜，锈色比小松浅些。内间有一个小床，罩着一块快垂到地上的绿毯。床首悬着一个小篮，有些快干的茉莉花。地上铺着一块长方的蒲垫，垫的旁边放着一双绣白花的小绿拖鞋。

我的心跳起来了！我决不是入了济慈的复杂而光灿的诗境；平淡朴美是此处的音调，也不是辜勒律芝的幻景，因为我认识那只绣着白花的小绿拖鞋。

爱情的故事往往是平凡的，正如春雨秋霜那样平凡。可是平凡的人们偏爱在这些平凡的事中找些诗意；那么，想必是世界上多数的事物是更缺乏色彩的；可怜的人们！希望我的故事也有些应有的趣味吧。

没有像那一回那么美的了。我说"那一回"，因为在那一天那一会儿的一切都是美的。她家中的那株海棠花正开成一个大粉白的雪球；沿墙的细竹刚拔出新笋；天上一片娇晴；她的父母都没在家；大白猫在花下酣睡。听见我来了，她像燕儿似的从帘下飞出来；没顾得换鞋，脚下一双小绿拖鞋像两片嫩绿的叶儿。她喜欢得像晨起的阳光，腮上的两片苹果比往常红着许多倍，似乎有两颗香红的心在脸上开了两个小井，溢着红润的胭脂泉。那时她还梳着长黑辫。

她父母在家的时候，她只能隔着窗儿望我一望，或是设法在我走去的时节，和我笑一笑。这一次，她就像一个小猫遇上了个好玩的伴儿；我一向不晓得她"能"这样的活泼。在一同往屋中走的工夫，她的肩挨上了我的。我们都才十七岁。我们都没说什么，可是四只眼彼此告诉我们是欣喜到万分。我最爱看她家壁上那张工笔百鸟朝凤；这次，我的眼匀不出工夫来。我看着那双小绿拖鞋；她往后收了收脚，连耳根儿都有点红了；可是仍然笑着。我想问她的功课，没问；想问新生的小猫有全白的没有，没问；心中的问题多了，只是口被一种什么力量给封起来，我知道她也是如此，因为看见她的白润的脖儿直微微地动，似乎要将些不相干的言语咽下去，而真值得一说的又不好意思说。

她在临窗的一个小红木凳上坐着，海棠花影在她半个脸上微动。有时候她微向窗外看看，大概是怕有人进来。及至看清了没人，她脸上的花影都被欢悦给浸渍得红艳了。她的两手交换着轻轻地摸小凳的沿，显着不耐烦，可是欢喜的不耐烦。最后，她深深地看了我一眼，极不愿意而又不得不说地说，"走吧！"我自己已忘了自己，只看见，不是听见，两个什么字由她的口中出来？可是在心的深处猜对那两个字的意思，因为我也有点那样的关切。我的心不愿动，我的脑知道非走不可。我的眼盯住了她的。她要低头，还没低下去，便又勇敢地抬起来，故意地，不怕地，羞而不肯羞地，迎着我的眼。直到不约而同地垂下头去，又不约而同地抬起来，又那么看。心似乎已碰着心。

赶集

　　我走，极慢的，她送我到帘外，眼上蒙了一层露水。我走到二门，回了回头，她已赶到海棠花下。我像一个羽毛似的飘荡出去。

　　以后，再没有这种机会。

　　有一次，她家中落了，并不使人十分悲伤的丧事。在灯光下我和她说了两句话。她穿着一身孝衣。手放在胸前，摆弄着孝衣的扣带。站得离我很近，几乎能彼此听得见脸上热力的激射，像雨后的禾谷那样带着声儿生长。可是，只说了两句极没有意思的话——口与舌的一些动作；我们的心并没管它们。

　　我们都二十二岁了，可是五四运动还没降生呢。男女的交际还不是普通的事。我毕业后便作了小学的校长，平生最大的光荣，因为她给了我一封贺信。信笺的末尾——印着一枝梅花——她注了一行：不要回信。我也就没敢写回信。可是我好像心中燃着一束火把，无所不尽其极地整顿学校。我拿办好了学校作为给她的回信；她也在我的梦中给我鼓着得胜的掌——那一对连腕也是玉的手！

　　提婚是不能想的事。许多许多无意识而有力量的阻碍，像个专以力气自雄的恶虎，站在我们中间。

　　有一件足以自慰的，我那系在心上的耳朵始终没听到她的定婚消息。还有件比这更好的事，我兼任了一个平民学校的校长，她担任着一点功课。我只希望能时时见到她，不求别的。她呢，她知道怎么躲避我——已经是个二十多岁的大姑娘。她失去了十七八岁时的天真与活泼，可是增加了女子的尊严与神秘。

　　又过了二年，我上了南洋。到她家辞行的那天，她恰巧没在家。

　　在外国的几年中，我无从打听她的消息。直接通信是不可能的。间接探问，又不好意思。只好在梦里相会了。说也奇怪，我在梦中的女性永远是"她"。梦境的不同使我有时悲泣,有时狂喜;恋的幻境里也自有一种味道。她,在我的心中,还是十七岁时的样子:小圆脸,眉眼清秀中带着一点媚意。身量不高,处处都那么柔软,走路非常的轻巧。那一条长黑的发辫,造成最动心的一个背影。我也记得她梳起头来的样儿,但是我总梦见那带辫的背影。

回国后,自然先探听她的一切。一切消息都像谣言,她已作了暗娼!

就是这种刺心的消息,也没减少我的热情;不,我反倒更想见她,更想帮助她。我到她家去。已不在那里住,我只由墙外看见那株海棠树的一部分。房子早已卖掉了。

到底我找到她了。她已剪了发,向后梳拢着,在项部有个大绿梳子。穿着一件粉红长袍,袖子仅到肘部,那双臂,已不是那么活软的了。脸上的粉很厚,脑门和眼角都有些褶子。可是她还笑得很好看,虽然一点活泼的气象也没有了。设若把粉和油都去掉,她大概最好也只像个产后的病妇。她始终没正眼看我一次,虽然脸上并没有羞愧的样子,她也说也笑,只是心没在话与笑中,好像完全应酬我。我试着探问她些问题与经济状况,她不大愿意回答。她点着一支香烟,烟很灵通地从鼻孔出来,她把左膝放在右膝上,仰着头看烟的升降变化,极无聊而又显着刚强。我的眼湿了,她不会看不见我的泪,可是她没有任何表示。她不住地看自己的手指甲,又轻轻地向后按头发,似乎她只是为它们活着呢。提到家中的人,她什么也没告诉我。我只好走吧。临出来的时候,我把住址告诉给她——深愿她求我,或是命令我,作点事。她似乎根本没往心里听,一笑,眼看看别处,没有往外送我的意思。她以为我是出去了,其实我是立在门口没动,这么着,她一回头,我们对了眼光。只是那么一擦似的她转过头去。

初恋是青春的第一朵花,不能随便掷弃。我托人给她送了点钱去。留下了,并没有回话。

朋友们看出我的悲苦来,眉头是最会出卖人的。她们善意的给我介绍女友,惨笑地摇首是我的回答。我得等着她。初恋像幼年的宝贝永远是最甜蜜的,不管那个宝贝是一个小布人,还是几块小石子。慢慢的,我开始和几个最知己的朋友谈论她,他们看在我的面上没说她什么,可是假装闹着玩似的暗刺我,他们看我太愚,也就是说她不配一恋。他们越这样,我越顽固。是她打开了我的爱的园门,我得和她走到山穷水尽。怜比爱少着些味道,可是更多着些人情。不久,我托友人向她说明,我愿意娶她。我自己没胆量去。友人回来,带回来她的几声狂笑。她没说别的,只狂笑了一阵。她是笑谁?笑我的愚,很好,多情的人不是每每有些傻气吗?这足以使人得意。笑她自己,那只是因为不好意思哭,过度的悲郁使人狂笑。

愚痴给我些力量,我决定自己去见她。要说的话都详细的编制好,演习了许多次,我告诉自己——只许胜,不许败。她没在家。又去了两次,都没见着。第四次去,屋门里停着小小的一口薄棺材,装着她。她是因打胎而死。

一篮最鲜的玫瑰,瓣上带着我心上的泪,放在她的灵前,结束了我的初恋,开始终生的虚空。为什么她落到这般光景?我不愿再打听。反正她在我心中永远不死。

我正呆看着那小绿拖鞋,我觉得背后的幔帐动了一动。一回头,帐子上绣的小蝴蝶在她的头上飞动呢。她还是十七八岁时的模样,还是那么轻巧,像仙女飞降下来还没十分立稳那样立着。我往后退了一步,似乎是怕一往前凑就能把她吓跑。这一退的工夫,她变了,变成二十多岁的样子。她也往后退了,随退随着脸上加着皱纹。她狂笑起来。我坐在那个小床上。刚坐下,我又起来了，扑过她去，极快；她在这极短的时间内，又变回十七岁时的样子。在一秒钟里我看见她半生的变化，她像是不受时间的拘束。我坐在椅子上，她坐在我的怀中。我自己也恢复了十五六年前脸上的红色，我觉得出。我们就这样坐着，听着彼此心血的潮荡。不知有多么久。最后，我找到声音，唇贴着她的耳边，问：

"你独自住在这里？"

"我不住在这里；我住在这儿，"她指着我的心说。

"始终你没忘了我，那么？"我握紧了她的手。

"被别人吻的时候，我心中看着你！"

"可是你许别人吻你？"我并没有一点妒意。

"爱在心里，唇不会闲着；谁教你不来吻我呢？"

"我不是怕得罪你的父母吗？不是我上了南洋吗？"

她点了点头，"惧怕使你失去一切，隔离使爱的心慌了。"

她告诉了我，她死前的光景。在我出国的那一年，她的母亲死去。她比较得自由了一些。出墙的花枝自会招来蜂蝶，有人便追求她。她还想念着我，可是肉体往往比爱少些忍耐力，爱的花不都是梅花。她接受了一个青年的爱，因为他长得像我。他非常地爱她，可是她还忘不了我，肉体的获得不就是爱的满足，相似的容貌不能代替爱的真形。他疑心了，她承认了她的心是在南洋。他们俩断绝了关系。这时候，她父亲的财产全丢了。她非嫁人不可。她把自己卖给一个阔家公子，为是供给她的父亲。

"你不会去教学挣钱？"我问。

"我只能教小学，那点薪水还不够父亲买烟吃的！"

我们俩都愣起来。我是想：假使我那时候回来，以我的经济能力说，能供给得起她的父亲吗？我还不是大睁白眼地看着她卖身？

"我把爱藏在心中，"她说，"拿肉体挣来的茶饭营养着它。

我深恐肉体死了，爱便不存在，其实我是错了；先不用说这个吧。他非常的妒忌，永远跟着我，无论我是干什么。上哪儿去，他老随着我。他找不出我的破绽来，可是觉得出我是不爱他。慢慢的，他由讨厌变为公开地辱骂我，甚至于打我，他逼得我没法不承认我的心是另有所寄。忍无可忍也就顾不及饭碗问题了。他把我赶出来，连一件长衫也没给我留。我呢，父亲照样和我要钱，我自己得吃得穿，而且我一向吃好的穿好的惯了。为满足肉体，还得利用肉体，身体是现成的本钱。凡给我钱的便买去我点筋肉的笑。我很会笑：我照着镜子练习那迷人的笑。环境的不同使人作退一步想，这样零卖，到是比终日叫那一个阔公子管着强一些。在街上，有多少人指着我的后影叹气，可是我到底是自由的，甚至是自傲的，有时候我与些打扮得不漂亮的女子遇上，我也有些得意。我一共打过四次胎，但是创痛过去便又笑了。

"最初，我颇有一些名气，因为我既是作过富宅的玩物，又能识几个字，新派旧派的人都愿来照顾我。我没工夫去思想，甚至于不想积蓄一点钱，我完全为我的服装香粉活着。今天的漂亮是今天的生活，明天自有明天管照着自己，身体的疲倦，只管眼前的刺激，不顾将来。不久，这种生活也不能维持了。父亲的烟是无底的深坑。打胎需要许多花费。以前不想剩钱；钱自然不会自己剩下。我连一点无聊的傲气也不敢存了。我得极下贱地去找钱了，有时是明抢。有人指着我的后影叹气，我也回头向他笑一笑了。打一次胎增加两三岁。镜子是不欺人的，我已老丑了。疯狂足以补足衰老。我尽着肉体的所能伺候人们，不然，我没有生意。我敞着门睡着，我是大家的，不是我自己的。一天二十四小时，什么时间也可以买我的身体。我消失在欲海里。在清醒的世界中我并不存在。我看着人们在我身上狂动，我的手指算计着钱数。我不思想，只是盘算——怎能多进五毛钱。我不哭，哭不好看。

只为钱着急,不管我自己。"

她休息了一会儿,我的泪已滴湿她的衣襟。

"你回来了!"她继续着说:"你也三十多了;我记得你是十七岁的小学生。你的眼已不是那年——多少年了?——看我那双绿拖鞋的眼。可是,你,多少还是你自己,我,早已死了。你可以继续作那初恋的梦,我已无梦可作。我始终一点也不怀疑,我知道你要是回来,必定要我。及至见着你,我自己已找不到我自己,拿什么给你呢?你没回来的时候,我永远不拒绝,不论是对谁说,我是爱你;你回来了,我只好狂笑。单等我落到这样,你才回来,这不是有意戏弄人?假如你永远不回来,我老有个南洋作我的梦景,你老有个我在你的心中,岂不很美?你偏偏回来了,而且回来这样迟——"

"可是来迟了并不就是来不及了,"我插了一句。

"晚了就是来不及了。我杀了自己。"

"什么?"

"我杀了我自己。我命定的只能住在你心中,生存在一首诗里,生死有什么区别?在打胎的时候我自己下了手。有你在我左右,我没法子再笑。不笑,我怎么挣钱?只有一条路,名字叫死。你回来迟了,我别再死迟了:我再晚死一会儿,我便连住在你心中的希望也没有了。我住在这里,这里便是你的心。这里没有阳光,没有声响,只有一些颜色。颜色是更持久的,颜色画成咱们的记忆。看那双小鞋,绿的,是点颜色,你我永远认识它们。"

"但是我也记得那双脚。许我看看吗?"

她笑了,摇摇头。

我很坚决,我握住她的脚,扯下她的袜,露出没有肉的一支白脚骨。

"去吧!"她推了我一把。"从此你我无缘再见了!我愿住在

赶　集

你的心中，现在不行了；我愿在你心中永远是青春。"

太阳已往西斜去；风大了些，也凉了些，东方有些黑云。春光在一个梦中惨淡了许多。我立起来，又看见那片暗绿的松树。立了不知有多久。远处来了些蠕动的小人，随着一些听不甚真的音乐。越来越近了，田中惊起许多白翅的鸟，哀鸣着向山这边飞。我看清了，一群人们匆匆地走，带起一些灰土。三五鼓手在前，几个白衣人在后，最后是一口棺材。春天也要埋人的。撒起一把纸钱，蝴蝶似的落在麦田上。东方的黑云更厚了，柳条的绿色加深了许多，绿得有些凄惨。心中茫然，只想起那双小绿拖鞋，像两片树叶在永生的树上作着春梦。

开市大吉

　　我，老王，和老邱，凑了点钱，开了个小医院。老王的夫人作护士主任，她本是由看护而高升为医生太太的。老邱的岳父是庶务兼会计。我和老王是这么打算好，假如老丈人报花账或是携款潜逃的话，我们俩就揍老邱；合着老邱是老丈人的保证金。我和老王是一党，老邱是我们后约的，我们俩总得防备他一下。办什么事，不拘多少人，总得分个党派，留个心眼。不然，看着便不大像回事儿。加上王太太，我们是三个打一个，假如必须打老邱的话。老丈人自然是帮助老邱喽，可是他年岁大了，有王太太一个人就可把他的胡子扯净了。老邱的本事可真是不错，不说屈心的话。他是专门割痔疮，手术非常的漂亮，所以请他合作。不过他要是找揍的话，我们也不便太厚道了。

　　我治内科，老王花柳，老邱专门痔漏兼外科，王太太是看护士主任兼产科，合着我们一共有四科。我们内科，老老实实的讲，是地道二五八。一分钱一分货，我们的内科收费可少呢。要敲是敲花柳与痔疮，老王和老邱是我们的希望。我和王太太不过是配搭，她就根本不是大夫，对于生产的经验她有一些，因为她自己生过两个小孩。至于接生的手术，反正我有太太决不叫她接生。可是我们得设产科，产科是最有利的。只要顺顺当当的产下来，至少也得住十天半月的；稀粥烂饭的对付着，住一天拿一天的钱。

要是不顺顺当当的生产呢，那看事作事，临时再想主意。活人还能叫尿憋死？

我们开了张。"大众医院"四个字在大小报纸已登了一个半月。名字起的好——办什么赚钱的事儿，在这个年月，就是别忘了"大众"。不赚大众的钱，赚谁的？这不是真情实理吗？自然在广告上我们没这么说，因为大众不爱听实话的；我们说的是："为大众而牺牲，为同胞谋幸福。一切科学化，一切平民化，沟通中西医术，打破阶级思想。"真花了不少广告费，本钱是得下一些的。把大众招来以后，再慢慢收拾他们。专就广告上看，谁也不知道我们的医院有多么大。院图是三层大楼，那是借用近邻转运公司的像片，我们一共只有六间平房。

我们开张了。门诊施诊一个星期，人来的不少，还真是"大众"，我挑着那稍像点样子的都给了点各色的苏打水，不管害的是什么病。这样，延迟过一星期好正式收费呀；那真正老号的大众就干脆连苏打水也不给，我告诉他们回家洗洗脸再来，一脸的滋泥，吃药也是白搭。

忙了一天，晚上我们开了紧急会议，专替大众不行啊，得设法找"二众"。我们都后悔了，不该叫"大众医院"。有大众而没贵族，由哪儿发财去？医院不是煤油公司啊，早知道还不如干脆叫"贵族医院"呢。老邱把刀子沾了多少回消毒水，一个割痔疮的也没来！长痔疮的阔老谁能上"大众医院"来割？

老王出了主意：明天包一辆能驶的汽车，我们轮流的跑几趟，把二姥姥接来也好，把三舅母装来也行。一到门口看护赶紧往里搀，接上这么三四十趟，四邻的人们当然得佩服我们。

我们都很佩服老王。

"再赁几辆不能驶的，"老王接着说。

"干吗？"我问。

"和汽车行商量借给咱们几辆正在修理的车，在医院门口放一天。一会儿叫咕嘟一阵。上咱们这儿看病的人老听外面咕嘟咕嘟的响，不知道咱们又来了多少坐汽车的。外面的人呢，老看着咱们的门口有一队汽车，还不唬住？"

我们照计而行，第二天把亲戚们接了来，给他们碗茶喝，又给送走。两个女看护是见一个搀一个，出来进去，一天没住脚。那几辆不能活动而能咕嘟的车由一天亮就运来了，五分钟一阵，轮流的咕嘟，刚一出太阳就围上一群小孩。我们给汽车队照了个像，托人给登晚报。老邱的丈人作了篇八股，形容汽车往来的盛况。当天晚上我们都没能吃饭，车咕嘟得太厉害了，大家都有点头晕。

不能不佩服老王，第三天刚一开门，汽车，进来位军官。老王急于出去迎接，忘了屋门是那么矮，头上碰了个大包。花柳；老王顾不得头上的包了，脸笑得一朵玫瑰似的，似乎再碰它七八个包也没大关系。三言五语，卖了一针六〇六。我们的两位女看护给军官解开制服，然后四只白手扶着他的胳臂，王太太过来先用小胖食指在针穴轻轻点了两下，然后老王才给用针。军官不知道东西南北了，看着看护一个劲儿说："得劲！得劲！得劲！"我在旁边说了话，再给他一针。老邱也是福至心灵，早预备好了——香片茶加了点盐。老王叫看护扶着军官的胳臂，王太太又过来用小胖食指点了点，一针香片下去了。军官还说得劲，老王这回是自动的又给了他一针龙井。我们的医院里吃茶是讲究的，老是香片龙井两着沏。两针茶，一针六〇六，我们收了他二十五块钱。本来应当是十元一针，因为三针，减收五元。我们告诉他还得接着来，有十次管保除根。反正我们有的是茶，我心里说。

把钱交了，军官还舍不得走，老王和我开始跟他瞎扯，我就夸奖他的不瞒着病——有花柳，赶快治，到我们这里来治，准保没危险。花柳是伟人病，正大光明，有病就治，几针六〇六，完了，什么事也没有。就怕像铺子里的小伙计，或是中学的学生，得了病藏藏掩掩，偷偷的去找老虎大夫，或是袖口来袖口去买私药——广告专贴在公共厕所里，非糟不可。军官非常赞同我的话，告诉我他上过二十多次医院。不过哪一回也没有这一回舒服。我没往下接碴儿。

老王接过去，花柳根本就不算病，自要勤扎点六〇六。军官非常赞同老王的话，并且有事实为证——他老是不等完全好了便又接着去逛；反正再扎几针就是了。老王非常赞同军官的话，并且愿拉个主顾，军官要是长期扎扎的话，他愿减收一半药费：五块钱一针。包月也行，一月一百块钱，不论扎多少针。军官非常赞同这个主意，可是每次得照着今天的样子办，我们都没言语，可是笑着点了点头。

军官汽车刚开走，迎头来了一辆，四个丫环搀下一位太太来。一下车，五张嘴一齐问：有特别房没有？我推开一个丫环，轻轻的托住太太的手腕，搀到小院中。我指着转运公司的楼房说，"那边的特别室都住满了。您还算得凑巧，这里——"我指着我们的几间小房说——"还有两间头等房，您暂时将就一下吧。其实这两间比楼上还舒服，省得楼上楼下的跑，是不是，老太太？"老太太的第一句话就叫我心中开了一朵花，"唉，这还像个大夫——病人不为舒服，上医院来干吗？东生医院那群大夫，简直的不是人！"

"老太太，您上过东生医院？"我非常惊异的问。

"刚由那里来，那群王八羔子！"

乘着她骂东生医院——凭良心说，这是我们这里最大最好的医院——我把她搀到小屋里，我知道，我要是不引着她骂东生医院，她决不会住这间小屋，"您在那儿住了几天？"我问。

"两天；两天就差点要了我的命！"老太太坐在小床上。

我直用腿顶着床沿，我们的病床都好，就是上了点年纪，爱倒。"怎么上那儿去了呢？"我的嘴不敢闲着，不然，老太太一定会注意到我的腿的。

"别提了！一提就气我个倒仰——你看，大夫，我害的是胃病，他们不给我东西吃？"老太太的泪直要落下来。

"不给您东西吃！"我的眼都瞪圆了。"有胃病不给东西吃！蒙古大夫！就凭您这个年纪？老太太您有八十了吧？"

老太太的泪立刻收回去许多，微微的笑着："还小呢。刚五十八岁。"

"和我的母亲同岁，她也是有时候害胃口疼！"我抹了抹眼睛。"老太太，您就在这儿住吧，我准把那点病治好了。这个病全仗着好保养，想吃什么就吃：吃下去，心里一舒服，病就减去几分，是不是，老太太？"

老太太的泪又回来了，这回是因为感激我。"大夫，你看。我专爱吃点硬的，他们偏叫我喝粥，这不是故意气我吗？"

"您的牙口好，正应当吃口硬的呀！"我郑重的说。

"我是一会儿一饿，他们非到时候不准我吃！"

"糊涂东西们！"

"半夜里我刚睡好，他们把小玻璃棍放在我嘴里，试什么度。"

"不知好歹！"

"我要便盆，那些看护说，等一等，大夫就来，等大夫查过病去再说！"

"该死的玩艺儿！"

"我刚挣扎着坐起来，看护说，躺下。"

"讨厌的东西！"

我和老太太越说越投缘，就是我们的屋子再小一点，大概她也不走了。爽性我也不再用腿顶着床了，即使床倒了，她也能原谅。

"你们这里也有看护呀！"老太太问。

"有，可是没关系，"我笑着说。"您不是带来四个丫环吗？叫她们也都住院就结了。您自己的人当然伺候的周到；我干脆不叫看护们过来，好不好？"

"那敢情好啦，有地方呀？"老太太好像有点过意不去了。

"有地方，您干脆包了这个小院吧。四个丫环之外，不妨再叫个厨子来，您爱吃什么吃什么。我只算您一个人的钱，丫环厨子都白住，就算您五十块钱一天。"

老太太叹了口气："钱多少的没有关系，就这么办吧。春香，你回家去把厨子叫来，告诉他就手儿带两只鸭子来。"

我后悔了：怎么才要五十块钱呢？真想抽自己一顿嘴巴！幸而我没说药费在内；好吧，在药费上找齐儿就是了；反正看这个来派，这位老太太至少有一个儿子当过师长。况且，她要是天天吃火烧夹烤鸭，大概不会三五天就出院，事情也得往长里看。

医院很有个样子了：四个丫环穿梭似的跑出跑入，厨师傅在院中墙根砌起一座炉灶，好像是要办喜事似的。我们也不客气，老太太的果子随便拿起就尝，全鸭子也吃它几块。始终就没人想起给她看病，因为注意力全用在看她买来什么好吃食。

老王和我总算开了张，老邱可有点挂不住了。他手里老拿着刀子。我都直躲他，恐怕他拿我试试手。老王直劝他不要着急，可是他太好胜，非也给医院弄个几十块不甘心。我佩服他这种精神。

吃过午饭，来了！割痔疮的！四十多岁，胖胖的，肚子很大。王太太以为他是来生小孩，后来看清他是男性，才把他让给老邱。老邱的眼睛都红了。三言五语，老邱的刀子便下去了。四十多岁的小胖子疼得直叫唤，央告老邱用点麻药。老邱可有了话：

"咱们没讲下用麻药哇！用也行，外加十块钱。用不用？快着！"

小胖子连头也没敢摇。老邱给他上了麻药。又是一刀，又停住了："我说，你这可有管子，刚才咱们可没讲下割管子。还往下割不割？往下割的话，外加三十块钱。不的话，这就算完了。"

我在一旁，暗伸大指，真有老邱的！拿住了往下敲，是个办法！

四十多岁的小胖子没有驳回，我算计着他也不能驳回。老邱的手术漂亮，话也说得脆，一边割管子一边宣传："我告诉你，这点事儿值得你二百块钱；不过，我们不敲人；治好了只求你给传传名。赶明天你有工夫的时候，不妨来看看。我这些家伙用四万五千倍的显微镜照，照不出半点微生物！"

胖子一声也没出，也许是气糊涂了。

老邱又弄了五十块。当天晚上我们打了点酒，托老太太的厨子给作了几样菜。菜的材料多一半是利用老太太的。一边吃一边讨论我们的事业，我们决定添设打胎和戒烟。老王主张暗中宣传检查身体，凡是要考学校或保寿险的，哪怕已经作下寿衣，预备下棺材，我们也把体格表填写得好好的；只要交五元的检查费就行。这一案也没费事就通过了。老邱的老丈人最后建议，我们匀出几块钱，自己挂块匾。老人出老办法。可是总算有心爱护我们的医院，我们也就没反对。老丈人已把匾文拟好——仁心仁术。陈腐一点，不过也还恰当。我们议决，第二天早晨由老丈人上早市去找块旧匾。王太太说，把匾油饰好，等门口有过娶媳妇的，借着人家的乐队吹打的时候，我们就挂匾。到底妇女的心细，老王特别显着骄傲。

歪毛儿

　　小的时候,我们俩——我和白仁禄——下了学总到小茶馆去听评书。我俩每天的点心钱不完全花在点心上,留下一部分给书钱。虽然茶馆掌柜孙二大爷并不一定要我们的钱,可是我俩不肯白听。其实,我俩真不够听书的派儿:我那时脑后梳着个小坠根,结着红绳儿;仁禄梳俩大歪毛。孙二大爷用小笸箩打钱的时候,一到我俩面前便低声的说,"歪毛子!"把钱接过去,他马上笑着给我们抓一大把煮毛豆角,或是花生米来:"吃吧,歪毛子!"他不大爱叫我小坠根,我未免有点不高兴。可是说真的,仁禄是比我体面的多。他的脸正像年画上的白娃娃的,虽然没有那么胖。单眼皮,小圆鼻子,清秀好看。一跑,俩歪毛左右开弓的敲着脸蛋,像个拨浪鼓儿。青嫩头皮,剃头之后,谁也想轻敲他三下——剃头打三光。就是稍打重了些,他也不急。

　　他不淘气,可是也有背不上书来的时候。歪毛仁禄背不过书来本可以不挨打,师娘不准老师打他,他是师娘的歪毛宝贝:上街给她买一缕白棉花线,或是打俩小钱的醋,都是仁禄的事儿。可是他自己找打。每逢背不上书来,他比老师的脾气还大。他把小脸憋红,鼻子皱起一块儿,对先生说:"不背!不背!"不等老师发作,他又添上:"就是不背,看你怎样!"老师磨不开脸了,只好拿板子吧。仁禄不擦磨手心,也不迟宕,单眼皮眨巴的特别快，摇着俩歪毛，过去领受手板。打完，眼泪在眼眶里转，转好大半天，像水花打旋而渗不下去的样儿。始终他不许泪落下来。过了一会儿，他的脾气消散了，手心搓着膝盖，低着头念书，没有声音，小嘴像热天的鱼，动得很快很紧。

奇怪，这么清秀的小孩，脾气这么硬。

到了入中学的年纪，他更好看了。还不甚胖，眉眼可是开展了。我们脸上都起了小红脓泡，他还是那么白净。后一天入中学，上一班的学生便有一个挤了他一膀子，然后说："对不起，姑娘！"仁禄一声没出，只把这位学友的脸打成酸面包子。他不是打架呢，是拼命，连劝架的都受了点挂误伤。第二天，他没来上课。他又考入别的学校。

一直有十几年的工夫，我们俩没见面。听说，他在大学毕了业，到外边去作事。

去年旧历年前的末一次集，天很冷。千佛山上盖着些厚而阴寒的黑云。尖溜溜的小风，鬼似的掏人鼻子与耳唇。我没事，住的又离山水沟不远，想到集上看看。集上往往也有几本好书什么的。

我以为天寒人必少，其实集上并不冷静；无论怎冷，年总是要过的。我转了一圈，没看见什么对我的路子的东西——大堆的海带菜，财神的纸像，冻得铁硬的猪肉片子，都与我没有多少缘分。本想不再绕，可是极南边有个地摊，摆着几本书，引起我的注意，这个摊子离别的买卖有两三丈远，而且地点是游人不大来到的。设若不是我已走到南边，设若不是我注意书籍，我决不想过去。我走过去，翻了翻那几本书——都是旧英文教科书，我心里说，大年底下的谁买旧读本？看书的时候，我看见卖书人的脚，一双极旧的棉鞋，可是缎子的；袜子还是夏季的单线袜。别人都跺跺着脚，天是真冷；这双脚好像冻在地上，不动。把书合上我便走开了。

　　大概谁也有那个时候：一件极不相干的事，比如看见一群蚁擒住一个绿虫，或是一个癞狗被打，能使我们不痛快半天，那个挣扎的虫或是那条癞狗好似贴在我们心上，像块病似的。这双破缎子鞋就是这样贴在我的心上。走了几步，我不由的回了头。卖书的正弯身摆那几本书呢。其实我并没给弄乱：只那么几本，也无从乱起。我看出来，他不是久干这个的。逢集必赶的卖零碎的不这样细心。他穿着件旧灰色棉袍，很单薄，头上戴着顶没人要的老式帽头。由他的身上，我看到南圩子墙，千佛山，山上的黑云，结成一片清冷。我好似被他吸引住了。决定回去，虽然觉得不好意思的。我知道，走到他跟前，我未必敢端详他。他身上有那么一股高傲劲儿，像破庙似的，虽然破烂而仍令人心中起敬。我说不上来那几步是怎样走回去的，无论怎说吧，我又立在他面前。

　　我认得那两只眼，单眼皮儿。其余的地方我一时不敢相认，最清楚的记忆也不敢反抗时间，我俩已十几年没见了。他看了我一眼，赶快把眼转向千佛山去：一定是他了，我又认出这个神气来。

　　"是不是仁禄哥？"我大着胆问。

　　他又扫了我一眼，又去看山，可是极快的又转回来。他的瘦脸上没有任何表示，只是腮上微微的动了动，傲气使他不愿与我过话，可是"仁禄哥"三个字打动了他的心。他没说一个字，拉住我的手。手冻硬。脸朝着山，他无声的笑了笑。

　　"走吧，我住的离这儿不远。"我一手拉着他，一手拾起那几本书。

　　他叫了我一声。然后待了一会儿，"我不去！"

　　我抬起头来，他的泪在眼内转呢。我松开他的手，把几本书夹起来，假装笑着，"你走也得走，不走也得走！"

"待一会儿我找你去好了。"他还是不动。

"你不用！"我还是故意打哈哈似的说："待一会儿？管保再也找不到你了？"

他似乎要急，又不好意思；多么高傲的人也不能不原谅梳着小辫时候的同学。一走路，我才看出他的肩往前探了许多。他跟我来了。

没有五分钟便到了家。一路上，我直怕他和我转了影壁。他坐在屋中了，我才放心，仿佛一件宝贝确实落在手中。可是我没法说话了。问他什么呢？怎么问呢？他的神气显然的是很不安，我不肯把他吓跑了。

想起来了，还有瓶白葡萄酒呢。找到了酒，又发现了几个金丝枣。好吧，就拿这些待客吧。反正比这么僵坐着强。他拿起酒杯，手有点颤。喝下半杯去，他的眼中湿了一点，湿得像小孩冬天下学来喝着热粥时那样。

"几时来到这里的？"我试着步说。

"我？有几天了吧？"他看着杯沿上一小片木塞的碎屑，好像是和这片小东西商议呢。

"不知道我在这里？"

"不知道。"他看了我一眼，似乎表示有许多话不便说，也不希望我再问。

我问定了。讨厌，但我俩是幼年的同学。"在哪儿住呢？"

他笑了，"还在哪儿住？凭我这个样？"还笑着，笑得极无聊。

"那好了，这儿就是你的家，不用走了。咱们一块儿听鼓书去。趵突泉有三四处唱大鼓的呢：《老残游记》，嗳？"我想把他哄喜欢了。"记得小时候一同去听《施公案》？"

我的话没得到预期的效果，他没言语。但是我不失望。劝他

酒,酒会打开人的口。还好,他对酒倒不甚拒绝,他的俩脸渐渐有了红色。我的主意又来了:

"说,吃什么?面条?饺子?饼?说,我好去预备。"

"不吃,还得卖那几本书去呢!"

"不吃?你走不了!"

待了老大半天,他点了点头,"你还是这么活泼!"

"我?我也不是咱们梳着小辫时的样子了!光阴多么快,不知不觉的三十多了,想不到的事!"

"三十多也就该死了。一个狗才活十来年。"

"我还不那么悲观。"我知道已把他引上了路。

"人生还就不是个好玩艺!"他叹了口气。

随着这个往下说,一定越说越远:我要知道的是他的遭遇。我改变了战略,开始告诉他我这些年的经过,好歹的把人生与悲观扯在里面,好不显着生硬。费了许多周折,我才用上了这个公式——"我说完了,该听你的了。"

其实他早已明白我的意思,始终他就没留心听我的话。要不然,我在引用公式以前还得多绕几个弯儿呢。他的眼神把我的话删短了好多。我说完,他好似没法子了,问了句:

"你叫我说什么吧?"

这真使我有点难堪。律师不是常常逼得犯人这样问么?可是我扯长了脸,反正我俩是有交情的。爽性直说了吧,这或者倒合他的脾气:

"你怎么落到这样?"

他半天没回答出。不是难以出口,他是思索呢。生命是没有什么条理的,老朋友见面不是常常相对无言么?

"从哪里说起呢?"他好像是和生命中那些小岔路商议呢。"你记得咱们小的时候,我也不短挨打?"

"记得，都是你那点怪脾气。"

"还不都在乎脾气，"他微微摇着头。"那时候咱俩还都是小孩子，所以我没对你说过；说真的那时节我自己也还没觉出来是怎回事。后来我才明白了，是我这两只眼睛作怪。"

"不是一双好好的眼睛吗？"我说。

"平日是好好的一对眼；不过，有时候犯病。"

"怎样犯病？"我开始怀疑莫非他有点精神病。

"并不是害眼什么的那种肉体上的病，是种没法治的毛病。有时候忽然来了，我能看见些——我叫不出名儿来。"

"幻象？"我想帮他的忙。

"不是幻象，我并没看见什么绿脸红舌头的。是些形象。也还不是形象；是一股神气。举个例说，你就明白了，你记得咱们小时候那位老师？很好的一个人，是不是？可是我一犯病，他就非常的可恶，我所以跟他横着来了。过了一会儿，我的病犯过去，他还是他，我白挨一顿打。只是一股神气，可恶的神气。"

我没等他说完就问："你有时候你也看见我有那股神气吧？"

他微笑了一下："大概是，我记不甚清了。反正咱俩吵过架，总有一回是因为我看你可恶。万幸，我们一入中学就不在一处了。不然……你知道，我的病越来越深。小的时候，我还没觉出这个来，看见那股神气只闹一阵气就完了；后来，我管不住自己了，一旦看出谁可恶来，就是不打架，也不能再和他交往，连一句话也不肯放过。现在，在我的记忆中只有幼年的一切是甜蜜的，因为那时病还不深。过了二十，凡是可恶的都记在心里！我的记忆是一堆丑恶相片。"他愣起来了。

"人人都可恶？"我问。

"在我犯病的时节，没有例外。父母兄弟全可恶。要是敷衍，得敷衍一切，生命那才难堪。要打算不敷衍，得见一个打一个，办不到。慢慢的,我成了个无家无小没有一个朋友的人。干吗再交朋友呢?怎能交朋友呢?明知有朝一日便看出他可恶!"

我插了一句:"你所谓的可恶或者应当改为软弱,人人有个弱点,不见得就可恶。"

"不是弱点。弱点足以使人生厌,可也能使人怜悯。譬如对一个爱喝醉了的人,我看见的不是这个。其实不用我这对眼也能看出点来,你不信这么试试,你也能看出一些,不过不如我的眼那么强就是了。你不用看人脸的全部,而单看他的眼,鼻子,或是嘴,你就看出点可恶来。特别是眼与嘴,有时一个人正和你讲道德说仁义,你能看见他的眼中有张活的春画正在动。那嘴,露着牙喷粪的时节单要笑一笑!越是上等人越可恶。没受过教育的好些,也可恶,可是可恶得明显一些;上等人会遮掩。假如我没有这么一对眼,生命岂不是个大骗局?还举个例说吧,有一回我去看戏,旁边来了个三十多岁的人,很体面,穿得也讲究。我的眼一斜,看出来,他可恶。我的心中冒了火。不干我的事,诚然;可是,为什么可恶的人单要一张体面的脸呢?这是人生的羞耻与错处。正在这么个当儿,查票了。这位先生没有票,瞪圆了眼向查票员说:'我姓王,没买过票,就是日本人查票,我姓王的还是不买!'我没法管束自己了。我并不是要惩罚他,是要把他的原形真面目打出来。我给了他一个顶有力的嘴巴。你猜他怎样?他嘴里嚷着,走了。要不怎说他可恶呢。这不是弱点,是故意的找打——只可惜没人常打他。他的原形是追着叫化子乱咬的母狗。幸而我那时节犯了病,不然,他在我眼中也是个体面的雄狗了。"

"那么你很愿意犯病!"我故意的问。

他似乎没听见,我又重了一句,他又微笑了笑。"我不能说我以这个为一种享受;不过,不犯病的时候更难堪——明知人们可恶而看不出,明知是梦而醒不了。病来了,无论怎样吧,我不至于无聊。你看,说打就打,多少有点意思。最有趣的是打完了人,人们还不敢当面说我什么,只在背后低声的说,这是个疯子。我没遇上一个可恶而硬正的人;都是些虚伪的软蛋。有一回我指着个军人的脸说他可恶,他急了,把枪掏出来,我很喜欢。我问他:你干什么?哼,他把枪收回去了,走出老远才敢回头看我一眼;可恶而没骨头的东西!"他又愣了一会儿。"当初,我是怕犯病。一犯病就吵架,事情怎会作得长远!久而久之,我怕不犯病了。不犯病就得找事去作,闲着是难堪的事。可是有事便有人,有人就可恶。一来二去,我立在了十字路口:长期的抵抗呢?还是敷衍一下?不能决定。病犯了不由的便惹是非,可是也有一月两月不犯的时候。我能专等着犯病,什么也不干?不能!刚要干点什么,病又来了。生命仿佛是拉锯玩呢。有一回,半年多没犯病。好了,我心里说,再找回人生的旧辙吧;既然不愿放火,烟还是由烟筒出去好。我回了家,老老实实去作孝子贤孙。脸也常刮一刮,表示出诚意的敷衍。既然看不见人中的狗脸,我假装看见狗中的人脸,对小猫小狗都很和气,闲着也给小猫梳梳毛,带着狗去溜个圈。我与世界复和了。人家世界本是热热闹闹的混,咱干吗非硬拐硬碰不可呢。这时候,我的文章作多了。第一,我想组织家庭,把油盐柴米的责任加在身上也许会治好了病。况且,我对妇人的印象比较的好。在我的病眼中经过的多数是男人。虽然这也许是机会不平的关系,可是我硬认定女子比男子好一些。作文章吗?人们大概都很会替生命作文章。我想,自要找到个理想的女子,大概能马马虎虎的混几十年。文章还不尽于此,原先我不是以眼的经验断定人人可恶吗,现在改了。我这么想了:人人可恶是个推论,我并没亲眼看见人人可恶呀。也许人人可恶,而我不永远是犯着病,所以看不出。可也许世上确有好人,完全人,就是立在我的病眼前面,我也看不出他可恶来。我并不晓得哪时犯病；看见面前的人变了样，我才晓得我是犯了病？焉知没有我已犯病而看不出人家可恶的时候呢？假如那是个根本不可恶的人。这么一作文章，我的希望更大了。我决定不再硬了，结婚，组织家庭。生胖小子；人家都快活的过日子，我干吗放着熟葡萄不吃，单捡酸的吃呢？文章作得不错。"

他休息了一会儿，我没敢催促他。给他满上了酒。

"还记得我的表妹？"他突然的问："咱们小时候和她一块儿玩耍过。"

"小名叫招弟儿？"我想起来，那时候她耳上戴着俩小绿玉艾叶儿。

"就是。她比我小两岁，还没出嫁；等着我呢，好像是。想作文章就有材料，你看她等着我呢。我对她说了一切，她愿意跟我。我俩定了婚。"他又半天没言语，连喝了两三口酒。"有一天，我去找她，在路上我又犯了病。一个七八岁小女孩，拿着个粗碗，正在路中走。来了辆汽车。听见喇叭响，她本想往前跑，可是跑了一步，她又退回来了。车到了跟前，她蹲下了。车幸而猛的收住。在这个工夫，我看见车夫的脸，非常的可恶。在事实上他停住了车；心里很愿意把那个小女孩轧死，轧，来回的轧，轧碎了。作文章才无聊呢。我不能再找表妹去了。我的世界是个丑恶的，我不能把她也拉进来。我又跑了出来；给她一封极简短的信——不必再等我了。有过希望以后，我硬不起来了。我忽然的觉到，焉知我自己不可恶呢，不更可恶？这一疑虑，把硬气都跑了。以前，我见着可恶的便打，至少是瞪他那么一眼，使他哆嗦半天。我虽不因此得意，可是非常的自信——信我比别人强。及至一想结婚，与世界共同敷衍，坏了；我原来不比别人强，不过只多着双病眼罢了。我再没有勇气去打人了，只能消极的看谁可恶就躲开他。很希望别人指着脸子说我可恶，可是没人肯那么办。"他又愣了一会儿。"生命的真文章比人作的更周到？你看，我是刚从狱里出来。是这么回事，我和土匪们一块混来着。我既是也可恶，跟谁在一块不可以呢。我们的首领总算可恶得到家，接了赎款还把票儿撕了。绑来票砌在炕洞里。我没打他，我把他卖了，前几天他被枪毙了。在公堂上，我把他的罪恶都抖出来。他呢，一句也没扳我，反倒替我解脱。所以我只住了几天狱，没定罪。顶可恶的人原来也有点好心：撕票儿的恶魔不卖朋友！我以前没想到过这个。耶稣为仇人，为土匪祷告：他是个人物。他的眼或者就和我这对一样，可是他能始终是硬的，因为他始终是软的。普通人只能软，不能硬，所以世界没有骨气。我只能硬，不能软，现在没法安置我自己。人生真不是个好玩艺。"

他把酒喝净，立起来。

"饭就好，"我也立起来。

"不吃！"他很坚决。

"你走不了，仁禄！"我有点急了。"这儿就是你的家！"

"我改天再来，一定来！"他过去拿那几本书。

"一定得走？连饭也不吃？"我紧跟着问。

"一定得走！我的世界没有友谊。我既不认识自己，又好管教别人。我不能享受有秩序的一个家庭，像你这个样。只有瞎走乱撞还舒服一些。"

我知道，无须再留他了。愣了一会儿，我掏出点钱来。

"我不要！"他笑了笑："饿不死。饿死也不坏。"

"送你件衣裳横是行了吧？"我真没法儿了。

他愣了会儿。"好吧，谁叫咱们是幼时同学呢。你准是以为我很奇怪，其实我已经不硬了。对别人不硬了。对自己是没法不硬的，你看那个最可恶的土匪也还有点骨气。好吧，给我件你自己身上穿着的吧。那件毛衣便好。有你身上的一些热气便不完全像礼物了。我太好作文章！"

　　我把毛衣脱给他。他穿在棉袍外边，没顾得扣上纽子。

　　空中飞着些雪片，天已遮满了黑云。我送他出去，谁也没说什么，一个阴惨的世界，好像只有我们俩的脚步声儿。到了门口，他连头也没回，探着点身在雪花中走去。

柳家大院

这两天我们的大院里又透着热闹，出了人命。

事情可不能由这儿说起，得打头儿来。先交代我自己吧，我是个算命的先生。我也卖过酸枣、落花生什么的，那可是先前的事了。现在我在街上摆卦摊，好了呢，一天也抓弄个三毛五毛的。老伴儿早死了，儿子拉洋车。我们爷儿俩住着柳家大院的一间北房。

除了我这间北房，大院里还有二十多间房呢。一共住着多少家子？谁记得清！住两间房的就不多，又搭上今天搬来，明天又搬走，我没有那么好记性。大家见面招呼声"吃了吗"，透着和气；不说呢，也没什么。大家一天到晚为嘴奔命，没有工夫扯闲盘儿。爱说话的自然也有啊，可是也得先吃饱了。

还就是我们爷儿俩和王家可以算作老住户，都住了一年多了。早就想搬家，可是我这间屋子下雨还算不十分漏；这个世界哪去找不十分漏水的屋子？不漏的自然有哇，也得住得起呀！再说，一搬家又得花三份儿房钱，莫如忍着吧。晚报上常说什么"平等"，铜子儿不平等，什么也不用说。这是实话。就拿媳妇们说吧，娘家要是不使彩礼，她们一定少挨点揍，是不是？

王家是住两间房。老王和我算是柳家大院里最"文明"的人了。"文明"是三孙子，话先说在头里。我是算命的先生，眼前的字儿颇念一气。天天我看俩大子的晚报。"文明"人,就凭看篇晚报,别装孙子啦!老王是给一家洋人当花匠,总算混着洋事。其实他会种花不会,他自己晓得;若是不会的话,大概他也不肯说。给洋人院里剪草皮的也许叫作花匠;无论怎说吧,老王有点好吹。有什么意思?剪草皮又怎么低下呢?老王想不开这一层。要不怎么我们这种穷人没起色呢,穷不是,还好吹两句!大院里这样的人多了,老跟"文明"人学;好像"文明"人的吹胡子瞪眼睛是应当应分。反正他挣钱不多,花匠也罢,草匠也罢。

老王的儿子是个石匠,脑袋还没石头顺溜呢,没见过这么死巴的人。他可是好石匠,不说屈心话。小王娶了媳妇,比他小着十岁,长得像搁陈了的窝窝头,一脑袋黄毛,永远不乐,一挨揍就哭,还是不短挨揍。老王还有个女儿,大概也有十四五岁了,又贼又坏。他们四口住两间房。

除了我们两家,就得算张二是老住户了;已经在这儿住了六个多月。虽然欠下俩月的房钱,可是还对付着没叫房东给撵出去。张二的媳妇嘴真甜甘,会说话;这或者就是还没叫撵出去的原因。自然她只是在要房租来的时候嘴甜甘;房东一转身,你听她那个骂。谁能不骂房东呢;就凭那么一间狗窝,一月也要一块半钱?!可是谁也没有她骂得那么到家,那么解气。连我这老头子都有点爱上她了,不是为别的,她真会骂。可是,任凭怎么骂,一间狗窝还是一块半钱。这么一想,我又不爱她了。没有真章儿,骂骂算得了什么呢。

张二和我的儿子同行。拉车。他的嘴也不善,喝俩铜子的"猫尿"能把全院的人说晕了;穷嚼!我就讨厌穷嚼,虽然张二不是坏心肠的人。张二有三个小孩,大的捡煤核,二的滚车辙,三的满院爬。

提起孩子来了,简直的说不上来他们都叫什么。院子里的孩子足够一混成旅,怎能记得清楚呢?男女倒好分,反正能光眼子就光着。在院子里走道总得小心点;一慌,不定踩在谁的身上呢。踩了谁也得闹一场气。大人全憋着一肚子委屈,可不就抓个碴儿吵一阵吧。越穷,孩子越多,难道穷人就不该养孩子?不过,穷人也真得想个办法。这群小光眼子将来都干什么去呢?又跟我的儿子一样,拉洋车?我倒不是说拉洋车就低得,我是说人就不应当拉车;人嘛,当牲口?可是,好些个还活不到能拉车的年纪呢。今年春天闹瘟疹,死了一大批。最爱打孩子的爸爸也咧着大嘴哭,自己的孩子哪有不心疼的?可是哭完也就完了,小席头一卷,夹出城去;死了就死了,省吃是真的。腰里没钱心似铁,我常这么说。这不像一句话,总到想个办法!

　　除了我们三家子,人家还多着呢。可是我只提这三家子就够了。我不是说柳家大院出了人命吗?死的就是王家那个小媳妇。我说过她像窝窝头,这可不是拿死人打哈哈。我也不是说她"的确"像窝窝头。我是替她难受,替和她差不多的姑娘媳妇们难受。我就常思索,凭什么好好的一个姑娘,养成像窝窝头呢?从小儿不得吃,不得喝,还能油光水滑的吗!是,不错,可是凭什么呢?

　　少说闲话吧;是这么回事:老王第一个不是东西。我不是说他好吹吗?是,事事他老学那些"文明"人。娶了儿媳妇,喝,他不知道怎么好了。一天到晚对儿媳妇挑鼻子弄眼睛,派头大了。为三个钱的油,两个钱的醋,他能闹得翻江倒海。我知道,穷人肝气旺,爱吵架。老王可是有点存心找毛病;他闹气,不为别的专为学学"文明"人的派头。他是公公;妈的,公公几个子儿一个!我真不明白,为什么穷小子单要充"文明",这是哪一股儿毒气呢?早晨,他起得早,总得也把小媳妇叫起来,其实有什么事呢?他要立这个规矩,穷酸!她稍微晚起来一点,听吧,这一顿揍!

我知道，小媳妇的娘家使了一百块的彩礼。他们爷儿俩大概再有一年也还不清这笔亏空，所以老拿小媳妇出气。可是要专为这一百块钱闹气，也倒罢了，虽然小媳妇已经够冤枉的。他不是专为这点钱。他是学"文明"人呢，他要作足了当公公的气派。他的老伴不是死了吗，他想把婆婆给儿媳妇的折磨也由他承办。他变着方儿挑她的毛病。她呢，一个十七岁的孩子可懂得什么？跟她耍排场？我知道他那些排场是打哪儿学来的：在茶馆里听那些"文明"人说的。他就是这么个人——和"文明"人要是过两句话，替别人吹几句，脸上立刻能红堂堂的。在洋人家里剪草皮的时候，洋人要是跟他过一句半句的话，他能把尾巴摆动三天三夜。他确是有尾巴。可是他摆一辈子的尾巴了，还是他妈的住破大院啃窝窝头。我真不明白！

老王上工去的时候，把磨折儿媳妇的办法交给女儿替他办。那个贼丫头！我一点也没有看不起穷人家的姑娘的意思；她们给人家作丫环去呀，作二房去呀，当窑姐去呀，是常有的事（不是应该的事），那能怨她们吗？不能！可是我讨厌王家这个二妞，她和她爸爸一样的讨人嫌，能钻天觅缝地给她嫂子小鞋穿，能大睁白眼地乱造谣言给嫂子使坏。我知道她为什么这么坏，她是由那个洋人供给着在一个学校念书，她一万多个看不上她的嫂子。她也穿一双整鞋，头发上也戴着一把梳子，瞧她那个美！我就这么琢磨这回事：世界上不应当有穷有富。可是穷人要是狗着有钱的，往高处爬，比什么也坏。老王和二妞就是好例子。她嫂子要是作一双青布新鞋，她变着方儿给踩上泥，然后叫他爸爸骂儿媳妇。我没工夫细说这些事儿，反正这个小媳妇没有一天得着好气；有的时候还吃不饱。

小王呢，石厂子在城外，不住在家里。十天半月地回来一趟，一定揍媳妇一顿。在我们的柳家大院，揍儿媳妇是家常便饭。谁叫老婆吃着男子汉呢，谁叫娘家使了彩礼呢，挨揍是该当的。可是小王本来可以不揍媳妇，因为他轻易不回家来，还愿意回回闹气吗？哼，有老王和二妞在旁边唧咕啊。老王罚儿媳妇挨饿，跪着；到底不能亲自下手打，他是自居为"文明"人的，哪能落个公公打儿媳妇呢？所以挑唆儿子去打；他知道儿子是石匠，打一回胜似别人打五回的。儿子打完了媳妇，他对儿子和气极了。二妞呢，虽然常拧嫂子的胳臂，可也究竟是不过瘾，恨不能看着哥哥把嫂子当作石头，一下子捶碎才痛快。我告诉你，一个女人要是看不起另一个女人的，那就是活对头。二妞自居女学生；嫂子不过是花一百块钱买来的一个活窝窝头。

　　王家的小媳妇没有活路。心里越难受，对人也越不和气；全院里没有爱她的人。她连说话都忘了怎么说了。也有痛快的时候，见神见鬼地闹撞客。总是在小王揍完她走了以后，她又哭又说，一个人闹欢了。我的差事来了，老王和我借宪书，抽她的嘴巴。他怕鬼，叫我去抽。等我进了她的屋子，把她安慰得不哭了——我没抽过她，她要的是安慰，几句好话——他进来了，掐她的人中，用草纸熏；其实他知道她已缓醒过来，故意的惩治她。每逢到这个节骨眼，我和老王吵一架。平日他们吵闹我不管；管又有什么用呢？我要是管，一定是向着小媳妇；这岂不更给她添毒？所以我不管。不过，每逢一闹撞客，我们俩非吵不可了，因为我是在那儿，眼看着，还能一语不发？奇怪的是这个，我们俩吵架，院里的人总说我不对；妇女们也这么说。他们以为她该挨揍。他们也说我多事。男的该打女的，公公该管教儿媳妇，小姑子该给嫂子气受，他们这群男女信这个！怎么会信这个呢？谁教给他们的呢？哪个王八蛋的"文明"可笑，又可哭！

　　前两天，石匠又回来了。老王不知怎么一时心顺，没叫儿子揍媳妇，小媳妇一见大家欢天喜地，当然是喜欢，脸上居然有点像要笑的意思。二妞看见了这个，仿佛是看见天上出了两个太阳。一定有事！她嫂子正在院子里作饭，她到嫂子屋里去搜开了。一定是石匠哥哥给嫂子买来了贴己的东西，要不然她不会脸上笑出来。翻了半天，什么也没翻出来。我说"半天"，意思是翻得很详细；小媳妇屋里的东西还多得了吗？我们的大院里一共也没有两张整桌子来，要不怎么不闹贼呢。我们要是有钱票，是放在袜筒儿里。

二妞的气大了。嫂子脸上敢有笑容？不管查得出私弊查不出，反正得惩治她！

小媳妇正端着锅饭澄米汤，二妞给了她一脚。她的一锅饭出了手。"米饭"！不是丈夫回来，谁敢出主意吃"饭"！她的命好像随着饭锅一同出去了。米汤还没澄干，稀粥似的，雪白的饭，摊在地上。她拼命用手去捧，滚烫，顾不得手；她自己还不如那锅饭值钱呢。实在太热，她捧了几把，疼到了心上，米汁把手糊住。她不敢出声，咬上牙，扎着两只手，疼得直打转。

"爸！瞧她把饭全洒在地上啦！"二妞喊。

爷儿俩全出来了。老王一眼看见饭在地上冒热气，登时就疯了。他只看了小王那么一眼，已然是说明白了："你是要媳妇，还是要爸爸？"

小王的脸当时就涨紫了，过去揪住小媳妇的头发，拉倒在地。小媳妇没出一声，就人事不知了。

"打！往死了打！打！"老王在一旁嚷，脚踢起许多土来。

二妞怕嫂子是装死，过去拧她的大腿。

院子里的人都出来看热闹，男人不过来劝解，女的自然不敢出声；男人就是喜欢看别人揍媳妇——给自己的那个老婆一个榜样。

我不能不出头了。老王很有揍我一顿的意思。可是我一出头，别的男人也蹭过来。好说歹说，算是劝开了。

第二天一清早，小王老王全去工作。二妞没上学，为是继续给嫂子气受。

张二嫂动了善心，过来看看小媳妇。因为张二嫂自信会说话，所以一安慰小媳妇，可就得罪了二妞。她们俩抬起来了。当然二妞不行，她还说得过张二嫂！"你这个丫头要不下窑子，我不姓张！"一句话就把二妞骂闷过去了，"三秃子给你俩大子，你就叫他亲嘴；你当我没看见呢？有这么回事没有？有没有？"二嫂的嘴就堵着二妞的耳朵眼，二妞直往后退，还说不出话来。

这一场过去，二妞搭讪着上了街，不好意思再和嫂子闹了。

小媳妇一个人在屋里，工夫可就大啦。张二嫂又过来看一眼，小媳妇在炕上躺着呢，可是穿着出嫁时候的那件红袄。张二嫂问了她两句，她也没回答，只扭过脸去。张家的小二，正在这么工夫跟个孩子打起来，张二嫂忙着跑去解围，因为小二被敌人给按在底下了。

二妞直到快吃饭的时候才回来，一直奔了嫂子的屋子去，看看她作好了饭没有。二妞向来不动手作饭，女学生嘛！一开屋门，她失了魂似的喊了一声，嫂子在房梁上吊着呢！一院子的人全吓惊了，没人想起把她摘下来，好鞋不踩臭狗屎，谁肯往人命事儿里搀和呢？

二妞捂着眼吓成孙子了。"还不找你爸爸去?!"不知道谁说了这么一句，她扭头就跑，仿佛鬼在后头追她呢。

老王回来也傻了。小媳妇是没有救儿了；这倒不算什么，脏了房，人家房东能饶得了他吗？再娶一个，只要有钱，可是上次的债还没归清呢！这些个事叫他越想越气，真想咬吊死鬼儿几块肉才解气！

娘家来了人，虽然大嚷大闹，老王并不怕。他早有了预备，早问明白了二妞,小媳妇是受张二嫂的挑唆才想上吊;王家没逼她死,王家没给她气受。你看,老王学"文明"人真学得到家,能瞪着眼扯谎。

张二嫂可抓了瞎,任凭怎么能说会道,也禁不住贼咬一口,入骨三分!人命,就是自己能分辩,丈夫回来也得闹一阵。打官司自然是不会打的,柳家大院的人还敢打官司?可是老王和二妞要是一口咬定,小媳妇的娘家要是跟她要人呢,这可不好办!柳家大院是不讲情理的,老王要是咬定了她,她还就真跑不了。谁叫她自己平时爱说话呢,街坊们有不少恨着她的,就棍打腿,他们还不一拥而上把她"打倒",用个晚报上的字眼。果不其然,张二一回来就听说了,自己的媳妇惹了祸。谁还管青红皂白,先揍完再说,反正打媳妇是理所当然的事。张二嫂挨了顿好的,全大院都觉得十分的痛快。

小媳妇的娘家不打官司;要钱;没钱再说厉害的。老王怕什么偏有什么;前者娶儿媳妇的钱还没还清,现在又来了一档子!可是,无论怎样,也得答应着拿钱,要不然屋里放着吊死鬼,才不像句话。

小王也回来了,十分像个石头人,可是我看得出,他的心里很难过,谁也没把死了的小媳妇放在心上,只有小王进到屋中,在尸首旁边坐了半天。要不是他的爸爸"文明",我想他决不会常打她。可是,爸爸"文明",儿子也自然是要孝顺了,打吧!一打,他可就忘了他的胳臂本是砸石头的。他一声没出,在屋里坐了好大半天,而且把一条新裤子——就是没补钉呀——给媳妇穿上。他的爸爸跟他说什么,他好像没听见。他一个劲儿地吸蝙蝠牌的烟,眼睛不错眼珠地看着点什么——别人都看不见的一点什么。

娘家要一百块钱——五十是发送小媳妇的,五十归娘家人用。

小王还是一语不发。老王答应了拿钱。他第一个先找了张二去。"你的媳妇惹的祸，没什么说的，你拿五十，我拿五十；要不然我把吊死鬼搬到你屋里来。"老王说得温和，可又硬张。

张二刚喝了四个大子的猫尿，眼珠子红着。他也来得不善："好王大爷的话，五十！我拿！看见没有！屋里有什么你拿什么好了。要不然我把这两个大孩子卖给你，还不值五十块钱？小三的妈！把两个大的送到王大爷屋里去！会跑会吃，决不费事，你又没个孙子，正好嘛！"

老王碰了个软的。张二屋里的陈设大概一共值不了四个子儿！俩孩子？叫张二留着吧。可是，不能这么轻轻地便宜了张二；拿不出五十呀，三十行不行！张二唱开了打牙牌，好像很高兴似的。"三十干吗？还是五十好了，先写在账上，多嗒我叫电车轧死，多嗒还你。"

老王想叫儿子揍张二一顿。可是张二也挺壮，不一定能揍得了他。张二嫂始终没敢说话，这时候看出一步棋来，乘机会自己找找脸："姓王的，你等着好了，我要不上你屋里去上吊，我不算好老婆，你等着吧！"

老王是"文明"人，不能和张二嫂斗嘴皮子。而且他也看出来，这种野娘们什么也干得出来，真要再来个吊死鬼，可得更吃不了兜着走了。老王算是没敲上张二。

其实老王早有了"文明"主意，跟张二这一场不过是虚晃一刀。他上洋人家里去，洋大人没在家，他给洋太太跪下了，要一百块钱。洋太太给了他，可是其中的五十是要由老王的工钱扣的，不要利钱。

老王拿着回来了，鼻子朝着天。

开张殃榜就使了八块；阴阳生要不开这张玩艺，麻烦还小得了吗。这笔钱不能不花。

赶　集

　　小媳妇总算死得值。一身新红洋缎的衣裤，新鞋新袜子，一头银白铜的首饰。十二块钱的棺材。还有五个和尚念了个光头三。娘家弄了四十多块去；老王无论如何不能照着五十的数给。

　　事情算是过去了，二妞可遭了报，不敢进屋子。无论干什么，她老看见嫂子在房梁上挂着穿着红袄，向她吐舌头。老王得搬家。可是，脏房谁来住呢？自己住着，房东也许马马虎虎不究真儿；搬家，不叫赔房才怪呢。可是二妞不敢进屋睡觉也是个事儿。况且儿媳妇已经死了，何必再住两间房？让出那一间去，谁肯住呢？这倒难办了。

　　老王又有了高招儿，儿媳妇变成吊死鬼，他更看不起女人了。四五十块花在死鬼身上，还叫她娘家拿走四十多，真堵得慌。因此，连二妞的身份也落下来了。干脆把她打发了，进点彩礼，然后赶紧再给儿子续上一房。二妞不敢进屋子呀，正好，去她的。卖个三百二百的，除给儿子续娶之外，自己也得留点棺材本儿。

　　他搭讪着跟我说这个事。我以为要把二妞给我的儿子呢；不是，他是托我给留点神，有对事的外乡人肯出三百二百的就行。我没说什么。

　　正在这个时候，有人来给小王提亲，十八岁的大姑娘，能洗能作，才要一百二十块钱的彩礼。老王更急了，好像立刻把二妞铲出去才痛快。

　　房东来了，因为上吊的事吹到他耳朵里。老王把他唬回去了：房脏了，我现在还住着呢！这个事怨不上来我呀，我一天到晚不在家；还能给儿媳妇气受？架不住有坏街坊，要不是张二的娘们，我的儿媳妇能想得起上吊？上吊也倒没什么，我呢，现在又给儿子张罗着，反正混着洋事，自己没钱呀，还能和洋人说句话，接济一步。就凭这回事说吧，洋人送了我一百块钱！

　　房东叫他给唬住了，跟旁人一打听，的的确确是由洋人那儿拿来的钱，而且大家都很佩服老王。房东没再对老王说什么，不便于得罪混洋事的。可是张二这个家伙不是好调货，欠下两个月的房租，还由着娘们拉舌头扯簸箕，撵他搬家！张二嫂无论怎么会说，也得补上俩月的房钱，赶快滚蛋！

张二搬走了，搬走的那天，他又喝得醉猫似的。

等着看吧。看二妞能卖多少钱，看小王又娶个什么样的媳妇。什么事呢！"文明"是孙子，还是那句！

抱 孙

难怪王老太太盼孙子呀；不为抱孙子，娶儿媳妇干吗？也不能怪儿媳妇成天着急；本来吗，不是不努力生养呀，可是生下来不活，或是不活着生下来，有什么法儿呢！就拿头一胎说吧：自从一有孕，王老太太就禁止儿媳妇有任何操作，夜里睡觉都不许翻身。难道这还算不小心！哪里知道，到了五个多月，儿媳妇大概是因为多眨巴了两次眼睛，小产了！还是个男胎；活该就结了！再说第二胎吧，儿媳妇连眨巴眼都拿着尺寸；打哈欠的时候有两个丫环在左右扶着。果然小心谨慎没错处，生了个大白胖小子。可是没活了五天，小孩不知为了什么，竟自一声没出，神不知鬼不觉的与世长辞了。那是十一月天气，产房里大小放着四个火炉，窗户连个针尖大的窟窿也没有，不要说是风，就是风神，想进来是怪不容易的。况且小孩还盖着四床被，五条毛毯，按说够温暖的了吧？哼，他竟自死了。命该如此！

现在，王少奶奶又有了喜，肚子大得惊人，看着颇像轧马路的石碾。看着这个肚子，王老太太心里仿佛长出两只小手，成天抓弄得自己怪要发笑的。这么丰满体面的肚子，要不是双胎才怪呢！子孙娘娘有灵，赏给一对白胖小子吧！王老太太可不只是祷告烧香呀，儿媳妇要吃活人脑子，老太太也不驳回。半夜三更还给儿媳妇送肘子汤，鸡丝挂面……儿媳妇也真作脸，越躺着越饿，点心点心就能吃二斤翻毛月饼：吃得顺着枕头往下流油，被窝的深处能扫出一大碗什锦来。孕妇不多吃怎么生胖小子呢?婆婆儿媳对于此点完全同意。婆婆这样,娘家妈也不能落后啊。她是七趟八趟来"催生",每次至少带来八个食盒。两亲家,按着哲学上说,永远应当是对仇人。娘家妈带来的东西越多,婆婆越觉得这是有意羞辱人;婆婆越加紧张罗吃食,娘家妈越觉得女儿的嘴亏。这样一竞争,少奶奶可得其所哉,连嘴犄角都吃烂了。

收生婆已经守了七天七夜,压根儿生不下来。偏方儿,丸药,子孙娘娘的香灰,吃多了;全不灵验。到第八天头上,少奶奶连鸡汤都顾不得喝了,疼得满地打滚。王老太太急得给子孙娘娘跪了一股香,娘家妈把天仙庵的尼姑接来念催生咒;还是不中用。一直闹到半夜,小孩算是露出头发来。收生婆施展了绝技,除了把少奶奶的下部全抓破了别无成绩。小孩一定不肯出来。长似一年的一分钟,竟自过了五六十来分,还是只见头发不见孩子。有人说,少奶奶得上医院。上医院?王老太太不能这么办。好吗,上医院去开肠破肚不自自然然的产出来,硬由肚子里往外掏!洋鬼子,二毛子,能那么办;王家要"养"下来的孙子,不要"掏"出来的。娘家妈也发了言,养小孩还能快了吗?小鸡生个蛋也得到了时候呀!况且催生咒还没念完,忙什么?不敬尼姑就是看不起神仙!

又耗了一点钟,孩子依然很固执。少奶奶直翻白眼。王老太太眼中含着老泪,心中打定了主意:保小的不保大人。媳妇死了,再娶一个;孩子更要紧。她翻白眼呀,正好一狠心把孩子拉出来。找奶妈养着一样的好,假如媳妇死了的话。告诉了收生婆,拉!娘家妈可不干了呢,眼看着女儿翻了两点钟的白眼!孙子算老几,女儿是女儿。上医院吧,别等念完催生咒了;谁知道尼姑们念的是什么呢,假如不是催生咒,岂不坏了事?把尼姑打发了。婆婆还是不答应;"掏",行不开!婆婆不赞成,娘家妈还真没主意。嫁出的女儿泼出的水,活是王家的人,死是王家的鬼呀。两亲家彼此瞪着,恨不能咬下谁一块肉才解气。

又过了半点多钟,孩子依然不动声色,干脆就是不肯出来。收生婆见事不好,抓了一个空儿溜了。她一溜,王老太太有点拿不住劲儿了。娘家妈的话立刻增加了许多分量:"收生婆都跑了,不上医院还等什么呢?等小孩死在胎里哪!"

"死"和"小孩"并举,打动了王太太的心。可是"掏"到底是行不开的。

"上医院去生产的多了,不是个个都掏。"娘家妈力争,虽然不一定信自己的话。

王老太太当然不信这个:上医院没有不掏的。

幸而娘家爹也赶到了。娘家妈的声势立刻浩大起来。娘家爹也主张上医院。他既然也这样说,只好去吧。无论怎说,他到底是个男人。虽然生小孩是女人的事,可是在这生死关头,男人的主意多少有些力量。

两亲家,王少奶奶,和只露着头发的孙子,一同坐汽车上了医院。刚露了头发就坐汽车,真可怜的慌,两亲家不住的落泪。

一到医院,王老太太就炸了烟。怎么,还得挂号?什么叫挂号呀?生小孩子来了,又不是买官米打粥,按哪门子号头呀?王老太太气坏了,孙子可以不要了,不能挂这个号。可是继而一看,若是不挂号,人家大有不叫进去的意思。这口气难咽,可是还得咽;为孙子什么也得忍受。设若自己的老爷还活着,不立刻把医院拆个土平才怪;寡妇不行,有钱也得受人家的欺侮。没工夫细想心中的委屈,赶快把孙子请出来要紧。挂了号,人家要预收五十块钱。王老太太可抓住了:"五十!五百也行,老太太有钱!干脆要钱就结了,挂哪门子浪号,你当我的孙子是封信呢!"

医生来了。一见面,王老太太就炸了烟,男大夫?男医生当收生婆?我的儿媳妇不能叫男子大汉给接生。这一阵还没炸完,又出来两个大汉,抬起儿媳妇就往床上放。老太太连耳朵都哆嗦开了！这是要造反呀，人家一个年青青的孕妇，怎么一群大汉来动手脚的？"放下，你们这儿有懂人事的没有？要是有的话，叫几个女的来！不然，我们走！"

恰巧遇上个顶和气的医生，他发了话："放下，叫她们走吧！"

王老太太咽了口凉气，咽下去砸得心中怪热的，要不是为孙子，至少得打大夫几个最响的嘴巴！现官不如现管，谁叫孙子故意闹脾气呢。抬吧，不用说废话。两个大汉刚把儿媳妇放在帆布床上，看！大夫用两只手在她肚子上这一阵按！王老太太闭上了眼，心中骂亲家母：你的女儿，叫男子这么按，你连一声也不发，德行！刚要骂出来，想起孙子；十来个月的没受过一点委屈，现在被大夫用手乱杵，嫩皮嫩骨的，受得住吗？她睁开了眼，想警告大夫。哪知道大夫反倒先问下来了："孕妇净吃什么来着？这么大的肚子！你们这些人没办法，什么也给孕妇吃，吃得小孩这么肥大。平日也不来检验，产不下来才找我们！"他没等王老太太回答，向两个大汉说："抬走！"

王老太太一辈子没受过这个。"老太太"到哪儿不是圣人，今天竟自听了一顿教训！这还不提，话总得说得近情近理呀；孕妇不多吃点滋养品，怎能生小孩呢，小孩怎会生长呢？难道大夫在胎里的时候专喝西北风？西医全是二毛子！不便和二毛子辩驳；拿娘家妈撒气吧，瞪着她！娘家妈没有意思挨瞪，跟着女儿就往里走。王老太太一看，也忙赶上前去。那位和气生财的大夫转过身来："这儿等着！"

两亲家的眼都红了。怎么着，不叫进去看看？我们知道你把儿媳妇抬到哪儿去啊？是杀了，还是剐了啊？大夫走了。王老太太把一肚子邪气全照顾了娘家妈："你说不掏，看，连进去看看都不行！掏？还许大切八块呢！宰了你的女儿活该！万一要把我的孙子——我的老命不要了。跟你拼了吧！"

娘家妈心中打了鼓，真要把女儿切了，可怎办？大切八块不是没有的事呀，那回医学堂开会不是大玻璃箱里装着人腿人腔子吗？没办法！事已至此，跟女儿的婆婆干吧！"你倒怨我？是谁一天到晚填我的女儿来着？没听大夫说吗？老叫儿媳妇的嘴不闲着，吃出毛病来没有？我见人见多了，就没看见一个像你这样的婆婆！"

"我给她吃？她在你们家的时候吃过饱饭吗？"王太太反攻。

"在我们家里没吃过饱饭，所以每次看女儿去得带八个食盒！"

"可是呀，八个食盒，我填她，你没有？"

两亲家混战一番，全不示弱，骂得也很具风格。

大夫又回来了。果不出王老太太所料，得用手术。手术二字虽听着耳生，可是猜也猜着了，手要是竖起来，还不是开刀问斩？大夫说：用手术，大人小孩或许都能保全。不然，全有生命的危险。小孩已经误了三小时，而且决不能产下来，孩子太大。不过，要施手术，得有亲族的签字。

王老太太一个字没听见。掏是行不开的。

"怎样？快决定！"大夫十分的着急。

"掏是行不开的！"

"愿意签字不？快着！"大夫又紧了一板。

"我的孙子得养出来！"

娘家妈急了："我签字行不行？"

王老太太对亲家母的话似乎特别的注意："我的儿媳妇！你算哪道？"

大夫真急了，在王老太太的耳根子上扯开脖子喊："这可是两条人命的关系！"

"掏是不行的！"

"那么你不要孙子了？"大夫想用孙子打动她。

果然有效，她半天没言语。她的眼前来了许多鬼影，全似乎是向她说："我们要个接续香烟的，掏出来的也行！"

她投降了。祖宗当然是愿要孙子；掏吧！"可有一样，掏出来得是活的！"她既是听了祖宗的话，允许大夫给掏孙子，当然得说明了——要活的。掏出个死的来干吗用？只要掏出活孙子来，儿媳妇就是死了也没大关系。

娘家妈可是不放心女儿："准能保大小都活着吗？'"

"少说话！"王老太太教训亲家太太。

"我相信没危险，"大夫急得直流汗，"可是小孩已经耽误了半天，难保没个意外；要不然请你签字干吗？"

"不保准呀？乘早不用费这道手！"老太太对祖宗非常的负责任；好吗，掏了半天都再不会活着，对的起谁！

"好吧，"大夫都气晕了，"请把她拉回去吧！你可记住了，两条人命！"

"两条三条吧，你又不保准，这不是瞎扯！"

大夫一声没出，抹头就走。

王老太太想起来了，试试也好。要不是大夫要走，她决想不起这一招儿来。"大夫，大夫！你回来呀，试试吧！"

大夫气得不知是哭好还是笑好。把单子念给她听，她画了个十字儿。

两亲家等了不晓得多么大的时候，眼看就天亮了，才掏了出来，好大的孙子，足分量十三磅！王老太太不晓得怎么笑好了，拉住亲家母的手一边笑一边刷刷的落泪。亲家母已不是仇人了，变成了老姐姐。大夫也不是二毛子了，是王家的恩人，马上赏给他一百块钱才合适。假如不是这一掏，叫这么胖的大孙子生生的憋死，怎对祖宗呀？恨不能跪下就磕一阵头，可惜医院里没供着子孙娘娘。

胖孙子已被洗好，放在小儿室内。两位老太太要进去看看。不只是看看，要用一夜没洗过的老手指去摸摸孙子的胖脸蛋。看护不准两亲家进去，只能隔着玻璃窗看着。眼看着自己的孙子在里面，自己的孙子，连摸摸都不准！娘家妈摸出个红封套来——本是预备赏给收生婆的——递给看护；给点运动费，还不准进去？事情都来得邪，看护居然不收。王老太太揉了揉眼，细端详了看护一番，心里说："不像洋鬼子妞呀，怎么给赏钱都不接着呢？也许是面生，不好意思的？有了，先跟她闲扯几句，打开了生脸就好办了。"指着屋里的一排小篮说："这些孩子都是掏出来的吧？"

"只是你们这个，其余的都是好好养下来的。"

"没那个事，"王老太太心里说，"上医院来的都得掏。"

"给孕妇大油大肉吃才掏呢。"看护有点爱说话。

"不吃，孩子怎能长这么大呢！"娘家妈已和王老太太立在同一战线上。

"掏出来的胖宝贝总比养下来的瘦猴儿强！"王老太太有点觉得不掏出来的孩子没有住医院的资格。"上医院来'养'，脱了裤子放屁，费什么两道手！"

无论怎说，两亲家干瞪眼进不去。

王老太太有了主意，"丫环，"她叫那个看护，"把孩子给我，我们家去。还得赶紧去预备洗三请客呢！"

"我既不是丫环，也不能把小孩给你。"看护也够和气的。

"我的孙子，你敢不给我吗？医院里能请客办事吗？"

"用手术取出来的，大人一时不能给小孩奶吃，我们得给他奶吃。"

"你会，我们不会？我这快六十的人了，生过儿养过女，不比你懂得多；你养过小孩吗？"老太太也说不清看护是姑娘，还是媳妇，谁知道这头戴小白盔的是什么呢。

"没大夫的话，反正小孩不能交给你！"

"去把大夫叫来好了，我跟他说；还不愿意跟你费话呢！"

"大夫还没完事呢，割开肚子还得缝上呢。"

看护说到这里，娘家妈想起来女儿。王老太太似乎还想不起儿媳妇是谁。孙子没生下来的时候，一想起孙子便也想到媳妇；孙子生下来了，似乎把媳妇忘了也没什么。娘家妈可是要看看女儿，谁知道女儿的肚子上开了多大一个洞呢？割病室不许闲人进去，没法，只好陪着王老太太瞭望着胖小子吧。

好容易看见大夫出来了。王老太太赶紧去交涉。

"用手术取小孩，顶好在院里住一个月。"大夫说。

"那么三天满月怎么办呢？"王老太太问。

"是命要紧，还是办三天要紧呢？产妇的肚子没长上，怎能去应酬客人呢？"大夫反问。

王老太太确是以为办三天比人命要紧，可是不便于说出来，因为娘家妈在旁边听着呢。至于肚子没长好，怎能招待客人，那有办法："叫她躺着招待，不必起来就是了。"

大夫还是不答应。王老太太悟出一条理来："住院不是为要钱吗？好，我给你钱，叫我们娘们走吧，这还不行？"

"你自己看看去，她能走不能？"大夫说。

两亲家反都不敢去了。万一儿媳妇肚子上还有个盆大的洞，多么吓人？还是娘家妈爱女儿的心重，大着胆子想去看看。王老太太也不好意思不跟着。

到了病房，儿媳妇在床上放着的一张卧椅上躺着呢，脸就像一张白纸。娘家妈哭得放了声，不知道女儿是活还是死。王老太太到底心硬，只落了一半个泪，紧跟着炸了烟："怎么不叫她平平正正的躺下呢！这是受什么洋刑罚呢？"

"直着呀，肚子上缝的线就绷了，明白没有！"大夫说。

"那么不会用胶粘上点吗？"王老太太总觉得大夫没有什么高明主意。

娘家妈想和女儿说几句话，大夫也不允许。两亲家似乎看出来，大夫不定使了什么坏招儿，把产妇弄成这个样。无论怎说吧，大概一时是不能出院。好吧。先把孙子抱走，回家好办三天呀。

大夫也不答应，王老太太急了。"医院里洗三不洗？要是洗的话，我把亲友全请到这儿来；要是不洗的话，再叫我抱走；头大的孙子，洗三不请客办事，还有什么脸得活着？"

"谁给小孩奶吃呢？"大夫向。

"雇奶妈子！"王老太太完全胜利。

到底把孙子抱出来了。王老太太抱着孙子上了汽车，一上车就打嚏喷，一直打到家，每个嚏喷都是照准了孙子的脸射去的。到了家，赶紧派人去找奶妈子，孙子还在怀中抱着，以便接收嚏喷。不错，王老太太知道自己是着了凉；可是至死也不能放下孙子。到了晌午，孙子接了至少有二百多个嚏喷，身上慢慢的热起来。王老太太更不肯撒手了。到了下午三点来钟，孙子烧得像块火炭。到了夜里，奶妈子已雇妥了两个，可是孙子死了，一口奶也没有吃。

王老太太只哭了一大阵；哭完了，她的老眼瞪圆了："掏出来的！掏出来的能活吗？跟医院打官司！那么沉重的孙子会只活了一天，哪有的事！全是医院的坏，二毛子们！"

王老太太约上亲家母，上医院去闹。娘家妈也想把女儿赶紧接出来，医院是靠不住的！

把儿媳妇接出来了；不接出来怎好打官司呢？接出来不久，儿媳妇的肚子裂了缝，贴上"产后回春膏"也没什么用，她也不言不语的死了。好吧，两案归一，王老太太把医院告了下来。老命不要了，不能不给孙子和媳妇报仇！

黑白李

爱情不是他们兄弟俩这档子事的中心,可是我得由这儿说起。

黑李是哥,白李是弟,哥哥比弟弟大着五岁。两人都是我的同学,虽然白李一入中学,黑李和我就毕业了。黑李是我的好友;因为常到他家去,所以对白李的事儿我也略知一二。五年是个长距离,在这个时代。这哥儿俩的不同正如他们的外号——黑,白。黑李要是"古人",白李是现代的。他们俩并不因此打架吵嘴,可是对任何事的看法也不一致。黑李并不黑;只是在左眉上有个大黑痣。因此他是"黑李";弟弟没有那么个记号,所以是"白李";这在给他们送外号的中学生们看,是很逻辑的。其实他俩的脸都很白,而且长得极相似。

他俩都追她——恕不道出姓名了——她说不清到底该爱谁,又不肯说谁也不爱。于是大家替他们弟兄捏着把汗。明知他俩不肯吵架,可是爱情这玩艺是不讲交情的。

可是,黑李让了。

我还记得清清楚楚:正是个初夏的晚间,落着点小雨,我去找他闲谈,他独自在屋里坐着呢,面前摆着四个红鱼细磁茶碗。我们俩是用不着客气的,我坐下吸烟,他摆弄那四个碗。转转这个,转转那个,把红鱼要一点不差的朝着他。摆好,身子往后仰一仰,像画家设完一层色那么退后看看。然后,又逐一的转开,把另一面的鱼们摆齐。又往后仰身端详了一番,回过头来向我笑了笑,笑得非常天真。

他爱弄这些小把戏。对什么也不精通,可是什么也爱动一动。他并不假充行家,只信这可以养性。不错,他确是个好脾性的人。有点小玩艺,比如黏补旧书等等,他就平安的消磨半日。

叫了我一声,他又笑了笑,"我把她让给老四了,"按着大排行,白李是四爷,他们的伯父屋中还有弟兄呢。"不能因为个女子失了兄弟们的和气。"

"所以你不是现代人。"我打着哈哈说。

"不是;老狗熊学不会新玩艺了。三角恋爱,不得劲儿。我和她说了,不管她是爱谁,我从此不再和她来往。觉得很痛快!"

"没看见过这么讲恋爱的。"

"你没看见过?我还不讲了呢。干她的去,反正别和老四闹翻了。将来咱俩要来这么一出的话,希望不是你收兵,就是我让了。"

"于是天下就太平了?"

我们笑开了。

过了有十天吧,黑李找我来了。我会看,每逢他的脑门发暗,必定是有心事。每逢有心事,我俩必喝上半斤莲花白。我赶紧把酒预备好,因为他的脑门不大亮嘛。

喝到第二盅上,他的手有点哆嗦。这个人的心里存不住事。遇上点事,他极想镇定,可是脸上还泄露出来。他太厚道。

"我刚从她那儿来。"他笑着,笑得无聊;可还是真的笑,因为要对个好友道出胸中的闷气。这个人若没有好朋友,是一天也活不了的。

我并不催促他;我俩说话用不着忙,感情都在话中间那些空子里流露出来呢。彼此对看着,一齐微笑,神气和默默中的领悟,都比言语更有分量。要不怎么白李一见我俩喝酒就叫我们"一对糟蛋"呢。

"老四跟我好闹了一场，"他说，我明白这个"好"字——第一他不愿说兄弟间吵了架，第二不愿只说弟弟不对，即使弟弟真是不对。这个字带出不愿说而又不能不说的曲折。"因为她。我不好，太不明白女子心理。那天不是告诉你，我让了吗？我是居心无愧之好，她可出了花样。她以为我是特意羞辱她。你说对了，我不是现代人，我把恋爱看成该怎样就怎样的事，敢情人家女子愿意'大家'在后面追随着。她恨上了我。这么报复一下——我放弃了她，她断绝了老四。老四当然跟我闹了。所以今天又找她去，请罪。她骂我一顿，出出气，或者还能和老四言归于好。我这么希望。哼，她没骂我。她还叫我和老四都作她的朋友。这个，我不能干，我并没这么明对她讲，我上这儿跟你说说。我不干，她自然也不再理老四。老四就得再跟我闹。"

"没办法！"我替他补上这一小句。待了一会儿，"我找老四一趟，解释一下？"

"也好。"他端着酒盅愣了会儿，"也许没用。反正我不再和她来往。老四再跟我闹呢，我不言语就是了。"

我们俩又谈了些别的，他说这几天正研究宗教。我知道他的读书全凭兴之所至，我决不会因为谈到宗教而想他有点厌世，或是精神上有什么大的变动。

哥哥走后，弟弟来了。白李不常上我这儿来，这大概是有事。他在大学还没毕业，可是看起来比黑李精明着许多。他这个人，叫你一看，你就觉得他应当到处作领袖。每一句话，他不是领导着你走上他所指出的路子，便是把你绑在断头台上。他没有客气话，和他哥哥正相反。

我对他也不便太客气了，省得他说我是糟蛋。

"老二当然来过了?"他问;黑李是大排行行二。"也当然跟你谈到我们的事?"我自然不便急于回答,因为有两个"当然"在这里。果然,没等我回答,他说了下去:"你知道,我是借题发挥?"

我不知道。

"你以为我真要那个女人吗?"他笑了,笑得和他哥哥一样,只是黑李的笑向来不带着这不屑于对我笑的劲儿。"我专为和老二捣乱,才和她来往;不然,谁有工夫招呼她?男与女的关系,从根儿上说,还不是兽欲的关系?为这个,我何必非她不行?老二以为这个兽欲的关系应当叫作神圣的,所以他郑重地向她磕头,及至磕了一鼻子灰,又以为我也应当去磕,对不起,我没那个瘾!"他哈哈的笑起来。

我没笑,也不敢插嘴。我很留心听他的话,更注意看他的脸。脸上处处像他哥哥,可是那股神气又完全不像他的哥哥。这个,使我忽而觉得是和一个顶熟识的人说话,忽而又像和个生人对坐着。我有点不舒坦——看着个熟识的面貌,而找不到那点看惯了的神气。

"你看,我不磕头;得机会就吻她一下。她喜欢这个,至少比受几个头更过瘾。不过,这不是正笔。正文是这个,你想我应当老和二爷在一块儿吗?"

我当时回答不出。

他又笑了笑——大概心中是叫我糟蛋呢。"我有我的前途,我的计划;他有他的。顶好是各走各的路,是不是?"

"是;你有什么计划?"我好容易想起这么一句;不然便太僵得慌了。

"计划,先不告诉你。得先分家,以后你就明白我的计划了。"

"因为要分居,所以和老二吵;借题发挥?"我觉得自己很聪明似的。

他笑着点了头；没说什么，好像准知道我还有一句呢。我确是有一句："为什么不明说，而要吵呢？"

"他能明白我吗？你能和他一答一和的说，我不行。我一说分家，他立刻就得落泪。然后，又是那一套——母亲去世的时候，说什么来着？不是说咱俩老得和美吗？他必定说这一套，好像活人得叫死人管着似的。还有一层，一听说分家，他管保不肯，而愿把家产都给了我，我不想占便宜，他老拿我当作'弟弟'，老拿自己的感情限定住别人的举止，老假装他明白我，其实他是个时代落伍者。这个时代是我的，用不着他来操心管我。"他的脸上忽然的很严重了。

看着他的脸，我心中慢慢地起了变化——白李不仅是看不起"俩糟蛋"的狂傲少年了，他确是要树立住自己。我也明白过来，他要是和黑李慢慢地商量，必定要费许多动感情的话，要讲许多弟兄间的情义；即使他不讲，黑李总要讲的。与其这样，还不如吵，省得拖泥带水；他要一刀两断，各自奔前程。再说，慢慢地商议，老二决不肯干脆地答应。老四先吵嚷出来，老二若还不干，便是显着要霸占弟弟的财产了。猜到这里，我心中忽然一亮：

"你是不是叫我对老二去说？"

"一点不错。省得再吵。"他又笑了。"不愿叫老二太难堪了，究竟是弟兄。"似乎他很不喜欢说这末后的两个字——弟兄。

我答应了给他办。

"把话说得越坚决越好。二十年内，我俩不能作弟兄。"他停了一会儿，嘴角上挤出点笑来。"也给老二想了，顶好赶快结婚，生个胖娃娃就容易把弟弟忘了。二十年后，我当然也落伍了，那时候，假如还活着的话，好回家作叔叔。不过，告诉他，讲恋爱的时候要多吻，少磕头，要死追，别死跪着。"他立起来，又想了想,"谢谢你呀。"他叫我明明的觉出来,这一句是特意为我说的,他并不负要说的责任。

为这件事,我天天找黑李去。天天他给我预备好莲花白。吃完喝完说完,无结果而散。至少有半个月的工夫是这样。我说的,他都明白,而且愿意老四去创练创练。可是临完的一句老是"舍不得老四呀!"

"老四的计划?计划?"他走过来,走过去,这么念道。眉上的黑痣夹陷在脑门的皱纹里,看着好似缩小了些。"什么计划呢?你问问他,问明白我就放心了。"

"他不说。"我已经这么回答过五十多次了。

"不说便是有危险性!我只有这么一个弟弟!叫他跟我吵吧,吵也是好的。从前他不这样,就是近来才和我吵。大概还是为那个女的!劝我结婚?没结婚就闹成这样,还结婚!什么计划呢?真!分家?他爱要什么拿什么好了。大概是我得罪了他,我虽不跟他吵,我知道我也有我的主张。什么计划呢?他要怎样就怎样好了,何必分家……"

这样来回磨,一磨就是一点多钟。他的小玩艺也一天比一天增多:占课、打卦、测字、研究宗教……什么也没能帮助他推测出老四的计划,只添了不少的小恐怖。这可并不是说,他显着怎样的慌张。不,他依旧是那么婆婆妈妈的。他的举止动作好像老追不上他的感情,无论心中怎样着急,他的动作是慢的,慢得仿佛是拿生命当作玩艺儿似的逗弄着。

我说老四的计划是指着将来的事业而言,不是现在有什么具体的办法。他摇头。

就这么耽延着,差不多又过了一个多月。

"你看,"我抓住了点理,"老四也不催我,显然他说的是长久之计,不是马上要干什么。"

他还是摇头。

时间越长,他的故事越多。有一个礼拜天的早晨,我看见他进了礼拜堂。也许是看朋友,我想。在外面等了他一会儿。他没出来。不便再等了,我一边走一边想:老李必是受了大的刺激——失恋,弟兄不和,或者还有别的。只就我知道的这两件事说。大概他已经支持不下去。他的动作仿佛是拿生命当作小玩艺,那正是因他对任何小事都要慎重地考虑。茶碗上的花纹摆不齐都觉得不舒服。哪一件小事也得在他心中摆好,摆得使良心上舒服。上礼拜堂去祷告,为是坚定良心。良心是古圣先贤给他制备好了的,可是他又不愿将一切新事新精神一笔抹杀。结果,他"想"怎样老不如"已是"怎样来得现成,他不知怎样才好。他大概是真爱她,可是为了弟弟,不能不放弃她,而且失恋是说不出口的。他常对我说,"咱们也坐一回飞机。"说完,他一笑,不是他笑呢,是"身体发肤,受之父母"笑呢。

过了晌午,我去找他。按说一见面就得谈老四,在过去的一个多月都是这样。这次他变了花样,眼睛很亮,脸上有点极静适的笑意,好像是又买着一册善本的旧书。

"看见你了,"我先发了言。

他点了点头,又笑了一下,"也很有意思!"

什么老事情被他头次遇上,他总是说这句。对他讲个闹鬼的笑话,也是"很有意思!"他不和人家辩论鬼的有无,他信那个故事,"说不定世上还有比这更奇怪的事"。据他看,什么事都是可能的。因此,他接受的容易,可就没有什么精到的见解。他不是不想多明白些,但是每每在该用脑筋的时候,他用了感情。

"道理都是一样的,"他说,"总是劝人为别人牺牲。"

"你不是已经牺牲了个爱人?"我愿多说些事实。

"那不算,那是消极的割舍,并非由自己身上拿出点什么来。

这十来天，我已经读完'四福音书'。我也想好了，我应当分担老四的事，不应当只是不准他离开我。你想想吧，设若真是专为分家产，为什么不来跟我明说？"

"他怕你不干，"我回答。

"不是！这几天我用心想过了，他必是真有个计划，而且是有危险性的。所以他要一刀两断，以免连累了我。你以为他年青，一冲子性？他正是利用这个骗咱们；他实在是体谅我，不肯使我受屈。把我放在安全的地方，他好独作独当地去干。必定是这样！我不能撒手他，我得为他牺牲，母亲临去世的时候——"他没往下说，因为知道我已听熟了那一套。

我真没想到这一层。可是还不深信他的话；焉知他不是受了点宗教的刺激而要充分地发泄感情呢？

我决定去找白李，万一黑李猜得不错呢！是，我不深信他的话，可也不敢耍玄虚。

怎样找也找不到白李。学校、宿舍、图书馆、网球场、小饭铺，都看到了，没有他的影儿。和人们打听，都说好几天没见着他。这又是白李之所以为白李；黑李要是离家几天，连好朋友们他也要通知一声。白李就这么人不知鬼不觉地不见了。我急出一个主意来——上"她"那里打听打听。

她也认识我，因为我常和黑李在一块儿。她也好几天没见着白李。她似乎很不满意李家兄弟，特别是对黑李。我和她打听白李，她偏跟我谈论黑李。我看出来，她确是注意——假如不是爱——黑李。大概她是要圈住黑李，作个标本。有比他强的呢，就把他免了职；始终找不到比他高明的呢，最后也许就跟了他。这么一想，虽然只是一想，我就没乘这个机会给他和她再撮合一下；按理说应当这么办，可是我太爱老李，总觉得他值得娶个天上的仙女。

从她那里出来，我心中打开了鼓。白李上哪儿去了呢？不能告诉黑李！一叫他知道了，他能立刻登报找弟弟，而且要在半夜里起来占课测字。可是，不说吧，我心中又痒痒。干脆不找他去？也不行。

走到他的书房外边，听见他在里面哼唧呢。他非高兴的时候不哼唧着玩。可是他平日哼唧，不是诗便是那句代表一切歌曲的"深闺内，端的是玉无瑕"，这次的哼唧不是这些。我细听了听，他是练习圣诗呢。他没有音乐的耳朵，无论什么，到他耳中都是一个味儿。他唱出的时候，自然也还是一个味儿。无论怎样吧，反正我知道他现在是很高兴。为什么事高兴呢？

我进到屋中，他赶紧放下手中的圣诗集，非常的快活："来得正好，正想找你去呢！老四刚走。跟我要了一千块钱去。没提分家的事，没提！"

显然他是没问过弟弟，那笔钱是干什么用的。要不然他不能这么痛快。他必是只求弟弟和他同居，不再管弟弟的行动；好像即使弟弟有带危险性的计划，只要不分家，便也没什么可怕的了。我看明白了这点。

"祷告确是有效，"他郑重地说。"这几天我天天祷告，果然老四就不提那回事了。即使他把钱都扔了，反正我还落下个弟弟！"

我提议喝我们照例的一壶莲花白。他笑着摇摇头："你喝吧，我陪着吃菜，我戒了酒。"

我也就没喝，也没敢告诉他，我怎么各处去找老四。老四既然回来了，何必再说？可是我又提起"她"来。他连接碴儿也没接，只笑了笑。

对于老四和"她"，似乎全没有什么可说的了。他给我讲了些《圣经》上的故事。我一面听着，一面心中嘀咕——老李对弟弟与爱人所取的态度似乎有点不大对；可是我说不出所以然来。我心中不十分安定，一直到回在家中还是这样。

又过了四五天，这点事还在我心中悬着。有一天晚上，王五来了。他是在李家拉车，已经有四年了。

王五是个诚实可靠的人，三十多岁，头上有块疤——据说是小时候被驴给啃了一口。除了有时候爱喝口酒，他没有别的毛病。

他又喝多了点，头上的疤都有点发红。

"干吗来了，王五？"我和他的交情不错，每逢我由李家回来得晚些，他总张罗把我拉回来，我自然也老给他点"酒钱"。

"来看看你。"说着便坐下了。

我知道他是来告诉我点什么。"刚沏上的茶，来碗？"

"那敢情好；我自己倒；还真有点渴。"

我给了他支烟卷，给他提了个头儿："有什么事吧？"

"哼，又喝了两壶，心里痒痒；本来是不应当说的事！"他用力吸了口烟。

"要是李家的事，你对我说了准保没错。"

"我也这么想，"他又停顿了会儿，可是被酒气催着，似乎不能不说："我在李家四年零三十五天了！现在叫我很为难。二爷待我不错，四爷呢，简直是我的朋友。所以不好办。四爷的事，不准告诉二爷；二爷又是那么傻好的人。对二爷说吧，又对不起四爷——我的朋友。心里别提多么为难了！论理说呢，我应当向着四爷。二爷是个好人，不错；可究竟是个主人。多么好的主人也还是主人，不能肩膀齐为弟兄。他真待我不错，比如说吧，在这老热天，我拉二爷出去，他总设法在半道上耽搁会儿，什么买包洋火呀，什么看看书摊呀，为什么？为是叫我歇歇，喘喘气。要不，怎说他是好主人呢。他好，咱也得敬重他，这叫作以好换好。久在街上混，还能不懂这个？"

我又让了他碗茶,显出我不是不懂"外面"的人。他喝完,用烟卷指着胸口说:"这儿,咱这儿可是爱四爷。怎么呢?四爷年青,不拿我当个拉车的看。他们哥儿俩的劲儿——心里的劲儿——不一样。二爷吧,一看天气热就多叫我歇会儿,四爷就不管这一套,多么热的天也得拉着他飞跑。可是四爷和我聊起来的时候,他就说,凭什么人应当拉着人呢?他是为我们拉车的——天下的拉车的都算在一块儿——抱不平。二爷对'我'不错,可想不到大家伙儿。所以你看,二爷来的小,四爷来的大。四爷不管我的腿,可是管我的'心;二爷是家长里短,可怜我的腿,可不管这儿。"他又指了指心口。

我晓得他还有话呢,直怕他的酒气教酽茶给解去,所以又紧了他一板:"往下说呀,王五!都说了吧,反正我还能拉老婆舌头把你搁里!"

他摸了摸头上的疤,低头想了会儿。然后把椅子往前拉了拉,声音放得很低:"你知道,电车道快修完了?电车一开,我们拉车的全玩完!这可不是为我自个儿发愁,是为大家伙儿。"他看了我一眼。

我点了点头。

"四爷明白这个;要不怎么我俩是朋友呢。四爷说:王五,想个办法呀!我说:四爷,我就有一个主意,揍!四爷说:王五,这就对了!揍!一来二去,我们可就商量好了。这我不能告诉你。我要说的是这个,"他把声音放得更低了,"我看见了,侦探跟上了四爷!未必是为这件事,可是叫侦探跟着总不妥当。这就来到坐蜡的地方了:我要告诉二爷吧!对不起四爷;不告诉吧!又怕把二爷也饶在里面。简直的没法儿!"

把王五支走,我自己琢磨开了。

黑李猜的不错,白李确是有个带危险性的计划。计划大概不

赶　集

一定就是打电车，他必定还有厉害的呢。所以要分家，省得把哥哥拉扯在内。他当然是不怕牺牲，也不怕别人牺牲，可是还不肯一声不发的牺牲了哥哥——把黑李牺牲了并无济于事。电车的事来到眼前，连哥哥也顾不得了。

　　我怎办呢？警告黑李是适足以激起他的爱弟弟的热情。劝白李，不但没用，而且把王五搁在里边。

　　事情越来越紧了，电车公司已宣布出开车的日子。我不能再耗着了，得告诉黑李去。

　　他没在家，可是王五没出去。

　　"二爷呢？"

　　"出去了。"

　　"没坐车？"

　　"好几天了，天天出去不坐车！"

　　由王五的神气，我猜着了："王五，你告诉了他？"

　　王五头上的疤都紫了："又多喝了两盏，不由的就说了。"

　　"他呢？"

　　"他直要落泪。"

　　"说什么来着？"

　　"问了我一句——老五，你怎样？我说，王五听四爷的。他说了声，好。别的没说，天天出去，也不坐车。"

　　我足足的等了三点钟，天已大黑，他才回来。

　　"怎样？"我用这两个字问到了一切。

　　他笑了笑，"不怎样。"

　　决没想到他这么回答我。我无须再问了，他已决定了办法。我觉得非喝点酒不可，但是独自喝有什么味呢。我只好走吧。临别的时候，我提了句："跟我出去玩几天，好不好？"

　　"过两天再说吧。"他没说别的。

323

感情到了最热的时候是会最冷的。想不到他会这样对待我。

电车开车的头天晚上,我又去看他。他没在家,直等到半夜,他还没回来。大概是故意地躲我。

王五回来了,向我笑了笑,"明天!"

"二爷呢?"

"不知道。那天你走后,他用了不知什么东西,把眉毛上的黑痦子烧去了,对着镜子直出神。"

完了,没了黑痣,便是没有了黑李,不必再等他了。

我已经走出大门,王五把我叫住:"明天我要是——"他摸了摸头上的疤,"你可照应着点我的老娘!"

约摸五点多钟吧,王五跑进来,跑得连裤子都湿了。"全——揍了!"他再也说不出话来。直喘了不知有多少工夫,他才缓过气来,抄起茶壶对着嘴喝了一气。"啊!全揍了!马队冲下来,我们才散。小马六叫他们拿去了,看得真真的。我们吃亏没有家伙,专仗着砖头哪行!小马六要玩完。"

"四爷呢?"我问。

"没看见,"他咬着嘴唇想了想。"哼,事闹得不小!要是拿的话呀,准保是拿四爷,他是头目。可也别说,四爷并不傻,别看他年青。小马六要玩完,四爷也许不能。"

"也没看见二爷?"

"他昨天就没回家。"他又想了想,"我得在这儿藏两天。"

"那行。"

第二天早晨,报纸上登出——砸车暴徒首领李——当场被获,一同被获的还有一个学生,五个车夫。

王五看着纸上那些字,只认得一个"李"字,"四爷玩完了!四爷玩完了!"低着头假装抓那块疤,泪落在报上。

消息传遍了全城,枪毙李——和小马六,游街示众。

赶　集

　　毒花花的太阳，把路上的石子晒得烫脚，街上可是还挤满了人。一辆敞车上坐着两个人，手在背后捆着。土黄制服的巡警，灰色制服的兵，前后押着，刀光在阳光下发着冷气。车越走越近了，两个白招子随着车轻轻地颤动。前面坐着的那个，闭着眼。额上有点汗，嘴唇微动，像是祷告呢。车离我不远，他在我面前坐着摆动过去。我的泪迷住了我的心。等车过去半天，我才醒了过来，一直跟着车走到行刑场。他一路上连头也没抬一次。

　　他的眉皱着点，嘴微张着，胸上汪着血，好像死的时候正在祷告。我收了他的尸。

　　过了两个月，我在上海遇见了白李，要不是我招呼他，他一定就跑过去了。

　　"老四！"我喊了他一声。

　　"啊？"他似乎受了一惊。"呕，你？我当是老二复活了呢。"

　　大概我叫得很像黑李的声调，并非有意的。或者是在我心中活着的黑李替我叫了一声。

　　白李显着老了一些，更像他的哥哥了。我们俩并没说多少话，他好似不大愿意和我多谈。只记得他的这么两句：

　　"老二大概是进了天堂，他在那里顶合适了；我还在这儿砸地狱的门呢。"

眼　镜

　　宋修身虽然是学着科学，可是在日常生活上不管什么科学科举的那一套。他相信饭馆里苍蝇都是消过毒的，所以吃芝麻酱拌面的时候不劳手挥目送的瞎讲究。他有对儿近视眼，也有对儿近视镜。可是他除非读书的时候不戴上它们。据老说法：越戴镜子眼越坏。他信这个。得不戴就不戴，譬如走路逛街，或参观运动会的时候，他的镜子是在手里拿着。即使什么也看不见，而且脑袋常常的发晕，那也活该。

　　他正往学校里走。溜着墙根，省得碰着人；不过有时候踩着狗腿。这回，眼镜盒子是卷在两本厚科学杂志里。他准知道这个办法不保险，所以走几步，站住摸一摸。把镜子丢了，上堂听课才叫抓瞎。况且自己的财力又不充足，买对眼镜说不定就会破产。本打算把盒子放在袋里，可是身上各处的口袋都没有空地方：笔记本，手绢，铅笔，橡皮，两个小瓶，一块吃剩下的烧饼，都占住了地盘。还是这么拿着吧，小心一点好了；好在盒子即使掉在地上也会有响声的。

　　一拐弯，碰上了个同学。人家招呼他，他自然不好不答应。站住说了几句。来了辆汽车，他本能的往里手一躲，本来没有躲的必要，可是眼力不济，得特别的留神，于是把鼻子按在墙上。汽车和朋友都过去了，他紧赶了几步，怕是迟到。走到了校门，

赶 集

一摸,眼镜盒子没啦!登时头上见了汗。抹回头去找,哪里有个影儿。拐弯的地方,老放着几辆洋车。问拉车的,他们都没看见,好像他们也都是近视眼似的。又往回找到校门,只摸了两手的土。心里算是别扭透了!掏出那块干烧饼狠命的摔在校门上,假如口袋里没这些零碎!假如不是遇上那个臭同学?假如不躲那辆闯丧的汽车?巧!越巧心里越堵得慌!一定是被车夫拾了去,瞪着眼不给,什么世界!天天走熟了的路,掉了东西会连告诉一声都不告诉,而捡起放在自己的袋里?一对近视镜有什么用?

宋修身的鼻子按在墙上的时候,眼镜盒子落在墙根。车夫王四看见了。

王四本想告诉一声,可是一看是"他",一年到头老溜墙根,没坐过一回车。话到了嘴边,又回去了。汽车刚拐过去,他顺手捡起盒子,放在腰中。

当着别的车夫,不便细看,可是心中不由得很痛快,坐在车上舒舒服服的微笑。

他看见宋修身回来了,满头是汗,怪可怜的。很想拿出来还给他。可是别人都说没看见,自己要是招认了,吃了又吐,怪不好意思的。况且给他也是白给,他还能给点报酬?白叫他拿去,而且还得叫朋友们奚落一场——喝,拾了东西连一声都不出,怕我们抢你的?喝,拾了又白给了人家,真大方?莫若也说没看见。拾了就是拾了,活该。学生反正比拉车的阔。

宋修身往回走,王四拉起车来,搭讪着说,"别这儿耗着啦,东边去搁会儿。"心里可是说,"今儿个咱算票不了啦,连盒子带镜子还不卖个块儿八七的?!"到了个僻静地方,放下车,把盒子掏出来。

好破的盒子,大概换洋火也就是换上一小包。盒子上面的布全磨没了,倒好,油汪汪的,上边还好像粘着点柿子汁儿。打开,

327

眼镜框子还不坏，挺粗挺黑——王四就是不喜欢细铁丝似的那路镜框，看见戴稀软活软的镜框的人，他连"车"也不问一声。用手弹了弹耳插子，不像是铁的，可也不是木头的——许是玳瑁的！他心中一跳。

镜子真脏，往外凸着，上面净是一圈一圈的纹，腻着一圈圈的土，越到镜边上越厚。镜子底下还压着半根火柴。他把火柴划着，扔在地上。从车厢里拿出小破蓝布掸子来。给镜子哈了两口气，开始用掸子布擦。连哈了四次气，镜子才有个样儿；又沾了一口唾沫，才完全擦干净。自己戴了戴，不行，架子太小，戴不上；宋修身本是个小头小脸的人。"卖不出去，连自己戴着玩都不行！"王四未免有点失望。可是继而一想：拉车戴眼镜，不大像样儿；再说，怎能卖不出去呢？

拉着车，找着一个破货摊。"嘻，卖给你这个。"

"不要。"摆摊的人——一个红鼻子黄眼的家伙——连看也没看，虽然他的摊上有许多眼镜，而且有老式绣花的镜套子呢。

王四不想打架，连"妈的真和气！"都没说出声来。

又遇上个挑筐买卖破烂的，"嘻，卖给你这个，玳瑁框子！"

"没见过这样的玳瑁！"挑筐的看了一眼，"干脆要多少钱？"

"干脆你给多少？"王四把镜子递过去。

"二十子儿。"

"什么？"王四把镜子抢回来。

"给的不少。平光好卖，老花镜也好卖；这是近视镜。框子是化学的，说不定挑来挑去就弄碎了；白赔二十枚。"

王四的心凉了，可是还不肯卖；二十子！早知道还送给那个溜墙根的学生呢！

不卖了，他决定第二天把镜子送归原主；也许倒能得几毛钱的报酬。

赶集

第二天早晨，王四把车放在拐弯的地方。学校打了钟，溜墙根的近视眼还没来。一直等到十点多，还是没他的影儿。拉了趟买卖，约摸有十二点多了，又特意放回来。学生下了课，只是不见那个近视眼。

宋修身没来上课。

眼镜丢了以后，他来到教室里。虽然坐在前面，黑板上的字还是模糊不清。越看不清，越用力看；下了课，他的脑袋直抽着疼。他越发心里堵得慌。第二堂是算术习题。他把眼差不多贴在纸上，算了两三个题，他的心口直发痒，脑门非常的热。他好像把自己丢失了。平日最欢喜算术，现在他看着那些字码心里起急。心中熟记的那些公式，都加上了点新东西——眼镜，汽车，车夫。公式和懊恼搀杂在一块，把最喜爱的一门功课变成了最讨厌的一些气人的东西。他不能再安坐的课室里，他想跑到空旷的地方去嚷一顿才痛快。平日所不爱想的事，例如生命观等，这时候都在心中冒出来。一个破近视镜，拾去有什么用？可是竟自拾去！经济的压迫，白拾一根劈柴也是好的。不怨那个车夫。虽然想到这个，心中究竟是难过。今天的功课交不上。明天当然还是头疼。配镜子去，作不到。学期开始的时候，只由家中拿来七十几块钱，下俩月的饭费还没有着落。家中打的粮不少。可是卖不出去。想到了父亲，哥哥，一天到头受苦受累，粮可是卖不出去。平日他没工夫想这些问题，也不肯想这些问题；今天，算术的公式好像给它们匀出来点地方。他想不出一个办法，他头一次觉得生命没着落，好像一切稳定的东西都随着眼镜丢了，眼前事事模糊不清。他不想退学，也想不出继续求学的意义。

长极了的一点钟，好容易才过去。下课的钟声好像不和平日一样，好像有点特别的声调，是一种把大家都叫到野地去喊叫的口令。他出了教室，有一股怨气引着他走出校门；第三堂不上了，也没去请假。他就没想到还有什么第三堂，什么请假的规则。

溜着墙根，他什么也没想，又像想着点什么。到了拐弯的地方，他想起眼镜。几个车夫在那儿说话呢，他想再过去问问他们，可是低着头走了过去。

第二天，他没去上课。

王四没有等到那个近视眼。一天的工夫，心老在车厢里——那里有那个破眼镜盒子。不知道为什么老忘不了它。

将要收车的时候，小赵来了。小赵家里开着个小杂货铺，可是他不大管铺子里的事。他的父亲很希望他能管点事，可是叫他管事他就偷钱；儿子还不如伙计可靠呢。小赵的父亲每逢行个人情，或到庙里烧香，必定戴上过光的眼镜——八毛钱在小摊儿上买的。大铺户的掌柜和先生们都戴过光的眼镜，以便在戏馆中，庙会上，表示身分。所以小铺掌柜也不能落伍。小赵并不希望他父亲一病身亡，虽然死了也并没大关系。假如父亲马上死了，他想不出怎样表示出他变成了正式的掌柜，除非他也戴上过光的眼镜。八毛钱买的眼镜，价值不限于八毛。那是掌权立业，袋中老带着几块现洋的象征。

他常和王四们在一块儿。每逢由小铺摸出几毛来，他便和王四们押个宝，或者有时候也去逛个土窑子。车夫们都管他叫"小赵"，除非赌急红了脸才称呼他"少掌柜"，而在这种争斗的时节，他自己也开始觉到身分。平日，他没有什么脾气，对王四们都很"自己"。

"押押？我的庄？"小赵叫他们看了看手中的红而脏的毛票，然后掏出烟卷，吸着。

王四从耳朵上取下半截烟，就着小赵的火儿吸着。

大家都蹲在车后面。

不大一会儿，王四那点铜子全另找到了主人。他脑袋上的筋全不服气的涨起来。想往回捞一捞——"嗜,红眼,借给我几个子儿!"

红眼把手中的铜子押上,押了五道;手中既空,自然不便再回答什么,挤着红眼专等看骰子。

王四想不出招儿来。赌气子立起来,向四外看了看,看有巡警往这里来没有。虽然自己是输了,可是巡警要抓的话,他也跑不了。

小赵赢了,问大家还接着干不。大家还愿意干,可是小赵得借给他们资本。小赵满手是土,把铜子和毛票一齐放在腰里:"别套着烂,要干,拿钱。"

大家快要称呼他"少掌柜"了。卖烧白薯的李六过来了。"每人一块,赵掌柜的给钱!"小赵要宴请众朋友。"这还不离,小赵!"大家围上了白薯挑子。王四也弄了块,深呼吸的吃着。

吃完白薯,王四想起来了:"小赵,给你这个。"从车厢里把眼镜找出来:"别看盒子破,里面有好玩艺儿。"

小赵一见眼镜,"掌柜的"在心中放大起来;把没吃完的白薯扔在地上,请了野狗的客。果然是体面的镜子,比父亲的还好。戴上试试。不行,"这是近视镜,戴上发晕!"

"戴惯就好了。"王四笑着说。

"戴惯?为戴它,还得变成近视眼?"小赵觉得不上算,可是又真爱眼镜。试着走了几步。然后,摘下来,看看大家。大家都觉得戴上镜子确是体面。王四领着头说:

"真有个样儿!"

"就是发晕呢!"小赵还不肯撒手它。

"戴惯就好了!"王四觉得只有这一句还像话。

小赵又戴上镜子,看了看天。"不行,还是发晕!"

"你拿着吧,拿着吧。"王四透着很"自己"。"送给你的,我拿着没用。拿着吧，等过二年，你的眼神不这么足了，再戴也就合适了。"

"送给我的？"小赵钉了一句。"真的？操！换个盒子还得好几毛！"

"真送给你，我拿着没用；卖，也不过卖个块儿八七的！"王四更显着"自己"了。

"等我数数，"小赵把毛票都掏出来，给了李六白薯钱。"还有六毛，才他妈的赢了两毛！"

"你还有铜子呢！"有人提醒他一声。

"至多也就有一毛来钱的铜子，"小赵可是没往外掏它们，大家也不就深信他的话。小赵可是并不因为赢得少而不高兴；他的确很欢喜。往常，他每耍必输。输几毛原不算什么，不过被大家拿他当"大头"，有些难堪。今天总算恢复了名誉，虽然连铜子算上才三毛来钱——也许是三毛多，铜子的分量怪沉的吗。"王四，我也不白要你的。看见没？有六毛。你三毛，我三毛，像回事儿不像？"

王四没想到他能给三毛。他既然开通，不妨再挤一下："把铜子再掏出点来，反正是赢去的。"

"吹！吉祥钱，腰里带着好。明儿个还得跟你们干呢！"小赵觉得明天再来，一定还要赢的。这两天运气必是不坏。

"好啦，三毛。三毛买那么好的镜子！"王四把票子接过来。放在贴肉的小兜里。

"你不是说送给我吗？这小子！"

"好啦，好啦，朋友们过得多，不在乎这个。"

小赵把眼镜放在盒子里，走开。"明儿再干！'走了几步，又把盒子打开。回头看了看，拉车的们并没把眼看着他。把镜子又戴上，眼前成了模糊的一片。可是不肯马上摘下来——戴惯就好了。他觉得王四的话有理。有眼镜不戴,心中难过。况且掌柜们都必须戴镜子的。眼镜,手表,再安上一个金门牙;南岗子的小凤要不跟我才怪呢!

刚一拐弯,猛的听见一声喇叭。他看不清,不知往哪面儿躲。他急于摘镜子……

学校附近,这些日子了,不见了溜墙根的近视学生,不见了小赵,不见了王四。"王四这些日子老在南城搁车。"李六告诉大家。

铁牛和病鸭

王明远的乳名叫"铁柱子"。在学校里他是"铁牛"。好像他总离不开铁。这个家伙也真是有点"铁"。大概他是不大爱吃石头罢了；真要吃上几块的话，那一定也会照常的消化。

他的浑身上下，看哪儿有哪儿，整像匹名马。他可比名马还泼辣一些，既不娇贵，又没脾气。一年到头，他老笑着。两排牙，齐整洁白，像个小孩儿的。可是由他说话的时候看，他的嘴动得那么有力量，你会承认这两排牙，看着那么白嫩好玩，实在能啃碎石头子儿。

认识他的人们都知道这么一句——老王也得咧嘴。这是形容一件最累人的事。王铁牛几乎不懂什么叫累得慌。他要是咧了嘴，别人就不用想干了。

铁牛不念《红楼梦》——"受不了那套妞儿气！"他永远不闹小脾气，真的。"看看这个，"他把袖子搂到肘部，敲着筋粗肉满的胳臂，"这么粗的小棒锤，还闹小性，羞不羞？"顺势砸自己的胸口两拳，咚咚的响。

他有个志愿，要和和平平的作点大事。他的意思大概是说，作点对别人有益的事，而且要自自然然作成，既不锣鼓喧天，也不杀人流血。

由他的谈吐举动上看，谁也看不出他曾留过洋，念过整本的洋书，他说话的时候永不夹杂着洋字。他看见洋餐就挠头，虽然请他吃，他也吃得不比别人少。不穿洋服，不会跳舞，不因为街上脏而堵上鼻子，不必一定吃美国橘子。总而言之，他既不闹中国脾气，也不闹外国脾气。比如看电影，《火烧红莲寺》和《三剑客》，对他，并没有多少分别。除了"妞儿气"的片子，都"不坏"。

他是学农的。这与他那个"和和平平的作点大事"颇有关系。他的态度大致是这样：无论政治上怎样革命，人反正得吃饭。农业改良是件大事。他不对人们用农学上的专名词；他研究的是农业，所以心中想的是农民，他的感情把研究室的工作与农民的生活联成一气。他不自居为学者。遇上好转文的人，他有句善意的玩笑话："好不好由武松打虎说起？"《水浒传》是他的"文学"。

自从留学回来，他就在一个官办的农场作选种的研究与试验。这个农场的成立，本是由几个开明官儿偶然灵机一动，想要关心民瘼，所以经费永远没有一定的着落。场长呢，是照例每七八个月换一位，好像场长的来去与气候有关系似的。这些来来往往的场长们，人物不同，可是风格极相似，颇似秀才们作的八股儿。他们都是咧着嘴来，咧着嘴去，设若不是"场长"二字在履历上有点作用，他们似乎还应当痛哭一番。场长既是来熬资格，自然还有愿在他们手下熬更小一些资格的人。所以农场虽成立多年，农场试验可并没有作过。要是有的话，就是铁牛自己那点事儿。

为他，这个农场在用人上开了个官界所不许的例子——场长到任，照例不撤换铁牛。这已有五六年的样子了。

铁牛不大记得场长们的姓名，可是他知道怎样央告场长。在他心中，场长，不管姓甚名谁，是必须央告的。"我的试验需要长的时间。我爱我的工作。能不撤换我，是感激不尽的！请看看我的工作来，请来看看！"场长当然是不去看的；提到经费的困难；铁牛请场长放心，"减薪我也乐意干，我爱这个工作！"场长手下的人怎么安置呢？铁牛也有办法："只要准我在这儿工作，名义倒不拘。"薪水真减了，他照常的工作，而且作得颇高兴。

可有一回，他几乎落了泪。场长无论如何非撤他不可。可是头天免了职，第二天他照常去作试验，并且拉着场长去看他的工作："场长，这是我的命！再有些日子，我必能得到好成绩；这不是一天半天能作成的。请准我上这里作试验好了，什么我也不要。到别处去，我得从头另作，前功尽弃。况且我和这个地方有了感情，这里的一切是我的手，我的脚。我永不对它们发脾气，它们也老爱我。这些标本，这些仪器，都是我的好朋友！"他笑着，眼角里有个泪珠。耶稣收税吏作门徒必是真事，要不然场长怎会心一软，又留下了铁牛呢？从此以后，他的地位稳固多了，虽然每次减薪，他还是跑不了。"你就是把钱都减了去，反正你减不去铁牛！"他对知己的朋友总这样说。

他虽不记得场长们的姓名，他们可是记住了他的。在他们天良偶尔发现的时候，他们便想起铁牛。因此，很有几位场长在高升了之后，偶尔凭良心作某件事，便不由的想"借重"铁牛一下，向他打个招呼。铁牛对这种"抬爱"老回答这么一句："谢谢善意，可是我爱我的工作，这是我的命！"他不能离开那个农场，正像小孩离不开母亲。

为维持农场的存在，总得作点什么给人们瞧瞧，所以每年必开一次农品展览会。职员们在开会以前，对铁牛特别的和气。"王先生，多偏劳！开完会请你吃饭！"吃饭不吃饭，铁牛倒不在乎；这是和农民与社会接触的好机会。他忙开了：征集，编制，陈列，讲演，招待，全是他，累得"四脖子汗流"。有的职员在旁边看着，有点不大好意思。所以过来指摘出点毛病，以便表示他们虽没动手，可是眼睛没闲着。铁牛一边擦汗一边道歉："幸亏你告诉我！幸亏你告诉我！"对于来参观的农民，他只恨长着一张嘴，没法儿给人人掰开揉碎的讲。

有长官们坐在中间，好像兔儿爷摊子的开会纪念相片里，十回有九回没铁牛。他顾不得照相。这一点，有些职员实在是佩服了他。所以会开完了，总有几位过来招呼一声："你可真累了，这两天！"铁牛笑得像小姑娘穿新鞋似的："不累，一年才开一次会，还能说累？"

因此，好朋友有时候对他说，"你也太好脾性了，老王！"

他笑着，似乎是要害羞："左不是多卖点力气，好在身体棒。"他又搂起袖子来，展览他的胳臂。他决听不出朋友那句话是有不满而故意欺侮他的意思。他自己的话永远是从正面说，所以想不到别人会说偏锋话。有的时候招得朋友不能不给他解释一下，他这才听明白。可是"谁有工夫想那么些个弯子！我告诉你，我的头一放在枕头上，就睡得像个球；要是心中老绕弯儿，怎能睡得着？人就仗着身体棒；身体棒，睁开眼就唱。"他笑开了。

铁牛的同学李文也是个学农的。李文的腿很短，嘴很长，脸很瘦，心眼很多。被同学们封为"病鸭"。病鸭是牢骚的结晶，袋中老带着点"补丸"之类的小药，未曾吃饭先叹口气。他很热心的研究农学，而且深信改良农事是最要紧的。可是他始终没有成绩。他倒不愁得不到地位，而是事事人人总跟他闹别扭。就了一个事，至多半年就得散伙。即使事事人人都很顺心，他所坐的椅子，或头上戴的帽子，或作试验用的器具，总会跟他捣乱；于是他不能继续工作。世界上好像没有给他预备下一个可爱的东西，一个顺眼的地方，一个可以交往的人；他只看他自己好，而人人事事和样样东西都跟他过不去。不是他作不出成绩来，是到处受人们的排挤，没法子再作下去。比如他刚要动手作工，旁边有位先生说了句："天很冷啊！"于是他的脑中转开了螺丝：什么意思呢，这句话？是不是说我刚才没有把门关严呢？他没法安心工作下去。受了欺侮是不能再作工的。早晚他要报复这个，可是马上就得想办法，他和这位说天气太冷的先生势不两立。

他有时候也能交下一两位朋友，可是交过了三个月，他开始怀疑，然后更进一步去试探，结果是看出许多破绽，连朋友那天穿了件蓝大衫都有作用。三几个月的交情于是吵散。一来二去，他不再想交友。他慢慢把人分成三等，一等是比他位分高的，一等是比他矮的，一等是和他一样儿高的。他也决定了，他可以成功，假如他能只交比他高的人，不理和他肩膀齐的，管辖着奴使着比他矮的。"人"既选定，对"事"便也有了办法。"拿过来"成了他的口号。非自己拿到一种或多种事业，终身便一无所成。拿过来自己办，才能不受别人的气。拿过来自己办，椅子要是成心捣乱，砸碎了兔崽子！非这样不可，他是热心于改良农事的；不能因受闲气而抛弃了一生的事业；打算不受闲气，自己得站在高处。

有志者事竟成，几年的工夫他成了个重要的人物，"拿过来"不少的事业。原先本是想拿过来便去由自己作，可是既拿过来一样，还觉得不稳固。还有斜眼看他的人呢！于是再去拿。越拿越多，越多越复杂，各处的椅子不同，一种椅子有一种气人的办法。他要统一椅子都得费许多时间。因此，每拿过来一个地方，他先把椅子都漆白了，为是省得有污点不易看见。椅子倒是都漆白了，别的呢？他不能太累了，虽然小药老在袋中，到底应当珍惜自己；世界上就是这样，除了你自己爱你自己，别人不会关心。

他和铁牛有好几年没见了。

正赶上开农业学会年会。堂中坐满了农业专家。台上正当中坐着病鸭，头发挺长，脸色灰绿，长嘴放在胸前，眼睛时开时闭，活像个半睡的鸭子。他自己当然不承认是个鸭子，时开时闭的眼，大有不屑于多看台下那群人的意思。他明知道他们的学问比他强，可是他坐在台上，他们坐在台下；无论怎说，他是个人物，学问不学问的，他们不过是些小兵小将。他是主席，到底他是主人。他不能不觉着得意，可是还要露出有涵养，所以眼睛不能老睁着，好像天下最不要紧的事就是作主席。可是，眼睛也不能老闭着，也得留神下边有斜眼看他的人没有。假如有的话，得设法收拾他。就是在这么一睁眼的工夫，他看见了铁牛。

铁牛仿佛不是来赴会，而是料理自家的丧事或喜事呢。出来进去，好似世上就忙了他一个人了。

有人在台上宣读论文。病鸭的眼闭死了，每隔一分多钟点一次头，他表示对论文的欣赏，其实他是琢磨铁牛呢。他不愿承认他和铁牛同过学，他在台上闭目养神，铁牛在台下当"碎催"，好像他们不能作过学友；现在距离这么远，原先也似乎相离不应当那么近。他又不能不承认铁牛确是他的同学，这使他很难堪：是可怜铁牛好呢，还是夸奖自己好呢？铁牛是不是看见了他而故意的躲着他？或者也许铁牛自惭形秽不敢上前？是不是他应当显着大度包容而先招呼铁牛？他不能决定，而越发觉得"同学"是件别扭事。

台下一阵掌声，主席睁开了眼。到了休息的时间。

病鸭走到会场的门口，迎面碰上了铁牛。病鸭刚看见他，便赶紧拿着尺寸一低头，理铁牛不理呢？得想一想。可是他还没想出主意，就觉出右手像掩在门缝里那么疼了一阵。一抽手的工夫，他听见了："老李！还是这么瘦？老李——"

病鸭把手藏在衣袋里，去暗中舒展舒展；翻眼看了铁牛一下，铁牛脸上的笑意像个开花弹似的，从脸上射到空中。病鸭一时找不到相当的话说。他觉得铁牛有点过于亲热。可又觉得他或者没有什么恶意——"还是这么瘦"打动了自怜的心，急于找话说，往往就说了不负责任的话。"老王，跟我吃饭去吧？"说完很后悔，只希望对方客气一下。可是铁牛点了头。病鸭脸上的绿色加深了些。"几年没有见了，咱们得谈一谈！"铁牛这个家伙是赏不得脸的。

两个老同学一块儿吃饭，在铁牛看，是最有意思的。病鸭可不这样看——两个人吵起来才没法下台呢！他并不希望吵，可是朋友到一块儿，有时候不由的不吵。脑子里一转弯，不能不吵；谁还能禁止得住脑子转弯？

铁牛是看见什么吃什么，病鸭要了不少的菜。病鸭自己可是不吃，他的筷子只偶尔的夹起一小块锅贴豆腐。"我只能吃点豆腐，"他说。他把"豆腐"两个字说得不像国音，也不像任何方音，听着怪像是外国字。他有好些字这么说出来。表示他是走南闯北，自己另制了一份儿"国语"。

"哎？"铁牛听不懂这两个字。继而一看他夹的是豆腐，才明白过来："咱可不行；豆腐要是加上点牛肉或者还沉重点儿。我说，老李，你得注意身体呀。那么瘦还行？"

太过火了！提一回正足以打动自怜的情感。紧自说人家瘦，这是看不起人！病鸭的脑子里皱上了眉。不便往下接着说，换换题目吧：

"老王，这几年净在哪儿呢？"

"——农场，不坏的小地方。"

"场长是谁？"

幸而铁牛这回没忘了——"赵次江。"

病鸭微微点了点头，惟恐怕伤了气。"他呀？待你怎样？"

"无所谓，他干他的，我干我的；只希望他别撤换我。"铁牛为是显着和气，也动了一块豆腐。

"拿过来好了。"病鸭觉得说了这半天,只有这一句还痛快些。"老王,你干吧!"

"我当然是干哪,我就怕干不下去。前功尽弃。咱们这种工作要是没有长时间,是等于把钱打了水漂儿。"

"我是让你干场长。现成的事,为什么不拿过来?拿过来,你爱怎办怎办;赵次江是什么玩艺!"

"我当场长,"铁牛好像听见了一件奇事。"等过个半年来的,好被别人顶了?"

有点给脸不兜着!病鸭心里默演对话:"你这小子还不晓得李老爷有多大势力?轻看我?你不放心哪,我给你一手儿看看。"他略微一笑,说出声来:"你不干也好,反正咱们把它拿过来好了。咱们有的是人。你帮忙好了。你看看,我说不叫赵次江干,他就不干了!这话可不用对别人说。"

铁牛莫名其妙。

病鸭又补上一句:"你想好了,愿意干呢,我还是把场长给你。"

"我只求能继续作我的试验;别的我不管。"铁牛想不出别的话。

"好吧,"病鸭又"那么"说了这两个字,好像德国人在梦里练习华语呢。

直到年会开完,他们俩没再坐在一块谈什么。从铁牛那面儿说,他觉得病鸭是拿着一点精神病作事呢。"身体弱,见了喜神也不乐。"编好了这么句唱儿,就把病鸭忘了。

铁牛回到农场不久,场长果然换了。新场长对他很客气,头一天到任便请他去谈话:

"王先生,李先生的老同学。请多帮忙,我们得合作。老实不客气的讲,兄弟对于农学是一窍不通。不过呢,和李先生的关系还那个。王先生帮忙就是了,合作,我们合作。"

铁牛想不出,他怎能和个不懂农学的人合作。"精神病!"他想到这三个字,就顺口说出来。

新场长好像很明白这三个字的意思,脸沉下去:"兄弟老实不客气的讲,王先生,这路话以后请少说为是。这倒与我没关系,是为你好。你看,李先生打发我到这儿来的时候,跟我谈了几句那天你怎么与他一同吃饭,说了什么。李先生露出一点意思,好像是说你有不合作的表示。不过他决不因为这个便想——啊,同学的面子总得顾到。请原谅我这样太不客气!据我看呢,大家既是朋友,总得合作。我们对于李先生呢,也理当拥护。自然我们不拥护他,那也没什么。不过我们——不是李先生——先吃亏罢了。"

铁牛莫名其妙。

新场长到任后第一件事是撤换人,第二件事是把椅子都漆白了。第一件与铁牛无关,因为他没被撤职。第二件可不这样,场长派他办理油饰椅子,因这是李先生视为最重要的事,所以选派铁牛,以表示合作的精神。

铁牛既没那个工夫,又看不出漆刷椅子的重要,所以不管。

新场长告诉了他:"我接收你的战书;不过,你既是李先生的同学,我还得留个面子,请李先生自己处置这回事。李先生要是——什么呢,那我可也就爱莫能助了!"

"老李——"铁牛刚一张嘴,被场长给截住:

"你说的是李先生?原谅我这样爽直,李先生大概不甚喜欢你这个'老李'。"

"好吧,李先生知道我的工作,他也是学农的。场长就是告诉他,我不管这回事,他自然会晓得我什么不管。假如他真不晓得,他那才真是精神病呢。"铁牛似乎说高了兴:"我一见他的面,就看出来,他的脸是绿的。他不是坏人,我知道他;同学好几年,还能不知道这个?假如他现在变了的话,那一定是因为身体不好。我看见不是一位了,因为身体弱常闹小性。我一见面就劝了他一顿,身体弱,脑子就爱转弯。看我。身体棒,睁开眼就唱。"他哈哈的笑起来。

场长一声没出。

过了一个星期,铁牛被撤了差。

他以为这一定不能是病鸭的主意,因此他并不着慌。他计划好:援据前例,第二天还照常来工作;场长真禁止他进去呢,再找老李——老李当然要维持老同学的。

可是,他临出来的时候,有人来告诉他:"场长交派下来,你要明天是——的话,可别说用巡警抓你。"

他要求见场长,不见。

他又回到试验室,呆呆的坐了半天,几年的心血……

不能,不能是老李的主意,老李也是学农的,还能不明白我的工作的重要?他必定能原谅咱铁牛,即使真得罪了他。什么地方得罪了他呢?想不出来。除非他真是精神病。不能,他那天不是还请我吃饭来着?不论怎着吧,找老李去.他必定能原谅我。

铁牛越这样想越心宽,一见到病鸭,必能回职继续工作。他看着试验室内东西,心中想象着将来的成功——再有一二年,把试验的结果拿到农村去实地应用,该收一个粮的便收两个……和和平平的作了件大事!他到农场去绕了一圈,地里的每一棵谷每一个小木牌,都是他的儿女。回到屋内,给老李写了封顶知己的信,告诉他在某天去见他。把信发了,他觉得已经是一天云雾散。

按着信上规定的时间去见病鸭,病鸭没在家。可是铁牛不肯走,等一等好了。

等到第四个钟头上,来了个仆人:"请不用等我们老爷了,刚才来了电话,中途上暴病,入了医院。"

铁牛顾不得去吃饭,一直跑到医院去。

病人不能接见客人。

"什么病呢?"铁牛和门上的人打听。

"没病,我们这儿的病人都没病。"门上的人倒还和气。

"没病干吗住院?"

"那咱们就不晓得了,也别说,他们也多少有点病。"

铁牛托那个人送进张名片。

待了一会,那个人把名片拿起来,上面有几个铅笔写的字:"不用再来,咱们不合作。"

"和和平平的作件大事!"铁牛一边走一面低声的念道。

也是三角

从前线上溃退下来，马得胜和孙占元发了五百多块钱的财。两支快枪，几对镯子，几个表……都出了手，就发了那笔财。在城里关帝庙租了一间房，两人享受着手里老觉着痒痒的生活。一人作了一身洋缎的衣裤，一件天蓝的大夹袄，城里城外任意的逛着，脸都洗得发光，都留下平头。不到两个月的工夫，钱已出去快一半。回乡下是万不肯的；作买卖又没经验，而且资本也似乎太少。钱花光再去当兵好像是惟一的，而且并非完全不好的途径。两个人都看出这一步。可是，再一想，生活也许能换个样，假如别等钱都花完，而给自己一个大的变动。从前，身子是和军衣刺刀长在一块，没事的时候便在操场上摔脚，有了事便朝着枪弹走。性命似乎一向不由自己管着，老随着口令活动。什么是大变动？安稳的活几天，比夜间住关帝庙，白天逛大街，还得安稳些。得安份儿家！有了家，也许生活自自然然的就起了变化。因此而永不再当兵也未可知，虽然在行伍里不完全是件坏事。两人也都想到这一步，他们不能不想到这一步，为人要没成过家，总是一辈子的大缺点。成家的事儿还得赶快的办，因为钱的出手仿佛比军队出发还快。钱出手不能不快，弟兄们是热心肠的，见着朋友，遇上叫化子多央告几句，钱便不由的出了手。婚事要办得马上就办，别等到袋里只剩了铜子的时候。两个人也都想到这一步，可是没法儿彼此商议。论交情，二人是盟兄弟，一块儿上过阵，一块儿入过伤兵医院，一块儿吃过睡过抢过，现在一块儿住着关帝庙。衣裳袜子可以不分；只是这件事没法商议。衣裳吃喝越不分彼此，越显着义气。可是俩人不能娶一个老婆，无论怎说。钱，就是那一些；一人娶一房是办不到的。还不能口袋底朝上，把洋钱都办了喜事。刚入了洞房就白瞪眼，耍空拳头玩，不像句话。那么，只好一个娶妻，一个照旧打光棍。叫谁打光棍呢，可是？论岁数，都三十多了；谁也不是小孩子。论交情，过得着命；谁肯自己成了家，叫朋友愣着翻白眼？把钱平分了，各自为政；谁也不能这么说。十几年的朋友，一旦忽然散伙，连想也不能这么想。简直的没办法。越没办法越都常想到：三十多了；钱快完了；也该另换点事作了，当兵不是坏事，可是早晚准碰上一两个枪弹。逛窑子还不能哥儿俩挑一个"人儿"呢，何况是娶老婆？俩人都喝上四两白干，把什么知心话都说了，就是"这个"不能出口。

　　马得胜一新印的名片，字国藩，算命先生给起的——是哥，头像个木瓜，脸皮并不很粗，只是七棱八瓣的不整庄。孙占元是弟，肥头大耳朵的，是猪肉铺的标准美男子。马大哥要发善心的时候先把眉毛立起来，有时候想起死去的老母就一边落泪一边骂街。孙老弟永远很和气，穿着便衣问路的时节也给人行举手礼。为"那件事"，马大哥的眉毛已经立了三天，孙老弟越发的和气，谁也不肯先开口。

　　马得胜躺在床上，手托着自己那个木瓜，怎么也琢磨不透"国藩"到底是什么意思。其实心里本不想琢磨这个。孙占元就着煤油灯念《大八义》，遇上有女字旁的字，眼前就来了一顶红轿子，轿子过去了，他也忘了念到哪一行。赌气子不念了，把背后贴着金玉兰相片的小圆镜拿起来，细看自己的牙。牙很齐，很白，很没劲，翻过来看金玉兰，也没劲，胖娘们一个。不知怎

赶集

想起来:"大哥,小洋凤的《玉堂春》妈的才没劲!"

"野娘们都妈的没劲!"大哥的眉毛立起来,表示同情于盟弟。

盟弟又翻过镜子看牙,这回是专看两个上门牙,大而白亮亮的不顺眼。

俩人全不再言语,全想着野娘们没劲,全想起和野娘们完全不同的一种女的——沏茶灌水的,洗衣裳作饭,老跟着自己,生儿养女,死了埋在一块。由这个又想到不好意思想的事,野娘们没劲,还是有个正经的老婆。马大哥的木瓜有点发痒,孙老弟有点要坐不住。更进一步的想到,哪怕是合伙娶一个呢。不行,不能这么想。可是全都这么想了,而且想到一些更不好意思想的光景。虽然不好意思,但也有趣。虽然有趣,究竟是不好意思。马大哥打了个很勉强的哈欠,孙老弟陪了一个更勉强的。关帝庙里住的卖猪头肉的回来了。孙占元出去买了个压筐的猪舌头。两个弟兄,一人点心了一半猪舌头,一饭碗开水,还是没劲。

他们二位是庙里的财主。这倒不是说庙里都是穷人。以猪头肉作坊的老板说,炕里头就埋着七八百油腻很厚的洋钱。可是老板的钱老在炕里埋着。以后殿的张先生说,人家曾作过县知事,手里有过十来万。可是知事全把钱抽了烟,姨太太也跟人跑了。谁也比不上这兄弟俩,有钱肯花,而且不抽大烟。猪头肉作坊卖得着他们的钱,而且永远不驳价儿,该多少给多少,并不因为同住在关老爷面前而想打点折扣。庙里的人没有不爱他们的。

最爱他们哥俩的是李永和先生。李先生大概自幼就长得像汉奸,要不怎么,谁一看见他就马上想起"汉奸"这两个字来呢。细高身量,尖脑袋,脖子像棵葱,老穿着通天扯地的瘦长大衫。脚上穿着缎子鞋,走道儿没一点响声。他老穿着长衣服,而且是瘦长。据说,他也有时候手里很紧,正像庙里的别人一样。可是不论怎么困难,他老穿着长衣服;没有法子的时候,他能把贴身的衣袄当了或是卖了，但是结保存着外边的那件。所以他的长衣服很瘦，大概是为穿空心大袄的时候，好不太显着里边空空如也，而且实际上也可以保存些暖气。这种办法与他的职业大有关系。他必须穿长袍和缎子鞋。说媒拉纤，介绍典房卖地倒铺底，他要不穿长袍便没法博得人家信仰。他的自己的信仰是成三破四的"佣钱"，长袍是他的招牌与水印。

自从二位财主一搬进庙来，李永和把他们看透了。他的眼看人看房看地看货全没多少分别，不管人的鼻子有无，他看你值多少钱，然后算计好"佣钱"的比例数。他与人们的交情止于佣钱到手那一天——他准知道人们不再用他。他不大答理庙里的住户们，因为他们差不多都曾用过他，而不敢再领教。就是张知事照顾他的次数多些，抽烟的人是楞吃亏也不愿起来的。可是近来连张知事都不大招呼他了，因为他太不客气。有一次他把张知事的紫羔皮袍拿出去，而只带回几粒戒烟丸来。"顶好是把烟断了，"他教训张知事，"省得叫我拿羊皮皮袄满街去丢人；现在没人穿羊皮，连狐腿都没人屑于穿！"张知事自然不会一赌气子上街去看看，于是躺在床上差点没瘾死过去。

李永和已经吃过二位弟兄好几顿饭。第一顿吃完，他已把二位的脉都诊过了。假装给他们设计想个主意，二位的钱数已在他的心中登记备了案。他继续着白吃他们，几盅酒的工夫把二位的心事全看得和写出来那么清楚。他知道他们是萤火虫的屁股，亮儿不大，再说当兵不比张知事，他们急了会开打。所以他并不勒紧了他们，好在先白吃几顿也不坏。等到他们找上门来的时候，再勒他们一下，虽然是一对萤火虫，到底亮儿是个亮儿；多吧少吧，哪怕只闹新缎子鞋穿呢，也不能得罪财神爷——他每到新年必上财神庙去借个头号的纸元宝。

二位弟兄不好意思彼此商议那件事，所以都偷偷的向李先生谈论过。李先生一张嘴就使他们觉到天下的事还有许多他们不晓得的呢。

"上阵打仗，立正预备放的事儿，你们弟兄是内行；行伍出身，那不是瞎说的！"李先生说，然后把声音放低了些："至于娶妻成家的事儿，我姓李的说句大话，这里边的深沉你们大概还差点经验。"

这一来，马孙二位更觉非经验一下不可了。这必是件极有味道，极重要，极其"妈的"的事。必定和立正开步走完全不同。一个人要没尝这个味儿，就是打过一百回胜仗也是瞎掰！

得多少钱呢，那么？

谈到了这个，李先生自自然然的成了圣人。一句话就把他们问住了："要什么样的人呢？"

他们无言答对，李先生才正好拿出心里那部"三国志"。原来女人也有三六九等，价钱自然不都一样。比如李先生给陈团长说的那位，专说放定时候用的喜果就是一千二百包，每包三毛五分大洋。三毛五；十包三块五；一百包三十五；一千包三百五；一共四百二十块大洋，专说喜果！此外，还有"小香水"、"金刚钻"的金刚钻戒指，四个！此外……

二位兄弟心中几乎完全凉了。幸而李先生转了个大弯：咱们弟兄自然是图个会洗衣裳作饭的，不挑吃不挑喝的，不拉舌头扯簸箕的，不偷不摸的，不叫咱们戴绿帽子的，家贫志气高的大姑娘。

这样大姑娘得多少钱一个呢？

也得三四百，岳父还得是拉洋车的。

老丈人拉洋车或是赶驴倒没大要紧；"三四百"有点噎得慌。二弟兄全觉得噎得慌，也都勾起那个"合伙娶"。

李先生——穿着长袍缎子鞋——要是不笑话这个办法，也许这个办法根本就不错。李先生不但没摇头,而且拿出几个证据,这并不是他们的新发明。就是阔人们也有这么办的,不过手续上略有不同而已。比如丁督办的太太常上方将军家里去住着,虽然方将军府并不是她的娘家。

　　况且李先生还有更动人的道理:咱们弟兄不能不往远处想,可也不能太往远处想。该办的也就得办,谁知道今儿个脱了鞋,明天还穿不穿! 生儿养女,谁不想生儿养女? 可是那是后话,目下先乐下子是真的。

　　二位全想起枪弹满天飞的光景。先前没死,活该;以后谁敢保不死? 死了不也是活该? 合伙娶不也是活该? 难处自然不少,比如生了儿子算谁的? 可是也不能"太往远处想",李先生是圣人,配作个师部的参谋长!

　　有肯这么干的姑娘没有呢?

　　这比当窑姐强不强? 李先生又问住了他们。就手儿二位不约而同的——他俩这种讨教本是单独的举动——把全权交给李先生。管他舅子的,先这么干了再说吧。他们无须当面商量,自有李先生给从中斡旋与传达意见。

　　事实越来越像真的了,二位弟兄没法再彼此用眼神交换意见;娶妻,即使是用有限公司的办法,多少得防备一下。二位费了不少的汗才打破这个羞脸,可是既经打破,原来并不过火的难堪,反倒觉得弟兄的交情更厚了——没想到的事! 二位决定只花一百二十块的彩礼,多一个也不行。其次,庙里的房别辞退,再在外边租一间,以便轮流入洞房的时候,好让换下班来的有地方驻扎。至于谁先上前线,孙老弟无条件的让给马大哥。马大哥极力主张抓阄决定,孙老弟无论如何也不服从命令。

　　吉期是十月初二。弟兄们全作了件天蓝大棉袍,和青缎子马褂。

赶集

　　李先生除接了十元的酬金之外，从一百二十元的彩礼内又留下七十。

　　老林四不是卖女儿的人。可是两个儿子都不孝顺，一个住小店，一个不知下落，老头子还说得上来不自己去拉车？女儿也已经二十了。老林四并不是不想给她提人家，可是看要把女儿再撒了手，自己还混个什么劲？这不纯是自私，因为一个车夫的女儿还能嫁个阔人？跟着自己呢，好吧歹吧，究竟是跟着父亲；嫁个拉车的小伙子，还未必赶上在家里好呢。自然这个想法究竟不算顶高明，可是事儿不办，光阴便会走得很快，一晃儿姑娘已经二十了。

　　他最恨李先生，每逢他有点病不能去拉车，李先生必定来递嘻和。他知道李先生的眼睛是看着姑娘。老林四的价值，在李先生眼中：就在乎他有个女儿。老林四有一回把李先生一个嘴巴打出门外。李先生也没着急，也没生气，反倒更和气了，而且似乎下了决心，林姑娘的婚事必须由他给办。

　　林老头子病了。李先生来看他好几趟。李先生自动的借给老林四钱，叫老林四给扔在当地。

　　病到七天头上，林姑娘已经两天没有吃什么。当没的当，卖没的卖，借没地方去借。老林四只求一死，可是知道即使死了也不会安心——扔下个已经两天没吃饭的女儿。不死，病好了也不能马上就拉车去，吃什么呢？

　　李先生又来了，五十块现洋放在老林四的头前："你有了棺材本，姑娘有了吃饭的地方——明媒正娶。要你一句干脆话。行，钱是你的。"他把洋钱往前推一推。"不行，吹！"

　　老林四说不出话来，他看着女儿．嘴动了动——你为什么生在我家里呢？他似乎是说。

　　"死，爸爸，咱们死在一块儿！"她看着那些洋钱说，恨不能把那些银块子都看碎了，看到底谁——人还是钱——更有力量。

老林四闭上了眼。

李先生微笑着，一块一块的慢慢往起拿那些洋钱，微微的有点铮铮的响声。

他拿到十块钱上，老林四忽然睁开眼了，不知什么地方来的力量，"拿来！"他的两只手按在钱上。"拿来！"他要李先生手中的那十块。

老林四就那么趴着，好像死了过去。待了好久，他抬起点头来："姑娘，你找活路把，只当你没有过这个爸爸。"

"你卖了女儿？"她问。连半个眼泪也没有。

老林四没作声。

"好吧，我都听爸爸的。"

"我不是你爸爸。"老林四还按着那些钱。

李先生非常的痛快，颇想夸奖他们父女一顿，可是只说了一句："十月初二娶。"

林姑娘并不觉得有什么可羞的，早晚也得这个样，不要卖给人贩子就是好事。她看不出面前有什么光明，只觉得性命像更钉死了些；好歹，命是钉在了个不可知的地方。那里必是黑洞洞的，和家里一样，可是已经被那五十块白花花的洋钱给钉在那里，也就无法。那些洋钱是父亲的棺材与自己将来的黑洞。

马大哥在关帝庙附近的大杂院里租定了一间小北屋，门上贴了喜字。打发了一顶红轿把林姑娘运了来。

林姑娘没有可落泪的，也没有可兴奋的。她坐在炕上，看见个木瓜脑袋的人。她知道她变成木瓜太太，她的命钉在了木瓜上。她不喜欢这个木瓜，也说不上讨厌他来，她的命本来不是她自己的，她与父亲的棺材一共才值五十块钱。

木瓜的口里有很大的酒味。她忍受着；男人都喝酒，她知道。

她记得父亲喝醉了曾打过妈妈。木瓜的眉毛立着,她不怕;木瓜并不十分厉害,她也不喜欢。她只知道这个天上掉下来的木瓜和她有些关系,也许是好,也许是歹。她承认了这点关系,不大愿想关系的好歹。她在固定的关系上觉得生命的渺茫。

马大哥可是觉得很有劲。扛了十几年的枪杆,现在才抓到一件比枪杆还活软可爱的东西。枪弹满天飞的光景,和这间小屋里的暖气,绝对的不同。木瓜旁边有个会呼吸的,会服从他的,活东西。他不再想和盟弟共享这个福气,这必须是个人的,不然便丢失了一切。他不能把生命刚放在肥美的土里,又拔出来;种豆子也不能这么办!

第二天早晨,他不想起来,不愿再见孙老弟。他盘算着以前不会想到的事。他要把终身的事画出一条线来,这条线是与她那一条并行的。因为并行,这两条线的前进有许多复杂的交叉与变化,好像打秋操时摆阵式那样。他是头道防线,她是第二道,将来会有第三道,营垒必定一天比一天稳固。不能再见盟弟。

但是他不能不上关帝庙会,虽然极难堪。由北小屋到庙里去,是由打秋操改成游戏,是由高唱军歌改成打哈哈凑趣,已经画好了的线,一到关帝庙便涂抹净尽。然而不能不去,朋友们的话不能说了不算。这样的话根本不应当说,后悔似乎是太晚了。或者还不太晚,假如盟弟能让步呢?

盟弟没有让步的表示!孙老弟的态度还是拿这事当个笑话看。既然是笑话似的约定好,怎能翻脸不承认呢?是谁更要紧呢,朋友还是那个娘们?不能决定。眼前什么也没有了。只剩下晚上得睡在关帝庙,叫盟弟去住那间小北屋。这不是换防,是退却,是把营地让给敌人!马大哥在庙里懊睡了一下半天。

晚上,孙占元朝着有喜字的小屋去了。

屋门快到了,他身上的轻松劲儿不知怎的自己销灭了。他站住了，觉得不舒服。这不同逛窑子一样。天下没有这样的事。他想起马大哥，马大哥昨天夜里成了亲。她应当是马大嫂。他不能进去！

他不能不进去，怎知道事情就必定难堪呢？他进去了。

林姑娘呢——或者马大嫂合适些——在炕沿上对着小煤油灯发愣呢。

他说什么呢？

他能强奸她吗？不能。这不是在前线上；现在他很清醒。他木在那里。

把实话告诉她？他头上出了汗。

可是他始终想不起磨回头就走，她到底"也"是他的，那一百二十块钱有他的一半。

他坐下了。

她以为他是木瓜的朋友，说了句："他还没回来呢。"

她一出声，他立刻觉出她应该是他的。她不甚好看，可是到底是个女的。他有点恨马大哥。像马大哥那样的朋友，军营里有的是；女的，妻，这是头一回。他不能退让。他知道他比马大哥长得漂亮，比马大哥会说话。成家立业应该是他的事，不是马大哥的。他有心问问她到底爱谁，不好意思出口，他就那么坐着，没话可说。

坐得工夫很大了，她起了疑。

他越看她，越舍不得走。甚至于有时候想过去硬搂她一下；打破了羞脸，大概就容易办了。可是他坐着没动。

不，不要她，她已经是破货。还是得走。不，不能走；不能把便宜全让给马得胜；马得胜已经占了不小的便宜！

她看他老坐着不动，而且一个劲儿的看着她，她不由的脸上红了。他确是比那个木瓜好看，体面，而且相当的规矩。同时，她也有点怕他，或者因为他好看。

她的脸红了。他凑过来。他不能再思想，不能再管束自己。他的眼中冒了火。她是女的，女的，女的，没工夫想别的了。他把事情全放在一边，只剩下男与女；男与女，不管什么夫与妻，不管什么朋友与朋友。没有将来，只有现在，现在他要施展出男子的威势。她的脸红得可爱！

她往炕里边退，脸白了。她对于木瓜，完全听其自然，因为婚事本是为解决自己的三顿饭与爸爸的一口棺材；木瓜也好，铁梨也好，她没有自由。可是她没预备下更进一步的随遇而安。这个男的确是比木瓜顺眼，但是她已经变成木瓜太太！

见她一躲，他痛快了。她设若坐着不动，他似乎没法儿进攻。她动了，他好像抓着了点儿什么，好像她有些该被人追击的错处。当军队乘胜追逼的时候，谁也不拿前面溃败着的兵当作人看，孙占元又尝着了这个滋味。她已不是任何人，也不和任何人有什么关系。她是使人心里痒痒的一个东西，追！他也张开了口，这是个习惯，跑步的时候得喊一二三——四，追敌人得不干不净的卷着。一进攻，嘴自自然然的张开了："不用躲，我也是——"说到这儿，他忽然的站定了，好像得了什么暴病，眼看着棚。

他后悔了。为什么事前不计议一下呢?! 比如说，事前计议好：马大哥缠她一天，到晚间九点来钟吹了灯，假装出去撒尿，乘机把我换进来，何必费这些事，为这些难呢？马大哥大概不会没想到这一层，哼，想到了可是不明告诉我，故意来叫我碰钉子。她既是成了马大嫂，难道还能承认她是马大嫂外兼孙大嫂？

她乘他这么发愣的当儿，又凑到炕沿，想抽冷子跑出去。可是她没法能脱身而不碰他一下。她既不敢碰他，又不敢老那么不动。她正想主意，他忽然又醒过来，好像是。

"不用怕，我走。"他笑了。"你是我们俩娶的，我上了当。

我走。"

她万也没想到这个。他真走了。她怎么办呢？他不会就这么完了，木瓜也当然不肯撒手。假如他们俩全来了呢？去和父亲要主意，他病病歪歪的还能有主意？找李先生去，有什么凭据？她愣一会子，又在屋里转几个小圈。离开这间小屋，上哪里去？在这儿，他们俩要一同回来呢？转了几个圈，又在炕沿上愣着。

约摸着有十点多钟了，院中住的卖柿子的已经回来了。

她更怕起来，他们不来便罢，要是来必定是一对儿！

她想出来：他们谁也不能退让，谁也不能因此拼命。他们必会说好了。和和气气的，一齐来打破了羞脸，然后……

她想到这里，顾不得拿点什么，站起就往外走，找爸爸去。她刚推开门，门口立着一对，一个头像木瓜，一个肥头大耳朵的。都露着白牙向她笑，笑出很大的酒味。